Cœur d'artichaut

Cavanna

Cœur
d'artichaut

ROMAN

Albin Michel

© Éditions Albin Michel S.A., 1995
22, rue Huyghens, 75014 Paris

ISBN 2-226-07863-0

Deux milliards et demi de femmes,
et moi,
et moi,
et moi...

Personnages

Emmanuel Onéguine   *35 ans. Celui qui dit « Je ».*
Geneviève   *55-60 ans. Lettriste en B.D.*
Elodie   *37 ans. Professeur de lycée.*
Lison   *18 ans. Lycéenne.*
Stéphanie   *18 ans. Lycéenne.*
Agathe   *34 ans. Epouse (séparée) d'Emmanuel.*
Isabelle   *37 ans. Mère de Lison.*
Joséphine   *12 ans. Fille d'Emmanuel.*
Arlette   *? Vieille dame très gentille.*
Fatiha   *14 ans. Charmante beurette délurée.*
Jean-Pierre Succivore   *45 ? 65 ?... Célèbre écrivain.*
Jean-Luc   *19 ans. Lycéen.*
Grand'mère Mimi   *Grand'mère des chiens, des chats...*

Squatters, flics, badauds, neveu d'épicier kabyle, petite bonne terrorisée, garçon de café, amis des bêtes, chiens, chats, canari, femmes, femmes, femmes...

L'action se situe à Paris, de nos jours ou peu s'en faut.

I

La façade, il faut bien le dire, dépare la rue. C'est justement ce que fait remarquer le brigadier-chef Ronsard, CRS et fier de l'être, à son collègue et subordonné Marot :

— Ça dépare l'ensemble, il faut reconnaître.

Il ajoute :

— Comme une dent pourrie dans un sourire de jeune fille, si tu vois.

Le brigadier est poète. L'autre ne l'est pas.

Il crache :

— Ça fait dégueulasse, voilà ce que ça fait.

Il réfléchit :

— Et *c'est* dégueulasse.

Les deux têtes casquées hochent en cadence, contentes de naviguer sur les mêmes ondes. On a beau être les forces de l'ordre, on n'en a pas moins un cœur, quelque part, va savoir où, et il est bon de se serrer les coudes entre collègues quand le devoir exige qu'on fasse la sourde oreille aux suggestions amollissantes de cet organe incongru. Les deux hommes, jambes écartées dans la virile posture préconisée par le manuel, les mains au dos crispées sur le long « bidule » noir, constituent pour lors deux des éléments d'un demi-cercle

Cœur d'artichaut

bleu foncé qui tient à distance un autre demi-cercle, concentrique au premier mais beaucoup plus épais et beaucoup plus bigarré. Beaucoup plus bruyant, aussi.

D'un bout à l'autre et des deux côtés, la rue étincelle. Les colosses de verre et d'acier étirent jusqu'aux nuages leurs verticalités trop neuves. Quand un rayon de soleil se glisse entre deux masses noires chargées d'orage, la rue soudain flambe.

Une splendide réussite de l'architecture contemporaine. Lisse et aseptique, rien qui dépasse, l'harmonie parfaite. Sauf cette façade. Cet ulcère. Ce trou. Cette honte.

Mais justement, on a enfin fait ce qu'il fallait. L'anomalie va disparaître. L'horrible vieille bâtisse aux fenêtres murées de parpaings collés au plâtre depuis tellement longtemps que la mousse a poussé dessus, le squouatte pourri qui a jusqu'à ce jour obstinément, arrogamment, bloqué l'essor triomphal du quartier vers les avenirs radieux, vit ses dernières heures.

Dans l'espace semi-circulaire délimité par le cordon de CRS, un bric-à-brac tristasse s'amoncelle sur le trottoir, déborde sur la chaussée. Matelas-mousse maculés de larges auréoles pisseuses, couvre-lits suintant leur kapok, poêles à pétrole bosselés, réchauds à alcool ou à essence, mornes lainages pour pauvres bourrés dans des cartons, robes d'été affalées en tas avec le crochet du cintre en fil de fer qui sort du col — quoi de plus navrant, de plus mort, qu'une robe sans femme dedans ? —, jouets et livres qu'on n'a pas eu le temps d'empaqueter jetés en vrac sur le bitume, valises exténuées, sacs à dos aux couleurs violentes, et de la ficelle, de la ficelle à foison ligotant à la diable

Cœur d'artichaut

ce marché aux puces... Toute une misère de cloportes soudain étalée, noirâtre, obscène, en pleine lumière...

Les expulsés piétinent sur place, tournent en rond, hébétés, cueillis à froid. Ça sanglote, ça piaille, ça criaille dans des langues du tiers monde des injures véhémentes aux casqués impassibles ou goguenards. Ce sont surtout des femmes et des gosses, des basanées à tatouages entortillées de foulards, des tout à fait noires à madras flamboyant, perdues devant la catastrophe sans leurs hommes pour décider. Les hommes sont au travail, ou partis pour en chercher.

Tout autour, la foule, contenue sans mal par les CRS, gronde vaguement, s'essaie à de prudentes indignations, mais ne bouge pas. Des petits retraités bien propres ricanent. Un quinquagénaire renseigné confie à une ménagère avec frisettes et cabas à roulettes : « Paraît qu'on a trouvé de la drogue. Plein. » Elle hoche des frisettes, sans se compromettre : « Un vrai fléau, cette saleté ! Ah, là là... »

Un gradé CRS apparaît sur le seuil, dit quelque chose à un grand type en civil d'allure autoritaire. Ce responsable fait de la tête le signe « On peut y aller ». Les démolisseurs, outils sur l'épaule, se faufilent à la queue leu leu dans la bicoque. Tous portugais, et pas très fiers de la sale corvée, mais, hein, faut nourrir les gosses. On a tout de même eu la délicatesse — ou la prudence ! — d'écarter les Turcs, les Maghrébins et tous les gars à l'épiderme par trop foncé.

Les premiers coups de masse tonnent en fracas d'apocalypse. La rue sursaute. « On casse les esca-

Cœur d'artichaut

liers », commente le quinquagénaire renseigné au profit de la mémère à roulettes, posant peut-être les prémices d'une belle histoire d'amour. Le vide sonore de la cage d'escalier amplifie le vacarme jusqu'au grandiose. La foule retient son souffle. On assassine une maison.

Et moi, je suis témoin du crime. Je suis un des badauds badaudant de cette foule. Je passais par là par je ne sais quel hasard, j'évite autant que je le peux ces rues terrifiantes, ces fentes sinistres taillées à la hache entre deux écrasantes nudités étincelantes de morgue et de méchanceté. Je suis donc là, comme les autres. Et comme les autres je trouve ça dégueulasse, je hais ces brutes bien nourries campées sur leurs mollets musclés, je hais leur placidité sans faux pli, je hais leur force, leur souplesse et l'élasticité de leurs épaisses semelles, je hais ces allures de grands félins que je me figure qu'ils se donnent... Je suis un enfant de Mai 68, « CRS = SS ! ». A la seule vue de l'uniforme bleu de nuit une lampe rouge clignote dans ma tête : « Danger ! »

Haine et pitié, gorge et poings serrés, je gronde avec les autres. Mollement, comme les autres. Et je laisse faire, comme les autres. Et d'ailleurs, quoi d'autre ?

Tiens, voilà que, par-dessus le tonnerre scandé des coups de masse, stridulent des abois suraigus, des hurlements de roquet s'étranglant de noire fureur. Et voilà maintenant que la masse se tait, que les abois, de plus en plus furibards, se rapprochent, qu'un Portugais trapu, en maillot de corps, jaillit comme un diable à ressort, pas content du tout. Il y a de quoi : le clébard de calamité lui court au cul, sautant pour

Cœur d'artichaut

lui happer un bout de fesse entre deux hurlements à s'arracher la glotte. C'est un bâtard, le plus bâtard de tous les bâtards jamais engendrés dans le plus pourri des terrains vagues de la plus maudite des banlieues, vaguement griffon, vaguement hérisson à ramoner les cheminées, haut comme un petit banc, hargneux à s'en faire jaillir les yeux de la tête. Le Portugais se frappe le front « Non, mais, il est fou dans sa tête, cette bête-là ! », lance des coups de pied au cabot, mais va te faire voir, la sale bête est plus vive que les trente-six mille diables.

La foule, après un temps de mise au point, apprécie le cocasse de la chose et part à rigoler. Même les bouilles des CRS s'étirent vers leurs oreilles. Moi aussi, je me marre. C'est de l'intermède pas prévu au programme, on va pas laisser perdre. Pourvu que ce con de clebs n'aille pas planter ses crocs miniatures dans le gras d'un CRS ! C'est que l'engeance serait bien foutue de tirer son flingue et de le descendre, que je me dis.

A ce moment, des profondeurs obscures du corridor proviennent des appels éperdus :

— Sacha ! Sacha !

Et par la porte béante surgit une petite bonne femme ronde comme un fromage de Hollande, culottée de velours fruste, matelassée d'épaisseurs de lainages sous une de ces vestes d'Esquimau genre édredon piqué, la tête enfouie dans un bonnet de tricot bariolé enfoncé jusqu'aux yeux. Elle porte à bout de bras un panier d'osier à transporter les chats, avec dedans un matou qui miaule de terreur et tend des pattes éperdues par les trous de l'osier. De l'autre main elle brandit une laisse de cuir, sans aucun doute celle du terrible dépeceur de travailleur immigré.

Cœur d'artichaut

— Eh bien ? Qu'est-ce que tu fais, Sacha ? Qu'est-ce que c'est que ces manières ? Ici, Sacha ! Ici, tout de suite !

Le coupable met aussitôt fin à ses homicides entreprises, sans cesser toutefois de gronder et de montrer les crocs, exprimant par les yeux toute la férocité des temps farouches où les chiens étaient encore des loups. Cependant la petite femme toute ronde adapte prestement le mousqueton de la laisse à l'anneau du collier prévu pour ça, tout en prodiguant des excuses au Portugais encore pâlot, lequel, abusant de sa situation de victime, en fait maintenant tout un plat, s'affirme grièvement blessé, évoque la rage qui rôde, parle de constat et de dédommagement, prend les CRS à témoin...

La petite dame supporte d'abord patiemment, occupée qu'elle est à rassurer son chat, et puis, estimant que ça commence à bien faire, elle marche droit au geignard.

— Blessé ? Mon Sacha vous aurait blessé ? Vous avez vu ses dents ?

Elle fait ouvrir la gueule au chien toujours grondant du fond de la gorge, écarte les babines noires, montre les petits crocs bien blancs plantés dans les gencives rose nacré.

— Avec ça, hein ? Avec ces quenottes-là, qu'il vous aurait blessé ? Mais elles ne pourraient même pas traverser ce gros pantalon que vous avez !

Le Portugais, fort de son bon droit :

— Si, qu'il a traversé ! J'ai les blessures.

D'un doigt précis, il désigne certains points de ses fesses :

— Là. Et aussi là. Ça fait mal. Je vais au docteur. J'ai l'incapacité.

Elle bondit.

Cœur d'artichaut

— Là, hé ? Et aussi là ? Faites donc voir, un peu. Allez, montrez-nous ça, faut pas vous dégonfler ! Vous ne pourrez pas dire qu'il n'y a pas de témoins !

La foule fait chorus :

— Ouais ! C'est ça ! Fais-nous voir où que t'es mordu ! Allez, vas-y, gars, tombe la culotte !

Enorme rigolade. Là, les CRS n'essaient même plus de sauver la face. Ils se plient en deux, se tapent sur les cuisses. Même les malheureuses jetées à la rue en oublient les problèmes de l'heure.

Le gars hausse les épaules, bougonne des choses et retourne à ses destructions salariées.

La petite dame, tenant courte la laisse de son Sacha enfin calmé, cherche du regard alentour, jauge l'une après l'autre les faces badaudes du premier rang, arrête enfin les yeux sur la mienne. Je m'y attendais. A tous les coups, je suis bon. J'ai ce qu'on se plaît à appeler « une bonne tête ». Je rassure, voilà. Va savoir pourquoi. Je ne me sens pas plus rassurant que ça, moi. Je suis tout aussi capable de saloperie que n'importe qui. Enfin, bon, j'ai une bonne tête, et, ce coup-ci encore, j'hérite de la corvée de confiance. Elle me tend le panier du chat.

— Monsieur, je vous confie Arthur. Le temps que j'aille chercher les autres. Parlez-lui. Il est très impressionnable, mais si on lui parle il se rassure tout de suite...

Elle élève le panier à hauteur de ses yeux, j'aperçois un bout de pelage roux, deux yeux verts, j'entends un miaulement déjà plus curieux qu'inquiet. Elle lui parle comme j'aimerais qu'une femme me parle :

17

Cœur d'artichaut

— Attends-moi, Arthur. Attends-moi, mon tout beau. Sois bien sage. Je reviens très vite. Tu restes avec ce monsieur. Il est très gentil.

Je suis très gentil ? Ah, bon... La voilà qui plonge à nouveau dans l'antre où la masse s'est remise à tout ébranler. Elle tire à bout de laisse le hérisson à pattes, qui aboie derechef à la cadence des coups de boutoir. L'homme-qui-a-les-pouvoirs s'élance pour la retenir. Trop tard.

Elle réapparaît bientôt. Elle s'encadre soudain dans le rectangle noir de la porte, poussée au cul par une compacte nuée de poussière grise arrachée aux fentes du bois et aux fissures du plâtre par les lourds ébranlements rythmés, sédiment de misère accumulé au long des siècles que la masse expulse en même temps que des tribus de cafards affolés courant à l'aveugle dans la lumière brutale.

Cette fois, elle pose trois paniers à chat. Deux dans une main, tout de guingois, un seul dans celle qui cramponne la laisse de Sacha. Elle tousse, cligne des yeux, me repère enfin. Je l'aide à poser les paniers, en plastique ceux-là, tout modernes de forme. Je les entasse au mieux, ça fait comme un petit immeuble à étages avec des fenêtres grillagées, derrière chaque fenêtre une tête de chat, et ça miaule, maman ! Ça miaule !

Elle les calme l'un après l'autre, leur parle tendrement, les appelle par leur nom : Henri, Peggy, Yseult... Elle module pour chacun un ton de voix différent, elle se plie, en somme, à leur personnalité. Et ça marche. Les chats s'apaisent, s'installent bien à l'aise, en rond sur leurs planchers, j'en entends même ronronner. Je risque la demande que chacun dans la foule brûle de poser :

— C'est à vous, tout ça ?

Cœur d'artichaut

Elle me regarde, hoche la tête, la mine coupable :

— Ça fait beaucoup, n'est-ce pas ?

Je ne dis rien. Après tout, c'est son problème. Elle croit devoir ajouter :

— Je sais bien, ce n'est pas raisonnable.

Elle écarte les bras, comme dépassée :

— Que voulez-vous...

Et puis elle replonge dans le trou noir, me criant par-dessus l'épaule, avant de disparaître :

— Parlez-leur ! Je compte sur vous !

Cette fois, le responsable n'a rien vu. Quant aux CRS, ils s'en tamponnent.

Lorsqu'elle ressort, chargée de trois nouveaux paniers, la foule y va d'une ovation. Je range les derniers arrivés du mieux que je peux. Désormais, plus rien ne m'étonnera. Je questionne, d'un air que j'espère détaché :

— Il y en a encore beaucoup comme ça ?

— C'étaient les derniers.

— Ça nous en fait donc, voyons voir... Sept en tout.

— Non, neuf. Dans ce panier-là, il y en a deux : Gaspard et Tristan. Dans celui-ci, Margot et Tamara. Vous comprenez, ce sont des inséparables.

— Eh bien... En tout cas, vous n'y retournez plus.

— Oh, mais si ! Il y a encore les bacs à litière, les sacs de nourriture, des tas de trucs...

C'est alors que je m'entends dire :

— Bon. J'y vais avec vous.

Une impulsion, quoi ! En fait, elle n'a besoin de personne, se démerde fort bien toute seule. Pourquoi un homme se figure-t-il toujours qu'une femme a besoin de lui ? Ce sacré instinct de protéger, donc de

Cœur d'artichaut

dominer... Bof, si on ne faisait jamais de conneries, il n'y aurait pas de destin, juste le long fleuve tranquille...

J'avise une jeune beurette tout attendrie qui fait « Minou, minou ! » aux chats.

— Vous voulez bien les surveiller un instant, mademoiselle ?

Elle accepte, ravie, et de la mission de confiance, et aussi du « Mademoiselle » qui fait se dresser d'orgueil ses petits nichons à peine pubères.

Mais déjà la dame aux chats a disparu dans la maison condamnée. Je cours à ses trousses dans le chétif corridor ouaté de cette poussière grise et âcre qui m'emplâtre aussitôt nez et gorge. Les yeux me piquent, je n'y vois goutte, heureusement Sacha, reparti à s'égosiller, fait corne de brume, je me dirige à l'oreille, enfin je distingue une vague silhouette à peine moins farineuse que l'ambiance, je la rattrape, c'est bien elle. Comme elle pose le pied sur la première marche de l'escalier, je lui touche l'épaule. Elle se retourne, pas étonnée, elle est le genre à accepter ce qui vient, comme ça vient. Elle explique :

— Il faut faire vite. Ils commencent par casser le haut, et puis ils descendent.

Je dis, finement :

— S'ils commençaient par le bas, ils seraient bien emmerdés pour redescendre.

Elle grimace un bref sourire, le minimum pour la politesse. Nous grimpons, nous tordant les pieds sur les gravats qui roulent et rebondissent en cascade de marche en marche. La masse cogne, le pied-de-biche

Cœur d'artichaut

couine, le chien s'arrache la gorge en cadence. Il pleut des planches, des épaisses bien lourdes en chêne massif archipatiné, on ne pleurait pas la marchandise, en ces heureux temps.

On atteint comme ça le deuxième étage. Ce qui fut un deuxième étage. Elle se glisse dans un fantôme de pièce, assez grande, ma foi, obscure sauf un rayon de jour sale qui se faufile par un mince orifice grignoté entre deux des parpaings condamnant la fenêtre. Du bras, elle balaie l'espace :

— C'est ici. Enfin, c'était... Ça donne sur le derrière, c'est pour ça que j'ai pu faire un petit trou, de la rue on ne le voit pas. Ça fait moins triste, je trouve, et puis c'est plus sain, il faut aérer, vous savez.

Les sacs de ce sable à chat pompeusement baptisé « litière » par le fabricant sont rangés dans un coin, ainsi que quelques caisses de carton remplies de boîtes d'aliments en conserve pour chiens et chats, un ascétique matelas de camping maintenu roulé autour de son sac de couchage par une ficelle, un sac à dos rouge écarlate bourré à craquer d'où dépasse une queue de casserole, et puis des livres, des cahiers au dos en spirale, soigneusement empilés.

Je dis :

— Il faudra faire plusieurs voyages.

Elle baisse le nez, me regarde de côté :

— Pour moi toute seule, évidemment. Mais vous, vous êtes fort.

Elle n'a pas dit « Vous êtes un homme ». Elle a dit « Vous êtes fort », en élevant la voix sur « fort », oh, à peine. Elles savent comment nous prendre.

D'ailleurs, elle a raison. Non que je sois tellement costaud, mais, en répartissant astucieusement le fourbi,

21

Cœur d'artichaut

j'arrive à me coltiner le plus gros sur le dos et un bon paquet au bout de chaque bras. Elle se charge du volumineux léger, c'est-à-dire de la literie, ça fait la rue Michel.

Elle passe devant moi pour descendre, c'est moi qui ai combiné ça, si je me casse la gueule je lui atterris sur le dos, à son tour elle plongera en avant et se recevra sur le paquet de literie roulé qu'elle presse sur son cœur et qui amortira le choc pour tout le monde, enfin j'espère. C'est pensé, tout ça.

Malgré les traîtrises des gravats à roulettes et les averses de chêne massif, nous arrivons en bas sans avoir eu à vérifier par la pratique l'excellence de mon calcul. Notre réapparition à l'air libre est saluée par un « Ah ! » collectif, intense et prolongé, qui me rappelle les soirs d'hiver à la communale, cet instant solennel où le maître faisait la lumière. La petite beurette nous voit revenir avec soulagement.

L'officiel en civil se précipite, furibard :

— Vous n'aviez pas à entrer là-dedans. Fallait vous y prendre à temps. S'il vous était arrivé quelque chose, hein ? Je suis responsable, moi !

Il postillonne. Pourquoi les responsables postillonnent-ils toujours ? Je me souviens d'un adjudant... Elle lui sourit :

— Eh bien, vous voyez, il n'est rien arrivé. Content ?

— En tout cas, vous n'y retournerez pas !

On sent qu'il espère qu'il y a encore là-haut des paniers à chats avec des chats dedans, d'innombrables paniers, d'innombrables chats, et qu'elle va pleurer, se traîner à ses pieds en gémissant.

— Ça tombe bien, dit-elle, j'ai fini.

Il serre violemment les poings, hausse violemment les

Cœur d'artichaut

épaules, tourne violemment le dos. C'est un violent. Il fait violemment signe au CRS le plus proche, lequel salue et vient se placer, jambes écartées, mains au dos, bidule en travers, devant l'ouverture interdite. Cet impeccable soldat de l'ordre se demande un instant s'il doit baisser la visière transparente de son heaume, ça fait plus réglementaire, et puis décide de la laisser relevée, ça dégage le regard et les sourcils, qu'il a terrifiants.

Un CRS, pas le même, crache du coin de la bouche :

— Pendant ce temps-là, y a des gosses qui crèvent de faim.

Elle a entendu. Elle va droit au gros père — c'est un gros père, rouge de trogne à en être bleu :

— Et alors ? Qu'est-ce que vous faites, vous, pour les gosses qui crèvent de faim ?

Il ne répond pas. Simplement, il entasse des tonnes de mépris dans ses gros yeux et lâche de là-haut tout le paquet sur l'effrontée. Elle l'agrippe par un bouton.

— Moi, je m'occupe AUSSI des mômes qui ont faim. Qui AURAIENT faim s'il n'y avait que des gens comme vous pour y penser. Demandez plutôt à ceux-là.

Du menton, elle désigne les désormais sans-toit affalés sur leurs dérisoires trésors. Des gosses pleurent, cramponnés aux jupes de leurs mères. Deux jeunes gars à brassard distribuent des Choco-BN. Une femme donne le sein.

Une grosse moto survient du bout de la rue, pétarade et s'arrête. En sautent en voltige deux types, dont un en blouson de cuir et casque intégral. Celui-là porte une

Cœur d'artichaut

caméra sur l'épaule, qu'il braque vite fait tout en tripotant l'objectif pour régler ces choses qui se règlent. Le bazar ronronne doucement tandis qu'il balaie posément la scène. Son copain, un barbu en écossais à gros carreaux, tend au bout de son bras un micro dans les interstices du cordon de CRS. Mais déjà le responsable en civil a bondi et colle sa main devant l'objectif. De plus en plus furibard :

— Il n'y a rien à voir ! Rien à filmer ! Vous ne devriez pas être ici ! Allons, n'insistez pas, tout est régulier, c'est une opération prévue et annoncée...

Le barbu, sans s'en faire, lui tend le micro :

— Annoncée où ? Vous dites qu'on ne devrait pas être ici. Ça veut dire quoi, ça ? Si c'est régulier, c'est régulier, non ? Je vous préviens, ça tourne. Je prends tout ce que vous dites. Et d'abord, ces gens, là, qu'est-ce que vous comptez en faire ? Vous avez prévu leur relogement ? Où ça ? Dans quelles conditions ? Allons, pressons, c'est pour le journal de vingt heures !

L'interpellé va pour répondre, contenant à grand-peine sa naturelle violence — la télé, quel calmant ! —, lorsque le placide halètement de plusieurs gros moteurs diesels s'installe comme chez lui dans la rue. Toute contrariété s'efface aussitôt du visage tourmenté de l'homme aux hautes responsabilités. C'est rasséréné, et même triomphant, qu'il annonce, avec un ample geste de général en chef :

— Messieurs, voici la réponse à toutes vos questions ! Ces camions vont emmener tous les ex-occupants sans titre de ces lieux dans un centre d'héberge-ment provisoire où ils seront beaucoup plus conforta-blement, et surtout — j'insiste sur ce point, car songez

Cœur d'artichaut

aux enfants, messieurs — beaucoup plus hygiénique-
ment logés, en attendant que leur soit attribué un
logement social en rapport avec la situation écono-
mique et familiale de chacun...

Le barbu au micro interrompt :

— Et où ça, que vous les hébergez ? A Pétaouch-
nock ? Dans les betteraves ? A trois heures de train de
leur boulot plus une à pied ? On la connaît !

— Je n'ai rien à vous dire de plus.

— Ça va. On suit les camions.

— Comme il vous plaira. Faites votre travail.

— T'as raison, Toto. Et pendant qu'on cause, dis
voir, tous les gorilles, là, c'est pour qui ?

Mais déjà Toto a tourné le dos pour présider à
l'embarquement des joyeux touristes et de leur
barda.

C'est là qu'on voit à quoi servent les « gorilles ». Car
les bonnes femmes ne veulent pas partir sans leurs
bonshommes, elles se lamentent haut et fort, qu'est-ce
qu'il va dire, l'homme, quand il revient du travail, et la
maison y a plus de maison, et la fatma y a plus la
fatma, et les enfants y a plus les enfants, et lui il a la
faim, il a la fatigue, alors il pleure, il fait la grosse
colère rouge, le français il parle pas bien, jamais il nous
trouve, jamais, jamais... Les femmes hurlent le grand
hurlement du désespoir, s'arrachent les cheveux et le
corsage, les gosses braillent leur terreur de voir leurs
mères hurler, la foule est au cinéma.

Fermement, mais avec doigté, les forces dites « de
l'ordre » vont pousser tout ce petit monde rétif dans les
camions. Ce n'est pas une mince affaire. Il y faut
comme qui dirait des qualités humanitaires et carita-
tives. On ne pourrait pas confier ce genre de mission

Cœur d'artichaut

délicate à n'importe quelle unité. Les gars de celle-ci connaissent l'art et la manière. Des CRS de charme, autant dire. De fait, va savoir comment ça s'est goupillé, fatmas, marmots et fourbi sont enfin entassés dans les gros véhicules bâchés prêts à démarrer.

La petite mère aux chats, flanquée de son chevalier servant, à savoir ma pomme, a patiemment attendu que tous les naufragés du bitume soient casés pour se présenter à son tour au cul du dernier camion, celui où il reste de la place. Je tends le panier du dessus à un mouflet aux grands yeux de gazelle qui, tout heureux de se rendre utile, tend les mains par-dessus la ridelle. Mais voilà qu'une maigre silhouette s'interpose. C'est l'arrogante carcasse du civil-qui-a-les-pouvoirs-et-la-responsabilité. L'escogriffe officiel profère ceci :

— Pas question. Nous sommes chargés d'emmener ces personnes dans une cité d'accueil, pas dans une ménagerie.

Son inflexibilité très service-service cache mal une jubilation mauvaise. Elle ne s'attendait pas à celle-là. Elle proteste :

— Mais enfin...

— Pas de mais ni d'enfin, triomphe le sombre connard, c'est le règlement. Les animaux ne sont pas tolérés dans les cités d'urgence. A plus forte raison les arches de Noé, ricane-t-il, très content de lui.

Il fait un pas de côté, lève haut le bras et puis l'abaisse. Les camions s'ébranlent, roulent et tournent le coin. Nous restons sur la chaussée, avec l'entasse-

Cœur d'artichaut

ment de paniers miaulants et tout le bazar accessoire. Comme des cons.

Là, ça commence à faire beaucoup pour une seule journée. La vaillante petite dame perdue dans ses rembourrages a pour la première fois l'air quelque peu désemparé. Elle s'assied d'une fesse sur un carton de Chatexquis, « le régal des minets heureux », et, hochant la tête, laisse ses regards se perdre dans les flaques de la dernière averse.

Et qu'est-ce que je fais, dans tout ça, moi ? Je suis là, les bras ballants, aussi inutile que les flaques sur le bitume. Je me dis voilà, je passais, je donne un coup de main, à la sympathie, la moindre des choses, total je me trouve embringué dans un truc tout ce qu'il y a de vaseux. Je voudrais bien me tirer en douce, les orteils m'en démangent, mais non, elle est vraiment dans la merde absolue, je peux pas lui faire ça. Oui, mais, à quoi je sers ? Faudrait un mec à la redresse, un de ces débrouillards qui ont toujours une solution toute prête sur le feu, des copains, des relations. Moi, je suis l'oiseau sur la branche, le gobe-la-lune intégral, je rêve ma vie, je ne suis jamais vraiment là où je suis. Je compatis, même je plonge avec elle, je me mets à sa place, j'y suis, intensément, et alors ? Je serais elle, je laisserais là les chats, le chien et le reste, je me débinerais sur la pointe des pieds jusqu'au coin de la rue, et là je me mettrais à cavaler comme un dingue, loin, loin... Oui, je sais, après viendraient les remords, et l'horreur de l'avoir fait, et le dégoût de soi. Mais APRÈS.

Une fois, je conduisais ma vieille R4 pourrie — oui,

Cœur d'artichaut

j'ai eu une voiture, dans un recoin de ma vie, j'ai même mon permis, va savoir où je l'ai fourré —, je tombe en panne en plein boulevard Saint-Germain, noyé dans une circulation monstre, oh, pas la grosse affaire, juste la saloperie de ralenti qui calait chaque fois à l'arrêt, chaque fois, la charognerie, et des arrêts, tu parles, tous les mètres, et la batterie était naze, et je rusais avec cette feignasserie de moteur, je passais au point mort et vite vite le pied gauche qui se faufilait derrière l'autre crispé sur le frein pour venir à droite appuyer sur le champignon, vroum vroum, surtout pas que ça s'arrête, et merde je m'emmêlais les pinceaux, j'arrivais trop tard, ça calait quand même, ou alors la tire bondissait sur la bagnole arrêtée juste devant, et tous ces cons, derrière, devant, à droite, à gauche, qui me gueulaient des choses sanglantes avec des faces d'assassins, tordues de haine et de mépris, je ne supporte absolument pas ; avoir l'air con, la pire des choses, celle qui vous pousse à l'héroïsme ou au suicide, j'étais au bord de l'un ou de l'autre, tout se brouillait dans ma tête, la putain de chiotte de merde, mes andouilles de panards ahuris, et toutes ces gueules de meurtre tout autour, qui klaxonnaient, crachaient l'injure, se tapaient l'index contre la tempe, jamais en panne, eux, jamais emmerdés, jamais hésitants sur l'itinéraire, savent toujours le geste à faire, et le font ric et rac, les sales cons... Alors, voilà, j'ai claqué la portière, j'ai plaqué la bagnole là, au beau milieu du boulevard, juste devant le bistrot des mecs à la mode, le Flore, c'est ça, coincée dans l'océan de ferraille comme un raisin sec dans le gâteau de riz, et je me suis sauvé, droit devant, rien à foutre, qu'ils se démerdent, j'aurais

Cœur d'artichaut

couru d'un trait chialer dans les jupes de ma mère si j'avais encore eu ma mère. Voilà comme je suis.

Voilà comme je suis, mais il y a aussi cette saloperie d'orgueil, ou de pitié, ou appelle ça comme tu voudras, qui pointe le nez quand il ne faut pas et me fait faire des choses que j'aurais jamais faites de moi-même, je veux dire de mon VRAI moi-même. Après, bien sûr, je regrette, je me traite de guignol et de pigeon... Oui. Ce jour-là, c'est comme ça :

Je lui mets la main sur l'épaule, très grand frère, et je dis :

— Venez chez moi. Pour cette nuit. Le temps de vous retourner. Vous verrez plus clair demain.

Voilà. Je l'ai dit.

Elle lève la tête et la tourne en même temps, je suis debout sur sa gauche, elle me regarde tout là-haut, sérieuse, pas étonnée, pas soulagée, rien. Elle dit :

— Chez vous ? C'est quoi, chez vous ?

— Un F2. Porte de Picpus.

— Un HLM ?

— C'est ça. Deux pièces. C'est un peu le bordel, mais je peux faire de la place.

— Votre femme, vos gosses ? Qu'est-ce qu'ils en diront ?

— Je vis seul.

— Et comment on y va ?

Tiens, c'est vrai. Je n'y avais pas pensé. Un taxi n'acceptera jamais. Encore un problème. Je ne suis vraiment pas doué. Je fais :

— Faudrait une camionnette.

— Oui, faudrait.

Cœur d'artichaut

Ça doit se louer, une camionnette. Sûrement, même. Quelque part par là. Ouh là là, c'est compliqué. J'ai jamais fait ça, moi.

— Madame, monsieur...

C'est la petite beurette de tout à l'heure. Tiens, elle est encore là ? Les autres sont partis, CRS compris, il n'y a plus rien à voir. Elle lève le doigt, comme à l'école. La dame se fait attentive. Moi aussi.

— Vous savez, j'ai mon oncle, il tient l'épicerie, dans l'autre rue, là derrière, pas loin. Il a la camionnette. Si vous voulez, je lui demande. Il sera d'accord, c'est sûr. Il est toujours d'accord, lui. D'accord ?

La mémère aux chats revit. D'un bond, la voilà sur ses jambes. Sacha, dont elle n'a pas lâché la laisse, sursaute, surpris, et lance un bref aboi. Sa maîtresse se jette au cou de la petite, lui colle deux gros bisous bien claquants :

— Vous êtes... Vous êtes merveilleuse ! Allons-y tout de suite !

Elle se tourne vers moi, désigne de la main les paniers et le reste :

— Je peux vous les confier ?... Mais peut-être êtes-vous attendu ?

Non, je ne suis pas attendu. Je hausse les épaules, je dis :

— D'accord. Vous en faites pas.

Un flic se pointe. Pas un CRS, un à casquette plate comme ils ont maintenant. C'est pas que je raffolais du képi, avec ou sans un flic est toujours un flic, c'est-à-dire l'ennemi, mais ça vous avait un petit air bien de chez nous, très folklo, comme le casque à étage des flics anglais, alors que là ça fait anonyme, passe-partout, flic standard de pays sous-alimenté à bakchichs et combines véreuses, ça singe les généraux de junte à grosses

Cœur d'artichaut

casquettes, enfin, je trouve. C'est mon côté franchouillard, je suppose. On a beau, comme Brassens, mépriser de tout son cœur « les imbéciles heureux qui sont nés quelque part », on a beau on a beau, les vieux réflexes sont là, tapis au fond du marécage. Bon. Un flic. A casquette. Qui annonce :

— Vous ne pouvez pas laisser ça là. Vous encombrez.

— Oh, je fais, cinq minutes...

— On dit ça. On les connaît, vos cinq minutes. Allons, dégagez !

Je marmonne « Ça va, ça va... », histoire de sauver la face — cette rage de la sauver, cette putain de face ! Encore un réflexe à la con du cerveau reptilien ! C'est toujours quand on cède sur toute la ligne, qu'on tend docilement son cul, qu'on prétend la sauver, la face ! — et je range tout le bazar le long du mur, bien convenable rien qui dépasse. Mais déjà le flicard, qui au fond s'en fout, c'était juste histoire de se dégourdir un peu l'autorité, pas la laisser rouiller, le flic, donc, a tourné le dos et est parti vers quelqu'un d'autre à emmerder. Et moi, j'attends, sans trop y croire. J'ai tout le temps de me demander une fois de plus ce que je fous là, dans quelle galère à épisodes je suis encore allé me fourrer. Moi et ma grande gueule... Je fais guili-guili par le trou à un chat à tête de bouledogue, aplatie pareil mais avec plein de fourrure autour, la sale bête me harponne le doigt d'un coup de patte, griffes en bataille, vif comme quand ils se mettent à être vifs, s'approche le doigt à bonne portée de crocs et puis, hagne, me le mord, fort et profond. La petite vipère !

Je me suce le doigt, ça saigne pas mal, et alors, le miracle. Teuf-teuf prout-prout, la camionnette est là ! Parfaitement. Avec dedans, côte à côte, la dame,

Cœur d'artichaut

épanouie, la beurette, rose d'importance, et, au volant, un jeune Berbère plus berbère que nature : dents de cheval, mâchoires en étau, gueule tout en os sculptée par Rodin en trois coups de burin, creux et bosses, creux très creux, bosses très bossues, arcades saillantes pur granit, orbites de nuit, tignasse bouclée serré, noire à reflets roux, deux yeux qui se marrent et tous les traits orientés dans le sens d'une rigolade prête à jaillir. Une heureuse nature.

— Lui, c'est mon cousin, explique la petite. Il veut bien faire le chauffeur pour nous. Il conduit super-bien, vous savez.

Elle en est fière, du cousin. Peut-être les a-t-on fiancés tout petits ? J'ai lu que ça se fait, chez eux.

Tout est vite chargé dans la camionnette, il y a une porte à glissière sur le côté, le cousin berbère a, en un clin d'œil, ménagé une place parmi les cageots vides. La dame tient à rester près de ses minets, avec Sacha. Elle leur parle, les rassure, leur explique qu'on va chez le gentil monsieur, tout est arrangé, pas à se faire de mauvais sang, ils auront leur dîner en arrivant. Les chats écoutent, attentifs. Un joli concert de ronrons à neuf voix applaudit la fin du discours. Le chien semble tout aussi intéressé qu'elle-même au confort des chats.

Et bon, me voilà installé dans la cabine du chauffeur, la petite cousine entre nous. Et ça roule.

On est un peu tassés, à trois sur le Skaï fatigué. La petite se tient bien droite, cuisses serrées, fiérotte comme tout. C'était son idée, la camionnette de l'oncle. Du coup, c'est elle le chef de bord. Elle

32

Cœur d'artichaut

mâchouille un chouinegomme, signale au conducteur les obstacles à la navigation.

— Gaffe ! Le con, là, je te parie qu'il déboîte sans clignoter, je le sens... Ah, tu vois ? Qu'est-ce que je disais ? L'enculé de sa mère !

Le cousin secoue la tête, choqué.

— Ce que tu causes là, c'est pas des mots pour une fille. C'est des mots pour une pute.

— Ouah, lui, eh ! D'où qu'il sort, çui-là ? Toutes les filles causent comme ça, au lycée.

— Toutes des putes, conclut le cousin.

— Une pute, d'abord, ça prend du pognon pour faire des pipes, dit la petite.

— Ça veut dire quoi, ça ? Que toi, tu les fais à l'œil ?

Là, quand même, elle rougit.

— Ouah, lui ! Si on peut plus causer...

— On peut causer. Mais pas comme des putes. Des paroles comme ça, tu les dirais pas devant ton père.

Elle comprend que ça devient dangereux, que la conversation a atteint le point où une jeune fille bien élevée ferme sa gueule. Elle le fait. Elle regarde droit devant elle, mastique avec rage son chouinegomme et ne dira plus rien. Elle boude, quoi. Le cousin, sentencieux, tire la moralité de tout ça :

— Les choses qu'une fille peut pas dire devant son père, elle doit pas les dire nulle part.

Moi, du coin de l'œil, je me régale à la sournoise. C'est qu'elle a de la classe, cette môme. Pas que je sois amateur de poussins à peine sortis de l'œuf. Les coudes pointus et les pubertés en herbe ne m'inspirent pas des

Cœur d'artichaut

masses. Mais c'est plus fort que moi, en tout être du sexe opposé je cherche à quoi accrocher le fantasme. Une femme, c'est pas un homme, et merde ! Dès qu'il y a de la femme dans le paysage, un truc en moi se déclenche, un intérêt, une excitation. L'instinct du chasseur, dirait l'autre, mais non, c'est pas ça. Plutôt l'instinct du gibier, je dirais. Tiens, rien que ce mot : « femme ». Rien que ce mot, ça allume la petite flamme, et puis l'incendie. Plus fort que moi. J'y peux rien. Femme... Un rayon de paradis. Le soleil perce les nuages. Même la plus tocarde, la plus vioque, la plus mafflue, la plus visiblement con, je lui cherche le petit bout de je ne sais quoi où accrocher la divine étincelle.

En ce moment, je nage dans le bonheur. Elle est là, le long de ma cuisse. Il y a une « elle », et elle est là. Tout contre moi. Oh, je n'ai aucune intention, je n'amorce aucun « peut-être ». Je déguste sa présence, c'est tout, mais bien à fond. Je me concentre dans la conscience de cette chose inouïe : une femme est là. Je m'en pénètre, m'en imprègne, ne veux penser qu'à cela, ne vivre que par cela. « Elle » : autre mot déclencheur de l'extatique fantasme. Syllabe liquide, si française, syllabe évocatrice de jambes, de cuisses, de hanches, de sourires, d'odeurs... « Monceau d'entrailles, pitié douce... », qu'il disait. Oh, que oui !

Je sais, ça ferait bien marrer tout un chacun de normalement constitué. « Un plaisir que la main ne peut atteindre n'est qu'illusion », a dit, ou à peu près, je ne sais quel ciseleur de sentences pour almanach. Taistoi, gros plouc ! Si ta main l'atteint, et le reste, tant mieux, et crois bien que de mon côté je ne m'en prive pas, mais tout est plaisir, tout, rien n'est à dédaigner. Une femme que tu regardes, tu la possèdes. Non, pas de

Cœur d'artichaut

façon dérisoire, frustrante, pas comme un prix de consolation qui te laisse sur ta faim. Tu ne peux pas les posséder « charnellement » toutes, mais les voir, t'en repaître par les yeux, ça, oui, tu peux ! Tu te fais un festin de ses gestes jolis, tu imagines ce que tu ne vois pas mais qui t'est suggéré, tu t'emmagasines du souvenir peut-être aussi intense que si tu avais fait l'amour avec elle, et ça, personne ne peut te le voler, te le reprendre, te le contester. Qu'a donc de plus celui qui paie une fortune pour un tableau ? Celui qui traverse les mers pour voir *La Joconde* ? Il en a la vue, eh oui ! La vue, un point c'est tout. Un seul de ses sens est comblé, le moins matériel de tous, peut-être, le moins « charnel », et le bonhomme est puissamment heureux. Or, des Joconde, il y en a plein les rues, plein le métro, plein les terrasses, plein les restaurants, plein les bureaux, plein la vie ! Deux milliards et demi de bonnes femmes sur cette planète bénie ! Un peu plus, même, elles sont plus nombreuses que les mâles. Deux milliards et demi de coups de cœur, d'enchantements, d'émerveillements, de rêves, de bonheurs ! Et toutes différentes ! Toutes uniques ! Chacune avec sa façon bien à elle d'être femme ! Autant de féminités que de femmes ! Oh, maman, je nage dans un océan de femmes ! Merci, maman, merci de m'avoir mis au monde, et dans ce monde-là !

La petite salope s'est rendu compte de l'effet qu'elle me fait, bien que rien dans mon attitude, pas un regard de trop, pas un frémissement de ma cuisse le long de sa cuisse, n'ait pu l'avertir. Elles se rendent toujours compte. Je décèle à je ne sais quoi d'aux aguets dans son

Cœur d'artichaut

impassibilité maussade qu'elle sait et n'oublie pas qu'il y a un mâle, là, tout comme je sais qu'elle est femelle. Je me suis toujours demandé si cette taraudante obsession sexuelle qui fait que la vie de mâle vaut la peine d'être vécue, les femmes la connaissent aussi. Si nos organes sexuels et leur banlieue ont pour elles le même fabuleux pouvoir d'exaltation que les leurs pour nous... En tout cas, la petite môme a senti mon soudain intérêt pour sa femellité, et, instinctivement je veux bien le croire, elle a réagi. Mine de rien, elle prend la pose. Petite salope ! Délicieuse petite salope naissante !

Sur la fin du parcours, il me faut m'arracher à mes délectations intimes pour faire le copilote. J'habite un de ces quartiers aérés où tout se ressemble, où l'on ne trouve pas si on ne connaît pas. La camionnette s'immobilise enfin devant l'espace vert prévu dans le cahier des charges. Des adolescents criards jouent au foot sur la verdure mangée aux mites, d'autres s'activent à achever de fracasser les basses branches des trois acacias chétifs.

II

L'immeuble est « moderne », fonctionnel, triste et con.
Une barre parmi les barres, avec de la mosaïque
industrielle de couleurs différentes pour faire gai. La
mienne est ocre sale par endroits, bleu sale à d'autres, et
se décolle par larges plaques, dénudant le ciment, ça fait
lépreux. A se flinguer. Le pire, c'est quand tu te mets à
la fenêtre : tu te vois entouré d'un troupeau galeux de
répliques conformes de ton propre clapier, tu ne peux
pas penser à autre chose. Heureusement, il y a le bleu
du ciel, là-haut, quand il lui arrive d'être bleu. Alors tu
regardes en l'air, tu t'interdis de baisser les yeux. Moi, à
la fenêtre, je m'y mets jamais. Le décor, je l'oublie. J'ai
une riche vie intérieure.

L'ascenseur en tôle marron n'exhibe que relativement
peu de barbouillages débiles, la gardienne espagnole fait
peur aux tagueurs, elle porte d'énormes godasses clou-
tées aux bouts très durs et n'hésite pas à les planter dans
les miches des rouleurs de mécaniques, et si tou l'es pas
contenté, va lé dire ton papa, i me fasse pas la por, ton
papa.

La petite beurette — au fait, comment s'appelle-t-
elle ? —, toujours butée dans son hautain silence, nous

Cœur d'artichaut

aide à transbahuter les paniers et leur contenu dans l'ascenseur. La dame remercie de tout son cœur le cousin, lui glisse un billet, « Pour l'essence », qu'il repousse comme s'il le brûlait, « Non, non, madame, pas question ! C'était pour le plaisir et l'amitié. » La petite, sans un mot, nous plaque à chacun deux grosses bises inattendues, et nous voilà dans la boîte marron, propulsés vers les hauteurs.

C'est au troisième. Tout ce qui me reste de ma vie de famille avec Agathe. Ces quatre murs, ces trois bouts de bois. Elle est partie, elle a emmené la gosse, elle n'avait pas besoin du F2, elle allait dans beaucoup mieux. Elle n'avait pas besoin non plus de pension alimentaire, que d'ailleurs je n'aurais pas pu payer. Pas chienne, c'est elle qui me dépanne quand ça va vraiment mal. Une fille rare : elle me laisse salement tomber, et elle ne m'en veut pas ! Elle continue à veiller sur moi, de loin. Pas besoin de lui demander, et d'abord je ne le ferais pas, ah ça, non, alors ! Elle sent quand elle doit intervenir. Je n'explique pas. Elle renifle ça dans l'air du temps. Et alors un virement me tombe du ciel. D'un ciel nommé Agathe. Je ne dis pas merci. J'ai rien demandé, moi.

Un F2, c'est deux pièces : un « séjour » pas bien grand, une chambre vraiment petite, cuisine, salle d'eau, chiottes. Le mien, un épouvantable bordel. J'ai horreur du désordre et du sale, mais je n'ai pas le courage de l'ordre. Alors, c'est le désordre. L'ordre est un état contre nature, un combat provisoirement gagné qu'il faut livrer à chaque instant. Le désordre, c'est la

Cœur d'artichaut

nature. La nature finit toujours par gagner. Avec moi, en tout cas.

Je lis beaucoup. Enormément, même. Trop, c'est sûr. Et je ne jette jamais un livre, même très con. L'objet livre, peu importe ce qu'il contient, m'inspire un profond respect, une espèce de ferveur sacrée. Un livre, c'est la perfection de la forme autour de la plus grande concentration de plaisir. Tout ce qu'il y a, dans un livre ! Et ça se feuillette, chaque page est une porte qui tourne sans bruit sur ses gonds, et ouvre sur une autre porte, et une autre après celle-ci, et chaque porte est aussi un arbre de Noël plein de choses à cueillir, des choses qui t'entrent dans la tête par les yeux, quelle merveille ! Les disques, les cassettes, c'est formidable aussi, je dis pas, mais ça n'a pas la souveraine simplicité du livre, ça ne parle pas tout seul, ça demande un machin qui tourne et du courant pour le faire tourner, ça fait du bruit...

Je ne profite bien que de ce que je lis. Ce que j'entends m'entre par une oreille, ressort par l'autre. J'ai beau écouter, me concentrer de toutes mes forces, je ne suis jamais tout à fait là, et, très vite, je m'évade, je pars à rêvasser. Par contre, ce que je lis s'imprime dur et profond, des tas de déclics s'éveillent dans ma tête, mon cerveau passe la surmultipliée, je comprends, je participe, j'imagine, je projette, je construis... C'est sans doute parce que j'ai appris tout petit, et que ça m'a tout de suite convenu. J'avais trouvé mon élément, quoi. Comme la tortue à peine éclose qui va tout droit vers la mer. Je n'ose pas penser aux temps où les livres n'étaient pas inventés. J'y serais crevé, c'est sûr. Beaucoup de jeunes ont dû crever, dans ces temps-là, sans qu'on sache pourquoi : c'étaient des natures dans mon genre, mais nées trop tôt.

Cœur d'artichaut

J'ai bien du pot de vivre dans cet océan d'imprimé qu'est le vingtième siècle. Les prospectus bourrés chaque matin dans ma boîte aux lettres ne me font pas monter la fureur noire comme je vois les autres locataires. Je les emporte chez moi, je les lis tous, attentivement, je regarde les belles images. Je sais tout sur les promotions aux surgelés du coin, sur les soldes pharamineux, sur les artisans plombiers dépanneurs tous tellement meilleurs que celui d'en face. Je m'écarquille devant les cadeaux miraculeux : « Vous avez gagné cent millions ! Oui, vous, parfaitement ! Remplissez vite la formule, etc. » Ça m'amuse, ce mal qu'ils se donnent, ces insectes, pour caser leur camelote, vanter leur boulot, m'arracher une pincée de mon pauvre pognon..., survivre. Ce monde tout autour grouille et bouillonne, écrase et tue, ces papiers dans ma boîte aux lettres sont l'écume de la grande bagarre pour la vie.

Bref, le bordel, c'est les montagnes de bouquins. Que je rangerai un jour, ça c'est sûr, si je n'en étais pas persuadé je serais bien malheureux. Un jour... Je rangerai, classerai, par genre ou par noms d'auteurs, par ordre bêtement alphabétique ou savamment analogique, je ne sais pas encore, mais quand je vais m'y mettre, ça ira dare-dare. Je m'en régale d'avance, j'y suis déjà. D'abord fabriquer des étagères. Partout. Pas un pan de mur sans livres. J'arracherai les affiches d'Agathe (elle disait « posters ») : des reproductions très bien faites annonçant des expositions d'art supermoderne, des impressionnistes aussi, très dans le vent les impressionnistes, et même des Delacroix, le romantisme est la dernière trouvaille kitsch à la mode. Elle les aimait beaucoup. Des photos, aussi, des Doisneau... Va savoir pourquoi elle les a laissées.

Cœur d'artichaut

Je ne supporte pas les images accrochées aux murs. Ni tableaux, ni affiches, ni quoi que ce soit, pas même le calendrier du facteur. Ces visages qui te regardent, sans doute génialement peints, je ne dis pas, mais toujours les mêmes, toujours pareils, toujours la même gueule, qui te sautent dessus toujours au même endroit, ces paysages figés dans une éternelle lumière... Même aimés de moi, je finirais par les haïr, figés, hallucinants, et finalement cons à hurler, comme tout ce qui est immuable. L'abstrait, alors ? (Agathe dirait : « le non-figuratif »). Encore moins. Même réussi, l'abstrait, c'est, au mieux, des motifs pour cravates. Au pis, de l'attrape-couillon. La seule chose qui me ferait peut-être envie, si j'avais les moyens de me passer des envies, ce serait des tapis. Je serais riche, je vivrais dans un cocon de tapis tous plus d'Orient les uns que les autres. Avec des femmes, cela va sans dire. Plein. D'Orient aussi, comme celles du *Bain turc*. Souples et pulpeuses. Et soumises. Je les aurais achetées au marché aux femmes. Je serais très gentil avec elles. Elles m'aimeraient très fort.

Pour l'instant, le plus pressé : faire de la place. Dégager un coin. Pas deux méthodes : saisir à bras-le-corps une montagne de livres, la poser sur une autre montagne. Je m'y prends comme un manche, la montagne s'affale, les bouquins tombent et s'écornent les coins. Elle veut participer. J'aime mieux pas et je le lui dis. Elle s'y prendrait sans doute mieux que moi, mais ce sont mes bouquins. Je les préfère maltraités par moi que chouchoutés par autrui. Je suis comme ça.

Cœur d'artichaut

Je finis par dégager un coin près de la fenêtre. Pendant ce temps, elle a déballé toute une dînette : neuf petites écuelles de plastique, une par chat, plus une grande. Pour le chien, me dis-je. Elle ouvre à gestes prestes des boîtes de conserve de marques différentes, répartit ça dans les écuelles, à chacun sa marque. Elle mesure les cuillerées avec la rigueur d'un pharmacien dosant des pilules. Chaque écuelle porte sur le côté, calligraphié au feutre indélébile sur semis de petites fleurs, le nom d'un chat. Elle m'explique :

— Oui, c'est assez compliqué. Ils ont des régimes. Certains sont très fragiles, voyez-vous. Ce sont presque tous des chats trouvés, sauvés de la mort. Je dois être très attentive, ne pas les laisser manger n'importe quoi, ni chaparder dans la portion des autres.

Elle se penche, confidentielle :

— Sophie et Ragondin ont été arrachés aux bourreaux d'un laboratoire. Ils servaient à des expériences de vivisection. Vous imaginez ? Une horreur. J'ai eu bien du mal à leur faire oublier. Ils sont encore très fragiles. Ils cicatrisent mal.

— Vous voulez dire que vous les avez volés ?

— Pas moi... Mais chut !

Elle dispose les écuelles pleines sur un rang, on dirait les petites assiettes des nains de Blanche-Neige. Elle ouvre la porte d'un panier. Un museau rose pointe, circonspect. Je m'inquiète :

— Vous les faites sortir ?

Elle me regarde, posément, de ses candides yeux bleus. Tiens, ils sont bleus...

— Enfermés, ils ne mangeraient pas. Ils sont choqués, vous savez. Ce fut une rude journée. Je dois les rassurer.

Cœur d'artichaut

A quatre pattes, elle parle au chat :

— Eh bien, Henri, nous sommes arrivés. Viens, je t'attends. Allons, viens manger, mon chéri.

Le chat, un vieux « gouttière » tigré, la regarde, feule un bref miaou, risque une patte, l'autre, frotte son crâne à la main qu'elle lui tend, flaire le contenu de l'écuelle et, osant enfin y croire, s'accroupit bien à l'aise, le nez à hauteur de nourriture. Il happe une bouchée, contorsionne des mâchoires pour la broyer.

— Il lui manque des dents, pauvre petit, dit la dame.

Le chien compatit par quelques battements de queue. Il a suivi la manœuvre avec beaucoup d'intérêt. Et moi je me dis que si c'est la même chose pour les neuf bestioles, plus le clebs, on n'est pas sortis de l'auberge.

C'est effectivement la même chose. Une heure y passe, pendant laquelle je m'efforce en douce de masquer le plus répugnant : chemises et slips sales épandus parmi les bouquins sur le divan-lit transformable jamais transformé, affalé une fois pour toutes dans la position « lit », des tas de choses comme ça, qui d'habitude ne me gênent pas trop tant qu'un œil étranger, donc malveillant, ne risque pas de tomber dessus...

Je n'amène pas de femme chez moi. Jamais. Donc, je m'interdis les femmes mariées. D'ailleurs, j'ai remarqué, elles préfèrent chez elles, dans leurs habitudes. Ça les rassure, je pense, leur donne l'impression de ne pas se lancer tête baissée dans je ne sais quel inconnu. Elles gardent un pied sur la terre ferme, se cramponnent d'une main au bastingage... Moi aussi, je préfère, et pas seulement à cause de ma honteuse crasse de

Cœur d'artichaut

célibataire feignant. Pénétrer l'intimité d'une femme avant de la pénétrer, elle — peut-être ! —, c'est l'aventure, la découverte du tombeau de Toutânkhamon. D'ailleurs terriblement banales, mais si touchantes dans leurs efforts d'originalité.

Celle-là, elle m'a eu à l'impulsion irréfléchie. Au vrai, je ne la voyais pas femme, n'y pensais pas comme à une femme. Juste une boule de lainages asexuée, au bord du désespoir total sur son bout de trottoir... Elle a fini de nourrir tout son monde, c'était le plus urgent, ça lui a donné chaud, elle enlève le plus gros, parka rembourré, pull, pull et encore pull, à chaque couche ôtée des formes peu à peu se dégagent du bloc compact, du féminin abondant, à la Maillol, ou plutôt dans le style de ces dondons fessues qui décorèrent un temps les Champs-El, des Botero, si je me souviens bien. Le bonnet saute à son tour, elle secoue la tête, la tignasse comprimée reprend vie et volume. Couleur, aussi. Surprise : je l'aurais crue blonde, au moins vaguement blondasse, à cause des joues rouges, des yeux bleus. Elle est grise. Toute grise, avec même du blanc.

Du coup, je vois les rides au coin de l'œil, les très fines et très cruelles stries qui rayonnent en étoile autour des lèvres. D'après la vivacité des gestes, la voix, le sourire, je lui aurais donné... Au fait, je n'y avais même pas pensé. Je me dis maintenant que si j'avais pensé à y penser je lui aurais donné, voyons voir..., je sais pas, moi, disons dans les trente ? Trente-cinq ? Oui, par là. Je n'y pensais pas mais quelque chose, en moi, machinalement, avait quand même fait l'évaluation. C'est mar-

Cœur d'artichaut

rant, cette mécanique qu'on a, qui fonctionne toute seule, à notre insu, et qui, avant toute chose, s'occupe à coller un âge aux gens. Surtout aux femmes. Et, partant de là, décide qu'elles font plus jeune ou moins jeune que leur âge... Oui, eh bien, celle-ci, après rectification, je lui en entasse sans pitié une bonne cinquantaine sur les épaules. Peut-être même soixante. A partir de là, le jeu est : d'accord, soixante piges. Et alors, qu'est-ce qui, dans cette créature encore féminine de soixante balais, pourrait m'exciter la glande à câlins, dans le cas où...? Elle doit bien avoir quelque chose. Elles ont toutes quelque chose. Ou alors c'est qu'elles se sont laissées couler, la clocharde répandue dans sa pisse et son dégueulis de vinasse, et même là, même là, on peut rêver de rédemption, s'imaginer Pygmalion. Tant qu'il s'agit de rêver...

Celle-là tient bon la rampe. Il y a du volume sous les pulls, de la hanche dans le pantalon. Toute dodue, elle doit être. Un petit bedon bien rond, bien doux, gentiment entrelardé, où il doit faire bon enfoncer sa joue, de la cuisse abondante et généreuse, tout ça un peu fripé dans les plis, un peu las quand le soutien-gorge n'assure plus... Qui n'a jamais goûté d'une belle plante d'automne ne sait pas ce qu'il a perdu. En mes précoces pubertés, j'étais tombé dingue amoureux, non de la classique mère du copain, pourtant fruitée, mais de sa grand-mère, qui avait été encore plus belle et l'était restée. Autrement belle, mais belle, belle... Je lui avais dédié de ferventes masturbations où je me pâmais en criant son nom de famille avec Madame devant et en la voussoyant. Je l'appelais alors avec tant de passion qu'elle allait surgir, là, se matérialiser dans mes bras, dans la gloire de ce corps que j'imaginais délicieusement

Cœur d'artichaut

trop tendre, que j'adorais, non malgré les griffures du temps, mais à cause justement de ces furtives et si émouvantes défaillances. Et puis, ces cheveux blancs, strictement tirés en arrière... S'enfoncer dans une dadame à cheveux blancs, la faire délirer de plaisir... Le goût acide de la profanation, je pense. L'adolescence est volontiers sacrilège.

Elle se redresse, s'essuie le front du dos de la main, soupire :

— Ouf! C'est du travail, vous savez.

La longue posture à ras de moquette lui a congestionné le visage, avivant jusqu'à l'écarlate les roses de ses joues, auxquelles se superposent, je le vois bien maintenant, les délicates et perfides dentelles bleues de la couperose.

— Il fait bon, chez vous.

— Trop chaud ?

— Vous savez, après le squouatte...

— Vous ne pouviez pas chauffer, bien sûr.

— Eh, non !

— Moi, je suis frileux. Jamais assez chaud. Je voudrais pousser les radiateurs, mais pas moyen. Ils sont au maximum. Vous comprenez, c'est la Ville de Paris qui chauffe.

Les chats, repus, partent à la découverte. Le plus malin, ou le plus frileux, s'est déjà lové sur le radiateur. Quatre autres explorent le lit, tâtent le moelleux du duvet, s'y aménagent sur mesures un nid en creux. Il y en a qui font de l'alpinisme sur les piles de livres. Un gros matou blanc et noir s'y essaie les griffes. Il se passe

Cœur d'artichaut

sous le lit quelque chose d'intense : ça feule, ça rage et ça crache, des queues qui dépassent fouettent l'espace, la poussière fuse de là-dessous comme de la gueule d'une antique bombarde, de gros moutons gris, amassés là pendant des siècles et jamais dérangés, courent et roulent partout, proclamant ma honte.

Je dois avoir l'air de ce que je ressens. Elle me lorgne de côté, écolière fautive qui attend la gifle, quêtant quand même l'indulgence complice. Elle dit :

— Ils décompressent. Il faut les comprendre : si longtemps enfermés ! Ils vont se calmer.

Je les balancerais bien tous par la fenêtre, moi. Je souris, hypocrite comme tout. Mon sourire ne doit pas être très convaincant. J'approuve, lâchement :

— Oui, bien sûr, pauvres petits. Ils ont besoin d'exercice. Mais vous allez les remettre dans leurs boîtes, pour la nuit ?

— Oh... vraiment ? Ils vont être tellement déçus !

Cette fois, elle braque droit sur moi ses sacrés yeux de lumière, de bas en haut, je ne suis pas tellement grand mais elle est tout à fait petite et alors je la vois vraiment. C'est Gelsomina. Gelsomina, de *La Strada*.

Cette bouille de môme restée môme pour la vie, tête d'artichaut, bille de clown, désarmante d'innocence candide, ignorant le mal, refusant que la vie puisse être sale. Une proie. Sauf pour ce qui touche à ses chats. Sur ce point, capable de toutes les audaces, de toutes les ruses, de toutes les duretés.

Gelsomina... *La Strada,* mon père m'avait mené la voir, je devais avoir dix ans. J'ai chialé. J'ai acheté la cassette. Je me la repasse de temps en temps. Je chiale chaque fois.

Une pile de livres s'abat. Le coupable, épouvanté par

Cœur d'artichaut

son succès, file sous l'armoire de pur sapin de Norvège livrée en morceaux à assembler soi-même (le catalogue disait « en kit », mais je suis rétif aux américanismes à la mode. A toute mode, en fait). L'armoire oscille d'arrière en avant, je n'ai jamais été foutu de m'y retrouver dans les bidules d'assemblage, je me suis donné beaucoup de mal et ai été très grossier. Agathe réprouvait mais n'aidait pas. J'ai eu beau faire, il y avait toujours un pied qui boitait. Il boite encore. Je me précipite. Le chat, dans l'intensité de sa panique, a dû bousculer la cale en carton plié — le calendrier du facteur —, j'arrive juste à temps.

Elle se retient de rire, ce qui est peut-être pire que si elle avait ri. Enfin, je me dis qu'une nuit est vite passée.

— Une nuit est vite passée, profère-t-elle.

Voilà une phrase agréable à entendre. Je feins l'intérêt :

— Parce que vous savez déjà où vous dormirez demain ?

— Euh... A vrai dire, pas exactement. Mais je trouverai.

— Mais, dites-moi, pourquoi n'avoir pas cherché plus tôt ? Vous deviez bien savoir qu'on était sur le point de vous virer du squouatte ?

— Ah, non. Personne ne savait. Surprise totale. Bien sûr, on n'aurait pas dû être là. On n'avait aucun droit. Mais, bon, on ne gênait personne. On pensait que, le moment venu, on nous enverrait des sommations, qu'on aurait le temps de se retourner. Enfin,

Cœur d'artichaut

vous voyez, quoi, on croit toujours les gens plus humains qu'ils ne sont. Et comme j'étais bien, là... Dame, il n'y faisait pas chaud, il fallait s'emmitoufler, mais j'avais toute la place que je voulais, mes chats pouvaient courir, grimper, jouer... C'est si beau, des chats heureux !

Quant à ça, je suis à même de m'en rendre compte ! Dans la piaule, c'est la fantasia. Moi et mon bon cœur... Non, même pas, Ducon, pas « bon cœur », sois franc avec toi-même : tu t'es fait avoir au coup de tête, au geste qui part tout seul, comme ça t'arrive trop souvent, et tu t'en mords les doigts, comme à chaque fois, comme à chaque fois.

Elle remarque mes réticences, elles doivent s'inscrire en gros plan sur ma gueule, alors elle me rassure :

— Ils vont se calmer. La nuit, ils dorment, vous savez. Comme des petits anges.

Elle ajoute, convaincue :

— Ce sont des anges. Les anges ne sont pas imaginaires. Simplement, les gens ne savent pas les voir, ils les décrètent invisibles. Pourtant, il suffit d'ouvrir les yeux. Ils sont là, les anges. Tout autour de nous, parmi nous. Ce sont les bêtes. N'importe quelle bête. Un animal, c'est l'innocence totale, absolue. Il ignore le calcul, la cruauté, la traîtrise, la ruse, la rancune, l'ambition. Il est transparent comme l'eau claire. Il ne sait pas que le mal existe. Plongez seulement vos yeux dans les yeux d'un chat... Ou d'un chien, s'empresse-t-elle d'ajouter avec un regard d'amour pour le roquet, qui se pousse de la truffe sous sa paume et fouette l'air de la queue.

Elle s'est animée en parlant, a terminé en plein lyrisme. J'avale ma salive avant d'oser demander :

Cœur d'artichaut

— Ils ne vont pas... Enfin, bon, tant pis, ils ne vont pas pisser et chier partout ?

Elle ne se vexe pas. Elle désigne l'alignement des bacs en plastique :

— Pas de danger, cher monsieur. Ils sont tous très propres. Le chat est spontanément propre, vous ne le saviez pas ? Sauf s'il a mal au ventre, bien sûr, mais rassurez-vous, les miens sont en bonne santé. J'y veille. Tenez, justement, voyez plutôt.

Une gracieuse chose au somptueux pelage gris bleu est accroupie sur le sable d'un bac, sourcils froncés. Elle dépose un cigare de bon aloi, ferme et cylindrique, qu'elle enfouit aussitôt, sans hâte, à petits coups de patte précis. Elle examine attentivement son œuvre, puis elle s'en va, très digne.

Il faut bien dire quelque chose. Etant donné l'heure, ce qui se dit, c'est :

— Vous devez avoir faim ?

— Ça va, j'ai ce qu'il me faut.

Elle tire d'un cabas-réclame un saucisson, un demi-camembert, du pain, trois pommes, un sachet de soupe instantanée, un minuscule réchaud à alcool solidifié, une bouteille d'Evian pleine d'eau sûrement pas d'Evian. Elle verse de l'eau dans une écuelle pour le chien, qui se jette dessus et lape à grand bruit. Puis, se tournant vers moi :

— Si ça vous dit. C'est peu de chose, mais c'est de bon cœur.

Me voilà qui fais l'hôte empressé :

— D'accord, mais je vais acheter des pizzas.

— Gentil à vous. Vous savez, je mange peu.

Elle se tape sur le ventre, hilare :

— J'ai déjà trop de réserves.

Cœur d'artichaut

— A quoi, la pizza ?

— Marguerite, j'aime bien. C'est celle où il y a le plus de fromage, non ?

— Gourmande ! C'est parti.

On fait la dînette. Assis sur le bord du lit, nous mangeons sur nos genoux. J'ai apporté de la bière avec les pizzas, mais elle ne boit que de l'eau. Je n'ai jamais squouatté. J'imagine ce que ça doit être, je me dis avec une brève panique qu'après tout ça pourrait très bien m'arriver.

J'ai vitalement besoin d'un coin à moi, d'un ventre-de-ma-mère où me blottir en fœtus loin du monde méchant. Et puis, je tiens à mes petites n'affaires. C'est con, mais tout n'est-il pas con ? Mes bouquins de marché aux puces, l'idée qu'ils sont là, qu'ils m'attendent, que je les rangerai un jour, ça m'accroche à la vie. Même le lancinant remords de ce désordre, de cette crasse, de ce « un jour » sans cesse repoussé, même cela fait partie de mon secret petit univers rien qu'à moi. Je lui demande :

— C'est pas marrant, le squouatte, avec tous ces chats. J'ai failli dire « et à votre âge ». Je me suis retenu à temps.

— Vous voulez savoir comment j'en suis arrivée là, ou comment j'en suis encore là, à mon âge ? Très simple, très banal. Avec mon mari, on habitait un grand rez-de-chaussée sur cour privée, dans le quatorzième. Nous étions propriétaires. Enfin, lui. Au vrai, nous n'étions pas mariés, pas vraiment. Il est mort brutalement. C'est là que j'ai su qu'il était pourri de dettes. Il me cachait tout, pour ne pas m'inquiéter. J'ai eu une vie très préservée, vous savez. Et voilà, d'un seul coup, plus rien. A la rue. Je vous épargne les détails. J'avais déjà

Cœur d'artichaut

Sacha et cinq chats que j'avais recueillis. J'avais peu d'amies, toutes mariées. J'ai habité un peu chez l'une, un peu chez l'autre. Vous imaginez la tête des maris. Ça ne durait jamais longtemps.

— Et... financièrement ?

— Oh, j'ai eu de la chance ! Un ami de mon mari était quelque chose dans un journal de bandes dessinées. Un de ces illustrés, vous voyez ? Ils avaient besoin d'une lettriste. C'est une personne qui dessine les lettres des textes des dialogues qu'il y a dans les bulles... Pardonnez-moi, c'est technique. Les bulles sont ces emplacements cernés d'un trait avec une queue qui sort de la bouche du personnage qui parle. Vous voyez ce que je veux dire ?

Elle me prenait pour qui ? Pour un Martien ? Les B.D., tu parles, j'ai tété ce lait-là avant l'autre ! Pas contrariant, j'opine :

— Oui, oui. Très bien. Les bulles, quoi.

— Il paraît qu'une bonne lettriste est quelqu'un de recherché. Il faut d'abord avoir une très belle écriture, genre imprimerie mais plus souple, et aussi savoir d'un coup d'œil calculer son coup pour tenir juste bien dans la bulle sans se cogner aux bords, c'est déjà difficile, surtout au début, mais encore faut-il être capable d'imiter le style d'écriture du dessinateur original, américain ou autre, de façon à ce que le graphisme de la lettre ne jure pas avec le dessin. Et naturellement il est nécessaire d'acquérir une certaine vitesse d'exécution, car nous sommes payés au nombre de signes. Ça n'a l'air de rien, eh bien, je vous assure que ça n'est pas à la portée de tout le monde. Moi, j'ai la chance de posséder ce talent-là.

— Je ne me doutais pas que ce métier-là existait. Je

Cœur d'artichaut

n'y avais même jamais pensé, à vrai dire. J'aime beaucoup les bandes dessinées, il me paraît tout naturel que les bulles soient là, qu'elles parlent... C'est pourtant vrai qu'il faut les traduire ! Mais, bon, ce travail-là, vous le faites dans un journal, enfin, dans les bureaux d'un journal, je veux dire, ou d'une imprimerie, excusez-moi, je n'y connais rien. Et alors, les chats, le chien, pendant ce temps-là, ils restent bien sagement tout seuls ?

— Oh, mais, pas du tout ! Je travaille à la maison. Je vais chercher les planches à remplir... Oui, on appelle ça des planches, ce sont les pages de dessins... Je les rapporte chez moi, et là je travaille tranquillement, à mon rythme, je me réchauffe quelque chose quand j'ai faim, je m'arrête quand j'ai mal aux yeux, je parle à mes chats, j'emmène Sacha faire ses petites commissions... Je suis mon maître, quoi... Et d'abord, voyez-vous, tous les matins à la même heure au bureau, le réveille-matin, le métro, non, merci, c'est bien simple, je ne pourrais pas. Ça m'est arrivé, savez-vous ? Je n'ai pas tenu le coup. Pourtant, j'avais ce qu'on appelle une belle situation. Seulement, voilà, j'étouffais, je devenais folle. J'ai besoin de liberté par-dessus tout. Je n'y peux rien, je suis comme ça. On m'enferme, je meurs. Et puis, je ne supportais pas les collègues, les chefs, le traintrain, les pots pour arroser une promotion, un départ à la retraite, l'anniversaire de celui-ci, la naissance du gosse de celui-là, la nouvelle voiture de cet autre... Non, non, je n'en pouvais plus ! Pardonnez-moi : ils sont trop cons... Je dois vous paraître bien prétentieuse, n'est-ce pas ?

Je l'écoute et je pense à tous ces morfalous dans la force de l'âge qui cherchent désespérément du travail,

Cœur d'artichaut

n'importe quel travail, et pour qui ces conditions qui la révulsent seraient le paradis... Je dis seulement, avec plus de chaleur que je n'aurais voulu :

— Si vous êtes prétentieuse, que dire de moi, alors ?

— Ah, bon ? Vous aussi, vous êtes comme ça ?

— Moi aussi, oui. Ça ne facilite pas la vie.

— Mais quand on ne peut pas faire autrement ?

— Eh oui, voilà... Dites-moi, si vous travaillez à la maison, il vous faut du matériel. Comment faisiez-vous, dans votre coin de squouatte ?

Elle rit, cligne de l'œil. Fouille dans son sac à dos, sous les lainages, en tire un bloc de bois parallélépipédique grand comme deux paquets de cigarettes mis bout à bout.

— Matériel ? Le voilà, mon matériel !

Elle me tend l'objet. Je le prends. C'est un plumier. Un de ces plumiers en bois de hêtre des temps de l'école communale, des galoches et des pèlerines noires à capuchon, qui n'existaient déjà plus depuis longtemps quand j'apprenais à lire. Il y a un bouquet de fleurs, bleuets, marguerites et coquelicots, à demi effacé, sur le couvercle, un de ces couvercles à coulisse avec un creux pour l'ongle du pouce. Mon père en avait un du même modèle, sauf qu'au lieu des fleurs il y avait des oiseaux, des rouges-gorges, je crois bien, c'était son plumier d'école, il le gardait dans le tiroir de la table de nuit, avec dedans un porte-plume mâchouillé, un compas en fer-blanc, un bout de crayon, un trognon de gomme ratatiné et une petite boîte de plumes Sergent-Major. Il y avait aussi, ça me revient, deux images-bons points : un rhinocéros, mammifère herbivore africain, et Lavoisier, grand savant français. Le couvercle ne coulissait pas bien, il accrochait. J'ouvre le plumier. Celui-ci aussi

54

Cœur d'artichaut

est rétif, la coulisse accroche, on s'y retournerait un ongle comme rien. Ils devaient être tous comme ça. Dedans il y a, bien soigneusement rangés, des espèces de stylos noirs, une petite bouteille d'encre de Chine, une autre de machin pâteux blanc pour effacer les erreurs et un petit chiffon qui a servi à essuyer des plumes. Elle s'attend à mon étonnement. Je ne la déçois pas et prends l'air qu'il faut. Elle rit :

— Et voilà ! Tout mon matériel. L'usine au complet.

Elle saisit un de ces stylos, en ôte le capuchon. La plume est remplacée par un tube ultra-fin. Elle explique :

— C'est un normographe. Avec ça, on écrit très régulièrement et on n'a pas à tremper sans cesse la plume dans l'encre.

Elle extrait encore du plumier un minuscule porte-plume. Tout heureux de savoir, je m'exclame :

— Ça, je connais. C'est une plume à dessin, comme autrefois.

— Ça sert encore. C'est même très utile, pour les écritures à pleins et à déliés.

— Et... Vous vous en sortez ? Au point de vue fric, je veux dire.

— Je m'en sors, oui. A condition de travailler beaucoup. Douze heures par jour, au moins. J'organise mon travail, sans quoi je serais débordée.

— Vous avez beaucoup de commandes ?

— Trop. Mais il faut trop pour faire assez. Il y a des périodes creuses. Alors, tant qu'on m'en donne, je ne refuse rien. Et c'est toujours urgent, vous savez ? Il m'arrive de passer quarante-huit heures sans dormir.

Elle se dépêche d'ajouter :

— Je ne me plains pas ! J'ai mon chien et mes chats.

Cœur d'artichaut

J'organise ma vie. Je ne suis pas esclave de la pendule. Pourvu que je livre à temps.

— Le bonheur !

— Le bonheur, oui.

— Une question ?

— Posez-la toujours.

— Le squouatte, c'est un dépannage. Pourquoi n'avez-vous pas cherché autre chose ? Puisque vous pourriez payer un loyer.

— Eh bien, tout d'abord, les appartements à louer ne courent pas les rues, je ne sais pas si vous avez remarqué. D'autant qu'il me faut de la place pour mes petites bêtes et que je ne veux pas quitter Paris, à cause de mon travail. Et puis, moi qui n'aime pas les gens, je me trouvais merveilleusement isolée dans mon coin, au milieu de ces... comment dire... marginaux, exubérants, certes, et même bruyants, mais qui me fichaient royalement la paix tout en me donnant le sentiment qu'ils étaient là et que, si j'avais besoin... J'avais une pièce pour moi et les chats. L'eau était coupée dans les étages mais il y avait un robinet dans la cour. Si un jeune me croisait avec mon seau plein dans l'escalier, il me le prenait des mains et le portait là-haut. Les jours de fête, ils me faisaient des petits cadeaux : une assiettée de couscous, un morceau de méchoui. Ils me donnaient des rognures de viande pour mes chats. L'épicier arabe prenait les coups de fil pour moi, la petite montait me prévenir. Ils m'acceptaient comme j'étais, ne s'étonnaient de rien, ne me demandaient rien, même pas comment j'avais échoué là.

Et toc ! Ça, c'est pour ma pomme. Je dis :

— Oh, vous savez, c'est histoire de causer. Je vous

Cœur d'artichaut

ferai remarquer que je ne vous ai même pas demandé votre nom.

— Ni moi le vôtre. Moi, c'est Geneviève.

— Moi, Emmanuel. C'était à la mode il y a trente-cinq ans.

— C'est un nom très doux.

— Oui. Ça manque de nerf. Un nom liquide. Un nom qui vous coule entre les doigts. Et le diminutif est répugnant : Mano. Je cassais la gueule aux gosses qui m'appelaient Mano.

— Qu'est-ce que c'est que cette façon de toujours vous dénigrer ?

— Je ne me dénigre pas. Ce n'est pas moi qui ai choisi ce prénom.

— J'ai cru percevoir une réaction de déplaisir chaque fois que vous parlez de quelque chose qui vous concerne. Mais je me trompe, sans doute.

— Non. C'est-à-dire... Je m'aime beaucoup, mais je ne me plais pas.

— Nous en sommes tous là. Croyez-vous que je me plaise tellement ? Heureusement, il y a tout autour d'autres sujets d'intérêt.

— C'est curieux...

— Qu'est-ce qui est curieux ?

— Vous ne m'avez pas demandé ce que je fais, dans la vie.

— Non ? J'aurais dû ? Il est visible que vous faites dans la vie ce que nous y faisons tous : vous vivez.

— Oh, c'est malin !

Elle s'excuse d'un sourire, pose la main sur mon genou :

— Pardon. Je suis volontiers taquine. Mais ce

Cœur d'artichaut

n'est jamais bien méchant. Eh bien, voyons un peu. Que faites-vous pour gagner votre pitance ?

J'avais sollicité la question, je tenais la réponse toute prête :

— Rien.

Si j'avais pensé produire mon petit effet, c'est complètement loupé. Elle hoche la tête :

— Pourquoi pas ? Si vous y arrivez...

Je lui aurais dit « Je tue des gens pour du fric », elle aurait répondu la même chose, j'en suis sûr.

Elle relance gentiment la conversation :

— Vous n'avez pas de métier ?

— Si, j'en ai un. Je suis acteur. Comédien, comme on dit maintenant.

— Et alors ? A court d'engagements ?

— Voilà. Les temps sont durs... Et puis, non, autant vous dire, merde ! Je suis un acteur raté. C'est ça, la vérité. Ça ne marche pas, ça n'a jamais vraiment marché. Pourtant, j'y ai cru. Je me suis donné. J'ai bossé. Mais il me manque quelque chose. Je ne sais pas quoi, je sens juste que ça manque. Et le public, donc ! S'il le sent ! J'ai suivi un cours, sérieusement, sans tricher. Longtemps. Rien à faire. Je joue faux. J'ai décroché des petits bouts de rôle, par des copains du cours. J'étais pas mauvais mauvais. J'étais pas bon. Terne. A côté, si vous voyez. Je me donnais du mal, j'étais sûr d'avoir trouvé le ton, je sentais le personnage, et je voyais à la gueule du metteur en scène, pendant l'audition, que c'était sans espoir. Alors, bon, j'ai compris. Je ne suis pas, je ne serai jamais un acteur. Je ne suis rien. Voilà. Vous allez encore dire que je me dénigre ?

Pourquoi je lui raconte tout ça, moi ? Je ne raconte

Cœur d'artichaut

jamais rien à personne. Qu'est-ce qui me prend d'aller déballer ma vie à cette mémé ? Je la connais même pas ! Au fait, c'est peut-être pour ça ?

Elle ne dit rien. Elle regarde les taches dégueulasses sur la moquette. Elle a oublié sa main sur mon genou. Je pense que si elle me tapote le genou en disant « Vous êtes déprimé, vous voyez tout en noir », ou « Je suis certaine que vous n'êtes pas si mauvais », ou « Il n'y a pas que le théâtre, dans la vie », ou « Vous êtes encore jeune, ressaisissez-vous »... Si elle me sort une, je dis bien une seule connerie de ce genre, je la balance dans l'escalier avec tout son zoo. Aussi sec !

Le chien semble avoir suivi mes pensées pas à pas. Il se campe devant moi, ne me quitte pas des yeux, et même gronde légèrement du fond de la gorge. Elle ne me tapote pas le genou. Elle se lève, fait tomber les miettes de son pull et dit :

— Il est temps de sortir Sacha. Et puis j'ai envie d'un bon café, debout au comptoir. J'ai repéré un bistrot assez sympa, juste en bas. Vous venez ?

Je viens.

Son bistrot « sympa », l'idée ne m'était jamais venue d'y mettre les pieds, jusqu'ici. C'est le banal machin de périphérie miteuse, à table de Formica écorné sur fond de placage de bois sombre mouluré façon « pub » anglais, avec appliques-tulipes rose fondu pour faire intime et flippers électroniques, bébé-foute et autres joujoux pour jeunesse à blousons quand le mastroquet eut pris conscience que ce qu'il avait voulu nid d'amour avait, de par la force des choses et l'évolu-

Cœur d'artichaut

tion des mœurs, glissé irrésistiblement vers le patronage voyou. Ça tonitrue à pleins décibels, là-dedans, c'est l'heure de la joyeuse turbulence, je reçois deux fois un adolescent dans le dos et envoie une bonne part de mon café dans mon col de chemise. Je lui propose un petit tour du quartier. Elle accepte, bien qu'elle n'ait pas l'air de souffrir de ces bousculades juvéniles. Elle a dégusté son café à petites lampées gourmandes, sans en renverser une goutte. Partout à l'aise, quoi.

Nous déambulons à pas de rentiers par les larges avenues. Elle a lâché la bride à Sacha, qui trottine, la truffe à ras de bitume, d'un platane à l'autre, détectant à l'odeur des choses sans doute passionnantes si l'on en croit les oscillations frénétiques de son maigre panache.

Il fait à peine froid. Une ombre mauve, frissonnant à la cime des arbres nus, dit les verdures prêtes à jaillir. Elle respire à grandes goulées avides, comme une gosse qui sort de l'école après la disserte de contrôle. Ses doudounes s'épanouissent et distendent les mailles du gros pull, une allégresse candide éclaire son visage. Gelsomina...

C'est moi qui finis par parler :

— La scène, bon, c'est râpé. Mais j'ai un projet.

— Raconte.

Elle m'a tutoyé. S'en est-elle rendu compte ? Oui, puisqu'en même temps elle me prend le bras.

— Pas seulement un projet en l'air. Je travaille dessus.

Cœur d'artichaut

Elle attend la suite. J'ai comme une pudeur. Je me lance enfin :

— Voilà. J'écris une pièce.

Elle ne répond rien, mais je la sens attentive.

— J'ai toujours aimé le théâtre, j'en ai toujours rêvé. Je voyais mon avenir là. Sur les planches, naturellement. Quand on pense théâtre, on pense acteur, pas auteur. Lorsque je me suis enfin rendu compte que ce n'était pas ma voie, je n'ai pas pu me résigner à me tenir à l'écart. En même temps, j'ai pris conscience que j'aime le texte pour le texte, que ce qui m'enchante ou m'irrite chez un acteur, c'est sa façon d'exalter les beautés du texte ou de les trahir. Je « sens » le texte, comprenez-vous ? Je sais maintenant que je suis incapable de le rendre, mais je saisis si bien les intentions de l'auteur, les nuances de sa pensée, ses allusions, ses procédés... Et puis, j'ai toujours aimé écrire. Presque autant que lire. J'étais doué, au lycée. Alors, je m'y suis mis. J'avais une idée. J'y travaille. C'est exaltant, et en même temps j'ai peur. Une trouille verte. Vous me trouvez ridicule, hein ?

— Dis-moi « tu », veux-tu ? Ridicule ? Pourquoi donc ?

— Présomptueux, disons. Vous... Tu ne me demandes pas quel est le sujet ?

— Tu me le dis si tu en as envie.

— Alors, c'est non. J'aime mieux pas. Tu comprends, ça me gêne... Tant que c'est pas au point, complètement fini...

— Je comprends tout à fait. Tu me le liras quand tu seras prêt... S'il t'arrive encore de penser à moi, et si tu sais où me trouver... Donc, tu as un projet. Tu réussiras. Tu es trop passionné pour ne pas réussir... A moins que tu ne sois trop passionné pour réussir...

Cœur d'artichaut

Passionné, moi ? Je n'ai qu'une passion, et ce n'est pas celle-là.

L'épouvantable nuit ! Je lui avais proposé de lui abandonner le lit, je me serais accommodé du fauteuil — j'ai un fauteuil, parfaitement, quelque part sous le magma imprimé —, ça se fait, dans les romans. Naturellement, elle n'a rien voulu savoir, a insisté pour que ce soit elle qui se recroqueville sur le fauteuil, toujours comme dans les romans, et bon, c'était fatal, on a fini par se partager le plumard, ça ne se termine jamais autrement, les romanciers n'ont décidément pas tellement d'astuces de rechange pour amener à faire coucher ensemble un homme et une femme qu'aucune arrière-pensée salace n'effleure, cela va sans dire.

En ce qui me concerne, elle n'était nullement « arrière » et ne faisait pas que m'effleurer, la pensée qui m'occupait l'esprit. Salace, pour ça, oui, elle l'était. Sereinement, royalement salace. Salace avec gourmandise et délectation. Dès que la question du dormir s'était posée, l'ombre du sexe avait plané.

Tandis qu'elle se déshabillait, ce n'est pas à la dérobée que je me régalais, mais tout tranquillement, bien à mon aise, comme au « peep-show », en quittant de mon côté sans hâte mon pantalon pour enfiler un pyjama pis que pas très frais. Elle n'en faisait d'ailleurs pas une affaire, se contentant de tourner le dos pour passer une chemise de nuit de pensionnaire — ou de grand'mère ? — taillée dans une espèce de flanelle rose molletonnée ou va savoir quoi, qui lui tombait jusqu'aux pieds et se boutonnait aux poignets. Elle avait

Cœur d'artichaut

fait cela à gestes précis et gracieux, comme tout ce qu'elle faisait. A l'abri de la chemise de nuit, comme si c'eût été un peignoir de plage, elle s'était débarrassée du raide pantalon, sautillant sur une jambe, puis sur l'autre. Elle s'était redressée, s'était tournée vers moi, pas gênée du tout. La vaste chemise tombait autour d'elle à amples plis verticaux, telle une dalmatique d'impératrice de Byzance, soulignant les reliefs qui l'accrochaient en sa chute. Des pointes érigées de ses seins lourds naissaient deux sillages d'étoffe qui filaient jusqu'à terre, effleurant sans s'y briser la discrète éminence du petit ventre replet.

Elle sourit, innocente comme l'agneau.

Une bien appétissante chose, ma foi. Ronde et dodue comme un petit pain au lait. La chemise de nuit de pensionnaire enrobe cette abondance de naïveté, tellement incongrue chez cette grand'mère qu'une bandaison soudaine me fouaille le bas-ventre. L'envie me prend de m'enfouir en cette douceur comme en une crème, de sentir entre mes mains la rondeur épanouie de ces bras qui doivent céder sous les doigts avec une molle élasticité, d'ouvrir ces vastes cuisses de bénédiction qui résisteraient un peu, si peu, et que j'imagine très légèrement infiltrées d'une cellulite discrète, tout là-haut, là où la peau est plus fine que pétale de coquelicot, et si blanche, et — oh, j'y suis déjà ! — si délicatement ridée... Eh, là, où je vais, moi ? Je rassemble tout mon cynisme : « Alors, l'attrait du fruit blet, Coco ? »

Ce qui d'ailleurs ne me calme nullement, ne me fait pas trouver la chose risible. Le désir est le désir, et merde ! Il a ses caprices, c'est son droit, ne boude pas tes élans, aucun connard n'est là pour se foutre de toi, n'en joue pas le rôle. Et, de toute façon, pas question. Elle est

Cœur d'artichaut

ton invitée, mon salaud. Tu penses à son cul, elle ne pense sûrement pas au tien. Elle pourrait être ta grand'mère... Non, peut-être pas, quand même... Ta mère... Beuh... Disons, entre les deux. Elle est depuis longtemps loin de ce genre de truc. Elle gueulerait pire qu'au viol, elle gueulerait au fou ! Oui, bon, on peut rêver. Mais ce tricotin monstre, qu'est-ce que j'en fais, moi ?

Elle a pris le côté du mur, donc moi l'autre. Il n'y a pas de draps, j'ai décidé une fois pour toutes de ne pas m'emmerder la vie avec ces détails. J'ai une vieille couette, un machin en vrai duvet de bête à duvet, immense, ça vient d'Allemagne, je crois, je m'enroule dedans, c'est chaud comme l'enfer, j'adore. Ça sent bon mes odeurs à moi, je me retrouve, je me hume, vite en zigzag, pouce dans la bouche, je plonge dans le noir comme un chérubin. D'habitude. Aujourd'hui, il y a elle, entortillée dans sa couette à elle, une camelote de camping pour colonie de vacances fourrée d'une maigre couche de barbe à papa inerte. Elle remue son gros cul. Elle doit avoir froid. Je demande :

— Ça va pas ?

— Si, si.

— Pourquoi tu bouges comme ça ? Tu as froid, hein ?

— ... pas très chaud. Tu comprends, au squouatte il faisait tellement froid, je dormais avec plein de pulls l'un sur l'autre, plus le parka, plus la couette. Ici, tout à l'heure, j'ai trouvé qu'il faisait bon, j'ai eu peur d'avoir trop chaud...

Je me désencoconne, l'enveloppe dans la moitié de mon duvet.

— Ça va mieux ?

— ... va mieux.

Cœur d'artichaut

— Alors, bonne nuit.

— ... nuit.

Seulement, maintenant, nous voilà cul à cul. Enfin, je veux dire, son cul à elle contre mon devant à moi. Qui commençait tout juste à penser à autre chose. Qui, du coup, se voit rappelé dare-dare à la réalité. A la réalité de ce vaste cul crémeux, là, quasiment en contact, et même, aïe, c'était fatal, carrément en contact. Je me dérobe autant que je peux, mais, bridé par la couette qui bloque la reculade, je peux peu, je peux de moins en moins. Impossible qu'elle ne s'en aperçoive pas... Elle s'en aperçoit.

Elle se dégage de la couette, sans brusquerie. S'assied. Me regarde. Hoche la tête de droite à gauche, l'air de dire « Allons, allons... ». Je baisse le nez :

— Ben, oui, quoi. C'est comme ça.

Elle ne dit rien. Elle continue à me regarder, de haut en bas, grand'mère indulgente qui sait ce qu'est la vie. Je dis :

— Tu vois, il vaut décidément mieux que j'aille dormir sur le fauteuil.

Elle hoche encore, cette fois d'arrière en avant, se mord les lèvres. Elle soupire. Un soupir qui n'y croit pas trop, mais ses yeux, eux, ne demandent qu'à y croire. Au moins un tout petit peu. Ils ont l'air de dire, ses yeux : « Après tout... »

Elle m'ouvre les bras.

Je suis bouleversé, comme à chaque fois.

Je n'en reviens pas. Que ça marche. Qu'une femme m'admette. S'ouvre à moi. Me donne accès à tout ce qui est elle, à son plus intime, à son plus secret, à ses replis, à ses toisons, à ses odeurs, à ses sucs. Me donne le droit

Cœur d'artichaut

de tout faire, tout. De me repaître d'elle. De la regarder me le permettant. De lire dans ses yeux, dans son abandon, plus que le plaisir que je lui donne : son accord pour que ce soit moi qui le lui donne... Je n'en reviens pas. C'est chaque fois aussi neuf, aussi violent. C'est ça, le plus exaltant de l'amour, cette chose inouïe : une femme, qui ne m'était rien tout à l'heure, maintenant me donne tous les droits sur son corps... L'intensité même de l'émotion bienheureuse peut aller jusqu'à me rendre incapable de passer à l'acte. L'impuissance des premières fois. Ce ne sera pas le cas aujourd'hui.

Je reste immobile un long moment, la joue sur la vallée tiède entre ses seins, dans l'échancrure de la chaste chemise. Des seins, c'est encore meilleur dans une échancrure. Contre ma joue, son cœur bat au moins aussi fort que le mien. Je bouge le visage, à peine à peine, bien profiter de l'irréel contact. Moi qui croyais n'aimer que les seins petits, durs, arrogants et très écartés !

Je risque la main sous la chemise de pilou — est-ce cela, du pilou ? —, la pose doucement, bien à plat, sur le cher renflement du ventre. Elle frémit. Je savoure l'instant. Longuement. Ma main descend, découvre la toison, rêche et serrée, s'y caresse, glisse plus bas, fraie son chemin entre les cuisses de gloire, s'arrondit en conque pour venir coiffer le renflement délectable. Je pense « Dodu comme une caille », et m'en veux aussitôt de penser aussi con alors que ma vie est suspendue à ma main. Elle me laisse faire, passive, tremblante pourtant.

Son sexe emplit ma paume. Enorme. Deux collines gorgées de sucs, qui, tapies et coites sous la caresse, attendent... Je l'interroge du regard. C'est alors que je vois ses yeux : ils sont pleins de larmes. Déconcerté, je

Cœur d'artichaut

retire ma main. Elle fait « Non » de la tête, prend ma main, la porte à ses lèvres, l'embrasse passionnément. Elle a compris ce que je veux, acquiesce imperceptiblement. Je pose deux baisers sur ses yeux, ses larmes sont salées, je fonds de tendresse autant que de désir.

Je rejette les couettes, trousse à gestes lents la chemise rose et enfin, enfin, je plonge, corps et biens, à pleine bouche, à plein visage, dans ce sexe énorme et merveilleux, noir comme l'enfer, rouge comme le sang, vaste comme le monde, ce sexe terrible, ce sexe-refuge, ce sexe-maman, je me laisse engloutir par le gouffre sans fond, je m'enfonce dans de la femelle, je lèche, je mange, je dévore, ogre insatiable, je m'y baigne, je m'en barbouille, je ruisselle de ses jus, je grogne comme un goret dans son auge.

Elle gémit à petits cris contenus, puis plus fort, me serre la tête entre ses tendres cuisses, me secoue de droite à gauche comme pour me faire lâcher prise, enfin me repousse à deux mains, appelle :

— Viens !

Je m'arrache avec peine au festin cannibale. C'est que je la boufferais pendant la vie entière, moi, je ne m'en lasserais jamais, jamais... Mais, en même temps, moi aussi je veux ce qu'elle veut. Pénétrer dans son ventre, lentement, au plus profond d'elle, au plus profond, la sentir chaude et vivante autour de moi, autour de ce moi tout entier concentré dans mon membre, et regarder ses yeux tandis que montera le plaisir, qui deviendra frénésie, qui deviendra folie, qui deviendra hurlements à décrocher le ciel... Je viens sur elle. Ses yeux supplient, elle râle déjà, je prends place entre ses cuisses larges ouvertes... Un

Cœur d'artichaut

aboi furieux m'éclate aux oreilles, des crocs se plantent dans ma nuque. Je hurle, mais pas de volupté.

Abattu en plein vol ! Notre fabuleuse ascension vers les extases tourne en grosse pitrerie du temps du cinéma muet. Elle a calmé le chien, qui ne m'avait pas fait grand mal. Mais l'idylle est à l'eau. Va te remettre en train, toi ! On ne rabiboche pas une telle cassure comme si de rien, « Voyons, où en étions-nous, chère ? »... J'essaie de ne pas faire la gueule, de prendre la chose légèrement, genre gentleman sarcastique. Sauver la face, quoi. Je fais l'effort, me compose le personnage, mais alors je m'aperçois qu'elle n'a aucun mal à y parvenir, elle, au détachement philosophe. Elle ne se fabrique pas un sourire : elle se retient de rire. Et même, tiens, elle pouffe, carrément. Ne se retient plus. Sa bonne bouille ronde n'est plus chavirée sous la montée du rut, elle pète de rigolade. La voilà maintenant qui se tord, elle hoquette, ses joues ruissellent, mais de larmes hilares, cette fois.

Ça me scie. Je reste comme un con, impossible de me mettre à l'unisson, la chute a été trop brutale. Je lui en veux. Je détaille cruellement cette viandasse qui m'excita si fort, ces gros bras mous, ces tétasses mafflues, cette tripaille, cette tignasse de vieillarde. J'ai mis de la magie là-dedans, moi ? Mais qu'est-ce qui m'a pris, bon dieu ? Il m'a pris que c'est de la femme, et que toute femme est avant tout de la femme, et calme-toi, et ne sois pas sale con, tu n'as pas boudé ton désir, tu n'en avais peut-être même jamais connu d'aussi dévastateur, alors sois beau joueur, tu veux ? Je me dis tout ça, et ça me remet à l'heure.

III

Le ridicule tue le désir. Si Confucius, La Rochefoucauld ou je ne sais quel autre célèbre ciseleur de sentences à graver dans le marbre ne l'a pas déjà dit quelque part, c'est donc une découverte que je suis en train de faire. Geneviève, maintenant silencieuse, la vague d'hilarité passée, s'enfile posément tricot de laine sur chandail molletonné jusqu'à ce qu'elle ait reconstitué sa sil-houette de bonhomme Michelin, puis s'enroule dans sa maigre couette et, recroquevillée à l'extrême bord du matelas, les genoux dans le vide, tourne vers moi un pauvre sourire et murmure un « Eh bien, bonsoir... » de petite fille coupable qui veut se faire pardonner d'avoir fait pipi au lit.

Je ne me sens pas moi-même très à mon aise. Je m'avise soudain qu'elle doit penser que je lui faisais payer avec son cul mon hospitalité, et que donc elle doit s'estimer en dette envers moi... Ça, je ne le supporte pas. Je veux qu'elle sache qu'il n'y avait aucun calcul sordide, que les sens ont parlé, que la faim, l'occasion, l'herbe tendre... Bref, qu'elle est capable d'inspirer le désir, et comment ! J'ai de ces délicatesses, oui, ça m'arrive... J'allonge le bras, lui

69

Cœur d'artichaut

caresse doucement les cheveux. Je dis, très bas :

— Bonsoir, Geneviève. Je suis content que tu sois là.

Elle frotte sa tignasse à ma paume, émet un petit gloussement de connivence : je suis pardonné.

C'est drôle, je ne sais pas comment ça se fait, quoi qu'il puisse arriver, c'est toujours moi qui finis par me trouver dans la situation du coupable et implore le pardon. « Ton vieux masochisme », disait Agathe. Enfin, bon, quoi qu'il en soit, ça va mieux, je m'endors.

Et je me réveille ! J'étouffe. Quelque chose me bouche l'arrivée d'air, me pèse sur la figure. J'y porte la main. C'est soyeux et tiède, ça se cabre voluptueusement sous ce que ça prend pour une caresse, ça ronronne... Un chat ! Un autre, à petits pas prudents, explore la région de mes côtes, la trouve à son goût, s'y love en rond. Je vérifie du bout des doigts. Il miaule de bonheur. Je tends le bras vers Geneviève. Elle en a trois autour de la tête, qui l'enserrent de fourrure et ronronnent à l'unisson. En voilà maintenant un qui me saute sur les jambes, un qui prend possession de mon ventre. Je suis entravé, écrasé... Eh, mais, ça va pas, ça ! J'ai un sommeil très fragile, moi. J'ai besoin d'être libre de mes mouvements, il me vient, en dormant, des impulsions irrépressibles d'étendre les jambes, je ne puis supporter la moindre entrave, la moindre gêne. Dormir avec une femme amoureuse, qui se love à moi, mêle ses jambes aux miennes et m'écrase sous une cuisse dont le sommeil multiplie le poids, déjà, je ne supporte pas. Alors, les chats !

Bon. Je vais les chasser, doucement, surtout ne pas réveiller Geneviève, qui a déjà lâché la rampe et dort comme un bébé, un bébé qui ronflerait. Car elle ronfle. Un ronflement discret, assez musical, plutôt attendris-

Cœur d'artichaut

sant. Je ne savais pas que les femmes ronflaient. Peut-être à partir d'un certain âge ? La ménopause ? Bref, elle dort. Je m'efforce sans rudesse de repousser le chat de sur ma figure. Mais c'est que ça résiste ! Ça fait le mort ! Une inertie de sac de farine. J'insiste, je force un peu, le chat comprend que je ne joue décidément pas, il cède la place avec un bruit de gorge pas content. Ma lampe de poche gît à portée de main. J'allume. Cinq chats sont blottis sur Geneviève ou autour d'elle. Quatre sur moi. Neuf paires d'yeux me fixent, parfaitement ronds, parfaitement verts, phosphorescents. Pas alarmés du tout. Intéressés. Amicaux, je dirais, ou ne demandant qu'à l'être. Que disait-elle ? Ah, oui : « Ils ne savent pas que le mal existe », quelque chose comme ça. Oui, mais moi, il faut que je dorme. L'insomnie m'épouvante. Tout le moche de la vie m'envahit la tête lors d'une nuit sans sommeil. Et le mal au crâne monte, monte...

Il faut absolument que je dorme. Le fauteuil, donc ? Je me lève avec précaution, m'y rends à pas de loup, m'installe tant bien que mal. Je n'ai pas fermé les yeux depuis trente secondes qu'un chat m'escalade les genoux, s'allonge sur mon ventre et mon torse et s'étire les pattes avec sensualité, foulant rythmiquement l'enveloppe du duvet, toutes griffes dehors... Et un autre ! Celui-là, il a sauté sur le bras du vieux fauteuil, de là sur le dossier, voilà maintenant qu'il pèse contre ma nuque du poids de son ventre doux et chaud, trop chaud, insupportablement chaud... Un troisième escalade le fauteuil par la face ouest et s'installe sur mes cuisses. Je les chasse, avec nettement moins de douceur que tout à l'heure. Je ferme les yeux, m'oblige à penser à ces choses connes et apaisantes qui aident le sommeil à venir. Il vient. Eux aussi ! Un, et puis un autre. Je ne

Cœur d'artichaut

savais pas les chats aussi obstinés. Décidément, je m'instruis, cette nuit. Cette fois, je les balance au diable, à travers les espaces. Miaulements épouvantés. Sacha sursaute et pousse l'aboi du grand branle-bas. Tout le monde sur le pont !

Dans le noir, Geneviève s'affole : « Qu'est-ce que vous leur avez fait ? », dans son anxiété oubliant le tutoiement. Elle s'emmêle les pieds dans je ne sais quoi, s'écroule avec un cri de détresse. Je fais la lumière. Elle est déjà debout, des chats plein les bras, éperdue, les calmant, les consolant :

— Ce n'est rien, mes chéris. Il n'est pas méchant. Simplement, il ne supporte pas les chats. Il n'a pas l'habitude. Vous êtes trop familiers aussi, petits fripons.

Elle me regarde, navrée :

— Il faut les comprendre. Pour eux, le contact intime avec nous, c'est le bonheur suprême.

— Oui, mais moi, il faut que je dorme. Je ne demande pas mieux que de les comprendre, je les comprends même tout à fait bien, mais moi, qui se donnera la peine de me comprendre, moi, hein ? J'en ai marre, archi-marre de vos matous de merde ! Ça, vous le comprenez, ça ?

Tiens, moi non plus je ne tutoie plus. Et j'ai crié, je crois bien.

Ses yeux s'agrandissent, elle me regarde comme si vraiment, cette fois, elle avait compris. On dirait qu'elle se ratatine devant la soudaine révélation de tant de méchanceté. Enfin, elle bouge. Elle roule sa mince couette posément, la tasse dans le sac à dos, rassemble écuelles et bacs à sable... Du coup, ma rage tombe. Je me sens tout con. Je la prends aux épaules.

— Allons, Geneviève ! Bon, j'étais énervé. J'ai dit des

Cœur d'artichaut

conneries. Je ne les pensais pas... Où veux-tu aller, à cette heure ? Tu ne pourrais même pas transporter tout ton fourbi.

Elle se dégage, fixe la moquette, butée.

— Je le rangerai sur le trottoir. J'attendrai le jour. Je louerai une camionnette. J'ai de quoi, vous savez ? Et puis, c'est mon problème. Ça ne vous regarde pas. Pardon pour le dérangement.

— Mais c'est idiot ! Reste au moins jusqu'au matin. Tiens, je te laisse la maison. Je sais où dormir, ce soir. Et puis, reste tant que tu n'auras pas trouvé. Demain, on s'organisera. D'accord ? On fait la paix ?

Elle lève les yeux, me les plante en plein visage. Elle a le regard buté d'un gosse qu'on ne fera pas changer d'idée. J'oublie ses rides, ses cheveux gris. C'est vraiment un enfant, un enfant qui a trouvé sa vérité et n'en changera jamais, ne deviendra jamais adulte si c'est au prix d'en changer. Elle dit d'un trait, lèvres serrées :

— Il ne faut pas faire peur à mes chats. Ni dire du mal d'eux. Ils sont innocents. Ce n'est pas de leur faute, ce qui arrive. Rien n'est jamais de leur faute. Il ne faut pas me faire du mal. C'est trop facile. On me fait du mal, on me parle durement, je pleure, et peut-être je meurs.

Elle est là, désarmée, sans malice, sans défense. Et c'est sa meilleure défense. Ses yeux grands offerts désarment bourreaux et ricanants. Ses yeux disent tout d'elle, ne cachent rien. Qui pourrait lui vouloir du mal ? Elle l'a dit : « C'est trop facile. »

Je lui colle deux gros bisous. Elle ne les esquive pas, ne me les rend pas. Je dis :

— Bon. J'y vais. N'ouvre pas les fenêtres, tes chats pourraient tomber, c'est haut. A demain !

Cœur d'artichaut

Elle me regarde partir, sans bouger, sans ciller, des chats pleins les bras, avec toujours cet air circonspect d'un chien dont les élans d'amour ont été reçus à coups de bâton. Elle me sait désormais capable de violence, sa confiance est à reconquérir, avec patience, avec prudence, elle guette la moindre fausse note, prompte à se refermer à tout jamais.

Hé, mais, où je vais, moi, là ? Secoue-toi, Ducon ! Qu'est-ce que j'en ai à foutre de ce que cette bonne femme peut bien penser de moi ? Terminé l'épisode, je ne la reverrai plus, ni elle ni ses bestioles, je suis déjà bien bon de lui abandonner ma piaule !

S'il traînait sur le trottoir une boîte de conserve vide, je donnerais un grand coup de pied dedans, mais il n'y en a pas. Les boîtes de conserve ne sont jamais là quand on en aurait besoin, c'est une grande loi de la nature... Au fait, j'aurais dû téléphoner. J'avise une cabine, l'appareil ne tient plus que par un boulon, j'espère sans y croire qu'il fonctionne, je pêche une Télécarte fatiguée dans un repli de mon portefeuille fatigué, quelques unités finissent de s'y dessécher. Miracle : j'ai la tonalité. Autre miracle : Agathe est au bout du fil.

— Tu peux me loger ? Juste pour cette nuit. Dans un coin de penderie, je m'en fous, je veux pas déranger.

— Qu'est-ce qui t'arrive ? On t'a flanqué dehors ? Tu n'as pas payé le loyer ? Tu as la mafia au cul ?

— Je t'en prie, pas de questions. C'est oui ou c'est non ? Si tu ne peux pas, tu ne peux pas. Je suis capable de comprendre.

Cœur d'artichaut

— C'est oui. Mais sans ta gueule des mauvais jours, s'il te plaît.

— Je ferai un effort. J'arrive.

Ce n'est pas très loin. J'y vais à pied, marcher dans l'air froid me calme, quand j'arrive ma « gueule des mauvais jours » est à peu près effacée.

Agathe m'accueille en tenue de nuit, elle a passé par-dessus cette robe de chambre faite d'un burnous que je connais si bien. Sa vue m'émeut, mais je m'y attendais, je me suis blindé. Agathe m'émouvra jusqu'à ma mort. Et combien d'Agathe... J'aime beaucoup, j'aime souvent, je ne désaime jamais.

Je me crois obligé d'expliquer :

— J'ai prêté la piaule.

— Je ne te demande rien.

Et quand même, émoustillée :

— A un couple marié chacun de son côté ?

— Même pas. Une espèce de bonne action.

— Toi, s'il t'arrive de faire une bonne action, c'est malgré toi. Et ça te met de mauvais poil, après.

— Exact. Je suis de mauvais poil. Mais ça ne se voit pas. J'ai un grand pouvoir de self-control.

Elle rit :

— Tu veux dire que tu es le roi des hypocrites ! Ne fait pas de bruit. La petite dort.

— Elle va bien ?

— Ça t'intéresse ?

— Comme ça.

— Elle va bien. Comme ça.

La petite, c'est Joséphine, la fille d'Agathe. La

Cœur d'artichaut

mienne aussi, au fait. Nous l'avons faite ensemble, dans la joie et la traîtrise. La joie, c'était ma contribution : joie de m'abîmer corps et âme dans le sexe d'une femme que j'aimais jusqu'au délire. La traîtrise fut l'apport d'Agathe : elle avait laissé tomber la pilule, exprès, sans me le dire, la vache. Quand elle s'était avouée enceinte, à vrai dire avec défi, j'avais bien un peu fait les gros yeux, il y avait rupture unilatérale de contrat, je me sentais comme qui dirait cocu, quelque part. J'avais dès longtemps pressenti, instinctivement, que je n'étais pas du bois dont on fait les pères de famille. Les gosses m'avaient toujours horripilé, sans compter tous les problèmes de merde qui les accompagnent... J'ai senti passer l'aile de la catastrophe, mais pouvais-je en vouloir à Agathe ? Alors, bon, pourquoi pas ? On verrait bien.

On ne sait à quel point on déteste les gosses qu'une fois qu'on les a faits. C'est dommage. Surtout pour eux. J'ai essayé, honnêtement. J'ai changé des couches la nuit, donné la becquée, porté à la crèche, à la maternelle, toute la merde. Je l'ai fait sans rechigner, c'était mon devoir, n'est-ce pas, j'y picorais même par-ci par-là des moments plaisants, c'est mignon, une tite fille, ça fait risette, ça dit « Papa ». J'aurais quand même préféré qu'elle soit restée où elle était, dans les limbes de l'incréé, éjectée sur un Tampax... J'abhorre les contraintes, celles de la « nature » plus que toute autre.

Agathe, bien que n'ayant rien de positif à me reprocher, sentait mon manque d'enthousiasme et, obscurément, m'en voulait. La femelle devenue mère est plus mère que femelle, est mère avant tout. Carrément tigresse, oui. Le père n'est plus que l'accessoire, désormais périmé en tant que fournisseur de spermatozoïdes,

Cœur d'artichaut

encore tout juste vaguement utile pour rapporter de quoi remplir les biberons quotidiens.

Et moi, j'étais resté l'amoureux éperdu du cul d'Agathe et de ses faubourgs. J'avais eu un passage désagréable quand sa grossesse avait pris cette ampleur monstrueuse qu'on croirait impossible. J'ai une profonde aversion pour les femmes enceintes, un dégoût à vomir sur le pavé. Mais je l'aimais tant, tant... — Je l'aime toujours autant. J'attendais que ça se tasse. Je me disais qu'une fois le merdeux expulsé, je retrouverais mon Agathe, l'intact paradis de ses cuisses, son amour de moi rajeuni... Elle, de son côté, se disait que, placé devant le fait accompli, au premier vagissement de la petite merveille le mâle obsédé de cul se transforme en père ébloui, et même en père pélican prêt à s'arracher les tripes du ventre pour nourrir la chair de sa chair. C'est comme ça qu'elles raisonnent, dans leur crâne de piaf.

Non qu'Agathe fût devenue moins gourmande de la chose, mais ce n'était plus la chose essentielle, la chose unique, le soleil. Elle avait désormais, en plus, un autre pôle d'intérêt, que moi je n'avais pas. La présence du bébé était pour moi un épiphénomène, un truc en marge, plutôt agaçant, qui ne diminuait en rien l'essentiel, à savoir ma passion démente pour Agathe, passion où le sexe, le cœur et la tête étaient à ce point mêlés que je bandais à sa voix, à ce que disait sa voix, autant qu'à son sourire ou à son cul fabuleux. C'est un cerveau, Agathe. Quand elle oublie d'être mère.

Agathe, je n'ai pas besoin de la voir pour que flambe en moi la flamme dévorante. Mais alors, quand je la vois ! Et comme maintenant, emmitouflée dans cette grosse laine d'où émerge son cou si long, si rond... Bon

Cœur d'artichaut

dieu, son cou!... Ses épaules... C'est plus fort que moi, mes terribles résolutions de dignité blasée tombent en morceaux. Je la prends dans mes bras, il faut que j'aie encore une fois, une dernière fois, le contact si familier de son corps contre le mien. Elle ne se fâche pas, se dégage, souple comme le serpent, sourit :

— Le petit déjeuner est compris. Les suppléments sont en option.

— Je la connais, l'option. Pas dans mes moyens.

— Alors, ce sera le service minimum.

Elle me conduit à une chambre, au fond d'un corridor. Elle est bien logée. Des tapis, des machins modernes, genre avant-garde, aux murs. Discret et de bon goût. De bon goût de fils à papa qui a fait l'ENA, lit *Le Monde* et pense utile. Audacieux juste ce qu'il faut. Salope!

La chambre d'amis est de bon goût. Pourquoi ne le serait-elle pas?

— Tu as apporté un pyjama?

— Ah, ben, tiens, non... Je dormirai sans.

— Tu n'y penses pas. Je vais t'en chercher un.

— Un pyjama de...? C'est toi qui n'y penses pas!

Salement, pour lui faire mal, pour me faire mal, je crache :

— Avec à la braguette son foutre mal lavé!

Elle sourit toujours.

— D'habitude, il retire son pyjama, avant.

Toutes des salopes.

Finalement, je m'aperçois que, dans ma rage, je m'étais habillé par-dessus le pyjama. Ce qui résout le problème.

Elle ôte le dessus-de-lit, ouvre le drap, tapote le

Cœur d'artichaut

matelas, allume la lampe de chevet. Des gestes qui se font, des gestes de dame qui sait recevoir.

— Tu as tout ce qu'il te faut ? Ah, la salle de bains se trouve à droite dans le couloir, mais je ne te la conseille pas, la chambre de la petite est tout contre, tu la réveillerais. D'ailleurs, tu as un lavabo, ici.

Elle me montre le lavabo, ici. Un lavabo de bon goût, avec du doré aux robinets, mais pas trop, juste ce qu'il faut.

— Voilà. Eh bien, cette fois, bonsoir.

Je lui grimace un sourire de tigre.

— Va te faire foutre !

— Justement, non. C'est un jour sans.

Elle rit. Son rire...

Elle est partie.

Hé, mais, j'ai une trique d'enfer, moi ! Arraché sauvagement de sur la bête en pleine action, et maintenant Agathe, mon inextinguible amour, qui me promène ses trésors sous le nez et remporte tranquillement tout ça, va savoir où, va savoir à qui... Et la sentir là, tout près, derrière une ou deux cloisons bien minces... Quelle idée aussi de me réfugier ici ! Oui. Disons que je n'avais aucune intention précise, innocent comme l'agneau, mais que, tout au fond tout au fond... Bien fait pour moi ! Allons, pense à autre chose.

Je m'asperge le visage d'eau froide, la moquette en reçoit sa part, m'en fous, je suis assez fumier quand je suis sexuellement frustré, je m'essuie, et puis le plus important : me trouver un bouquin. Pas foutu de m'endormir si je ne lis pas. Et pas n'importe quoi. Il

Cœur d'artichaut

faut que ça m'intéresse, attention. J'avise une petite armoire en bois jaune ciré qui doit être du merisier rustique ou quelque chose comme ça, avec des portes grillagées closes sur des dos de vieilles reliures dont les dorures fatiguées me font gentiment de l'œil. M'étonnerait que je trouve un San Antonio, là-dedans. J'ouvre, ce n'est pas fermé à clef. Pas de San Antonio mais, entre les sermons de Fléchier et les oraisons de Bossuet — chochotte, va ! —, je dégotte un Montaigne tout pimpant, une édition du dix-huitième, rare ou pas, j'ignore, je méprise la bibliophilie comme toute collectionite, mais j'aime l'odeur du vieux papier, les caractères bien noirs composés à la main...

J'ai dû m'écrouler, Montaigne sur le ventre.

Je ne sais plus dans quel rêve mouvementé je me débattais, j'oublie mes rêves aussitôt éveillé, mais, juste sur la fin, celui-là évoluait dans un endroit où l'on grillait du café, ça j'en suis sûr. J'ouvre les yeux, et le café est là, sous mon nez, dans le vieux bol à grosses fleurs de quand Agathe était petite fille, sur un plateau à pattes, flanqué de deux demi-ficelles croustillantes beurrées à refus. Elle est comme ça, Agathe. Justement, la voilà.

— Je le savais bien, que l'odeur te réveillerait ! Dépêche-toi, tu veux ? Je suis presque en retard.

Elle est médecin de quartier. Généraliste, comme il faut dire maintenant si l'on ne veut pas se faire rire au nez. Elle en a eu marre de l'hôpital, elle a monté un cabinet de groupe avec des copains. Elle travaille comme une perdue, possède une santé de locomotive à vapeur. Ça marche, pour elle.

Cœur d'artichaut

Elle quitte la chambre, de cette allure qu'elle a, le ventre un peu en avant, les reins creusés, comme les mannequins qui présentent les collections à la télé, ou comme ces châtelaines à hennin sur les miniatures du quinzième siècle. Mais elle, c'est une séquelle de rachitisme, et c'est adorable. Faire de l'adorable avec du rachitisme, il n'y a qu'Agathe.

C'est que j'ai faim, moi ! J'engloutis les tartines au pas de charge. Agathe revient comme je repose le bol. Elle se penche pour ôter le plateau. Oh, bon sang, cette odeur d'Agathe frais lavée ! Cette bouffée de sueur neuve qui perle après la douche et l'essuyage, qui s'élève, vapeur innocente, appel au viol, par l'ouverture de son sage chemisier... Agathe abhorre les parfums, ça tombe bien : moi aussi. Agathe sent bon. Les parfums, c'est pour celles qui puent, qui ne savent pas que le parfum les fait puer autrement, et plus fort. Me revoilà dans les émois d'hier soir. Les petits cheveux fous de sa nuque m'achèvent : je pose un baiser glouton sur son cou blanc. Elle s'y attendait, ne sursaute pas, se relève, portant le plateau, me regarde, hoche la tête, fait « Tss, tss », indulgente, inflexible. Me dit :

— Trop tard pour une douche. Juste une toilette de chat dans le lavabo. Dépêche-toi.

Même pas de toilette de chat, na ! Je m'habille sans me laver, par-dessus le pyjama. Je boude. Elle me propose de me déposer en passant. Je dis « Nan ! ». On descend ensemble. Sur le trottoir, je demande :

— La petite est partie ?

— Il y a longtemps.

— Tu aurais dû me réveiller. Je lui aurais fait un bisou.

Cœur d'artichaut

— Ne me dis pas que ça te manque tellement !

— Oh, ça va ! Je ne suis pas entièrement dénaturé.

— Dénaturé, non. Indifférent, disons. Tu aimes bien la voir, de loin en loin...

— Mais pas en permanence dans mes jambes, tout à fait d'accord. Ça n'empêche pas les sentiments.

Elle secoue la tête, va pour répondre, hausse les épaules, sourit :

— A un de ces jours, quand tu seras en panne. Tâche seulement de tomber aussi bien qu'hier soir.

— Oui. J'ai eu de la chance. J'ai toujours de la chance. Salut !

— Salut !

Elle n'a pas dit « Bye ! ». Agathe sait ce qu'il faut dire et ne pas dire, et à qui.

Quand je sors de l'ascenseur, un chien, quelque part, aboie à s'en arracher la gorge. J'introduis ma clef dans la serrure, ça tourne à l'hystérie. Ça me revient : son clebs, pardi ! Elle est encore là, donc. Et les chats. Je pousse la porte. Elle est derrière, cramponnée au collier de Sacha, qui s'étrangle de colère et veut se jeter sur moi.

Elle s'est donné du mal. Elle a fait ce que je n'aurais pas cru possible, ce que je me promettais de faire un jour ou l'autre sans y croire. Elle a arrangé les amas de bouquins, en a fait des piles bien régulières, a dégagé des allées, des carrefours, et même des places publiques ! Le canapé-lit est replié dans la version « canapé », ça ne lui était pas arrivé depuis... pardi, depuis qu'Agathe n'est plus là pour le faire. Elle s'en excuse :

Cœur d'artichaut

— Tu n'es pas fâché ? J'ai compris que, dans ton apparent désordre, il y avait une intention de classement. Tes tas n'ont pas été amassés au hasard. Alors, j'ai essayé de respecter ce début de méthode. J'ai fait ce que tu aurais fait toi-même. Enfin, si j'ai bien compris. J'ai serré, mis en hauteur, pour gagner de la place, tu vois ?

Je vois. Je fais « Huhumm... ».

Elle me précède dans la petite chambre. On ne pouvait même pas y entrer. Maintenant, on peut. Elle a réussi à ménager un coin libre de deux mètres sur deux, à peu près. Elle y a déroulé son mince matelas de randonneur. Six chats sont couchés dessus, qui dardent sur moi leurs yeux d'émeraude... « Yeux d'émeraude » ! Voilà que je me mets à penser en termes de roman à deux sous, moi ! Et d'abord, c'est bien plus beau que l'émeraude, des yeux de chat. On ne peut les comparer à rien. C'est eux qui devraient être l'universelle référence de comparaison... Se perdre dans des yeux de chat... Ah, si les femmes avaient des yeux de chat ! Quoique, des yeux de femme, pour s'y perdre, ce n'est pas mal non plus.

Trois autres chats errent de-ci de-là, explorant nonchalamment les aîtres. Je suis agacé. J'aime pas qu'on touche à mes affaires, j'aime pas qu'on ait l'air de me donner des leçons. Ça se traduit par une réflexion de sale con :

— Si je comprends bien, tu t'installes ?

Elle a reçu de plein fouet l'intention méchante. Ses yeux incrédules accusent le coup, ses épaules s'affaissent.

— Tu m'as dit que je pouvais rester tant que je n'aurais pas trouvé. J'ai cherché, tu sais. J'ai quelque

Cœur d'artichaut

chose en vue, mais c'est pour dans une semaine. Si tu veux, je m'en vais tout de suite.

Je suis déjà calmé. Maintenant, j'ai honte. Je joue les bourrus au cœur d'or :

— Déconne pas ! Reste tant que tu veux, tu ne me gênes pas. Même, tu es utile.

Des deux bras étendus j'englobe le logement rénové.

— Tu te rends compte, si j'avais dû payer une femme de ménage !

Son sourire de Gelsomina est revenu. Elle dit :

— Tu m'excuseras, il faut que je me mette au travail. Je suis passée au journal, j'ai un gros paquet de bulles à remplir.

Elle s'est dégotté sous je ne sais quel fouillis un bout de planche en aggloméré et deux tréteaux, je ne savais même plus que je possédais ça, elle a déballé là-dessus son petit fourbi artisanal, elle remplit ses bulles.

Elle commence par tracer au crayon dur des lignes légères, à peine perceptibles, puis elle attaque franchement, à traits hardis, presque à la vitesse d'une écriture cursive. Sous la tignasse grise, des lunettes à épaisse monture noire chevauchent le petit nez rond, renflé du bout. Un bout de langue rose, pointant entre les dents serrées, lui sort sur le côté de la bouche. Elle s'applique, voilà, c'est le mot juste. Elle s'applique. Une bonne petite élève qui fait avec sérieux sa page d'écriture. Elle m'oublie totalement.

Eh bien, je n'ai plus aucun prétexte pour ne pas m'y coller moi-même, au boulot. Travailler, j'aime bien. C'est la mise en route qui pose problème. Un mal de

Cœur d'artichaut

chien à me concentrer, à me décider à affronter la première page vierge, celle du dessus du bloc, la plus vacharde. Je renâcle comme une bourrique devant l'obstacle, je m'évade, je rêvasse, je risque sans y croire un début de phrase, je biffe, je m'engueule, je suis très malheureux. Paraît que tous ceux qui font métier d'écrire doivent en passer par là. Ça ne m'aide ni ne me console.

Une fois lancé — si j'y arrive! — j'oublie tout. Le monde n'existe plus, pas même mon corps. Le rond de lumière de la lampe sur le papier, tout l'univers est concentré là. Il n'y a rien autour, ni temps, ni espace, ni faim, ni soif, ni envie de pisser, de me gratter ou de me dégourdir les jambes. Je ne respire même plus, ou à peine à peine. Seul le cerveau vit, mais alors, à toute vapeur, prolongé par la main que prolonge l'agile stylo. Et moi je suis tout entier cerveau, rien d'autre que cerveau, cerveau surexcité, cerveau jubilant, traquant l'idée, fignolant la phrase qui la rendra le mieux, vivant de la vie des personnages qu'il crée et fait agir à sa fantaisie... Quoi de plus exaltant, de plus fascinant au monde? De plus crevant... Quand enfin j'émerge, parfois après des heures et des heures et parfois des jours, je suis ahuri, vidé, congestionné de la tête, tous les muscles douloureux comme si je venais de courir un marathon. Vanné, chancelant, triomphant. Et affamé. Et la vessie prête à éclater. Même si, par la suite — c'est souvent le cas —, je juge mon travail inepte et si je jette tout au panier, sur le moment j'ai la grande puissante bouffée de la victoire. Je suis vainqueur, merde! Je regarde le paquet de papier noirci, j'ai fait ça, moi, je n'en reviens pas, j'ai envie de poser le pied dessus comme, sur les vieilles photos, l'explorateur à mous-

Cœur d'artichaut

taches et casque colonial pose sa botte sur la tête du tigre qu'il vient d'abattre, pauvre bête, sale con.

Il était écrit qu'aujourd'hui je ne devais pas dépasser le stade maudit de la mise en route. C'est qu'entre autres choses le silence absolu m'est nécessaire pour franchir le seuil périlleux à partir duquel je me déconnecte des fétidités du réel pour plonger dans les féeries intimes de la création. Un peu comme la chute dans le sommeil, au fond, sauf qu'au lieu de se mettre en veilleuse, la machine à fantasmes entre dans une période d'activité intense et dirigée. Or, calamité, voilà que, de l'autre côté de la cloison type HLM réglementaire, proviennent des bruits, assez feutrés à vrai dire, mais suffisants pour me faire monter l'agacement et m'interdire le bienheureux franchissement des portes dorées de l'inspiration.

Une dame lettriste est censée œuvrer dans un silence monacal. Même pas le grincement de la plume sur le papier : ses bidules perfectionnés glissent, étalent au passage leur mince traînée d'encre, n'effleurent même pas. Oui, seulement, il y a les chats. « Les chats puissants et doux... »

Un chat tout seul est silencieux, j'ose le croire. Pas une bande de chats. Pas cette bande-là, en tout cas. Surtout deux d'entre eux, je finis par reconnaître leurs deux organes. Ils se crachent au nez des injures sanglantes, se courent au cul, s'empoignent, font en leur rage cascader des choses sonores, rugissent, en petit, bien sûr, mais ma jungle n'est pas grande, ces rugissements miniatures la saturent. Pire que tout, elle essaie

Cœur d'artichaut

de les calmer, à voix contenue « pour ne pas déranger » :

— Allons, Ernest, ne sois pas comme ça ! Je t'interdis ! Laisse Henri, tu veux ? Laisse-le, je te dis !

Je compte jusqu'à douze, lentement, le temps de faire tomber l'envie de meurtre, puis, avec un calme bien imité et, sur les lèvres, ce que j'espère être un sourire, je lui propose, très gentleman, de séparer les deux féroces. Si j'en prends un avec moi, n'est-ce pas, le combat cessera, faute de combattants. Elle ne sourit pas. Corneille ne devait pas être au programme, cette année-là. Elle m'évalue, méfiante. Elle consent enfin :

— D'accord. Je vous laisse Henri. Il est très doux, très affectueux. Je ne sais vraiment pas pourquoi ce garnement d'Ernest est sans cesse après lui. Il en a fait son souffre-douleur. Pauvre petit Henri ! Va, mon chéri, tu seras en paix.

Henri a donc le privilège de partager l'antre du maître des lieux. C'est un jeune matou à larges taches noires et blanches, pas très gaillard, aux grands yeux intelligents comme ceux de ces gosses maladifs et trop précoces. « Il était, me confie-t-elle, dans un état épouvantable. J'ai bien cru qu'il ne vivrait pas. Le vétérinaire n'y croyait guère. Et voyez, à force de soins, je l'ai sauvé. Mais il reste fragile. Il est tellement adorable ! Tout l'intéresse, vous savez. Il veut tout savoir. »

Affectueux, il l'est vraiment, Henri. Du coussin où il s'est couché en rond, il m'enveloppe de son regard rayonnant d'amour. Je sens littéralement ce regard sur moi, et alors quelque chose en moi s'apaise. Comme un manque que j'aurais eu et qui se trouve enfin comblé. Je ne savais pas que, par sa seule présence, un chat me

Cœur d'artichaut

ferait me sentir plus... comment dire... plus achevé, peut-être bien... Complet, en somme.

Au point d'abréger les affres du démarrage. J'entre d'emblée en plein dans mon histoire, les répliques fusent et s'ajustent, le dialogue galope, je suis bien loin de ce monde lorsque... Eh oui, lorsque l'affectueux Henri, avec un amoureux « Mrrou », vient jouer des hanches sur mon bloc, promène sa queue sous mes narines, enfin s'installe, bien à l'aise, papattes repliées sous lui comme des mains de moine dans des manches de bure, et m'envoie à bout portant tout l'amour de ses yeux en ronronnant le grand ronron d'extase.

Tant de passion ne me trouve pas insensible, je lui passe sur le dos une main pleine de caresses, mais j'aimerais quand même bien avoir accès à mon papier et, surtout, retrouver cette bienheureuse disposition d'esprit où tout allait grand train. Je prends le chat à deux mains, le soulève bien doucement et vais le replacer sur son coussin, avec même un petit mot gentil. Dix secondes plus tard, il est revenu, s'est réinstallé sur mon bloc, sous mon nez, et ronronne, et m'offre ses regards d'adoration. Six fois comme ça. Je renonce.

« Quand tu tombes, que tu te cognes, que tu te fais mal, ou quand tu dégustes un grand choc au moral, ou quand tu sens la colère rouge te ravager le système, respire un grand coup, bien à fond, deux ou trois fois, et surtout va pisser », nous disait le prof de gym, en nos adolescences. C'était un vieux de la vieille. J'ai toujours suivi son conseil, je ne me risquerais pas à jurer sur l'honneur qu'il fut efficace, en tout cas je me dis que si je ne l'avais pas fait ç'aurait peut-être été pire. Je respire donc ainsi que prescrit, puis je décide d'aller vider ma vessie dans le lavabo de la salle de bains. Non que le F2

Cœur d'artichaut

ne dispose de chiottes séparés, minuscules mais fonctionnels, seulement c'est dans le lavabo que je lâche bien à l'aise mon filet d'eau. Agathe n'appréciait pas, pas du tout. Agathe est femme — oh, que femme elle est ! —, Agathe, sur ce point, raisonne en femme. Elle trouve tout naturel que, si l'on ne tient pas compte de l'*autre* vital besoin d'évacuation, lequel se traduit chez les deux sexes par un similaire accroupissement demi-assis, la cuvette des gogues soit conçue davantage comme un siège accueillant aux dames que comme un réceptacle idoine au pipi masculin. L'homme pisse debout, c'est son privilège et sa fierté, or la corolle du siège s'épanouit beaucoup trop bas, et si l'on n'apporte pas à l'opération une attention exténuante — presque impossible à atteindre en cas d'urgence extrême — on éclabousse, c'est fatal. Et si l'on ne tient pas à passer tout à fait pour un infréquentable porc, on essuie en maugréant les gouttes vagabondes sur le mur, par terre, à l'aide de petits carrés de papier-cul qui s'effilochent sous les doigts... Bref, le réceptacle idéal et amical du pipi viril est le lavabo, il s'offre juste à bonne hauteur, on y pose son précieux bagage sur l'accueillante faïence aux aimables contours, c'est le confort, c'est le bonheur, le mâle soulagé peut se reboutonner, serein, épanoui, débordant de trésors de bienveillance pour la société humaine tout entière.

Le lavabo de la salle de bains, donc. Je me déboutonne en marchant, vieille habitude d'homme seul, je me présente devant la faïence, y pose ce que j'ai à y poser, donne à mon sphincter la permission d'ouvrir les vannes, pousse le sacramentel « Ah ! » de bonheur quand jaillit le jet... Et aussitôt après un « Houlah ! » épouvanté. Il y avait quelqu'un dans le lavabo ! Une

Cœur d'artichaut

créature de poils et de griffes qui n'a pas apprécié l'arrosage. Et qui a réagi violemment en plantant lesdites griffes dans ce qui se trouvait à sa portée immédiate, c'est-à-dire dans ce mien organe ambivalent tout à la fois évacuateur et reproducteur, si tendre de consistance au repos, mais surtout si atrocement sensible.

Elle est déjà là, éperdue, tandis que je saute sur place et jure tous les bordels de dieu, serrant à deux mains mon membre martyr, n'osant y porter les yeux, redoutant la castration sans appel ou tout au moins la mise hors d'usage par déformation cicatricielle. Et ça me fait un mal de chien !

Et alors, elle ? Eh bien, elle s'est précipitée sur le chat calamiteux tout hérissé de fureur homicide, elle le berce sur son sein, lui murmure à l'oreille consolations et apaisements... Hé, mais, polope ! Il y a erreur ! C'est moi, la victime ! C'est moi qui saigne, et qui souffre, et qui se demande comment aller expliquer ça à la petite pharmacienne du coin.

Je rassemble ce que je peux rassembler de dignité pour lui faire remarquer :

— Il n'a pas de mal, ta saloperie de chat ! Mais moi, j'en ai. Il m'a blessé, regarde, je saigne comme un bœuf... Et d'abord, qu'est-ce qu'il foutait dans le lavabo ?

Elle rassemble, elle, des trésors de patience pour m'expliquer :

— C'est Ernest.

Je suppose que c'est censé tout éclairer. Je dis :

— Voilà, voilà... C'est Ernest.

Comme j'ai l'air d'attendre une suite, elle veut bien entrer dans les détails :

Cœur d'artichaut

— Tu comprends, une fois Henri parti, Ernest s'en est pris à Arthur. Arthur est sans défense.

— Comme Henri.

— Voilà, c'est exactement ça. Comme Henri, oui. Ernest s'acharnait sur le pauvre petit Arthur, alors je l'ai isolé dans la salle de bains.

— Tu aurais pu me prévenir.

— Je ne voulais pas déranger...

Elle ne voulait pas déranger !

— Eh bien, tu vois, c'est gagné.

Elle se fait toute contrite, plus Gelsomina que jamais. Les yeux baissés, elle murmure :

— Je ne pouvais pas savoir que tu... enfin... dans le lavabo... Ça ne peut pas être très grave. Fais voir. Oh, mais il ne faut pas laisser ça comme ça, tu sais, ça pourrait s'infecter. Il faut y mettre de l'alcool. Tu en as, de l'alcool ?

— Oui, j'en ai. Mais tu as vu ces entailles ? Ouh là là...

J'ai enfin osé regarder. C'est impressionnant. Trois stries parallèles, comme au rasoir, profondes à donner le vertige. « Jusqu'à l'os ! » comme on disait, gamin, lorsqu'on s'était fait une coupure au doigt. Mais ici, il n'y a pas d'os, c'est scientifiquement prouvé, rien pour arrêter, il aurait aussi bien pu me la sectionner, son fauve ! Je le lui dis :

— Il aurait pu me la sectionner !

Elle s'active, pénétrée de culpabilité. Elle a trouvé de l'alcool, de l'ouate — je ne savais même pas que j'en avais —, elle se penche sur mon pauvre membre ensanglanté, attentive et dévouée, mais ses épaules tressautent, elle se retient de pouffer, l'hypocrite, oui, et puis, tiens, elle pouffe carrément. Un spasme de fou rire

Cœur d'artichaut

me plaque sur les plaies le tampon imbibé d'alcool avec une brutalité qui me fait sauter au plafond. Elle me dit :

— Ça pique un peu.

Et la voilà repartie à se tordre.

J'ai les yeux brouillés de larmes, c'est la brûlure de l'alcool. Je la vois, à travers des épaisseurs liquides, tirer de je ne sais où un petit flacon de plastique qui fait « pschitt, pschitt » et me souffle une poudre blanche sur les plaies. Entre deux hoquets, elle parvient à prendre un air docte pour me dire :

— Sulfamides.

Puis elle éventre un paquet de Kleenex et entortille mon malheur dans une triple épaisseur de mouchoirs qu'elle fixe avec du Scotch. Elle contemple son œuvre, contente d'elle. Une queue de rire mal contenu fait briller ses yeux, creuse des fossettes aux coins de ses lèvres. Fossettes ? Rides, oui. Elle me rassure, très médicale :

— Ce ne sera rien. A cet endroit (elle pouffe), c'est comme à la tête, les blessures guérissent vite.

Je n'arrive pas à me mettre au diapason. C'est que ça brûle, merde ! Je dis :

— Qu'est-ce que t'en sais ? Tes bestiaux sont dressés à te rapporter les bites de tes amants ? Comme trophées, peut-être ?

Ça lui coupe net le rire. Elle hausse les épaules, me tend une flasque :

— T'es con. Bois un coup, t'en as besoin.

Je ne savais pas trop ce que je ferais ce soir, c'est-à-dire chez qui (et avec qui) j'irais coucher. Eh bien, le

Cœur d'artichaut

problème est résolu. Je coucherai sur le canapé, qui dorénavant restera canapé, pour un type seul c'est bien assez large. Et comme l'envie de travailler s'est envolée bien loin, ce sera tout de suite.

— Bonsoir, Geneviève.

— ... soir.

J'aime traîner au lit. Sortir des brumes sans brusquerie, tâter le réel de l'orteil avant que de m'y risquer... Je ne m'arrache au matelas que lorsque la faim me ravage la tripe. Alors, les yeux mal décollés, je mets de l'eau à chauffer, la verse dans un bol — dans *le* bol, c'est mon dernier — sur deux cuillerées de Nescafé et je trempe là-dedans deux tartines, beurrées avec exubérance, si le reste de beurre dans le frigo n'est pas trop naze, sinon sans beurre, m'en fous, pourvu que ça bourre et que ça réveille le bestiau. Je suis prodigieusement feignant tant que je n'ai pas l'estomac plein. « Pâle des genoux », disait Agathe.

Ce matin, ma douillette remontée des profondeurs est perturbée par des entrechoquements de gamelles et des miaulements ponctués de « Chut ! »... Me voilà d'emblée jeté sans douceur en plein quotidien.

Ma première pensée est une vilenie : « Est-ce que je dois préparer pour deux ? Fait chier... » Je frappe à la porte de la chambre.

— Oui ?

— Bonjour. Qu'est-ce que tu prends, au petit-déj' ?

— Bonjour ! Oh, merci ! Que c'est gentil à toi ! Mais, tu sais, j'ai déjà mangé.

Cœur d'artichaut

Elle se croit obligée d'ajouter, comme pour bien me faire sentir que j'ai des horaires de rentier :

— Je suis levée depuis longtemps !

Prenant conscience, peut-être, de l'insinuation désobligeante, elle dit aussitôt :

— Les chats ont faim de très bonne heure. Si je tarde, c'est la sarabande. Et puis, je dois descendre Sacha... Tu as ce qu'il te faut ? J'ai acheté du pain tout frais, et aussi du beurre. J'ai même du café, du vrai, juste à le réchauffer.

A croire qu'elle a inspecté le frigo : du beurre, je sais bien que je n'en ai plus la moindre crotte, et même plus de margo. Je dis, faux cul bien élevé :

— Merci. Tu es chouette. J'ai ce qu'il faut.

Mais déjà elle entrouvre la porte :

— Entre vite. Ernest, veux-tu bien rester ici !

Ne manque pas d'ajouter : « Fais comme chez toi ! » en clignant de l'œil pour le cas où je ne saisirais pas tout seul le sel de la chose.

En moins de rien un quart de café fume devant moi, deux jolies tartines me font du gringue. Tandis que je dévore sans plus de fausse honte, elle fait l'infirmière. Devant elle, tout un étalage de fioles, de tubes de pommade, de plaquettes de comprimés ou d'ampoules, de compresses. A croire qu'ils sont tous malades.

— Pas tous, précise-t-elle, mais, hélas, beaucoup. Ils ont parfois longtemps traîné les rues, perdus, abandonnés, crevant de faim et de froid, dévorant n'importe quoi, persécutés par les gamins, dormant sous les voitures, dans les buissons des squares... Sacha les repère. Elle adore les chats ! Si elle marque l'arrêt devant une voiture, je sais qu'il y a un chat dessous. Elle reste plantée là tant que je ne l'ai pas attrapé, et parfois

Cœur d'artichaut

ça prend du temps ! Ils sont terrorisés, très méfiants, ils se débattent. J'ai les avant-bras déchiquetés ! Et quand j'ai réussi, le plus dur commence. Il faut les rassurer, les soigner, les faire tatouer et stériliser... Tout ce que je gagne passe chez le vétérinaire.

Naturellement, moi, bon con, je dis ce qu'il ne faut pas dire, ce que tant de bons cons ont dû lui dire tant de fois :

— Je comprends qu'on aime les bêtes, mais, à ce point-là, c'est pas un peu exagéré ?

Elle ne s'indigne pas, ne s'énerve pas. Elle a l'habitude. Patiemment, elle s'installe dans son petit discours stéréotypé :

— Je n'y peux rien. Je suis faite comme ça. Je ne peux pas supporter qu'un être souffre, homme ou animal. Ça me rend malade, ça me gâche la vie. La nature — enfin, ce qu'on appelle comme ça —, la nature n'est pas tendre. La compassion, c'est un truc que nous avons, nous, humains, et que certains ont plus que d'autres, pour leur malheur. C'est mon cas, vois-tu. La nature, sans les hommes, c'est déjà pas le paradis, mais la nature avec les hommes dedans, c'est l'épouvante. Les guerres, les massacres, les déportations, les injustices sociales, c'est le fait des hommes, de leur bêtise, de leur cupidité, de leur orgueil, de leur chauvinisme, de leur racisme... Ils habillent ça de noms nobles : ambition, patriotisme, honneur, courage... La vérité, c'est qu'ils veulent toujours plus, toujours plus... Il y a en eux une chose terrible et mortelle, qui n'existe pas chez les animaux : cette saleté d'esprit de compétition qui est, en fait, l'envie de crever l'autre, d'être le premier, d'être le seul... Ils sont prêts à détruire la planète pour avoir le dernier mot, être vainqueurs... Pour du fric, ils déboi-

Cœur d'artichaut

sent, défrichent, polluent, bétonnent, font disparaître toute vie qui n'est pas humaine ou qui n'est pas « domestiquée », c'est-à-dire esclave de l'homme. Ils tuent pour le plaisir, à la chasse, aux courses de taureaux, aux combats de chiens... Pour le plaisir, tu te rends compte ? Pour faire joujou ! Pour se faire jouir ! Ça ne te rend pas enragé, de penser à ça ? Leurs dirigeants, que ce soient les politiciens, les industriels, les hommes d'affaires, ne sont que des excités qui jouent comme des dingues à un jeu passionnant, prêts à risquer leur vie et, encore plus, celle des autres. Quant aux animaux, n'en parlons même pas ! Je souffre, tu comprends, je souffre pour toutes les souffrances, les vies gâchées, les malheureux qu'on oblige à trimer pour tout juste ne pas crever, ceux qu'on torture, qu'on fusille, qu'on bombarde, qu'on extermine, les femmes qu'on viole, les enfants qui naissent dans la boue... Pour ceux-là, il y a des copains qui se battent, sans espoir parce que c'est sans fin, mais, que veux-tu, ils sont comme moi, ils ne supportent pas, ils ne peuvent pas ne pas agir. Je les soutiens, je participe. Pour défendre les bêtes, il y a moins de monde. Ça touche de moins près, tu vois. L'homme ne s'intéresse qu'à l'homme, n'a de pitié — quand il en a ! — que pour l'homme, ne tolère pas qu'on compatisse à la souffrance non humaine. Sauver des chats et des chiens errants, c'est plutôt mal vu. Et quand on va jusqu'à se priver pour eux, c'est tout juste si on ne nous considère pas comme des fous dangereux. Il y a d'ailleurs des vieilles gens que des héritiers impatients ont réussi à faire interner parce qu'ils « dilapidaient » le bien que ces rapaces estimaient devoir légitimement leur revenir !

Cœur d'artichaut

Elle s'est échauffée en parlant, elle veut convaincre, tels ces prophètes aux yeux de flamme crachant l'anathème sur le peuple hébreu. Sacrée petite bonne femme, toute rouge, toute ronde, obligée de me lancer ses foudres de bas en haut ! C'est bien en vain qu'elle se dépense, je suis convaincu d'avance, tout à fait d'accord avec son point de vue. Seulement, ces questions ne m'empêchent pas de dormir. J'ai le coup de rage ou de pitié quand j'y pense, mais voilà, je me dépêche de penser à autre chose. Je ne me sens pas l'âme d'un apôtre ou d'un militant, encore moins celle d'un martyr. Ma passivité native s'accommode tant bien que mal de survivre dans cet environnement de vacherie, de souffrance et d'absurdité qu'est toute société humaine. Je dis, pour dire quelque chose :

— Mais tu n'arriveras jamais à sauver tous les chats et tous les chiens errants de Paris ! Pour ne parler que de ceux de Paris... Même pas la dix millième partie !

Je n'aurais pas dû dire ça. Elle a les yeux pleins de larmes. Elle soupire :

— Je sais. Mais, que veux-tu, un de sauvé, c'est toujours un de sauvé. C'est autant de souffrance et de peur en moins. Ils sont si heureux, après ! Si affectueux. Remarque, je ne leur demande rien. Je ne suis pas une mémère à ses minous. Je ne leur demande que de vivre leur vie de chat, sans souci, contents. Normaux, quoi. Et puis, je ne suis pas seule. Il y a sur le pavé de Paris quelques autres cinglées dans mon genre. Et il y a la SPA, il y a l'Ecole du Chat, d'autres associations... Nous nous battons pour deux choses essentielles : le tatouage, la stérilisation. Mais les gens sont négligents. Et puis, la stérilisation, rien que le mot leur fait peur.

Cœur d'artichaut

Comme si on leur coupait les couilles, à eux. Ils ont vite fait d'évoquer Hitler, de crier à l'attentat contre nature... Pourtant, quand on sait qu'une chatte peut avoir chaque année deux ou trois portées de quatre à huit chatons chacune...

IV

Et donc je lui abandonne la piaule. Pour la journée. Je suis parti de chez moi aux aurores, c'est-à-dire vers midi, un bloc de papier sous le bras, un Bic dans la poche, comme un bon petit boulot qui va au charbon. Je me sentais tout à fait dans le rôle. J'ai même pris le métro. C'est là, sur le quai, que je me suis avisé que je ne savais pas où j'allais. Chez un copain ? Mouais... Ça se fait. Seulement, voilà, des copains, j'en ai pas. Pas d'assez intimes. Je ne pourrais même pas citer l'adresse d'un seul.

Marrant, ça. Je n'y avais jamais pensé. Pas de vrai copain ! Ça ne m'a pas tellement gêné, jusqu'ici. Sans doute que je n'en sentais pas le besoin. D'une présence masculine, je veux dire. Retrouver un homme, bavarder avec un homme, organiser des trucs avec un homme... Ça ne m'excite pas des masses... Des copines, par contre ! Ah, des copines, ça, des tonnes. Non, pas « copines ». Quel mot à la con ! Ça déféminise. Ça fait gros godillots, Auberge de Jeunesse, harmonica autour du feu de camp. Pas des « copines ». Des femmes. Des vrais femmes, féminines à chaque seconde et tout partout. Des femmes à moi. Que, peut-être, je ne vois

99

Cœur d'artichaut

plus, qui sont, depuis le temps, mariées abondamment et ruisselantes de gniards, veux pas le savoir. On s'est aimés, ne fût-ce qu'une fois, c'est pour toujours. J'ai aimé, je ne désaime jamais. Je conjugue le verbe « aimer » au présent perpétuel. Un truc de cinglé ? Je ne dis pas non. Ça doit sûrement même avoir une étiquette en psychiatrie. Bon, et alors ? Je suis comme ça, comme dit Geneviève à propos de ses chats, faut faire avec. Sans compter que c'est payant. Je suis le sultan comblé d'un harem, fantasmatique, peut-être, mais qui fait de ma vie un enchantement. Les *Mille et Une Nuits !* D'ailleurs, pas si fantasmatique que ça, le harem. Il y a des retrouvailles et des rabibochages qui viennent me prouver que je n'étais pas seul à fantasmer.

Alors, voilà, j'ai des épouses, pas dans chaque port, comme le mataf au tatouage, mais dans chaque quartier de Paris. Au moins une. Souvent plus. Hors Paris ? Il y a un « hors-Paris » ? Ça se saurait. Au-delà des périphériques, c'est le vide intergalactique, l'inexistant intégral, tu y laisses dépasser le bras, il disparaît, happé par le néant. Soyons sérieux... Toutes celles que j'aimai, qui m'aimèrent, sont à moi et moi-z-à elles pour l'éternité, mais pas qu'elles. Toutes les femmes sont à moi, je l'ai décidé un jour, le jour où je me suis rendu compte que toutes me déclenchaient l'envie de les avoir dans mes bras, et d'être très gentil avec elles, et d'entendre leur mignon babil, et de sentir leur bonne odeur, et de lire en elles comme en un livre, et d'échanger des idées, et qu'elles soient mes petites sœurs, et que ma main remonte doucement sous la jupe le long de leurs blanches cuisses, et qu'elles soient mes mamans, et de farfouiller de la truffe dans leurs humides replis, et de trouver ensemble la fleur merveilleuse, ou simplement

Cœur d'artichaut

de les regarder marcher en me disant que tout est possible... On ne lutte pas contre le destin. Mes poulettes, mes chéries, ai-je formulé ce jour-là dans ma tête, vous êtes à moi. Vous m'aimez si je décide de me faire aimer de vous, et quand vous n'êtes pas en tête à tête avec moi dans une chambrette, c'est que je vous en ai donné la permission. Votre jour de sortie, en quelque sorte. Vous vous donnez à d'autres hommes ? Et pourquoi pas ? Puisque je permets. On ne peut pas être partout, n'est-ce pas ?

Je sais fort bien que je ne suis pas tellement séduisant, ni très grand, ni bien bâti, que je ne suis plus de toute première fraîcheur — trente-cinq ans, de nos jours, c'est le crépuscule qui s'annonce —, que je commence à semer mes cheveux sur le devant — au vrai, je ne me plais pas tellement —, mais ce n'est pas ça qui compte. Toute femme est à celui qui a décidé qu'elle serait à lui, qui l'a décidé irrévocablement. C'est pour cela qu'à la stupéfaction des foules et aux grincements de dents des frustrés on voit des reines de Saba s'abandonner à des nabots huileux et même pas riches, c'est pour cela que des déesses font des ménages pour des avortons, borgnes de surcroît, c'est pour cela que la Sulamite du Cantique des Cantiques fait des pipes à Barbès pour payer la coco que sniffe un jaunâtre à l'haleine d'égout... C'est pour cela que tant d'entre elles, et des ensorceleuses, et des instruites, et des qui pourtant connaissaient la vie, m'ont aimé, et m'aiment encore, et m'aimeront toujours, et c'est très bien, tout à fait très bien, je les aime tant, tant, tant ! Oh, que je vous aime ! Je ne vis que pour vous, parce que vous existez, je vis pour chacune et pour toutes, « toutes » n'étant que le vertigineux multiplicateur de « chacune ».

Cœur d'artichaut

Oui, mais, à cette heure-ci, les bonnes femmes sont au turbin. Les femmes seules, c'est-à-dire. Une femme seule, faut que ça bosse. D'autant que « seule », ça signifie un gosse au cul et l'ex qui paie la pension alimentaire quand les flics le rattrapent, or ils ne courent jamais bien vite, pour ce genre de truc...

Oh, et puis, tiens : idée ! Je vais aller m'installer dans un bistrot. Comme Sartre, Beauvoir, Alphonse Allais et tous ces gus célèbres qui, on nous le répète assez à la télé avec vieilles photos à l'appui, ne pouvaient pondre leurs chefs-d'œuvre que dans leur café habituel, assis à leur table habituelle, l'inspiration ne pouvait leur venir que là, avec tout autour le brouhaha des conversations et le va-et-vient des loufiats. On les admire beaucoup pour ça, ça prouve qu'ils étaient sociables, humains et plongés dans la vraie vie vivante. Qu'ils aimaient les gens, quoi. Et ça, le public aime.

Bon, un troquet. Mais moi je n'ai pas de bistrot attitré. Pas un seul bar dans tout Paris avec le barman derrière qui me tutoie et m'appelle par mon prénom. Je ne suis pas un pilier de cabaret, voilà. Au bistrot, on y va pour fuir les bonnes femmes, à commencer par la sienne, pour se retrouver entre mecs, rabâcher des conneries sur l'été pourri et la politique pareil, en sachant que c'est des conneries, qu'on les bavote juste pour faire du bruit, du bon bruit de voix d'hommes loin de leurs femmes, de leurs chiards et de tous ces problèmes qui sentent la soupe aux poireaux... Moi, j'entre dans un troquet, n'importe lequel, n'importe quand, là où la soif me prend, ou bien l'envie de pisser, ou bien un coup de fil à donner. Pas pour fuir les femmes, sûrement pas ! S'il existait des bistrots avec

Cœur d'artichaut

rien que des femmes, là, oui, je deviendrais un habitué, et comment!

Quand je lis des récits sur les bordels d'antan, les braves petits bobinards des familles avec le salon-estaminet, le piano mécanique, la peluche rouge et les petits machins en dentelle pour que la brillantine ne graisse pas la peluche, et ces bonnes dames putes en lingerie de dessous, avec les bas noirs, les porte-jarretelles et tout le harnais, et cette somptueuse odeur de femelle, patchouli et sueur d'aisselles mêlés (elles ne se rasaient pas, alors)... J'envie presque la vérole de Maupassant.

Les cafés « littéraires », ça perche du côté de Saint-Germain-des-Prés, tout le monde sait ça. Pas pour moi, ce genre d'endroit. Trop timide. Il faut l'aisance. Avoir le genre dans le coup. Ils se connaissent tous entre eux, tu penses, tous de la Goncourt ou de la Française, au moins, ou alors journalistes niveau Pivot, Garcin, Poirot... La famille. Rien que des gueules célèbres qu'on voit à la télé, et toi, bon con, tu connais personne, t'en as pas un à qui faire un petit bonjour de la main. Tu te dis « Et merde! », tu te prends par la peau du cul, tu entres avec le naturel nonchalant bien imité, tu t'assieds à une table, la première qui te vient, traverser tout le cirque tu pourrais pas, naturellement tu ne pouvais pas savoir que c'est la table de, je sais pas, moi, disons madame Régine Deforges, à peine ton cul posé le loufiat se dresse et te laisse tomber du haut de son plastron blanc que cette table est réservée, je regrette beaucoup, monsieur, le mépris à la bouche, tu te sens misérable, tu te sens étron de chien, tu bafouilles, t'as même pas le réflexe de te faire indiquer une table disponible, tu te tires tout péteux, les touristes japonais parqués à la terrasse se

Cœur d'artichaut

foutent discrètement de ta gueule de plouc (cette ostentatoire discrétion japonaise qui donnerait envie de leur faire ravaler le sourire à coups de tatane dans la gueule)... Et puis, le prix de la consomme, dans ces aquariums à poissons rares !

Pas le café littéraire, donc. Pas non plus le défouloir à juke-box pour débiles à blouson comme celui d'en bas de chez moi... Ça y est, je sais. Ce sera tout simplement le vrai bistrot bien parisien, c'est-à-dire un de ces grands bazars impersonnels, prétentieux, toujours en retard d'un « modernisme », dégoulinants de néons et d'aluminium doré, qu'on trouve sans avoir à chercher près de chaque bouche de métro. Ça va ça vient terrible au comptoir, des livreurs qui éclusent un gorgeon vite fait, un œil sur la camionnette en double file, des maçons, des peintres en bâtiment, le facteur... Mais si tu t'enfonces, tu découvres une arrière-salle ombreuse et profonde, bucolique comme un sous-bois, avec dans les coins des amoureux clandestins serrés en petits oiseaux frileux... Voilà ce qu'il me faut.

J'ai beau me surveiller et me retenir tant que je peux, devant moi le verre se vide plus vite que le papier ne se remplit. Heureusement, le garçon ne pousse pas à la consommation. Simplement, quand il lui arrive de passer par là, il jette un coup d'œil professionnel sur le verre. S'il est vide, il l'embarque d'autor et, appuyé d'une main sur la table, il attend que je renouvelle la commande. Tant qu'il reste un fond de liquide tiédasse, il retourne traîner ses grands pieds du côté du comptoir, sans se permettre la moindre mimique réprobatrice. La

Cœur d'artichaut

règle du jeu est comme ça : faire durer son verre le plus longtemps possible. Un peu comme dans les courses de lenteur, à vélo. Pas si facile. Oh, je n'ai pas soif, mais quand l'idée se fait insaisissable et la phrase rétive, un agacement me pousse à faire n'importe quoi, par exemple avaler une gorgée. Et donc, sans que j'y prenne garde, le verre se vide. Et je compte les sous au fond de ma poche.

La fille, en face de moi, un peu à gauche, esquisse l'ombre d'un sourire. Ou peut-être bien que je me le figure. Je parie qu'elle aussi a pris le départ de la course de lenteur. Elle, son bolide à l'envers, c'est une grosse tasse de faïence blanche. Avec dedans un fond de chocolat figé, une triste flaque de boue brune qu'il faut faire durer jusqu'à... jusqu'au soir, peut-être ? Elle est là depuis une petite heure. Tu penses que je l'ai vue arriver ! C'est bien simple, mon cœur battait avant que j'aie levé le nez. C'est comme ça que j'ai su que de la femme venait d'entrer. Un très sensible détecteur d'ambiance femelle, mon cœur. La dadame correcte, allure jeune, élégante mais raisonnable, ça court les soldes, gros cache-nez vert, cheveux sans couleur parce que de la couleur de la pénombre de ce fond de bistrot. Elle est allée droit à une certaine table. Sa table, donc une habituée. A partir d'aujourd'hui, je suis un habitué. Elle ne le sait pas encore. Demain, quand elle me verra, elle aura une petite chose de connivence, signe de tête, haussement de sourcil, encore un peu hésitante, bien sûr, mais déjà un truc entre habitués, quoi.

Devant elle, sur la table, deux piles de feuilles quadrillées. Une encore grosse à gauche, une déjà moins plate à droite. Feuille à feuille, la pile de gauche émigre vers la droite et, obéissant au principe des vases

Cœur d'artichaut

communicants, peu à peu la pile de droite monte, tandis que l'autre descend. Un prof. Qui corrige des copies. Au Bic rouge. Et qui fume comme fument les femmes : à s'en arracher l'âme. Elle tire sur la tige à terribles bouffées, joues creusées en trous d'ombre, l'air d'aspirer la mort à grandes goulées avides. Le coude gauche sur le Formica, la main en l'air, poignet cassé, la cigarette tenue légèrement entre index et médius en ce geste suprêmement gracieux de la professionnelle de l'écriture qui n'a qu'à basculer la tête en arrière pour que le mégot s'offre à ses lèvres.

Elles sont formidables ! Elles se sont emparées de ce grossier privilège du mâle, le tabac, symbole outré de la brutalité et de l'arrogance, pour ne pas dire de la muflerie, elles n'ont pas cherché à imiter les allures bravaches du cracheur de feu, que non, elles ont simplement réinventé l'art de fumer, l'ont plié à leurs façons, en ont révélé toutes les potentialités de grâce et de sensualité, l'ont incorporé à leur arsenal de séduction, ont tissé tout autour une délicate dentelle de gestes exquisement familiers et suprêmement hiératiques. Bref, elles ont montré aux hommes ce qu'on peut faire avec une cigarette. Et puis, ayant fait, elles se sont jetées dans la fumée du diable comme on se jette dans le Vésuve : à corps perdu.

Va donc travailler quand il y a de la femme, là, à presque portée de main ! Et de la femme tout à fait baisable, autant que je puisse juger. Non, pas « baisable » : charmante. Ne joue pas les cyniques, tu ne trompes personne. Rien que cette façon de secouer sa frange... Toute la femme dans un seul geste. Mais, bon dieu, comment donc font les étudiants, en bibliothèque ? Et les lycéens ? Ils arrivent à penser à autre chose ? Ou

Cœur d'artichaut

peut-être que ça les stimule ? Les incite à briller ? Moi, en tout cas, ça me paralyse, ça me polarise, ça m'annihile, je ne suis plus que proie désirant être happée, je ne vois qu'elle, je l'imagine, je la recrée, je la déguste, je l'aime !

Celle-là, oui, là, que j'ai à peine entrevue, qui, si ça se trouve, cache derrière ses grosses lunettes une gueule de hareng saur, pourquoi pas, eh bien, celle-là, je l'aime, merde ! Et elle est peut-être cagneuse. Et qu'est-ce que t'as contre les cagneuses ?

Je repique du nez sur mon bloc, sans illusion. Et d'abord, ça se présente mal, mon affaire. Je bute sur la scène trois de l'acte deux, il me faudrait une cheville, une astuce, mais je n'y arrive pas, je ne la sens pas... Lui offrir un chocolat tout neuf à la place de son vieux ? Comme ça, de but en blanc, d'un mur au mur d'en face ? Ça fait vieux dragueur d'avant le déluge. Pourquoi pas un bouquet de violettes, aussi ? Oh, et puis, hein, ne pas forcer l'événement. J'ai toujours laissé venir, et elle finit toujours par arriver, l'occasion aux bonnes joues. Suffit d'ouvrir l'œil. Et tiens, la voilà peut-être, l'occasion.

Deux adolescents entrent, puis deux filles. Un joyeux petit monde. Ils trimbalent sacs de sport, bouquins et fournitures scolaires variées. Il doit se trouver un lycée ou un collège tout près d'ici, d'où le prof et ses copies. Les gosses font comme chez eux, rigolent, se bousculent, s'installent enfin. Les filles sont mignonnes, les garçons sont garçons.

Cigarettes et sodas colorés. Ils ne se sont pas groupés par couples, mais visiblement chacun a la sienne. De mon temps, ça ne se faisait plus. D'égal à égal, unisexe et jean pour tous, ce n'était déjà plus le temps fleuri

107

Cœur d'artichaut

des babas cool, c'était quand même la génération juste après, l'amour copain, tout ça.

— Une grenouille pour six, merde, ils les pleurent, leurs grenouilles !

— C'est bien simple, moi, j'ai vu pratiquement que dalle.

— Une pour deux, encore, je dis pas. Deux, c'est bien, pour l'émulation.

— Moi, dit la jolie brunette, j'ai fait semblant. Je supporte pas. Si j'insiste, ça me fait gerber.

— T'as pas le pied marin, quoi, raille le garçon aux larges épaules.

J'entendais sans le vouloir. Maintenant, j'écoute. Je commence à entrevoir de quoi il s'agit.

— Moi, dit l'autre fille — elle est brune aussi, mais plus grande —, ça va, ça me fait rien, je trouve ça intéressant, vachement. On touche du doigt, quoi. C'est plus de la théorie, c'est du terrain.

— Ouais. Voir fonctionner la vie, là, devant toi, c'est quelque chose, merde !

Et qu'est-ce qui me prend, à moi, là ? De ma table — la table à côté — j'interviens :

— Pardon si je dérange. C'est d'un cours de sciences nat' que vous causez, là ?

Ils s'entre-regardent. Le grand condescend et rectifie :

— Biologie.

— Physiologie comparée de la grenouille, c'est ça ?

— Ben, ouais.

— Sur l'animal vivant ?

Il hausse les épaules :

— Ben, évidemment. Pas en bandes dessinées !

Je tiens aux précisions :

Cœur d'artichaut

— Donc, on vous a distribué des grenouilles, des grenouilles vivantes, arrêtez-moi si je me trompe, on vous a dit de les punaiser écartelées sur des planchettes, on vous a dit de leur ouvrir le ventre en vous servant d'un cutter, et vous l'avez fait ?

Ils m'ont vu venir. Se regardent l'un l'autre, déjà ricanants. Ils attendaient le coup, ils sont prêts. Blindés. Je suis le pigeon qu'ils n'espéraient pas, qui vient s'offrir bien gentiment à la curée... Mais aussi, de quoi je me mêle ? D'où me sort ce beau zèle antivivisection didactique ? Je m'entends dire de ces choses :

— Trop dégonflés pour refuser ? Pourtant, une classe entière qui dirait « Non » et se croiserait les bras, ça aurait de la gueule, merde !

— Oh, eh, papa, tu vas pas nous faire le coup de la vie sacrée !

Je bondis :

— Sacrée ? Oh, non ! Je n'emploie pas des mots comme « sacré ». Simplement, je hais la souffrance, n'importe quelle souffrance, toute souffrance est mienne, ça s'appelle « compassion », et pas besoin qu'elle s'acharne sur un humain pour m'émouvoir. Je ne tolère pas qu'on l'inflige, et je ne comprends pas que des jeunes, à l'âge de toutes les indignations, de toutes les révoltes, se laissent docilement imposer de torturer des êtres vivants, fussent-ils des bêtes. Je dirais même : surtout des bêtes ! Car les bêtes sont innocentes. Elles sont l'innocence même, totale, absolue ! Elles ne savent pas que le mal existe...

Mais où je vais chercher tout ça, moi ? Eh, pardi, chez Geneviève ! Je m'avise soudain que c'est mot pour mot sa profession de foi. Elle a fait du chemin en moi, dans l'obscurité des profondeurs, sans même que je m'en

Cœur d'artichaut

doute. Et je ne la répète pas machinalement, pas du tout ! Je suis tout à fait d'accord, je suis déchaîné, me voilà apôtre de la cause animale, l'émotion me serre la gorge, j'ai l'impression que ma hure lance des éclairs.

Les jeunots m'écoutent sans piper. Quand même, dès que je reprends souffle, le grand dégourdi ne laisse pas tomber le débat :

— Vous allez voir qu'il va nous ramener Auschwitz et nous traiter de sadiques !

— Auschwitz, tu dis ? On y faisait des trucs de ce genre, c'est vrai. Sur des hommes, sur des femmes, sur des gosses. Qui n'a pas pitié de l'animal n'aura pas pitié de l'humain, si l'occasion se présente... Sadiques, vous ? Même pas. Et c'est bien le pis. Juste des petits cons qui font ce qui se fait, ce qu'on leur dit de faire, bien gentils, bien conformes. Tant mieux pour eux s'ils ont la sensibilité atrophiée. S'ils ne l'ont pas, ils se font violence et torturent quand même.

Sur mon élan, j'ajouterais bien « Qu'ils crèvent ! », comme dans *Charlie Hebdo*, mais, à la réflexion, ça ferait un peu trop... Et puis, je me sens tout à coup un peu con. Il n'est pas dans mes habitudes de haranguer les foules, ça m'a pris en traître, la mayonnaise retombe aussi vite qu'elle est montée, je reste là, une jambe en l'air, avec une seule envie : laisser choir. Je fais « Ouais, bon », l'air du gars écœuré devant la montagne à soulever, et je replonge le nez dans mon putain d'acte deux.

Les mômes n'y pensent déjà plus. Ils se sont rappelé à temps qu'ils « ont » piscine, et les voilà partis comme une volée de moineaux.

Au fait, la petite dame prof... Dis donc, est-ce que ce ne serait pas pour elle que tu as monté tout ce cinéma, Ducon ? Sois franc. Par-dessus la tête des gosses, c'est peut-être pas elle que tu voulais épater ? Peut-être pas le toi conscient à cent pour cent, mais le toi profond, le toi sournois, le toi glandulaire et toujours vigilant, le toi pour qui l'essentiel, le vital, le stimulant, est la conscience de cette présence femelle, là, à quelques mètres ? Ce toi qui fonctionne comme un récepteur radio bloqué une fois pour toutes sur une seule longueur d'ondes : celle des ondes femelles...

Oui, bon, c'est vrai. La savoir là m'agit sur le système. Si elle n'y avait pas été, j'aurais traité ces petits cons de petits cons dans mon for intérieur fermé à clef. J'aurais tenu ma grande gueule soigneusement close. Et puis, le martyre des grenouilles m'aurait-il rendu à ce point enragé s'il n'y avait pas eu, auparavant, la rencontre avec Geneviève ? Non que Geneviève m'ait révélé la vacherie de nous autres, humains, envers les bêtes, mais elle a, je m'en rends compte, secoué mes résignations, bousculé mes petites lâchetés. Ne serais-je donc que ce que les femmes me font ? Heureusement, je n'intéresse que les femmes bien. Ou peut-être ai-je du pot ?

Qu'est-ce que tu te figures ? Qu'elles ne se rendent pas compte de l'effet qu'elles nous font ? Qu'elles me font ?... Elles aussi, elles l'ont, le récepteur, et réglé sensible, fais-moi confiance ! Le leur serait plutôt du genre radar, ou du genre caniche, qui capte l'onde d'intérêt du mâle et la rapporte à la dame. Effet boomerang. Même si elles n'en ont que faire, c'est toujours agréable d'entendre le coup de sifflet du camionneur.

Penché sur mon papelard, je risque un œil dans sa direction, à l'hypocrite. Comme elle est justement en train d'en risquer un dans la mienne, les deux rayons lumineux se télescopent à mi-chemin, ce qui pulvérise la clandestinité. Bonne mine on a. Elle sourit. Je souris. Elle rit. Je ris. Qui parlera le premier? Allez, je me lance :

— Je ne suis pas toujours comme ça, vous savez. Ils m'ont vraiment fait sortir de mes gonds... Je vous ai dérangée dans votre travail, je vous en demande pardon.

— Ce n'est rien. Et vous avez très bien fait. Mais ils en remettaient. Ils ne sont pas aussi cyniques. Je les connais bien. Ils jouent aux durs, c'est de leur âge.

— N'empêche que les grenouilles, ils les ont charcutées! Et justement, on les habitue à jouer les durs, ils finissent par devenir durs.

— La grenouille est anesthésiée.

— En principe... Ce n'est quand même pas une raison. Ils ne peuvent vraiment pas se contenter des images de leurs bouquins? Des diapos, des films qu'on leur projette?

— On essaie de les initier aux sciences d'observation, à la méthode expérimentale...

— Tout à fait d'accord. Mais pas aux dépens d'êtres vivants et souffrants. Quand on leur annonce que la Terre fait quarante mille kilomètres de tour de taille, on leur donne un mètre pliant pour aller vérifier?

Elle rit. C'est gentil de sa part. Elle dit :

— Je vous faisais marcher. Au vrai, je suis tout à fait de votre côté. Je milite moi-même contre la chasse, les corridas, les combats de coqs, l'élevage en batterie...

Elle pose son crayon rouge, allume une cigarette, s'appuie sur ses deux coudes écartés, le menton calé

Cœur d'artichaut

sur ses mains jointes. Ce qui signifie qu'elle s'accorde une petite pause, comme le terrassier sur le manche de sa pelle. C'est, me dis-je, le moment de me rapprocher, on ne va pas continuer à discuter d'un mur à l'autre, donc aucune arrière-pensée de drague là-dedans, innocent comme l'agneau... Je ramasse mon petit fourbi et viens m'asseoir à sa table. Je ne trouve rien de mieux à dire que :

— Vous reprenez quelque chose ? Un chocolat ?

— Merci. Un chocolat, ça réchauffe. Deux, ça écœure.

— Un Perrier ?

— Vous tenez absolument à me faire boire ? On peut parler sans se plier à ce rituel. Ici, on ne pousse pas à la consommation, vous savez. Mais peut-être avez-vous soif ?

Si je dis non, j'ai l'air du fauché trop content de saisir l'occasion. « Tu manques de naturel, disait Agathe. Sois ce que tu es, tu n'es pas en représentation, tu n'as rien à prouver. » Elle avait raison, c'est sûr. Résultat, je dis :

— Oui, j'ai soif. Je vais reprendre une bière. Et vous ?

— Rien, merci.

Je vais donc boire ma bière, dont je n'ai pas envie, et elle, rien. J'ai encore l'air d'un con. Elles sont terribles. Elles gagnent à tous les coups.

Elle attend. Je suis venu à sa table, je me suis imposé, j'avais donc quelque chose à lui dire, un argument à développer. Elle attend. Et moi, j'essaie de me rappeler de quoi on parlait. Seulement, voilà, je la regarde, et ça m'occupe toute la tête, pas de place pour autre chose. Je la regarde. Elle a un petit visage sérieux, aigu, je dirais,

113

Cœur d'artichaut

derrière ses grosses lunettes. Mais ce sont peut-être les grosses lunettes, justement. Et d'abord, pourquoi ne les ôte-t-elle pas, ses lunettes, puisqu'elle ne lit plus ? Ce sont des lunettes pour lire, elle doit me voir tout brouillé. C'est peut-être pour ça qu'elle les garde, je veux dire pour le petit visage aigu ? Mais alors, elle fait ça pour moi ? Pour m'offrir son meilleur aspect, le plus efficace, disons, du point de vue appât ? En somme, elle se met en frais ? Mais alors, j'existe !

Bon. Parler. Dire quelque chose. Euh... J'attaque avec brio :

— Vous êtes prof ?

Elle rit, montre les piles de copies :

— Vous avez trouvé ça tout seul ?

Ris. Je m'en fous. Ris. Fous-toi de ma gueule. Moi, je bois ton rire. Souffle ta fumée par le nez. Moi, je ne laisse rien perdre de ton nez adorable... Comme si elle craignait de m'avoir vexé, elle ajoute, et le rire est redevenu sourire, presque sourire qui s'excuse :

— Eh, oui ! Je suis prof. Un petit prof de lettres françaises.

Elle ne demande pas « Et vous ? », mais puisque c'est la réplique suivante du texte, à quoi bon la formuler ? Juste une petite attente, à peine interrogative, ça suffit bien. Et c'est à moi. J'envoie ma réplique :

— Moi, j'écris des pièces. Enfin, une pièce.

Comme elle ne dit rien, hausse seulement un peu les sourcils, je précise :

— Une pièce de théâtre.

Elle hoche la tête, ce que je viens de dire lui ouvre des horizons. Elle aspire à fond, creuse les joues, le bout embrasé dévore d'un coup un bon tiers de cigarette, elle se tartine les poumons de fumée, longuement, volup-

Cœur d'artichaut

tueusement, yeux fermés, expire enfin, par le nez, par les
lèvres entrouvertes en un rond parfait... Encore une qui
sait profiter des bonnes choses ! Et moi, chacune de ses
mines, je m'en remplis l'âme à ras bord. Elle dit :

— Ça ne me regarde sans doute pas, et vous n'êtes
pas obligé de répondre, mais je suppose que vous ne
vivez pas des droits d'une pièce non encore écrite. Ou
alors, on vous verse des avances ? Vous seriez donc
quelqu'un de confirmé ?

Elle n'y a mis aucune ironie, mais je suis capable de
l'y mettre tout seul. Il va de soi que « quelqu'un de
confirmé » tiendrait plutôt ses assises aux Deux-Magots
ou quelque part par là, et porterait quelque chose de
moins déprimant à voir que ce parka crasseux qui pète
aux coutures... Je n'y échapperai pas, il faut donner un
peu plus de mou au curriculum. C'est comme ça, les
confidences : on tire sur un petit bout qui dépasse, tout
le tricot se démaille. Et bon, j'avoue :

— Je finis de grignoter quelques cachetons...

Inutile de mentionner les bouées de sauvetage
d'Agathe...

— Vous êtes acteur, aussi ?

— Oh, de complément. Occasionnel. Les cachets de
petits rôles dégottés par copinage, des doublages à la
télé... Je me suis cru acteur. En fait, c'est pas ma voie.

— Votre voie, c'est l'écriture ?

— Oui. Enfin, je crois. J'y crois.

Elle tire bien à fond sur son clope, l'écrase dans le
cendrier Ricard, repousse ses hublots sur ses cheveux.
Vite, ses yeux. Je vois un regard. J'attendais une
couleur, je vois un regard. Un regard tel que j'oublie de
penser à la couleur. Et qu'est-ce que la couleur ? Ce qui
compte, c'est le regard. Ce que dit le regard. Celui-là, il

Cœur d'artichaut

en dit ! Bon dieu, elle fait la classe ? Mais tous ses élèves doivent en être amoureux dingues ! A moins qu'elle n'ôte jamais ses abat-jour. D'habitude, c'est sur les jambes de la prof qu'on s'emballe. Moi, en tout cas. Même tartignolles, on se les voit sublimes, les jambes de la prof. On les regarde filer vers le haut, vers les ivresses secrètes... L'excitation du contraste qui vous chamboule la glande : qu'une prof puisse avoir des cuisses, des nichons, des hanches, un cul, une fente et du poil, plein de poil hirsute, et de l'odeur... Inconcevable. Sacrilège. Et d'autant plus efficace. Plus efficace — et comment ! — qu'une pute harnachée en pute, tout le bazar à l'air.

Ce regard-là ne peut avoir que les jambes qui vont avec. Le décrire. Il est... intense ? Mot con, non ? Je ne trouve pas mieux. Disons : intense. Profond ? Disons : profond. Qui comprend tout, d'avance. Et triste, aussi, un peu. A peine. Une ombre... Ah, ces yeux qui ont vécu ! J'en viens à bénir le salaud qui n'a fait souffrir ces yeux-là qu'afin qu'il me soit donné de les consoler... Et voilà : je bande.

Je lui dis alors ce que je n'aurais dit à personne :

— Si vous voulez, je vous lis le début.

Elle donne un coup d'œil à sa montre-bracelet, un autre au tas de copies non encore corrigées. Je m'empresse de faire marche arrière :

— Pardonnez-moi. J'abuse. Vous êtes pressée. Une autre fois...

Elle sourit, des lèvres et des yeux :

— Ça va. J'ai un petit quart d'heure.

— Oh, merci. Vous êtes chic.

Cœur d'artichaut

Elle tire une sèche du paquet, l'allume, s'adosse bien à l'aise, aspire une ample bouffée. Prête pour l'audition. Je vais pour commencer, et puis non :

— Je ne suis pas un très bon acteur, je vous l'ai dit. Je tuerais le texte. Lisez-le, voulez-vous ?

Elle tend la main, s'empare du paquet de feuillets, d'une pichenette de l'index fait retomber ses verres sur son nez. Elle lit. Je guette ses expressions. Ses lèvres bougent, à peine, elle lit à voix basse, elle ne se contente pas de parcourir des yeux, elle dit les répliques, se les mime, se les joue, « en dedans ». C'est comme cela qu'il faut lire le théâtre. A d'infimes mais éloquentes nuances de mimique je sais quand elle change de rôle. Je vois mes personnages vivre sur son visage.

Elle repose les feuillets. Rejette ses lunettes en arrière. Me regarde, sérieuse. Un temps. Je demande :

— Alors ?

— Franchement ?

— Aïe ! C'est déjà une réponse.

— Si elle vous suffit...

— Non, non ! Dites. Je veux savoir. Ça ne vaut rien ?

— Je ne dis pas cela.

Elle cherche la critique pertinente. Brûle goulûment quelques centimètres de tabac blond et dit enfin :

— J'ai l'habitude de parler à des élèves. Je n'ai pas à les ménager, bien au contraire. Je crois passer pour plutôt vache. Alors pardonnez-moi si ce que je vais vous dire manque de moelleux.

— Vous êtes toute pardonnée. Je m'attends au pire.

— Vous auriez tort. Voyons. D'abord les critiques.

— Parce qu'il y aura des compliments, après ?

— Votre histoire ne tient pas debout.

— Ah ?

Cœur d'artichaut

— Elle n'est pas plausible. Vous sautez tout de suite à une situation extrême, sans nous y avoir préparés.

— C'est exactement ce que je voulais.

— Peut-être. Mais, comme effet, c'est raté. Et puis, vos personnages manquent de relief, de... Comment dire ? D'existence. Ce sont des mannequins passe-partout. On ne sait rien d'eux, et vous ne nous donnez pas envie d'en savoir quelque chose.

Je baisse le nez. Elle a raison, je le vois bien. J'essaie de m'expliquer :

— Bon, j'ai mal démarré... Je vais vous dire. Mon idée, c'est de montrer un type qui ne vit que par et pour les femmes, si vous voyez ? Pas un Don Juan, ni un Casanova, non, pas du tout. Une espèce d'obsédé sexuel, mais pas que ça. Le sexe, bien sûr, pas d'amour sans sexe, mais le sexe sans amour, hein... ? Mon gars est un obsédé d'amour, plutôt. Il aime la femme. Il l'aime dans toutes les femmes, même celles qu'il n'a jamais vues, il l'aime d'amour intense, et pour lui, la femme, c'est un tout, âme, tête, cœur, sexe. Tout est lié, vous comprenez, ou plutôt tout est un. Par exemple, il lit quelque chose sur madame Curie, eh bien, il admirera d'autant plus l'immense intelligence et la ténacité de madame Curie qu'elle a un cul certainement très beau, un cul qui sent bon, un cul qui sent fort...

Je me rends compte de ce que je suis en train de dire. Je bafouille :

— Je vous demande pardon. Je me suis laissé emporter.

Elle sourit toujours, bien cachée derrière ses hublots. Peut-être ses lèvres tremblent-elles. Peut-être. Elle dit, et sa voix est un peu rauque :

— Ne serait-ce pas un personnage qui vous touche de

Cœur d'artichaut

très près que vous essayez de mettre en scène ? Ne serait-ce pas vous-même ?

— Eh bien...

— Dans ce cas, vous courez à l'échec. Vous êtes trop impliqué pour construire avec sérénité cette machinerie de précision qu'est une pièce de théâtre. Ne prenez pas le public pour votre psychanalyste.

— Mais je ne peux pas parler d'autre chose ! Ce sujet m'emplit, me hante, je suis sûr que des tas de types par le monde se reconnaîtraient là, qu'ils sont comme moi et n'osent pas le dire...

— S'ils sont comme vous, ils le disent fort bien ! Et de façon, disons, assez dangereuse pour les âmes naïves.

Elle jette un coup d'œil à sa montre.

— Il faut que je me sauve. On arrête la critique. Maintenant, les compliments. Vous avez un style mieux qu'intéressant. Le sens de la langue, ce n'est déjà plus si courant, et aussi le bonheur de l'expression, le balancé de la phrase, le rythme... Bref, la grâce. Ce n'est pas rien, ça. Bon, il faut vraiment que j'y aille. On en reparle demain. J'aurai peut-être quelque chose à vous proposer.

Cette nuit-là, j'étais tellement content que je n'ai rien dit à Geneviève quand un gros chat plein de poils — angora, je crois —, échappé à sa vigilance, est venu se blottir contre ma joue et s'est tassé là, pour l'éternité, en ronflant comme une turbine. J'avais acheté une tarte aux cerises, c'est le gâteau le moins con à transporter, ils te le mettent dans une boîte plate, comme les pizzas, j'ai jamais pu me supporter à trimbaler ces pyramides de

119

Cœur d'artichaut

papier avec du ruban frisé sur la pointe qu'ils se croient obligés d'édifier autour des gâteaux, tout à fait l'air d'aller souhaiter la fête à la tante Julie, tu as.

La tarte aux cerises, et aussi une bouteille d'un truc mousseux en promotion, c'était pour fêter mon contentement. Je n'ai pas dit à Geneviève pourquoi j'étais content, elle ne m'a rien demandé, elle a été contente aussi, de confiance. Et on a mangé la tarte, et on a trinqué.

Une fois couché sur le canapé, j'ai pensé tout mon soûl à la dame prof, je me suis répété trois millions de fois que j'avais rencard — ou alors, hein, qu'est-ce que ça veut dire « On en reparle demain » ? Si c'est pas un rencard, ça... —, et qu'elle avait quelque chose à me proposer, enfin, bon, j'allais la revoir, avec ses terribles lunettes et ce regard incroyable caché derrière. J'essayais de l'imaginer, j'y arrivais presque, mais aussitôt ça partait en fumée, je me souvenais seulement de l'effet qu'elle me faisait, mais alors, ça, très fort, comme si elle était là, et je me mettais à bander, ce qui n'allait pas loin parce que la dilatation du machin caverneux qu'il y a là-dedans tirait sur la peau, écartait les lèvres des coups de griffe de ce putain de chat, et naturellement la douleur atroce stoppait l'érection dans l'œuf. J'ai pêché un vieux polar bien noir pour me forcer à penser à autre chose, et en lisant je me suis endormi.

Elle est là. Je m'étais forcé à faire des tours de pâtés de maisons, cœur battant, pour ne pas risquer d'arriver en avance. Je n'aurais pas supporté de trouver sa place vide. Une place vide me panique : je ne peux pas

120

Cœur d'artichaut

imaginer qu'elle ne sera plus vide tout à l'heure, que celle qui devrait y être y sera, ce n'est pas possible, l'état normal de cette place est d'être vide, elle sera vide jusqu'à la fin des temps. Voilà comment s'affole la bête peureuse que je nourris dans mes tréfonds... Je ne savais même pas à quelle heure elle y serait. Les profs, ça n'a pas d'heure, ça corrige des copies entre deux cours, au hasard des trous de l'emploi du temps... Et d'abord, ça va en salle des profs, pour ça. Pourquoi ne va-t-elle pas en salle des profs ? Pour le chocolat ? Parce qu'elle avait froid ? Et si aujourd'hui elle n'a pas froid, pas envie de chocolat ?

Je me décide à pousser la porte du troquet à la même heure qu'hier, pile, cette heure-là m'a porté chance, que je me dis. Elle est là, à sa table, derrière ses hublots, plongée dans ses copies, aspirant-soufflant la fumée bleue. Je m'assieds où j'étais hier, pas déranger, elle n'a pas levé la tête, j'ai remballé mon petit bonjour discret de la main. Celle-là, quand elle bosse, elle bosse.

J'ouvre mon bloc, décoiffe mon Bic, plutôt histoire d'avoir l'air. En fait, ce qu'elle m'a dit hier m'a scié. Surtout parce qu'elle a raison, et que je le sais bien. Je ne peux plus me raconter d'histoires. Alors je gribouille des bonshommes mal foutus. Pour le dessin non plus, je ne suis pas doué. Le garçon m'apporte une bière. J'ai l'impression de faire antichambre chez un imprésario pour un bout de figuration. Sauf qu'elle est là, et que je la regarde, et que je m'en emplis l'âme. Je n'avais pas fait attention à ses jambes, hier, je n'avais d'yeux que pour le haut. Peut-être portait-elle un pantalon ? Pas aujourd'hui, en tout cas. Et là je les vois, sous la table, ses jambes de lumière, laiteuses dans l'ombre de sous la table. Ce sont bien les jambes qu'il faut. Ces yeux-là ne pouvaient mentir.

Cœur d'artichaut

Je regarde ses jambes, et quand je lève la tête je la vois qui me regarde. Qui me regarde regarder ses jambes. Je pique un fard. Elle sourit. Elle a rejeté ses lunettes sur ses cheveux et elle a ce cher vieux sourire d'ironie pas méchante. Toute femme aime qu'on regarde ses jambes, c'est pour ça qu'elle les montre. Même les profs ? Pardi.

Je lui fais un pimpant « Hello ! » de la main, elle me le rend et me désigne la chaise en face d'elle. Je rapplique ventre à terre, ma bière à la main. Elle a comme un air un peu embarrassé. Elle baisse le nez et me dit :

— J'ai eu des remords, vous savez.

— Des remords ?

Je ne vois vraiment pas de quoi elle veut parler.

— J'ai été brutale, hier. Je vous ai balancé tout le paquet sans précaution, comme on griffonne rageusement un quatre sur vingt au bas d'une copie dont on attendait mieux.

— Oh... Mais il ne faut pas ! Les remords, je veux dire. Vous m'avez évité de grosses déceptions. Je me suis relu. Vous avez entièrement raison.

— J'aurais pu y mettre des formes... Mais laissons cela. Je vous ai parlé d'une éventualité. J'ai téléphoné. Pouvez-vous vous présenter demain matin, vers onze heures, à cette adresse ?

Elle fouille dans son sac, en tire un bristol, y griffonne quelques mots — en rouge ! —, me le tend. Je lis « Jean-Pierre Succivore », ainsi qu'une adresse dans un quartier d'ambassades. Je demande :

— Succivore... C'est l'écrivain ?

— Lui-même. C'est un ami... Enfin, une relation. J'ai eu l'occasion de lui rendre service. Il vous attend.

— Et... Qu'est-ce qu'il me veut ?

— Vous verrez bien.

Cœur d'artichaut

Je dois avoir l'air inquiet. Elle pose la main sur ma main. Son sourire se fait rassurant, sa voix maternelle :

— Il ne vous veut que du bien.

Sa main sur ma main... Hé ! Sa main sur ma main, bon dieu ! Sa douce ferme amicale main...

Il faut que je dise quelque chose. « Merci », par exemple. Je le dis :

— Merci.

— Vous me direz merci quand ça aura marché.

Quand ça aura marché... Donc, je la reverrai ! Même si ça ne marche pas, je reviendrai le lui dire, tu peux y compter ! Marche ou pas, je la reverrai, tralalère !

— Demain, même heure, je viens vous le dire.

— Demain, c'est mercredi. Je ne serai pas là.

Je n'y avais pas pensé, à celle-là ! Mercredi... C'est pourtant vrai. Je dois accuser le coup un peu trop visiblement. Elle me lance une bouée :

— Vous me raconterez tout ça jeudi.

Et donc elle sera là jeudi ! Il ne me reste qu'à espérer que la fin du monde n'aura pas lieu mercredi soir.

V

J'émerge du métro à la station Ségur. C'est par là qu'il crèche, le célèbre écrivain, dans une de ces avenues solennelles, larges comme des bras de mer, qui étirent d'un horizon à l'autre leur respectabilité et leur quadruple rangée de platanes.

Pierre de taille dans la masse et fer forgé en dentelle, vaste hall à mosaïque simili-Byzance, tout ça cossu discret comme on savait l'être quand le pognon coulait de père en fils. Je m'annonce dans l'Interphone. Un babil d'oiseau des îles m'invite à monter. Un ascenseur plein cœur de chêne à moulures et zinzins, avec siège en velours grenat genre strapontin de théâtre d'avant deux ou trois guerres, me hisse en roulant des hanches. M'y voilà. Déjà la porte est ouverte et l'oiseau des îles s'y tient, de trois quarts, maintenant le battant d'une main, mignonne comme sur un dépliant du Club Med pour les Bahamas, sourire accueillant juste ce qu'il faut, déférente mais rien de trop. La classe.

La soubrette — j'adore ce mot — me précède dans un vestibule comme ceci-comme cela, avec des tapis par terre et de loin en loin des tableaux ou des machins culturels encadrés aux murs, fric et bon goût, très style

Cœur d'artichaut

muséologie — oh, Agathe ! —, et m'ouvre, en s'effaçant, une porte que, ma foi, je franchis.

Je m'attendais à une salle de travail, vaste et tapissée de livres du sol au plafond, avec bureau Louis XV ou Empire — non, Empire, c'est les médecins, de tous les riches les riches médecins ont le pire goût de chiottes —, comme on voit dans *Lire*, quoi. Total, c'est une salle de gym. Equipée, faut voir. Un gars m'arrive dessus, main tendue, en survête de jogging, serviette-éponge autour du cou. J'étais préparé à la robe de chambre d'alpaga avec pochette de soie, aux fines mules de cuir précieux, style Sacha Guitry dans l'intimité... J'accommode aussi vite que je peux, tout en serrant la louche qui m'est tendue. Quand je me trouve en présence du beau linge, j'ai tendance à penser en argot.

— Jean-Pierre Succivore. Comment allez-vous ?

— Emmanuel Onéguine. Fort bien, et vous-même ?

Il a eu la mimique attendue. C'est un lettré. Mon nom est quasiment un test. J'explique.

— Non, hélas. Rien à voir avec le héros de Pouchkine. C'est un nom russe, voilà tout. Il y a pas mal d'Onéguine, en Russie et par le monde. Mon grand-père avait émigré. Encore heureux que mes parents n'aient pas eu l'idée de me prénommer Eugène.

Il tombe le haut du survêtement, se passe énergiquement la serviette sur le dos, en diagonale, puis sur le torse, il fait « Ah... C'est bon ! », il a l'air d'y prendre grand plaisir, je me dis que la satisfaction de faire jouer devant un spectateur docile ses biscoteaux et ses abdominaux, entretenus au prix de tant de souffrances sur ses machins chromés, ne doit pas y être étrangère. C'est vrai qu'il est baraqué, enfin, qu'il est encore baraqué, mais il y a l'imperceptible tremblement de gelée de veau

Cœur d'artichaut

autour du muscle et comme une menace de relâchement à la taille... Bon, s'il se plaît comme ça et croit
épater les foules, moi, hein...

Maintenant, ça sent la sueur de luxe dans la
turne, la sueur exsudée méthodiquement pour élimi-
ner le foie gras et les crus millésimés. Elle n'a pas la
même odeur que celle qu'on sue pour arracher son
quignon quotidien, cette sueur-là.

Voilà que, tout en continuant l'interrogatoire, il
ôte le bas, envoie promener le slip et se dirige vers
une porte qui, ouverte, se révèle donner sur une salle
de bains. Vachement à l'américaine, le mec. On se
croirait sur la Six à l'heure du film. Je suppose que
je suis censé en avoir plein la vue tout en m'efforçant
de ne pas me laisser démonter. Je prends l'air qui
correspond au rôle, j'espère être convaincant.
N'empêche, il lui manque le cigare, je trouve. Je suis
sûr que les grandes pointures de Beverley Hills
fument le cigare sous la douche. Américain, c'est un
don.

— Madame Brantôme me dit de vous des choses
intéressantes. Elle m'assure, avec beaucoup de chaleur, que vous êtes exactement l'homme qu'il me
faut. J'ai une confiance absolue en son jugement.

Il marque une pause, peut-être pour me laisser le
temps de bien me pénétrer de cette vérité suggérée
que, même amoureuse folle de ma personne et
esclave pâmée de ma technique sexuelle, en aucun
cas madame Brantôme — tiens, elle s'appelle Brantôme! Je m'avise alors que je ne connaissais ni son
nom, ni son prénom —, que madame, donc, Brantôme ne se laisserait jamais aller à lui recommander
quelqu'un — moi, en l'occurrence — qui ne serait

Cœur d'artichaut

pas la pure merveille pouvant, seule, convenir à ses exigeants desseins... Au fait, quels desseins?

Ici la douche entre en jeu, ses cataractes me dispensent de répondre je ne sais quoi de faussement modeste qui s'imposerait. Cette interruption prolongée du dialogue me donne tout loisir de dénicher dans le petit discours de Succivore les sous-entendus qui semblent y foisonner, par exemple celui-ci : Succivore me suppose capable d'être l'amant comblé de madame Brantôme, ce qui est flatteur mais faux, ou plutôt, je l'espère bien, prématuré. Deuxième étape : ce sous-entendu semblerait à son tour sous-entendre que madame Brantôme — que c'est donc agaçant de ne pouvoir lui donner un prénom! — serait connue pour ses emballements sentimentaux. Cela me fait venir les larmes aux yeux. Je préfère m'en tenir à une troisième déduction, à savoir que J.-P. Succivore manie volontiers les insinuations perfides, à tout hasard. Qu'il finisse donc de se laver le cul en hurlant pour se faire entendre par-dessus son Niagara de poche, je ne vais pas m'arracher la glotte pour lui répondre.

Quand, sans prévenir, le robinet souverain stoppe net l'averse et ses tintamarres, j'entends :

— ... tout à fait dans vos cordes. Alors, c'est O.K.?

Le réflexe immédiat du con pris par surprise est la trouille d'avoir l'air con. C'est pourquoi j'acquiesce avec chaleur :

— O.K. pour moi, boss.

J'ai accroché « boss » à la queue pour la pointe d'ironie qui sauve l'honneur, mais il a l'air de trouver ça « O.K. ». Au fait, je viens de dire O.K. à quoi, moi? Oh, laissons venir, ça ne peut pas manquer de ressortir de la suite des événements. Et en effet :

Cœur d'artichaut

— Vous n'avez jamais encore travaillé de cette façon ?

— A vrai dire...

— Oui, je vois. Eh bien, c'est parfait. Ce que je cherche, c'est un talent neuf. Un pucelage, si vous me permettez. Ah, une question de détail...

— Oui ?

— Préférez-vous travailler ici même, dans un bureau confortable où vous serez seul, cela va de soi, avec à portée de la main toutes les commodités que peut vous offrir ma maison ?

— Eh bien...

— Je le savais ! Vous êtes un être farouchement indépendant, comme tous les vrais créateurs. Il vous faut autour de vous vos chères habitudes. La vieille robe de chambre de Voltaire...

— Pas Voltaire.

— Pardon ?

— Pas Voltaire. Diderot. Les « Regrets sur ma vieille robe de chambre », c'est Diderot.

— Mais oui, bien sûr ! Vous voyez à quel point vous m'êtes précieux.

Précieux, ouais... En attendant, je l'ai vexé, moi. Toujours après coup que je sais que je n'aurais pas dû l'ouvrir, ma grande gueule... Je voudrais quand même bien savoir pour quelle Légion étrangère je viens de signer. J'explore le terrain d'un orteil circonspect :

— Il faudrait maintenant qu'on parle concret. Définir les grandes lignes. Débroussailler...

— Mais tout à fait ! Vous êtes libre de votre temps, je le sais. Commençons tout de suite, pendant que je prends mon petit-déj'. Je n'absorbe jamais rien avant ma courette et ma construction corporelle.

Cœur d'artichaut

J'écarquille si ingénument qu'il éclate de rire, content de son petit effet.

— Je francise tout, mon cher. Systématiquement. On ne va quand même pas se laisser coloniser par leurs « joggings » et leurs « body-buildings ». Il faut réagir. Je réagis. Pas un seul anglo-américanisme dans mes œuvres. Voilà votre première consigne. O.K. ?

Consigne ? Il me semble que j'aperçois le bout de quelque chose.

C'est un enthousiaste. Un battant. Il mâche, il boit, il avale, les manches de son peignoir d'après-bain fouettent l'espace comme les ailes d'un ange qui ferait le ménage. Et, j'allais oublier, il parle :

— Résumons-nous. Je fournis l'idée de base, les épisodes intermédiaires, les anecdotes piquantes à semer à intervalles réguliers : érotisme, violence, choses à faire pleurer, bref, l'histoire. Vous, vous mettez en forme. Je n'ai pas la patience, voyez-vous. Des idées, ah ça, oui ! Des idées, j'en ai en pagaille, j'en ai trop ! Les phrases jaillissent trop vite dans ma tête, elles se courent au cul, se bousculent, je n'arrive pas à les attraper au vol. C'est vous qui les attrapez et les clouez sur le papier. Vous écrivez mieux que très bien, non non, ne protestez pas, c'est un fait, vous avez le don. J'ai, je vous le répète, une confiance absolue dans le jugement de notre amie commune madame Brantôme. Vous êtes jeune, donc souple d'esprit, vous choperez mon style sans problème. D'ailleurs, nous sommes si proches de tempérament, vous et moi... Ce sera une collaboration éblouissante, je le sens.

Cœur d'artichaut

Il parle en mastiquant ses toasts — pardon : ses tartines grillées — · avec un horripilant grignotement de souris rongeant une poutre. Le nez dans ma tasse de café, je hoche pensivement la tête, mine d'envisager l'immensité de ma chance en même temps que les difficultés de la tâche sublime à moi proposée. Sans lever le nez, je dis ce qu'il ne fallait pas dire :

— Bon. Je suis votre nègre, quoi.

Il fait ce qu'il était prévisible qu'il ferait : il prend un air douloureusement choqué.

— Je savais que ce vilain mot vous viendrait à l'esprit. J'espérais qu'il ne franchirait pas vos lèvres.

Il boit une ample gorgée de thé ennuagé de lait, s'essuie posément la bouche et me dit, yeux dans les yeux, d'homme à homme :

— Bien. Jouons cartes sur table.

Quand le type, en face, te dit « Jouons cartes sur table », c'est là qu'il faut te tenir à carreau. J'attends la suite. Elle arrive :

— Ne finassons pas, ne jouons pas sur les mots. Certes, on peut appeler ça comme vous venez de dire. Si l'on est malintentionné, et surtout si l'on n'a rien compris à l'évolution des choses. Voyez-vous, je crois fermement en la division du travail. Là est l'avenir, en littérature comme ailleurs. Nous sommes à l'aube du vingt et unième siècle. Toutes les activités humaines ont atteint un tel degré de complexité qu'elles ne peuvent plus être maîtrisées par un individu isolé. Il est devenu nécessaire d'en répartir les différentes étapes entre des responsables, entre, disons le mot, des spécialistes, œuvrant chacun dans son secteur sous l'égide d'un maître d'œuvre, d'un créateur qui constitue la cheville ouvrière de l'ensem-

Cœur d'artichaut

ble et donne à l'œuvre commune sa cohésion, son style, son impact...

— Et sa signature.

Là encore, j'aurais mieux fait de la fermer puisque, au fond, je sais bien que je vais accepter. D'ailleurs, il avait prévu le coup, ce ne doit pas être la première fois qu'on le lui sert. Et toc, la parade :

— Et le prestige de son nom ! Cela ne se bâtit pas en un jour, une renommée. Ma signature au bas d'un contrat vaut des millions. Mon nom sur la couverture d'un livre est imprimé en caractères trois fois plus gros que ceux du titre. Les présentateurs de la télé déploient devant moi le tapis rouge. C'est cela qu'achètent les éditeurs.

Bon. J'ai fait mon petit baroud d'honneur. L'arbitre jette l'éponge. Il le sait bien, le Succivore, que je ne suis pas en situation de refuser. Je subodore que la charmante petite madame Brantôme ne s'est pas bornée à lui vanter mon style et mon orthographe. Elle n'a certainement pas manqué de faire allusion à ma descente accélérée vers les abîmes de la dèche intégrale. Il ne me reste plus qu'à me prosterner pour baiser cet orteil auguste qui va remplir ma mangeoire. Ce que je fais :

— Et pour la rémunération ?

Succivore n'est pas du genre marchand de tapis. Il annonce d'emblée, royal :

— Je vous associe au succès de l'ouvrage. C'est d'ailleurs la moindre des choses : n'êtes-vous pas coauteur ? Il est équitable que vous receviez votre juste part de la manne.

— Euh... Vous pouvez donner un chiffre ? Approximativement, bien sûr.

Cœur d'artichaut

— Tout à fait. Je donne zéro virgule six pour cent de mon propre pourcentage.

— Qui se monte lui-même à... ?

— Quinze pour cent du prix de vente.

Je ne suis pas un aigle en calcul mental. Ces pourcentages en cascade me paraissent néanmoins stagner dans les misères, à vue de nez. Succivore note mon manque d'enthousiasme. Il s'empresse d'ajouter :

— La coutume, dans l'édition, est de verser une avance à la signature du contrat, ce que nous appelons un « à-valoir ». Je l'ai touché, je peux donc vous dépanner tout de suite.

Comme je ne dis rien, un chéquier jailli de nulle part se trouve ouvert parmi les miettes, un stylo à vraie encre et à plume d'or prolonge l'index du maître, et puis un chèque dûment paraphé m'atterrit dans la main. Je me retiens d'en regarder le montant, il me semble que ce doit être mal élevé.

Elle est là, derrière sa forteresse de copies. Sourire, lunettes, jambes, rien ne manque.

— Eh bien ? Vous avez fait affaire ? Je vous demande cela, mais je connais la réponse. Il m'a téléphoné. Il est emballé, vous savez. Que d'éloges !

Je suppose que je devrais me jeter à ses pieds, entourer ses genoux de mes bras, éperdu de gratitude, et m'écrier en noyant ses petits pieds de larmes abondantes « Merci, oh, merci, ma chère, mon excellente bienfaitrice ! »

Oui, mais, d'une part, nous ne sommes pas dans un roman de la comtesse de Ségur, née Rostopchine,

Cœur d'artichaut

d'autre part ma gratitude est fort attiédie par les furieuses séances de travail avec Succivore ainsi que par la modicité de la somme mentionnée sur le chèque... Si je me jetais aux genoux de madame Brantôme — au fait, je ne partirai pas d'ici que je ne connaisse son prénom —, ce serait pour les couvrir de baisers goulus en remontant vers les cuisses et lui crier de bas en haut, blotti entre les pieds de la table, que je l'aime, que je l'aime, que je l'aime et que je suis prêt à user mes jours, mes nuits, mes talents et mes yeux pour la plus grande gloire de Succivore, puisque c'est elle qui m'a envoyé à lui.

Au lieu de cela, je m'assieds, ou plutôt je m'abats sur la chaise, et je dis bien poliment :

— Bonjour, madame Brantôme.

— Appelez-moi Elodie, voyons.

— Elodie ? Pourquoi Elodie ?

— Parce que c'est mon prénom. Il vous déplaît ?

Eh bien, voilà. C'est venu tout seul... Elodie. Que c'est joli ! Je dis très vite :

— Oh, non ! Au contraire...

Et, comme je veux l'étrenner, je dis :

— Elodie, Elodie, il faut que je vous embrasse ! Je peux ?

Elle rit, ôte ses lunettes, tend la joue. Quoi de mieux que la reconnaissance comme prétexte à baisers ? Je m'en donne à bouche que veux-tu, quatre fois, deux à droite, deux à gauche, je la caresse de la joue, je la hume, elle sent bon, elle sent bon ! Douce avec un creux accueillant et l'os de la pommette au-dessus du creux, juste comme je me le racontais. Je prolonge peut-être un peu trop, elle se dégage, rabat ses lunettes, rideau.

Nous revoilà face à face. Elle m'examine :

Cœur d'artichaut

— Vous avez l'air à plat.

— C'est assez dur, les premiers temps.

— Je suppose. Mais vous n'avez pas seulement l'air fatigué. Il y a autre chose.

— Oh, ça passera. Il faut que je m'habitue, je pense.

— Succivore est un homme fascinant. Ce doit être exaltant de travailler avec lui. Voir à l'œuvre cette imagination inépuisable, cette sensibilité, cette fantaisie, voir jaillir ces trouvailles fulgurantes...

— Ouais. Ça vaut le coup d'être vu, sûr.

— Vous n'avez pas l'air tellement convaincu.

— Si, si. Je suis un peu... dérouté, disons.

— Dérouté? Allons, dites-moi tout. C'est moi qui vous ai fait vous rencontrer. Je me sens responsable.

J'hésite un instant. Et puis, merde, si je ne me confie pas à elle, à qui donc, hein? Je prends sa main pour m'aider — surtout pour prendre sa main! — et je me lance :

— Elodie...

— Oui?

— Elodie, Succivore est un forban.

Elle m'arrache sa main.

— Vous, alors!

— Un forban. Un tricheur. Un voleur. Un imposteur. Un négrier.

— Vous ne croyez pas que vous poussez un peu loin?

— Pas du tout! Un négrier. Un exploiteur du travail et du talent des autres. Sa « collaboration », c'est un vague schéma général, une « idée » très floue, à peine ébauchée, et le « collaborateur » se tape tout le boulot, les « trouvailles étincelantes », les coups de théâtre stupéfiants, les passages attendrissants, la poésie, la fureur, les dialogues, bref, tout, tout, absolument tout!

Cœur d'artichaut

Oh, il a du goût. Un sens sûr du captivant, de l'effet, de la langue... Mais surtout un sens des recettes du succès ! Il révise tout, corrige tout, mais rien n'est de lui. Rien ! Et il faut pondre vingt feuillets standard par jour, c'est la norme... D'ailleurs, je ne suis pas seul, d'autres pigeons écrivent d'autres chapitres, il colle tout ça ensemble, y met un semblant d'unité, donne le coup de bichon final...

Elle a relevé ses lunettes, ses yeux ne sont que rage et stupéfaction. Je dis, très vite :

— Je suis certain que vous n'étiez pas au courant.

— Bien sûr que non ! Avez-vous pu le croire ? Vous me bouleversez. Il me disait avoir besoin d'un jeune inconnu très doué pour l'aider à mettre ses textes au net, faire quelques recherches... Il est tellement sollicité, disait-il, et tellement brouillon... Moyennant quoi, il se chargeait de le former au métier d'écrivain. Et comme il offrait un salaire décent...

— Mais ne croyez surtout pas que je regrette, que je me plains ! Vous avez forcé mes confidences, je vous les livre. Succivore exige beaucoup, mais je peux fournir. Il paie peu, mais j'ai peu de besoins. Et puis, j'apprends. Ce n'est pas son but, mais j'apprends. En deux jours, j'ai déjà appris tant de choses, si vous saviez !

Elle ne dit rien. Me regarde, pensive. Dans ses yeux, les excès de la colère ont fait place à quelque chose de moins violent. Ils sont maintenant plus navrés qu'in-dignés. J'en déduis qu'elle pense moins à l'infâme Succivore et davantage à l'infortuné moi.

Je lui dédie un sourire plein de courage, de détermi-nation et de foi en l'avenir, dans lequel je m'empresse de glisser, car il reste de la place, une solide dose d'adora-tion éperdue. Pas si facile, mais le résultat en vaut la

Cœur d'artichaut

peine. Je vois dans son regard le navrement se teinter d'un rien de culpabilité, puis l'ensemble évoluer à tire-d'aile vers la pitié, puis la pitié s'épanouir en un attendrissement qui, étant donné que nous appartenons à deux sexes résolument opposés quoique complémentaires, ne peut que s'enrichir d'une connotation sentimentale qu'attise encore la charge émotive de l'instant. Une larme perle. C'est le moment de me placer.

Je pose ma main sur la sienne. Cette fois, elle ne se dérobe pas. Elle m'a foutu dans la merde, et c'est moi qui la console... Excellente tactique.

— Elodie, vous avez voulu m'aider. C'est cela, l'essentiel. Et cela, je ne l'oublierai pas. Jamais. Personne encore ne m'avait encouragé à écrire. Vous avez fait plus, beaucoup plus, que me dépanner. Vous m'avez révélé où est ma voie, vous avez su me donner envie de faire sortir de moi toutes ces possibilités que j'ignorais moi-même et que vous avez décelées au premier coup d'œil. Vous êtes une fée, Elodie ! Vous êtes ma bonne fée !

C'est envoyé, j'espère ! Je me suis arrêté juste à temps avant de m'écrier, sur mon élan « C'est le ciel qui vous a placée sur mon chemin ! » La passion s'exprime volontiers comme les romans-feuilletons de l'autre siècle... Oui, je fais mon cynique, sans parvenir à me donner le change. Je suis absolument sincère. J'aimerais tant qu'elle le sache !

Deux semaines déjà... Je n'aurais pas cru pouvoir tenir aussi longtemps. Et puis je m'y suis fait. J'ai découvert que j'aime travailler. Pourvu que le travail

Cœur d'artichaut

« m'interpelle quelque part », comme disent les élèves d'Elodie — j'en vois quelques-uns, toujours les mêmes, qui viennent au café lui demander des conseils... ou faire de la lèche. J'étale autour de moi le fatras de ce que Succivore appelle ses « notes » et qui sont en fait des suggestions émises par moi puis réémises par lui en grand enthousiasme comme des éclairs jaillissant de son inépuisable génie. J'ai dû annexer la table voisine.

J'aime écrire, traquer l'expression juste, jouer avec la syntaxe jusqu'aux limites du permis et même un peu au-delà, marier le trivial et le raffiné, faire parler les gens, être le dieu qui décide de leur destin... Et puis, me laisser porter par le rythme. Ecrire est une musique. Ecrire est un jeu fascinant. J'oublie qu'un autre en aura le profit et la gloire, et au fond je m'en fous. Je suis coupé du monde, plongé dans l'imaginaire. Et pourtant à aucun moment je n'oublie que, tout à l'heure, elle sera assise là, en face de moi, et quand enfin elle y est c'est tellement de bonheur que je voudrais ne rien désirer de plus... Oui, mais, justement, ce bonheur-là est fait de l'espoir d'un bonheur plus grand encore, celui d'Elodie dans mes bras, d'Elodie consentante, d'Elodie désirante...

Je ne rentre chez moi que pour y dormir. Geneviève, comme convenu, reste cloîtrée avec ses chats dans la petite chambre. Certains indices m'amèneraient à penser qu'elle leur offre en douce la jouissance de l'autre pièce — ma pièce — quand je ne suis pas là, mais rien à dire, tout est net quand j'arrive, beaucoup plus net en tout cas que ce ne le fut jamais depuis... Oh, Agathe !

Cœur d'artichaut

Je m'étais préparé à de puissants remugles de chat, de pisse de chat, de merde de chat, mais non. Rien. Ça sent même plutôt bon. Elle doit aérer, je suppose, en traquant la poussière, alors que je n'avais pas ouvert une fenêtre depuis... Oui, bof.

Mis à part les heures sacrées de la bouffe des chats et du récurage des bacs à sable, Geneviève vit hors du temps. Quand elle est « charrette », comme elle dit, elle peut rester le nez écrasé sur le papier pendant trois jours et trois nuits à la file, quitte à roupiller ensuite vingt-quatre heures d'un bloc, se relevant, aux stridences du réveille-matin, juste le temps de s'occuper de ses petits goinfres, les yeux bouffis, la tignasse en hérisson, et replongeant aussitôt.

Quand je rentre, le soir, je trouve toujours dans le micro-z-ondes un petit quelque chose qui me fait coucou : une grosse part de pizza, un bol de riz cantonais avec une brochette, une saucisse aux nouilles, une pomme, deux yaourts... La surprise. Si je vois de la lumière sous la porte, je lui crie « Merci, Geneviève ! » Elle grogne « Grrr ». Si elle dort, je slalome dans le noir entre les chats, je dis « Chut » à Sacha qui se prépare à gueuler, j'écarte deux ou trois matous couchés en rond quasiment sur ses joues et je lui colle un gros bisou de ménage. Elle grogne « Grrr » et s'essuie la joue. Faudra que je lui achète des fleurs, un de ces jours.

Je ne sais quel penseur illustre a dit que l'homme est un beau dégueulasse. Comme il avait raison, celui-là !

Voyons. Je suis amoureux dingue d'Elodie. J'en rêve,

Cœur d'artichaut

j'en pleure, j'en tremble, je me réveille en sursaut, je la déshabille en pensée, en recrée la voix, en imagine le contact, l'odeur, jusqu'à l'obsession. Rien ne m'empêchera de tout foutre en l'air, s'il le faut, pour l'avoir. J'aurai toutes les patiences, toutes les ruses, toutes les violences. Je briserai des vies, je sèmerai des hontes et des désespoirs... Je l'aurai !

Cela étant, la présence de Geneviève de l'autre côté de la porte me tarabuste les sens de pulsions non moins sauvages, m'emplit la tête de fantasmes tout aussi vivaces. Qui ne chassent pas les premiers, tout ça au contraire cohabite en frères et se renforce mutuellement. Le souvenir du corps lourd et plein de Geneviève, de ses bras de fermière, de son vaste ventre blanc, de son sexe charnu, avide, béant, ruisselant... De la bonté immense qui émane de tout ce corps... Eh bien, oui, savoir tout cela là, si près, juste à m'étendre le long d'elle et lui prendre la main... Elle ferait « Non » de la tête, et puis fondrait, et ouvrirait les bras, et je m'abattrais sur ses mamelles de déesse-mère, et nous nous barbouillerions de nos sucs, et ce serait très doux.

Alors, je ne suis pas un dégueulasse, peut-être ?

Et je ne dis pas la rue, et je ne dis pas le métro... Non, pas les petites salopes arrogantes, le jean enfoncé dans la raie, les yeux de génisse perdus dans le vide au-dessus de la mâchoire à chewing-gum... Mais les encore jeunes mamans bien courageuses, si émouvantes, le sourire déjà flapi aux commissures, le nichon qui fatiguerait sans la lingerie renforcée, la fesse cependant toujours vaillante et la jambe nerveuse, parce que ça marche, ça, madame, ça arpente, ça se dépêche, ça court, tout ça pour un rougeaud qui

140

Cœur d'artichaut

les saute quand il a touché le tiercé, eh oui, ma petite dame, ce qu'on peut être bête quand on est jeune, je ne vous le fais pas dire !

Et toutes les autres, toutes les autres...

Ce monde est une boutique de pâtissier, et moi, et toi, et eux, tous nous sommes les petits pauvres collés à la vitre, du mauvais côté, qui s'écrasent le nez et bavent de convoitise devant les gâteaux qu'ils ne mangeront pas. Cinq milliards d'humains sur cette vacherie de planète, dont deux milliards et demi de femmes...

Deux milliards et demi de femmes ! Deux milliards et demi de tartes aux pommes, de babas, de millefeuilles, d'éclairs... Et nos pauvres gueules de pauvres collées à la vitre ! Nos pauvres gueules de bons petits gars qui ne demandent pas mieux que de ne pas être des salauds, mais elles sont là, les fendues, les déesses, les fines, les douces, les accueillantes, les fabuleuses... Va résister, toi !

Toutes, toutes, je suis affamé de les aimer. Je ne dis pas « me les taper », mais bien les aimer. Les connaître jusqu'au fond de l'âme, entrer dans leurs habitudes, partager leurs petites manies, jouir de leur heureuse nature ou subir leur sale caractère. Toutes les femmes, ces deux milliards et plus de femmes, ne sont pour moi qu'une seule femme. LA femme, qui change de corps, de visage, d'âme, même, comme on change de robe, de bas, de coiffure... Mes « histoires » de femmes n'ont jamais été de simples affaires de cul. J'aime, chaque fois, et pour toujours. C'est bien ce qu'Agathe, qui comprenait cela parfaitement, n'a pas supporté.

Quand je dis « derrière la vitre »... Mais non ! Bien pis ! On est plongés dedans. Elles nous passent sous le nez, nous frôlent, nous dardent leurs yeux, nous balan-

141

Cœur d'artichaut

cent leur popotin, partout, toujours, au bureau, au resto, derrière le guichet, à l'hôpital — ah, les infirmières, à poil sous la blouse blanche ! —, dans le métro, dans l'avion — ah, les hôtesses de l'air ! —, à la télé... Va penser à autre chose ! Et qui prétend le contraire est un gros hypocrite. C'est Tantale, c'est l'enfer.

Et c'est le paradis. Tous ces rêves qu'elles font fleurir. Ce climat. Ce « tout est possible », même si c'est pas vrai ! Cette ébauche permanente d'érection qui fait de nous des sultans dans un harem grand comme le monde ! Il y a la frustration, mais aussi il y a l'exaltation, et qui l'emporte haut la main ! Je suis sûr que chacune sait que nous la mettons mentalement à poil, et que ça les émeut au bon endroit, en écho à notre émotion. Une rame de métro aux heures de pointe, quel formidable concentré de désirs entrecroisés !

Mais alors, je me le demande, pourquoi Elodie ? Ce n'en est qu'une parmi les deux milliards (et demi !). Pourquoi ? Va savoir... Elle était là. Une des deux millards et le pouce était là, justement. Je l'ai remarquée, je les remarque toutes. Ce qu'elle avait, une autre l'aurait eu autrement. Mais voilà, elle l'avait comme ça, et c'est là-dessus que j'ai construit ma chimère. Bien sûr, il y avait la semi-pénombre, les pommettes sous les grosses lunettes — je raffole des intellectuelles à lunettes ! —, il y avait ces jambes, vague pâleur qui suggérait un dessin parfait que je prolongeais en une svelte silhouette munie de tout ce qu'il faut... Bien sûr, moins on en voit, plus on en imagine... J'ai fantasmé là-dessus comme un collégien sur son prof, comme ses propres élèves sur elle-même, je l'ai magnifiée, j'ai construit un mythe inaccessible sur du rêve, mais maintenant c'est là, gros comme le monde, et tout

Cœur d'artichaut

amour ne repose-t-il pas sur une illusion devenue obsession ?

Eh bien, voilà. C'est fait. Elodie et moi, oui. Je n'ai eu à briser nulle vie, je n'ai semé ni honte, ni désespoir.

Un mardi, comme elle s'en allait, je lui demande :

— Que faites-vous donc de vos mercredis ?

— Oh, des tas de choses ! Je visite des expositions. Il faut vous dire que je suis inscrite aux Amis du Louvre. Je vais au cinéma. Je traîne chez les bouquinistes, au marché aux Puces, j'adore farfouiller. Je prépare mes cours. Je fais les courses pour la semaine. Je mets ma maison en ordre... Des tas de choses.

— Vous tuez le temps, quoi.

— Mais pas du tout ! J'aime ce que je fais, et cela pour une bonne raison : je ne fais que ce que j'aime. J'ai horreur de m'ennuyer, l'ennui me met dans un état de panique. Heureusement, tant de choses m'intéressent, me passionnent, même. Tant de choses... Il n'y a pas si longtemps, j'emmenais mon fils faire de grandes promenades en forêt, ou camper, ou monter à cheval. Il est trop grand, désormais. Il fait du sport avec ses copains.

— Alors, les promenades en forêt, fini ?

— Pas du tout. J'ai besoin de marcher, de me dépenser, de respirer. Et puis j'aime les arbres, les herbes, l'eau, les oiseaux, tout ça... Mais c'est vrai, cela m'arrive de moins en moins souvent.

— Toute seule, c'est moins drôle.

— Oui. Il faut se forcer, s'arracher à la routine, à la tentation du farniente...

Cœur d'artichaut

La conversation se traîne. Je ne sais plus quoi dire. Ou plutôt je ne sais plus quelle banalité sortir pour éviter de dire ce que je meurs d'envie de dire. Le cœur me cogne à la pensée d'oser... Elle ne dit rien non plus, ce qui pourrait donner à penser qu'elle aussi se rend compte de ce que ne peut manquer d'être la réplique suivante, et que peut-être elle l'attend, cette réplique, et que peut-être, nom de dieu, le cœur lui cogne, à elle aussi... Comme le silence devient embarrassant, elle me tend la main et dit :

— Eh bien...

Je la coupe :

— Non !

— Pardon ?

— Non, Elodie ! Pas « au revoir, rentrez bien, à jeudi » et tout ça.

Elle me regarde droit dans les yeux. Elle sourit. Elle dit :

— Alors ?

Tant pis, je me lance :

— Elodie, emmenez-moi faire une promenade dans la forêt.

Elle me regarde toujours, se mordille un coin de lèvre, hoche la tête, se décide :

— D'accord.

Sa voix a déraillé, oh, à peine. Une de ses lèvres tremble un peu...

Quoi qu'il en puisse être de la suite, aucun de nos moments ne vaudra celui-là. Le plus intense de l'amour est là, concentré dans cette seconde inouïe où tu as osé et

Cœur d'artichaut

où elle t'a accepté, où tu sais enfin qu'on t'attendait aussi fort que tu attendais.

Je suis allé la prendre chez elle. Elle m'avait dit neuf heures pile, m'avait bien recommandé d'être exact. Pour ça, je n'ai eu aucune peine, je n'avais pas fermé l'œil, c'était à prévoir. J'avais osé, j'avais osé ! Et ça avait marché... Bon, tout ce qu'on se dit, quoi. Tellement excité que j'avais voulu raconter tout ça à Geneviève, mais elle n'était rentrée que très tard dans la nuit, portant quelque chose que j'entendais miauler suraigu à deux voix et à qui elle répondait avec tant d'amour que je n'avais pas eu le cœur de troubler la cérémonie d'accueil. Deux chatons abandonnés, ça ne faisait pas un pli. Et bon, je me suis raconté mon bonheur tout seul.

C'est un immeuble ancien, style modeste-bon genre, dans une rue relativement tranquille du quartier des Ecoles. Exactement le genre qu'on imagine formé de stratifications horizontales de professeurs entourés de rayonnages croulant sous les bouquins. Elle en sortait juste comme je traversais la rue. A croire qu'elle m'avait guetté de sa fenêtre. Elle s'en est expliquée tout de suite :

— Mon fils n'est pas sorti aussi tôt que j'aurais cru : un copain doit venir le chercher. Je suppose que vous ne teniez pas spécialement à faire sa connaissance ?

A vrai dire, je n'avais pas d'opinion. J'avais même totalement oublié qu'elle avait un fils. Elle m'avait dit « Soyez là », j'étais là. Son fils ? Ah, oui, tiens. Et pourquoi ne lui aurais-je pas dit bonjour ? Oh, bof, à elle

145

Cœur d'artichaut

de juger. Notre escapade prenait un petit air clandestin assez piquant.

Elle ne m'a pas pris le bras, n'a pas eu l'air de souhaiter que je prenne le sien. Je l'ai donc suivie, bras ballants. Elle a dit :

— Ma voiture est par là.

Elle a une voiture ? Ah, bon. Je ne m'étais pas demandé comment nous voyagerions, je pensais vaguement au train. Elle s'est arrêtée devant une petite chose rouge corail avec de la rouille par-ci, par-là, une Fiat, peut-être bien. Elle m'ouvre la porte, nous voilà partis.

Installée au volant, elle semble plus détendue. Tout en manœuvrant, elle me sourit. Moi, j'ai le sourire plaqué sur la figure une fois pour toutes. Je suis au paradis et n'ai pas l'intention d'en redescendre.

Je prends soudain conscience qu'elle m'a dit quelque chose. Je dégringole de mes sept ciels :

— Pardon ?

— Je vous demandais si vous aimez les œufs durs.

Arriver de chez les anges pour entendre le plus ange de tous vous parler d'œufs durs, ça déroute. J'ai tout juste assez de présence d'esprit pour bafouiller :

— Les œufs durs ? Si je les aime ? Oh, je les adore.

Elle me menace de l'index :

— On n'adore que Dieu, et encore, à condition de croire en lui. Pour les œufs durs, on se contente d'en raffoler.

— Alors, j'en raffole. Surtout avec beaucoup de sel.

— Ça tombe bien. J'ai fait cuire plein d'œufs durs

Cœur d'artichaut

pour le pique-nique. C'est à peu près le seul plat que je réussisse.

Je plane. Rien ne pourrait altérer ma félicité, tout ne peut que l'attiser. Je m'exclame avec enthousiasme :

— C'est parfait ! Nous nous bourrerons d'œufs durs... Vous avez prévu un pique-nique ?

— Heureusement ! Si je n'avais compté que sur vous...

— C'est-à-dire... J'avais pensé à une petite auberge dans les fleurs, avec des nappes à petits carreaux, ce genre de choses...

Menteur ! Je n'avais pensé à rien du tout, oui ! Complètement à côté de mes pompes. Cette Elodie m'a zombifié.

— Ce sera bien plus amusant sur la mousse. Et je vous rassure : il y aura aussi du jambon, de la salade, du fromage et des pommes.

— Fromage ET dessert ? C'est trop !

— Marcher en forêt, ça creuse, vous verrez. Car, moi, quand je marche, je marche.

Et moi, quand elle marche, je cours. Quelle femme ! Pas question d'orienter la conversation vers les allusions sentimentales, pas question même de conversation, tout mes organes respiratoires sont accaparés par la quête de l'oxygène.

Tout arrive, même l'heure de la pause pour les championnes pédestres. Notre périple nous a ramenés dans les parages de la voiture et des provisions. Serrés sous une unique couverture, car il ne fait pas très

Cœur d'artichaut

chaud, nous cassons la croûte en buvant du cidre. L'exercice a peint, comme dit le poète, des roses sur ses joues. La brise taquine sa frange. C'est très joli. Je l'aime. Je le lui dis. C'est venu tout seul, alors qu'elle croque une pomme à belles dents blanches.

Je l'ai dit, oui. Comme ça, hop ! « Elodie, je vous aime. » Et maintenant ? J'ai tout gâché, sûr. Je suis allé trop vite, une vraie brute. Mais aussi, pourquoi est-elle à ce point adorable ? Elle ne dit rien. Continue de croquer sa pomme. Seulement, elle le fait blottie tout contre moi, sa joue sur ma poitrine et, va savoir comment ça s'est fait, mon bras autour de ses épaules.

Eh bien, voilà. La forêt énorme est tout autour et par-dessus, nous sommes deux oisillons au nid, son sein mignon au creux de ma main bat au rythme de son cœur et à contretemps du mien. Je n'ose bouger. Ce serait briser l'instant.

Elle tient le trognon de la pomme par la queue et le regarde se balancer. Je ne sais pas ce que disent ses yeux, je la vois de dessus, le gros pompon de son bonnet de laine est mon horizon. Elle jette le trognon, bascule la tête, ses yeux s'offrent, sa bouche aussi.

Elle a dit « Non, pas ici. » J'ai dit :
— Chez vous ?
— Et mon fils ?
Nous avions encore marché, mais en amoureux, cette fois. Sans parler. Pensifs. Et c'était merveilleux. Elle a eu un frisson, a voulu se mettre au chaud dans la voiture. Le soir vient, à pas de loup. Elle dit :
— Allons dîner.

Cœur d'artichaut

— La petite auberge avec les nappes à petits carreaux ?

Elle rit :

— Et des bougies sur les tables !

Elle existe, la petite auberge. Elle nous attendait dans un village à l'orée de la forêt. Bidon comme tout, vieilles cuivrailles et poutres trop vraies, mais justement, c'est cela qui nous ravit, nous, ce rustique de bazar pour beauf sortant la secrétaire. Nous qui ne sommes ni beauf ni secrétaire, nous nous gavons de second degré, ce plaisir délicat des êtres évolués.

Nous nous réfugions dans un coin. La nappe à petits carreaux rouges et blancs ne manque pas à l'appel, ni la bougie dans sa tulipe de verre. Nous mangeons n'importe quoi, nous nous regardons, nous rions bêtement, nous pensons à tout à l'heure.

C'est moi l'homme, c'est à moi de m'occuper de ces choses. Je me lève pour régler l'addition au comptoir. Je demande à la patronne :

— Nous ne pensons pas rentrer à Paris avant demain. Auriez-vous une chambre ?

— Bien sûr. En ce moment, c'est calme. Nous faisons surtout le représentant de commerce. On dirait que, de ce côté-là, ça ne va pas très fort. C'est au deuxième, la six. Qu'est-ce que ces messieurs-dames prennent, au petit déjeuner ?

A tout hasard, je réponds « Deux cafés complets ». Je redoutais un clin d'œil entendu, je ne sais quel sourire canaille. Mais non. C'est une femme qui ne voit pas le vice. Pour elle, nous sommes un monsieur de Paris et sa dame venus respirer le bon air. Elle appelle :

— Jeannette !

Cœur d'artichaut

La petite bonne aux joues pleines qui nous a servis à table accourt.

— Tu porteras des draps propres et des serviettes à la six.

— Bien, madame.

Je reviens vers Elodie, je pose la clef devant elle. Ça aussi, c'est un moment formidable !

Quand un homme et une femme se trouvent enfin seuls et sur le point de faire ce qu'ils désirent faire ensemble depuis si longtemps, quand ils affrontent enfin cet instant délicieux et terrifiant, ils sont comme devant une première fois. Pas seulement la première fois pour eux deux ensemble, mais la toute première fois de la vie pour chacun d'eux. Comme si jamais encore auparavant cette chose ne leur était arrivée. Ils sont gauches, ils sont gênés, ils se forcent au naturel, ils se voudraient en accord avec le sublime de l'instant, ils se crispent sur le problème trivial des vêtements à ôter — enjamber un pantalon d'homme, par exemple... Un nouvel amour, c'est deux pucelages tout neufs.

La porte close, le verrou poussé, j'enlace Elodie.

Je prolonge l'instant. Je respire ses cheveux, je me soûle de la somptueuse bouffée femelle qui monte de son corsage... Et je trique comme un âne. A en avoir mal. Je sais que ça va se faire, pourtant je ne puis imaginer que, dans quelques secondes, cette femme que je place si haut s'abandonnera, nue et béante, m'accueillera au plus profond d'elle, mêlera ses membres et ses cris aux miens en un rut aussi sauvage que

Cœur d'artichaut

le mien. Et me dire cela me fait bander encore plus fort, dans ma tête et partout.

Elle ne me tend pas ses lèvres. Elle picore les miennes à petites becquées humides, m'effleure parfois d'un bout de langue furtif. Elle tremble. Quelque chose me souffle qu'il faut lui laisser l'initiative. Ses mains se posent sur mes flancs, glissent le long de la ceinture, s'unissent sur la grosse boucle de métal, forcent l'ardillon hors de son trou, le pantalon tombe. Je l'enjambe, un pied, l'autre. Suis-je censé faire tomber le sien en même temps ? On s'emmêlerait les doigts, ce n'est pas le moment de jouer les comiques. Cependant sa bouche quitte la mienne, la voilà qui me picore le menton, le cou, la poitrine... Mais là elle trouve le rêche de la chemise, et voilà ce que j'étais censé faire : ôter ma chemise, au lieu de me pâmer comme un enfantelet sous ses bécots. Alors elle saute l'obstacle, ignore la zone aride, tombe à genoux, arrache le slip, place une série de bécots sur l'ogive palpitante et puis, d'un coup, l'enfourne.

Oh, la gourmande ! Oh, qu'elle aime ça ! Mais qu'elle s'y prend donc mal ! Ses petites dents acérées labourent la si exquisement sensible muqueuse, elle me fait un mal de chien, comment le lui faire comprendre ? Elle ne l'a jamais fait, c'est évident, elle est le jouet d'une envie folle, d'une impulsion, d'un besoin de plonger dans l'inouï du salace... Je n'y puis tenir, tant pis, d'un sursaut je me dégage... A partir de là, je ne contrôle plus les événements. Je la jette sur le lit, j'arrache tout comme ça vient, je la vide de son pantalon en tirant sur les jambes et en secouant, foin des délicatesses et préliminaires dont je me faisais une fête, j'écarte ses cuisses comme pour les arracher, je m'abats sur elle et me conduis comme un goret insoucieux du plaisir de sa

Cœur d'artichaut

partenaire, tant pis pour toi, j'en peux plus, moi, et je meugle le grand meuglement de l'aurochs qui touche au but. Et quand, longtemps après, je cesse, je prends conscience que mon meuglement était à deux voix, dont une aiguë qui, elle, n'en a pas fini, et le prolonge encore et encore, et m'oblige, galamment, à poursuivre un simulacre d'action jusqu'à flaccidité complète et — provisoirement — irrémédiable.

Nous gisons, aplatis comme grenouilles au soleil, cherchant notre souffle et nous tenant la main. Je l'aime encore plus qu'avant et je veux le lui dire. C'est alors qu'un être flasque et visqueux me rampe le long de la cuisse. Une espèce de limace tiède. Une pensée épouvantable me vient : « Je l'ai défoncée ! Elle perd ses organes... » Une horreur me glace. Je tends vers la chose immonde une main hésitante, je saisis entre le pouce et l'index ce que je suppose être la peau du cou de la bête, et, malgré mon dégoût, je me force à regarder. Je ne comprends pas tout de suite. Un éclat de rire d'Elodie me rassure. Je la regarde. Elle est toute rouge, mais peut-être est-ce seulement l'effet de la violence de nos ébats. Elle explique :

— Pardonnez-moi. Je n'ai pas su comment m'y prendre pour vous demander si vous aviez ce qu'il faut sur vous. C'est délicat. C'est... enfin, bon, j'ai pensé agir de façon plus romantique en n'en parlant pas. J'ai profité de votre... enthousiasme pour, prestement, vous habiller. Vous ne vous êtes aperçu de rien, et c'est très bien comme ça.

J'y suis enfin. Une capote anglaise ! Ça, alors...

Cœur d'artichaut

Encore une chose à laquelle c'était à moi de penser. Il y a entre nous une gêne.

Elle dit :

— Vous ne m'en voulez pas ?

Elle n'a pas dit « C'était bon quand même ? ». Je lui en sais gré. Elle ajoute, soudain alarmée :

— N'allez pas croire ce que vous êtes sur le point de croire... Car vous êtes sur le point, je le lis dans vos yeux.

— Moi ? Sur le point ? Et de quoi donc ?

Effectivement, je suis sur le point, et même déjà un peu au-delà.

— Eh bien, de croire qu'une femme qui a sur elle de tels objets est en permanence à l'affût d'une aventure. Qu'elle n'est qu'une vulgaire salope, comme se plaisent à dire les hommes.

— Qu'est-ce que vous allez chercher là...

— Allons, allons, osez me dire en face que vous n'étiez pas en train d'en arriver à ce genre de déduction, osez donc !

Elle est au bord des larmes, alors je la prends dans mes bras, je ne dis rien, et c'est le mieux.

— Croyez-moi si vous voulez, la vérité est que je savais très bien ce qui se passerait si j'acceptais votre projet de promenade. Et que je n'avais pas du tout l'intention de me dérober. J'en avais autant envie que vous... Autant envie que toi, gros bêta. Tu crois que je ne te voyais pas venir, avec tes yeux de loup ? Mais toi, plein de toi-même et de tes propres émois, tu ne voyais pas les miens, mes yeux de louve consentante, appelante... J'ai chipé cette chose à mon fils avant de prendre la route, et voilà.

Je ne trouve à dire que :

Cœur d'artichaut

— Je suis sain, vous savez... Euh... tu sais.

— Mais moi aussi ! J'ai passé le test tout récemment, à l'occasion d'une prise de sang pour autre chose. Cela n'a rien à voir. Il faut en prendre l'habitude, cette maladie est une telle horreur !

— Si tu y tiens...

A vrai dire, quelques expériences m'ont révélé que je déteste baiser emmailloté de caoutchouc. Le vrai bonheur, c'est muqueuse sur muqueuse, c'est se sentir glisser dans le jus de glandes... Eternuer dans un sac en plastique relève, selon moi, de la morne masturbation. Comme si faire l'amour se réduisait à obtenir coûte que coûte le spasme terminal. Cette fois, je ne me suis rendu compte de rien parce que j'étais dans un état de surexcitation absolument paroxystique. Qu'en ira-t-il quand nous en serons à nous déguster en gourmets ? Cette paroi de latex entre nous ne grossira-t-elle pas jusqu'à l'épaisseur d'un pneu de camion ?

Mutine, elle me dit :

— J'en ai d'autres. Plein.

Là, elle rougit pour de vrai.

Nous nous sommes endormis, un peu. Nous nous sommes réveillés, ensemble. Ou peut-être qu'elle l'était avant moi et me regardait depuis un bout de temps comme elle me regardait quand j'ai ouvert les yeux ? Peut-être même qu'elle n'avait pas dormi, elle ? Je l'ai regardée aussi, bien à mon aise, cette fois. Elle était appuyée sur un coude, c'était la première fois que je la voyais débarbouillée de sa dignité de prof, les cheveux en bataille comme une gamine, les épaules graciles et

Cœur d'artichaut

pourtant rondes, les petits seins farceurs aux gros bouts mauves... Un rien de confusion dans le sourire, une tendresse infinie dans le regard. Elle sentait très bon. Sa main s'est posée sur mon ventre, et puis est descendue.

Nous avons recommencé, en essayant de maîtriser cette fougue dévastatrice et de savourer bien à fond chaque seconde, chaque seconde... Je me suis retenu de bramer aux quatre vents, je me doutais bien qu'il devait être très tard dans la nuit, j'ai juste laissé filtrer au moment suprême une espèce de rugissement contenu, mais Elodie s'est laissée aller pis que la première fois, à hurlements suraigus d'assassinée, et ça durait, et ça durait...

Elle demande :

— Quelle heure est-il ?

Nos montres gisent sur la table de nuit, dans la lueur rose de la lampe de chevet. J'allonge le bras :

— Deux heures dix.

— Mon Dieu !

Elle me regarde, effarée. Je m'étonne :

— Qu'est-ce qu'il y a ? Nous ne devions pas rester jusqu'au matin ?

— Jusqu'au matin ? Mais à neuf heures je dois être au lycée, et il faut d'abord que je fasse lever Benjamin, que je le fasse déjeuner, que je paie la femme de ménage... Et que pensera Benjamin s'il ne me voit pas à son réveil ? Déjà qu'il ne m'a pas vue hier soir... Mais là, je pouvais être sortie, avoir eu une réunion, d'ailleurs j'avais préparé son dîner...

Elle a déjà passé son pantalon, elle bourre sa tignasse

Cœur d'artichaut

dans le bonnet à pompon, lace ses baskets en catastrophe.

— Qu'est-ce que vous attendez ? Vite ! Dépêchez-vous, allons !

Elle en oublie que nous avions franchi le seuil du tutoiement. Où est-elle, notre tendre intimité ?

Et bon, nous voilà sur le palier. Nous descendons les deux étages. Le bureau de l'hôtel n'est autre qu'un coin du comptoir du bar de la salle à manger. Seulement, la porte qui donne sur la salle à manger est bouclée. A travers la vitre dépolie, le regard se cogne au noir intégral. A qui payer ? Nous n'allons quand même pas déménager à la cloche de bois ! Je me souviens alors que la patronne m'a confié qu'elle-même et son mari n'habitaient pas l'hôtel, mais une jolie maison à l'autre bout du hameau. Elle m'a dit aussi que nous étions en ce moment les seuls clients. Je répète tout ça à Elodie. Elle se mord les lèvres, et puis décide :

— Tant pis. Je téléphonerai dans la journée pour savoir combien nous leur devons, dîner compris, et j'enverrai un chèque. Allons, partons d'ici.

En plus de l'accès par le restaurant, l'hôtel possède une porte particulière, qui donne sur une allée privée. Elodie, qui me précède, se tourne vers moi, soudain affolée :

— C'est fermé à clef !

— Pas possible, voyons. Un hôtel ne peut pas être fermé à clef la nuit. Supposez qu'un client ait eu envie d'aller faire une balade et trouve porte close en rentrant ?

Je tourne la poignée, je secoue la porte. Elle est bel et bien verrouillée. Elodie panique :

— Mon Dieu, mon Dieu ! Qu'allons-nous faire ?

Cœur d'artichaut

Quelque chose encore me revient en mémoire :

— Rappelez-vous. Quand elle nous a accompagnés jusqu'à notre chambre, la petite bonne nous a montré une porte, au premier étage, je crois bien, et nous a dit : « Ma chambre est là. Si vous avez besoin de quelque chose, vous n'avez qu'à frapper. Il n'y a pas le téléphone dans les chambres. »

Mais déjà Elodie grimpe et frappe à la porte de la petite. Elle frappe, et frappe, et appelle :

— Mademoiselle ! Mademoiselle !

J'appelle à mon tour :

— Jeannette ! Jeannette !

Ça vient de me revenir. « Jeannette », c'est bien ça.

Jeannette ne répond pas. Découcherait-elle, la petite coquine ? Mais non. J'entends un raclement, comme de quelque chose de lourd qu'on traînerait et qui, boum, vient cogner contre la porte. Qu'est-ce que ça veut dire ? Elle se barricade ?

— Jeannette ! crie Elodie, tambourinant de plus belle.

— Jeannette ! crié-je, tapant du pied dans la porte.

— Laissez-moi, ou je crie au secours par la fenêtre, balbutie de l'autre côté du battant une petite voix terrorisée.

Cela me calme aussitôt. Je plaque ma paume sur la bouche d'Elodie. Un autre détail vient de me revenir. Je lui souffle :

— Laissons tomber. Je ne sais pas ce qui lui prend, mais la gosse est folle de peur. Venez, je viens de penser à quelque chose.

C'est bien cela. Au-dessus de l'infranchissable porte, une de ces impostes qui basculent sur leurs gonds est entrebâillée. Elle est tout juste assez haute pour que s'y

Cœur d'artichaut

glisse, en y laissant quelques bribes de tissu et peut-être de peau, un être humain pas trop rembourré. Je relâche le cordon de manœuvre, le battant s'ouvre en grand. Encore faut-il se hisser là-haut.

Je jette un œil alentour. Un fauteuil similirustique avec tissu à fleu-fleurs fait le beau près d'une plante verte. Je le traîne sous l'imposte, je grimpe dessus, les ressorts gémissent, je m'appuie du dos à la porte et je croise mes mains sur mon ventre dans la position classique de la courte échelle. Elodie n'hésite pas. Vite juchée sur mes mains, elle atteint le bord du truc du bout des doigts. Je pousse, je pousse, enfin la tête passe. Elle a le réflexe de se coucher à plat ventre sur le mur afin de ne pas piquer tête en avant sur le pavé, se cramponnc, se laisse pendre à bout de bras, lâche tout, se reçoit. Elle annonce à voix contenue :

— Ça va. A vous.

Oui, mais, qui me fera la courte échelle, à moi ? Le fauteuil ne suffit pas. Je cherche un complément d'échafaudage. Elodie s'impatiente :

— Qu'est-ce que vous fabriquez ? Dépêchez-vous, voyons !

Ah, femmes, femmes !

Enfin j'avise l'espèce de fragile console d'où dégoulinent les verdures de la plante captive, c'est une plante du genre pleureur. Je dépose le pot à terre, les rameaux éplorés s'étalent en rond, comme de flasques tentacules, on dirait une pieuvre verte. Je hisse la maigre console sur le fauteuil aux ressorts très mous, ça tangue salement, j'ai toutes les chances de me casser la gueule. Je cherche une aide chez le cordon de l'imposte, mais ce con de machin me craque dans la main, l'imposte se ferme en claquant sec.

158

Cœur d'artichaut

— Mais qu'est-ce que vous faites donc ? s'énerve Elodie.

Je me retiens à grand'peine de répondre quelque chose qui pourrait jeter une ombre fâcheuse sur cette journée de paradis. Je retombe enfin sur le pavé, non sans m'être au passage déchiré quelque pièce de vêtement, je verrai quoi plus tard. Elodie me prend le bras :

— Vous ne vous êtes pas fait mal ?

Ah, tout de même ! Mon cœur se défripe. N'empêche, j'aimais bien quand on se disait « tu ». Elle ajoute :

— Filons !

Comme s'il était besoin de me le dire !

Nous filons. Pas loin. Cinq mètres. Jusqu'à un portail de fer forgé, très beau. Mais fermé. A clef. Et merde, tout est à refaire !

Dans la rue, à travers les tortillons artistiques du fer forgé, j'aperçois la petite voiture rouge, toute triste sous la lune. Bon, quand faut y aller...

J'examine les choses. Finalement, c'est pas la mer à boire. Après les périlleuses acrobaties du passage de l'imposte, escalader du fer forgé est une rigolade. Tous ces zinzins de style s'offrent comme autant d'échelons. Seuls les hérissons de picots acérés du sommet posent problème. Je passe le premier, y laisse un lambeau de pantalon, évitant ainsi à ma bien-aimée de devoir découvrir par elle-même ce qu'il ne faut pas faire.

Enfin, ouf, nous voilà dans la petite Fiat — est-ce une Fiat ? — à l'abri du monde méchant. Elodie pleure et rit, rit et pleure — la réaction —, puis se laisse tomber contre mon épaule. J'existe donc ? Je baise ses cheveux, je lui dis « Ça nous fera un souvenir ! ». Elle rit « T'es bête ! ». Tiens, on se tutoie de nouveau ?

Et nous roulons, et nous regagnons la Ville lumière, et chacun rentre dans sa chacunière.

VI

Ce n'est que le lendemain au soir que j'en ai le fin mot. Elodie n'était pas à sa table à l'heure habituelle. Elle n'est arrivée que beaucoup plus tard, au moment où je rassemblais mes paperasses pour m'en aller. Elle me raconte une drôle d'histoire.

— Il paraît que j'ai crié très fort. Ai-je crié très fort ?

— Comme une égorgée.

Elle rougit, ses yeux s'allument. Elle pose la main sur mon bras, c'est le seul geste de tendresse qu'elle puisse se permettre ici.

— La petite a cru à des choses épouvantables. Que tu m'égorgeais, précisément. Que tu m'assassinais, me torturais, que tu étais un sadique, un fou criminel, que sais-je ? Des horreurs ! C'est une gamine. Toute seule dans cette maison isolée. Et quand nous avons frappé à sa porte, ç'a été la panique folle. Elle s'est barricadée, elle était vraiment prête à hurler par la fenêtre si nous avions insisté... Quand elle m'a vue, tout à l'heure, j'ai cru qu'elle allait se trouver mal. Elle a couru se réfugier derrière le comptoir, auprès de la patronne. Laquelle m'a accueillie d'un air que je te laisse imaginer. Je me suis expliquée, toute honte bue. Je n'étais pas très à mon

161

Cœur d'artichaut

aise, tu peux me croire... La bonne femme s'est contentée de me tendre la note, sans un mot. Je l'ai réglée, j'ai laissé un solide pourboire à la petite. Et je lui ai offert une grosse boîte de chocolats que j'avais pris la précaution d'emporter. Elle m'a sauté au cou et m'a confié que si elle avait eu le téléphone dans sa chambre elle aurait appelé les gendarmes. Tu te rends compte ?

— Ouf ! Tout est bien qui ne finit pas chez les gendarmes.

— Mais quelle aventure !

Ma parole, elle est toute prête à recommencer !

Geneviève s'en va. Elle a trouvé l'introuvable : un pavillon avec un jardin. Elle a rencontré, dans une de ces réunions d'amis des bêtes où l'on milite contre les corridas, la chasse ou la vivisection, une très vieille dame qui possède dans la toute proche banlieue une minuscule maison de meulière avec perron, marquise, cour pavée, jardin derrière et trois cerisiers dans le jardin. Elle y recueille les chats et les chiens perdus, les soigne et les nourrit, toute sa retraite y passe. Vingt-cinq chats et huit chiens gambadent dans ce paradis en miniature, mais la population ne cesse d'augmenter, alimentée par l'abandon systématique des chatons et des chiots si mignons achetés six mois plus tôt pour le Noël du gosse et devenus, les sales bêtes, bien encombrants, le moment venu de partir pour la plage.

Le dévouement ni les sacrifices n'y suffisent. Encore y faut-il force et santé. Geneviève possède tout ça, en plus d'un inépuisable amour pour tout ce qui vit. Les voilà donc, elle, Sacha et les chats, hébergés dans le pavillon.

Cœur d'artichaut

Ça se trouve pour ainsi dire dans Paris, elle compte s'acheter une Mobylette d'occasion pour les allers et retours de travail, avec un panier sur le porte-bagages pour Sacha.

Ben, et moi, alors? Je n'aurai plus Geneviève de l'autre côté de la cloison? Je n'aurai plus la grosse envie de Geneviève dans le bas-ventre, et la tentation dans la tête, et la victoire sur la tentation? Je ne mordrai plus mon poing en pensant aux gros nichons de Geneviève, là, tout près, à portée de main, à portée de lèvres, étalés bien à plat dans le relâchement du sommeil — elle dort sur le dos? Je ne m'endormirai plus bercé par le puissant ronron de deux chats calés contre ma joue?... Je suis bien malheureux, tout à coup. Abandonné. Je n'aurais pas cru.

Geneviève m'annonce ça, pas aussi jubilante qu'elle devrait l'être. Elle le sent bien, que c'est un abandon. Geneviève sent tout, voit tout, comprend tout. Elle sait quelle place elle a prise, sinon dans ma vie, du moins dans mes habitudes. Elle sait que j'ai de la peine, peut-être pas une grosse peine, mais de la peine, et elle est toute peinée de me la causer.

Et puis vient le jour où je la regarde partir, où je regarde la camionnette du petit épicier kabyle emporter Geneviève, assise à l'arrière parmi les paniers miaulants, Sacha sur les genoux. Et voilà, c'est fini.

Je n'ai plus de prétexte pour ne pas travailler chez moi. Les chats ne sont plus là. Avant de s'en aller, Geneviève a fait un ménage soigné. Elle m'a même laissé de quoi manger pour au moins trois jours.

Cœur d'artichaut

Je lui avais demandé de me laisser un chat, Ernest, celui qui aimait dormir avec moi. Il va être privé aussi, Ernest, il n'aura plus ma joue. Et peut-être aussi Sophie, qui, les derniers temps, partageait mon oreiller avec Ernest. Geneviève n'a rien voulu savoir. Donner ses chats ? Jamais ! Je n'avais qu'à m'adresser au refuge de la SPA, j'en trouverais des douzaines à sauver du crématoire, on se ferait un plaisir de m'en confier un ou deux... Ouais. Faudra que j'y pense. Et puis, a dit Geneviève, tête en l'air comme tu es, tu oublieras une fois sur deux de leur donner à manger. Oh, mais, fais attention, de temps en temps je ferai un saut sans prévenir, si tes chats sont mal soignés je te jure que tu m'entendras !... Eh bien, bon. Je vais y réfléchir.

Je supporte l'infâme Succivore, ses prétentions et ses foucades, beaucoup mieux que nos premiers contacts ne l'avaient fait craindre. Une fois digérés les mouvements de révolte du début, je me suis dit que puisque j'acceptais le boulot et ses servitudes je devais m'asseoir sur mes répugnances, endosser sans trop faire la grimace ma livrée de nègre et fermer ma grande gueule.

Je suis tout surpris de m'investir à ce point dans ce travail. Et, après tout, le bonhomme, j'en ai rien à cirer. Je prends de plus en plus de plaisir à l'écriture. J'oublie qu'un autre signera, je me prends au jeu, j'invente joyeusement des situations, je dénoue des sacs de nœuds, je m'amuse comme un petit fou. Bien sûr, je suis obligé de m'en tenir, au moins dans les grandes lignes, à la trame générale de l'histoire, toujours d'une platitude assez navrante. Je fais donc de la dentelle autour de cette guimauve, je relance l'intérêt par des péripéties secondaires, des détails piquants, de la truculence dans les dialogues... Succivore a compris qu'il vaut mieux me

Cœur d'artichaut

laisser la bride sur le cou, il se borne à biffer par-ci par-là — l'œil du maître, n'est-ce pas ? —, sans même se douter qu'il biffe ce que j'ai écrit exprès pour être biffé. Je le connais maintenant comme ma poche, le grand homme !

Je pourrais recevoir Elodie chez moi, désormais. Oui, mais, d'une part ma tendance innée au désordre ou, pour mieux dire, ma crasseuse flemme envers tout ce qui est travaux domestiques, fait que le cher bordel d'antan investit de nouveau la place, et d'autre part il y a le bon vieux tabou : chez elles, jamais chez moi... Mais je l'aime si fort que je crains bien que mes défenses ne tombent à sa première sommation... Et qui pourrait résister à une sommation de ces yeux-là ?

Nous continuons à nous rencontrer dans l'arrière-salle du café. Depuis quelque temps, je la sens mal à l'aise, pas tranquille. Peur que ses élèves nous aient remarqués ? Mais nous ne faisons rien qu'écrire, chacun à sa table, et s'il nous arrive de nous rapprocher pour trinquer et bavarder un peu, quoi de plus naturel entre gens qui, jour après jour, se font face ?

Certains mercredis bénis, elle me charge dans la petite bagnole rouge avec le panier à pique-nique, et nous voilà partis pour la forêt qu'elle a choisie. Nous nous bécotons parmi les fougères comme des écoliers qui découvrent ça.

Plus question de petite auberge fleurie, Elodie pâlit à ces seuls mots. Nous rentrons sagement à la nuit, qui d'ailleurs tombe de plus en plus tard, le printemps est là... Mais moi j'ai envie du corps d'Elodie, envie à en mourir, et je sais bien qu'elle a envie de moi, elle halète, me mord les lèvres, m'enfonce ses ongles dans le dos, dans les bras, mais se débat comme une chatte en furie

Cœur d'artichaut

quand je glisse mes mains sous la ceinture de son pantalon de randonneuse.

Tant de désir ne peut que s'exacerber par la contrainte et triompher à la fin. Mais alors nous faisons l'amour comme des furieux que pousse l'un dans l'autre l'instinct dévastateur du rut. La terreur d'être surpris que je lis dans les yeux d'Elodie jusqu'à ce qu'ils chavirent enfin dans l'irrésistible tourbillon, cette terreur gâche tout. Elle se rajuste en catastrophe, avec un pauvre sourire s'excusant du plaisir salopé. Je veux la rassurer. Rien n'y fait. Elle se blottit contre moi, muette, tremblante, glacée.

Ces orgasmes à l'arrachée me laissent terriblement frustré. J'ai tant rêvé ce moment, en ai tant et tant imaginé les prémices et les progressions, savouré d'avance les découvertes et les émerveillements... Et voilà. On s'accouple, quoi. Elodie, maintenant qu'elle sait qu'elle crie, se retient. Et donc pense à se retenir, au lieu de se laisser aller, de plonger corps et âme dans le maelström noir.

Ce jour-là, elle m'annonce :

— A partir de demain, je suis en vacances.

— Ah, oui ?

Les vacances, moi... Je vis ma petite vie en marge de la foule, je ne suis pas réglé par les marées périodiques qui font se mouvoir les masses vacancières. Au fait... Une trouille me vient :

— Tu pars ?

— Non. Pas cette fois. Mon fils part à la neige avec son père. J'ai un mémoire à préparer. Je reste ici.

Cœur d'artichaut

— Mon ami le mémoire.

Elle me donne une tape gentille.

— Le mémoire, je pourrais y travailler n'importe où. J'ai toute la documentation.

— Donc, tu restes...

— ... pour toi, imbécile ! Et tu me forces à le dire !

C'est trop ! J'éclate de bonheur, moi ! Nous étions debout, en train de nous dire très poliment au revoir. Je la prends à pleins bras, la soulève de terre, fais claquer deux gros baisers sur ses joues. Elle dit :

— Allons, allons !

Et, preste, se sauve.

Je reste quelques instants assis à rêver à tout ça. Elodie m'appellera demain. Tous ces jours de fête devant nous ! Elodie pour moi tout seul du matin au soir, du soir au matin... C'est mes vacances à moi qui commencent !

Deux filles s'assoient à la table à côté. Deux filles ? Le vieil instinct hume l'air et fronce la truffe. Je les regarde, carrément. Les femmes, ça se regarde carrément, ne rien laisser perdre. Et j'ai un choc : elles sont en train de me regarder, carrément. Toutes les deux. Et elles pouffent de rire. Du moins l'une des deux, la brune. L'autre, la rousse, se contente de sourire. A tout hasard j'esquisse en réponse une chose à mi-chemin entre sourire interrogateur et rire niais. Le garçon interpose sa silhouette fatiguée entre nous, puis repart chercher les limonades pharmaceutiques qu'elles ont commandées. Elles n'ont pas dévié de l'objectif, me dévisagent tout aussi tranquillement, avec la même hilarité insolente.

167

Cœur d'artichaut

Hé, ces gosses me cherchent, non ? Ça vous a, en gros, dans les dix-sept, dix-huit, par là. Sans doute des élèves du lycée d'à côté. Qu'est-ce qu'elles peuvent bien me vouloir ? La rieuse ouvre le feu :

— Alors, camarade, elle est sympa, la prof, hein ?

Que répondre ? J'attends la suite. La voilà :

— Nous, on l'appelle « Peau-de-Vache ».

Ah, ah. La méchanceté montre le bout du nez. Un mauvais coup se prépare, non ? Je fais :

— Ah, oui ? Et alors ?

— Alors on a l'impression que, vous, vous ne l'appelez pas comme ça.

— Et, s'il vous plaît, en quoi cela vous regarde, la façon dont je m'adresse à cette dame ?

Eclat de rire général.

— « Cette dame » ! Vous n'êtes pas toujours aussi cérémonieux, cher monsieur !

— Je vous repose la question. En quoi cela vous regarde-t-il ?

— Tout ce qui touche à notre Peau-de-Vache bien-aimée nous regarde. Nous veillons sur elle. Nous ne voudrions pas qu'elle tombe sous la coupe d'un jeune cavaleur sans scrupules qui pourrait lui faire des misères. Par exemple.

— Oh, mais, dites voir, les petites filles, je vois poindre quelque chose qui ne me plaît pas. Quelque chose qui pourrait bien ressembler à du chantage. Je me goure ?

— Vous lisez trop de polars, monsieur l'écrivain.

— Vous savez ça aussi ?

— Pas dif' à deviner. Vous noircissez des tonnes de papier, vous regardez en l'air en mordant votre Bic comme pendant une disserte de contrôle, vous faites des

168

Cœur d'artichaut

grimaces, vous vous marrez tout seul... C'est des symptômes, ça, non ?

— Ah ? Je fais ça ?

Elles rient, se poussent du coude. La brune remet la gomme :

— Vous êtes mignon ! Remarquez, moi, un écrivain, je voyais ça plutôt devant une espèce d'ordinateur, un de ces machins à traitement de texte, si vous voyez. J'aurais jamais pensé qu'il existe encore des gars pas complètement gâteux pour écrire des bouquins à la main. Et dans des bistrots, en plus, comme Sartre et Beauvoir ! Comme c'est romantique !... Au fait, c'est quoi, votre nom ? Votre nom de plume, je veux dire. Et vos livres, ils sont édités chez qui ? Si ça se trouve, j'en ai lu. Si ça se trouve, vous êtes mon auteur préféré.

La petite peste ! A croire qu'elle sait même ça. Que je ne suis qu'un anonyme, un tâcheron, un valet, un nègre. Elle se fout de ma gueule, oui. Eh, mais, je suis en train de me laisser fabriquer, moi. Par ces pisseuses. Je me rebiffe :

— Bon. Où on va, là ?

Elles s'entre-regardent. Ne ricanent plus. La brune — décidément, c'est elle le porte-parole du syndicat — se décide :

— Voilà. Lison a quelque chose à vous dire.

Lison — la rouquine, donc — acquiesce muettement. Elle braque droit sur les miens ses grands yeux d'eau verte — une rousse aux yeux verts, nom de dieu ! — d'où irradie l'Innocence en personne.

Les tendrons ne m'inspirent guère. Une grande fille, même déjà pourvue de tout ce qu'il faut aux endroits qu'il faut, n'est pas une femme, pour moi. Elle le sera un jour, je veux bien le croire, mais jusque-là j'évite

169

Cœur d'artichaut

d'y porter les yeux plus qu'en passant, je ne la convie pas dans mes rêveries. Et puis, elles me font peur. Je les connais mal. Elles sont si délurées, tellement à leur aise... Ce monde est leur monde. Un monde de jeunes. Je n'ai que trente-cinq ans et je m'y sens de trop. Largué. Les choses vont trop vite. Elles seront larguées dans dix ans, mais pour l'instant elles sont chez elles, naturellement, insolemment chez elles, dans un monde pour ainsi dire sécrété par elles... Je préfère leurs mamans, leurs tendres mamans assouplies par la vie. Leurs mamans qui sont les miennes quand je les pénètre. Une gamine ne peut pas être ma maman.

J'affronte le double rayon vert :

— Vous voulez me parler ? Eh bien, parlez.

Elle pique un fard. Une peau de rousse qui s'embrase, ça vaut le coup d'œil. Une constellation de taches de son danse sur fond lait-fraise. Adorable. Un émoi bien connu s'éveille en mes tréfonds. Holà, Emmanuel, on se calme ! Les yeux d'émeraude n'ont pas cillé. Elle dit :

— Seule à seul. Et pas ici.

— Pas ici ? On est tranquilles, ici.

— Pas ici.

— Où, alors ?

— Chez vous.

Je sursaute :

— Il n'en est pas question !

— Vous m'emmenez chez vous ou je ne vous dis rien.

— Mais, mon petit — c'est là qu'on voit qu'on a basculé de l'autre côté : quand on dit « mon petit » aux jeunes filles —, c'est vous qui avez quelque chose à me dire. Je n'ai rien demandé, moi. Si vous ne voulez pas

Cœur d'artichaut

parler, c'est tant pis pour vous, et c'est des ennuis en moins pour moi, je flaire ça.

— Si vous ne voulez pas m'entendre, il arrivera des choses désagréables.

— Pardon ?

— Des choses désagréables pour Peau-de-Vache.

— Eh bien... Vous ne manquez pas de culot, vous.

— C'est comme ça.

La brune intervient :

— Nous savons où vous créchez. Le bâtiment, l'étage, la porte, tout.

— Hou là ! Vos pères sont flics, ou quoi ?

— Pas besoin de flics. Vous n'êtes pas difficile à pister.

J'ai tout compris, et je le dis :

— Vous êtes deux petites salopes !

— Ça, mon vieux, c'est pas une découverte. Vous rongez pas les sangs, on fait très bien avec. Bon. On perd son temps, là. Ecoutez, voilà le plan. Vous rentrez chez vous, comme d'habitude. On vous y rejoint dans une demi-heure. Lison vous dira ce qu'elle a à vous dire pendant que je regarderai « Des chiffres et des lettres » dans la pièce à côté en séchant un Coca. Vous avez bien une télé, et aussi un frigo avec du Coca dedans ?

— Pourquoi venir à deux ?

— Parce qu'une grande jeune fille toute seule qui se faufile chez un mec également seul, ça peut démolir deux réputations. A juste titre, d'ailleurs, hein, vieux satyre ! Osez dire le contraire.

— Alors, là, pas de danger ! Les fruits pas mûrs, moi...

— Enfin, bon, on fait comme ça. En avant !

Cœur d'artichaut

Je regarde les yeux verts. Les yeux verts disent « En avant ! ».

— Je vous écoute, euh... Lison. C'est bien ça ?
— Lison, oui.
— Alors ?
Nous sommes assis sur le canapé, tout au bord, du bout des fesses. Stéphanie — la brune —, dans la cuisine, faute de télé se tartine un casse-croûte aux rillettes et, faute de Coca, se tape un coup de rouge ordinaire dans une chope à bière. Lison baisse le nez, qu'elle a fort joli. Sans sa copine à son côté, elle semble nettement moins sûre d'elle. Je répète :
— Alors ? Je vous écoute.
Elle ne porte pas le jean universel, mais une petite robe moulante, pas exactement mini-mini, qui tout de même laisse prendre l'air à ses gentils genoux ronds et conduit l'œil vers une promesse de cuisses blanches splendidement épanouies. Va penser à autre chose, toi ! A autre chose qu'à la toison rouge, à la toison flamboyante, tout au bout du tunnel, au concentré d'essence de jus de rouquine qui mijote au plus profond du profond et d'où s'échappent jusqu'à mes narines affolées des bouffées légères mais terriblement évocatrices... Bon, tu te calmes, Emmanuel, écoute plutôt ce que cette enfant doit te confier. Justement, elle prend son élan, et lâche, d'un trait, les yeux au plancher :
— Je veux faire l'amour avec vous.
Estomaqué, je le suis, et pas qu'un peu. Quoique... Il me semblait bien flairer comme une odeur de cul, dans cette histoire. Mais attention, holà, hé ! Je ne me suis

Cœur d'artichaut

jamais pris pour Don Juan. Je suis un séduit, pas un séducteur. Un tombé, pas un tombeur. Je connais mes limites. Qu'est-ce que c'est que cette caillette qui m'arriverait toute rôtie dans le bec? Et l'autre tordue, dans la cuisine? Drôle d'arnaque, oui! Le temps que je digère la nouvelle, elle rectifie:

— Pardonnez-moi. Je me suis mal exprimée. J'aurais dû dire: je veux que vous me fassiez l'amour.

Elle a raison, il y a une nuance. Mais je n'ai pas Elodie sous la main pour nous faire le cours de sémantique comparée. Et tout ce que je trouve à répondre, moi, c'est:

— Mais... Mais on ne se connaît même pas!

— Moi, je vous connais.

— Vous me connaissez, vous me connaissez... A la sauvette! Vous m'avez épié, ou je ne sais quoi... Ce n'est pas connaître, ça!... Enfin, merde, vous ne m'aimez pas, je ne vous aime pas, je vous vois pour la première fois...

— Je ne vous plais pas?

Elle me dit ça en me braquant à bout portant la paire d'yeux que je collerais aux anges si j'étais Dieu et que j'en sois à créer les anges. Dur. Je bafouille:

— C'est pas ça...

Elle prend de l'assurance. Tout à fait décidée, maintenant.

Une fille réservée, mais qui sait ce qu'elle veut, et qui l'obtient:

— Ecoutez. Je ne vous demande pas votre amour. Je ne vous impose pas le mien. Je veux que vous me fassiez l'amour, c'est tout simple.

— Et moi, je ne veux pas. Non et non! D'abord, un homme, ça n'est pas forcément en état. Ça ne fonc-

Cœur d'artichaut

tionne pas forcément quand ça voudrait. Tu sais ça, petite fille ? Toi, tu n'as qu'à les écarter, tu en as envie ou pas, le bonheur vient ou ne vient pas, mais tu peux toujours faire plaisir. Un homme, c'est pas pareil. Pas une mécanique...

— Vous craignez d'être impuissant ?

Directe !

— Mais bien sûr... Ça fait toujours partie des choses possibles, savez-vous.

Elle déboutonne posément le haut de sa robe, secoue les épaules. L'étoffe tombe et s'épanouit en corolle autour de deux seins d'une jeunesse insolente, d'une blancheur de petit-lait, transparents, bleutés, veinés de mauve. J'avale ma salive. Difficilement. J'arrive à détacher mes yeux de ces lieux périlleux, mais c'est pour les noyer dans les deux lacs verts, là-haut. Piégé partout. J'arrive à prononcer :

— Pourquoi moi ?

— Parce que les cernes autour des yeux de Peau-de... pardon, de madame Brantôme, le jeudi matin, m'en ont appris long à votre sujet.

Ainsi, Elodie arbore sur le visage les emblèmes de ma vaillance... Je m'obstine :

— Admettons. Mais je ne suis pas le seul mâle sur terre, enfin, voyons ! Et puisque vous savez tout, apprenez que je suis parfaitement heureux avec Elodie... euh, madame Brantôme. Je l'aime, eh oui. D'amour. De très grand amour. Vous pouvez comprendre ça ? Penser à elle, parler d'elle, ça me fait... Ça me fait bander, là ! Et, tiens, ça y est !

Elle bat des mains :

— Vous voyez bien que ça fonctionne ! Ecoutez. Je ne veux pas vous chiper à votre Elodie, puisque Elodie il y

Cœur d'artichaut

a. Je veux seulement que vous me fassiez l'amour aussi bien que vous le lui faites. Je veux savoir ce que c'est que ce fameux grand frisson.

— Ah ? Parce que, jusqu'ici... ?

— Jusqu'ici, j'ai connu quelques hommes, j'en ai même aimé un, très fort, mais je n'ai pas trouvé que l'acte lui-même soit une chose aussi bouleversante qu'on le dit, qu'on l'écrit, qu'on le chante. Agréable, oui, mais pas l'inouï annoncé au menu. Je sens que c'est tout près, tout près... et puis rien. Le soufflé retombe, la mayonnaise rate, et je me retrouve frustrée, tremblante d'excitation déçue, le sexe et les cuisses dégoulinants des restes du plaisir de l'autre, qui ne manque pas de demander, le con : « C'était comment, pour toi ? Pour moi, O.K. » Jurez-moi que vous ne me demanderez pas si c'était bon.

J'ai failli jurer. Je me retiens à temps.

— Sans doute suis-je mal tombée. Ou peut-être aussi suis-je différente du modèle courant et me faut-il des attentions spéciales, beaucoup de tendresse, beaucoup de patience, je ne sais...

Je hoche la tête d'un air que j'espère sagace et je conclus :

— En somme, ce serait une expérience. Et je serais le cobaye.

— Ce sera une expérience. Et ce sera moi le cobaye. Dois-je préciser que je brûle de commencer ?

— Comme ça, de but en blanc ?

— Comme il vous plaira, monsieur mon amant. Je me livre à vous. Causons, fumons, buvons, taisons-nous... Nous avons tout notre temps. Si vous me preniez dans vos bras ?

Ayant dit, elle déboutonne ma chemise, me voilà torse nu. Mes bras s'ouvrent, elle s'y blottit. Nos deux peaux

175

Cœur d'artichaut

apprennent à se connaître, nos deux odeurs se mêlent et découvrent qu'elles vont très bien ensemble. Nous restons comme ça. Pourquoi bouger ?

Soudain, je me souviens. Je dis :

— Eh, mais... Et l'autre, dans la cuisine ?

— Stéphanie ? Oh, elle a dû s'endormir. Je vais lui dire de s'en aller.

Elle rajuste sa robe et passe la porte. Ça n'a pas l'air d'aller tout seul. Les éclats d'une discussion assez vive bien qu'à voix contenues filtrent à travers la cloison. Enfin, j'entends claquer la porte du palier, et Lison revient.

Elle se tient debout devant moi. D'un geste décidé elle empoigne sa robe aux épaules pour la faire passer par-dessus sa tête. Je l'arrête :

— Non !

J'ai presque crié. Elle se fige, la robe déjà plus qu'à moitié ôtée. J'ai à hauteur d'œil ce gentil ventre doucement bombé, ombré de cuivre à la lisière du slip enfantin. Un nombril de bébé tortille sa volute attendrissante au beau milieu de cette blancheur. Innocent ? Pervers ? Les deux, tiens donc ! Il supplie et provoque tout à la fois, le coquin. Je me sens de plus en plus violeur de petits enfants, moi. Etouffée par les plis de la robe, la voix de Lison me parvient, déçue :

— Vous ne voulez plus ?

— Non. Enfin, je veux dire... Pas comme ça.

Je tends la main. Je me dis que je fais une belle connerie, que je suis le roi des fumiers et, ce qui est pis, le roi des cons, mais mon bras s'est levé et ma main ouverte s'avance vers ce mollet parfait, et elle s'y pose, et le contact sous ma paume en est exactement tel que j'avais imaginé qu'il serait, c'est-à-dire impossible à imaginer, et toute ma vie est dans ce contact, toute ma

Cœur d'artichaut

vie est là, concentrée entre ces deux épidermes qui, enfin, se rejoignent, et devaient se rejoindre de toute éternité... Elle a eu un frisson quand ma main s'est posée. Sa tête, là-haut, est aveugle, prisonnière de ce fouillis d'étoffe qu'est maintenant sa robe chiffonnée autour de ses bras figés en plein envol.

— Pas comme ça, petite fille. Ne te fous pas à poil, clic, d'un seul coup, comme pour en finir plus vite. N'envoie pas promener tes chaussures par les libres espaces en deux coups de pied.

Je dis cela, et je sais que je ferais mieux de la fermer, que l'heure n'est pas aux leçons de choses... Mais il faut que je parle, ne serait-ce que pour désamorcer la magie de l'instant et me donner une chance d'éviter ce que je n'ai nulle envie d'éviter. La réponse m'arrive, raide comme balle :

— Premièrement, cessez de m'appeler « petite fille », ça fait vieux con à barbiche...

— Mais c'est ce que je suis ! Bon dieu, je pourrais...

— ... être mon père, c'est bien ça ? Ah, vous ne l'avez pas ratée, la connerie à ne pas dire ! Si c'était un père, que je cherchais, je ne serais pas venue vous trouver. Et d'abord, vous auriez été drôlement précoce. J'aurai dix-neuf ans aux prunes, vous savez. Vous, ça va chercher dans les trente-deux, trente-trois...

— Trente-cinq.

— Bien ce que je disais ! Vous m'auriez mise au four à quinze ans ! Vous tenez tellement à ce que je vous appelle « papa » ? Si c'est ça votre cinoche, moi je veux bien... Deuxièmement, qu'est-ce que je fais, mouvement suivant ? Je reste les bras en l'air et la tête dans le sac ? C'est que je fatigue, moi. Et j'étouffe, moi.

Et merde, après tout... Je ne lutte plus. Et pourquoi

Cœur d'artichaut

luttais-je, au fait ? Je prends ses mains, j'abaisse douce-ment ses bras, rabats sa robe. Revoilà le rayon vert, illuminant un sourire moqueur bien près de l'éclat de rire. Elle me jette les bras autour du cou, se hausse sur la pointe des pieds, plonge dans mes yeux ses yeux irréels, chargés d'une tendresse à laquelle je ne m'attendais pas, et qui me chavire.

— Je suis prête. J'attends votre leçon, monsieur le professeur.

Qu'aurais-je donc à lui apprendre ? Sinon qu'il n'y a qu'à se laisser aller, à savourer intensément le bonheur inouï d'être deux et d'être ensemble, toi femelle, moi mâle, à savoir que tout peut se faire et se fera, à se découvrir l'un l'autre des mains, des lèvres, du nez, de tous les sens, de tout le corps, avec une tranquille voracité, à laisser la tendresse devenir ardeur et les sourires se faire graves, à laisser ma main glisser d'elle-même le long de tes rondes cuisses, le long de l'intérieur de tes blanches cuisses, là où la peau se fait immatérielle-ment fine, de plus en plus fine jusqu'aux abords soudain sauvages de l'antre de la bête, tandis que ta main, à timides approches, investit mon sexe et tout le paquet, le soupèse, s'en effare, s'y accoutume, l'apprivoise... Et puis basculer ensemble, en restant, toi, le mâle, toujours maître du jeu, à te repaître de sa longue et douce plainte d'agneau sans défense, sa douce plainte qui n'en finit pas, qui n'en finit pas, ne te laissant aller à plonger à ton tour qu'à la toute extrême limite de ta force de contention...

Bien avant que j'aie atteint cette limite sans cesse reculée par de terribles efforts sur moi-même, alors que

Cœur d'artichaut

je pleure d'attendrissement à la vue du reflet de cette extase sans fin sur le visage transfiguré de Lison et que je sens du plus profond de moi monter le raz de marée de l'orgasme le plus ravageur que j'aie jamais connu, un éclair livide illumine la pièce, accompagné d'un déclic auquel il n'y a pas à se tromper. Lison sursaute, crie, veut s'arracher à moi. Mais je l'écrase de tout mon poids, m'enfonce en elle, rien ne m'empêchera d'exploser en elle, et puis de m'abattre sur elle, et de rester enfoncé en elle, pour toujours, bon dieu, pour toujours.

Je hurle en démon déchaîné, du fond de la gorge, du fond de la tripe, je rugis, je brame, je meugle, et encore, et encore, je ne me connais plus, je bois les yeux de la petite, je lèche ses joues, je la couvre de bave, le flash cependant mitraille à fulgurances rapprochées, je m'en fous, ce pourrait aussi bien être des coups de feu, je m'en fous, je m'en fous...

Lison ne se tortille plus pour s'échapper, nous sommes soudés ventre à ventre, ses pieds arc-boutés pressent mon dos, ses coups de reins répondent aux miens, elle accompagne mon ascension vers les vertiges, sa douce plainte rythmée est de nouveau là.

Le calme revient, et avec lui la notion des réalités. Les réalités, c'est en l'occurrence le rire triomphant de Stéphanie, la copine, qui balance au bout de sa courroie un truc à faire des photos et me fait la nique. Déjà Lison a bondi et veut lui arracher l'engin. L'autre esquive et, faisant face, recule vers la porte. Mais elle connaît mal les lieux, se cogne à un vieux classeur débordant de bouquins qu'il faudra bien que je mette en ordre un jour ou l'autre, le fait basculer, les

Cœur d'artichaut

bouquins dégringolent, elle trébuche, Lison est aussitôt sur elle et tire sur la courroie en grinçant entre ses dents :

— Salope ! Salope ! Salope ! On était bien d'accord. On laissait tomber. Tu avais juré. Salope ! Salope !

Une vraie furie. C'est mal barré pour Stéphanie. Lison réussit à lui arracher l'appareil. Elle l'ouvre, tire sur la pellicule et l'envoie promener à tous les diables. Stéphanie, sur le dos, écume.

— Pauvre conne ! Pauvre triple conne ! Tout ça parce que ce con t'a sautée ? T'es amoureuse, ou quoi ?

— Je suis amoureuse, et pas quoi.

— De ce con ?

— De ce con. C'est le genre de con qu'il me fallait, faut croire.

Elle a dit ça crânement, j'en suis tout ému. Son beau cul blanc approuve. Par devant, elle est toute rose entre ses deux crinières rouges. Belle à tomber à genoux devant en pleurant de bonheur. J'aimerais quand même bien qu'on m'explique, alors je dis :

— Bon. Ça va comme ça, les filles. Il s'agit de quoi ? D'une espèce de chantage, on dirait. Mais qui pourrait avoir l'idée de me faire chanter ? J'ai pas le rond. Et puis, Lison a dix-huit ans passés — tu ne m'as pas menti, Lison ? Alors ?

Stéphanie hausse les épaules. Ricane :

— Qu'est-ce qu'il va chercher, lui ! Meuh non, c'est pas un chantage.

— Alors, quoi ?

— Juste un plan pour faire chier la prof. Vous pouvez comprendre ça ? Juste pour faire chier la mère Peau-de-Vache.

Cœur d'artichaut

— Ah, ouais ? C'est plutôt con, comme plan. Et c'est méchant.

— Parce que, elle, elle l'est pas, méchante, peut-être ? Son petit chéri à poil, couché sur une de ses élèves à poil aussi, ça lui aurait pris la tête, moi je vous le dis. Et supposez qu'elle fasse mine d'aller se plaindre au proviseur ou aux parents de Lison, sup-posez, aussi sec, nous on lui clouait le bec avec des photos qu'on a d'elle avec vous.

— Des photos ? Prises dans le café ? Mais on n'a jamais eu la moindre attitude...

Là, elle triomphe :

— Pas dans le café, bien sûr ! Le dernier pique-nique. Rappelez-vous. Vous aviez pris le train parce que sa tire était naze. Tu parles : on avait mis du sucre dans le réservoir ! Vous êtes allés à Fontainebleau, cette fois-là. C'est pas vrai, peut-être ? Nous deux, on était dans le même wagon. Ce qu'on a pu se marrer.

Ça me laisse rêveur.

— Que de travail ! Que de patience ! Que d'achar-nement ! Il faut vraiment haïr quelqu'un. Et... au-jourd'hui ?

— Aujourd'hui...

— Aujourd'hui, il y a eu un os.

C'est Lison qui intervient. Elle a enfilé sa robe, regarde obstinément ses doigts de pied.

— Je devais faire semblant. Stéphanie serait arri-vée avec l'appareil photo juste quand nous aurions été à poil tous les deux. Et puis...

— Et puis cette conne a eu le coup de foudre, figurez-vous.

Lison tient à ce que les choses soient claires :

— Pas tout de suite. Et puis, ce que je vous ai dit

Cœur d'artichaut

sur ma... sur ma... oh, merde, sur mon problème, eh bien, c'est vrai. Enfin, c'était vrai.

Elle pique un fard, se colle à moi, ses bras autour de mon cou.

Stéphanie prend le relais :

— C'est pour ça qu'elle m'a virée. Elle est venue me trouver dans la cuisine, elle m'a dit que c'était râpé, qu'elle n'était plus partante, bref, j'étais furax, moi... Seulement, elle a oublié de pousser le verrou ! Et bon, voilà, quoi, vous savez tout.

— D'accord. Je sais tout. Et maintenant, à moi de parler. Ce sera bref. Vous allez foutre la paix à El... à madame Brantôme.

— Vous pouvez l'appeler « Peau-de-Vache », on se vexera pas.

— Fini les conneries, d'accord ?

— D'accord pour moi, dit Lison.

— Oh, toi..., dit Stéphanie.

J'insiste :

— D'accord, Stéphanie ?

— Oui, bon, d'accord. Mais puisque vous êtes tellement copain avec elle, dites-lui donc d'être un peu moins peau de vache.

Le téléphone sonne. C'est Elodie.

Et voilà. Il m'arrive ce que je n'aurais jamais osé imaginer dans mes rêves les plus débridés. Je suis porté tout à la fois par l'exaltation d'un merveilleux amour tout neuf et par celle d'une liaison adorable. Je suis comblé comme un sultan, encore n'est-il pas sûr qu'un sultan soit capable d'aimer d'amour fou. Cependant, je

Cœur d'artichaut

sens me poindre au creux du ventre quelque chose qui ressemble de plus en plus à de l'angoisse... J'ai bien peur de ne pas avoir les épaules aussi fortes que j'ai le cœur large.

Car j'aime Lison. Je les aime toutes, mais avec Lison, comme avec Elodie, je concrétise, pour ainsi dire. Lison a accueilli la révélation du plaisir comme un miracle auquel elle ne croyait plus. Elle m'aime parce que c'est dans mes bras que ça lui est arrivé. Elle est persuadée que je suis le seul homme au monde qui pouvait opérer le miracle, que l'amour qui irradie de moi et ne pouvait s'épanouir en elle qu'apporté par moi a tout fait. Impossible de lui faire admettre que n'importe qui aimant la femme comme je l'aime en aurait fait autant. Elle veut voir dans l'amour une magie dont je serais l'unique dépositaire, alors qu'il n'y a là qu'émerveillement devant son corps, gratitude, immense tendresse, infinie patience, « sens » de la femme, bonheur d'éveiller son désir, souci de son plaisir beaucoup plus que du mien... Du savoir-faire, en somme, de la technique, mais inspirée par cette divinisation de la femme, cette obsession, si l'on veut, qui oriente et illumine toute ma vie.

J'aime Lison et Lison m'aime. Elle aime comme elle fait l'amour, muettement, intensément, à en mourir. Elle se livre comme si ce n'était pas le déclic qu'elle cherche, mais essentiellement la fusion l'un dans l'autre, la sensation de la présence de l'autre au plus profond de soi. Le plaisir vient en sus. Il monte doucement, insensiblement, comme une marée paisible, elle l'accueille avec toujours le même étonnement incrédule et ravi, n'en laissant rien perdre, manifestant au minimum, comme de crainte qu'il ne s'évanouisse, et, une

Cœur d'artichaut

fois atteint le sommet, s'abandonne à la vague qui la porte, longuement, longuement, ça n'en finit plus. Une plainte légère et continue monte de ses lèvres entrouvertes. Un agneau.

Un peu effrayé par l'intensité quasi mystique de cet amour, j'avais tenté, bien que cela me déchirât le ventre, de lui faire admettre que d'autres mâles eussent pu l'éveiller, mais elle savait me répondre :

— Peu importe, c'est toi qui t'es trouvé là. Peu importe comment nous nous sommes connus, pourquoi toi, pourquoi moi, pourquoi ce lieu et ce moment-là. Tous les couples se forment par hasard, notre hasard à nous a été comme ça, voilà tout. Dès ton premier regard sur moi, j'ai compris que tu avais envie de me dévorer, et j'ai senti quelque chose en moi qui acceptait. Qui désirait. Tu étais le loup, j'étais l'agneau, je voulais que tu me manges. Ne me dis pas que ç'aurait pu être un autre loup. Ce fut toi, ce sera toi. Pour toujours.

Une autre fois, elle me dit :

— Savez-vous, monsieur le loup, pourquoi nous, les agneaux, vous supplions de nous dévorer ? Parce que vos yeux, à tout moment, disent, crient, proclament que les agneaux, je veux dire les femmes, sont tout pour vous. Ils nous font exister, vos yeux. Ils font de nous des déesses, plus que des déesses, plus que la Sainte Vierge...

— Ils font de vous des femmes.

— Voilà !

Ma vie s'enrichit. Ma vie se complique. Heureusement, Lison ne prend pas ombrage de l'existence d'Elodie. Elodie était la première, n'est-ce pas, autant dire la légitime. Je n'ai donc à mentir qu'à Elodie, ce qui est déjà suffisamment périlleux. Lison admet que d'autres m'aient, pourvu qu'elle m'ait. J'aimerais savoir ce qui se passe dans sa jolie tête rousse quand elle a cours de français et qu'Elodie Peau-de-Vache dissèque avec une compétence que je me plais à imaginer sans faille la prose de Montaigne ou les poèmes de Rutebeuf. Aucune délectation méchante, aucune ironie, j'en suis sûr. Plutôt une connivence, une complicité qui souffre de devoir rester rentrée. Telle que je connais ma Lison, je la verrais très bien confier naïvement son émerveillement et son bonheur à la seule qui soit à même de les apprécier.

Lison ne sait pas être jalouse. Elle n'est capable d'aucun sentiment agressif, ne peut pas faire de peine, ni même taquiner. Je soupçonne qu'elle n'avait suivi Stéphanie dans cette méchante affaire que pour m'approcher. Elle ne voudrait à aucun prix qu'Elodie soit malheureuse à cause d'elle. Elle prend joyeusement sa part, n'en laisse rien perdre, fait de moi son dieu, rayonne de joie quand je suis là, m'attend quand je n'y suis pas. Il lui fallait un être à adorer, elle a décidé que j'étais celui-là. Elle ne rôde plus, ne cherche plus. Elle m'a.

Le rêve du macho devenu réalité! Ne serais-je donc qu'un vulgaire macho? Je ne m'étais jamais posé la question. Mais le macho tout-venant se la pose-t-il? Mouais...

La double idylle s'inscrit dans le cours des jours. Les impératifs de temps et de lieu pèsent de leur talon de fer

Cœur d'artichaut

sur nos roucoulades. Dans la pratique, il me faut glisser mes instants de paradis avec Lison dans les interstices de sa vie de lycéenne et de fille ayant des comptes à rendre à une famille, libérale, sans doute, mais jusqu'à un certain point, et aussi les faire coïncider avec les moments où l'emploi du temps d'Elodie me laisse le champ libre.

Pour Lison, j'ai levé le tabou de la piaule, ou plutôt il est tombé de lui-même. Nous nous retrouvons parmi mon bric-à-brac, dans ma crasse et mes remugles de linge pas frais, qui ne la choquent pas, qu'elle ne remarque sans doute même pas. Elle ne quitte le canapé que pour aller dans la cuisine préparer du chocolat, elle raffole du chocolat brûlant, elle arrange joliment les tasses dépareillées sur un plateau de tôle émaillée dont j'ignorais jusque-là l'existence. Elle sait toujours trouver les choses, elle devine où elles vont se cacher. Je la regarde évoluer, je ne m'en lasse pas, je joue les pachas, en fait mon cœur cogne comme au premier jour, je sais qu'il cognera comme ça chaque fois, que chaque fois sera un premier jour... Tant de bonheur, tant de bonheur, et moi si petit! Trop petit pour contenir tout ce bonheur. Trop limité pour le ressentir pleinement. Ma capacité maximale de bonheur est atteinte, il y en a une part qui m'échappe, la plus grosse... La plénitude me donne l'appétit d'une plénitude encore plus grande...

Nous faisons l'amour... Non, « je lui fais l'amour », ainsi qu'elle tient à dire... Et non encore, je ne le « fais » pas, nous ne le « faisons » pas. Nous sommes en perpétuel état de grâce amoureux. Quand mon sexe n'est pas dans le sien, il n'en est pas bien loin. Flasque ou dressé, repu ou affamé, il cherche le sien de la truffe

Cœur d'artichaut

comme un chiot cherche l'autre chiot dans le panier. Nous baignons dans nos sueurs et nos sécrétions mêlées, cueillons une caresse, humons une aisselle — la touffe rousse de ses aisselles ! Elle les rasait, la sotte. Je l'en ai bien vite dissuadée —, léchouillons ici, suçotons là... Elle est toujours d'accord, tout est toujours bien. Offerte en victime adorante, prête à tout, joyeuse de tout, soumise et ardemment participante. Recueillant précieusement la moindre parcelle de plaisir, la savourant yeux clos, jamais rassasiée, jamais lassée, comme l'herbe accueille la rosée, comme la mystique accueille le Christ.

Nous ne parlons guère. Qu'est-il besoin de parler ? Le temps nous coule entre les doigts, nous ignorons s'il pleut ou fait soleil... Il m'arrive de reprendre contact avec la terre. J'étire paresseusement une superfluité quelconque :

— Lison, et ton travail ?

C'est ce jeu-là que je lui propose ? Lison est d'accord :

— Au fait, tu as raison de m'y faire penser, j'ai quelque chose à te demander.

Elle allonge un bras, cueille son sac quelque part dans le fourbi, du premier coup, le tire à elle, en sort un bloc de feuilles perforées... Et moi, je me régale de la courbe juvénile de l'arc de son dos, de la double coulée de cuivre en fusion où disparaît son visage.

— Voyons voir... Ah, oui : t'as une idée, toi, sur les causes réelles de la guerre de 14-18 ?

— Bof... Oui, je crois pouvoir te dire ça.

— Super ! Moi, l'histoire contemporaine m'emmerde, tu peux pas savoir. C'est rien que des micmacs de politique et d'économie, j'arrive pas à m'intéresser.

187

Cœur d'artichaut

— J'ai un bouquin, si tu veux...

— Non, non ! Toi en personne, mon beau guerrier !
Et attention : en trois mots. T'installe pas dans un
discours.

Lison a une famille, quelque part dans les steppes de
la Butte-aux-Cailles, pour autant que je sache. Ou du
Marais, peut-être bien ? Une mère, un père, un beau-
père ? Va savoir. Un ou deux frère-et-sœur ? Je devrais
peut-être m'en inquiéter davantage. Ici, nous sommes
deux oisillons sur la branche, mais quand elle quitte la
branche ?

Je la devine pas commode. Faisant, comme on se plaît
à dire, « le désespoir de ses parents ». Ces caractères
taciturnes et souriants sont scellés comme des coffres-
forts. Tout glisse dessus. Ce doit être la fille coup de vent
qui attrape un yaourt dans le frigo et claque la porte
bonjour-bonsoir.

Ce qu'elle veut « faire plus tard » ? Pour autant
qu'elle se confie, et c'est fort peu, quelque chose dans
l'audiovisuel, ou l'auxiliariat médical, bof, ce qu'il y
aura en réclame dans la catégorie bac plus trois. Ou
alors hôtesse de l'air, elle est bonne en anglais et t'as vu
mes jambes ? Ou peut-être encore attachée de presse,
t'as vu mes yeux ? Bref, tout dépendra de la conjoncture,
inutile de trop y penser d'avance, et en effet elle ne s'en
inquiète pas des masses.

Il lui arrive de débouler sans prévenir, elle a décidé de
sécher je ne sais quel cours, ou alors un prof est malade.
Elle se pointe avec des Mac Do et des frites, ou avec des
crêpes à la confiture, ça dépend si elle avait faim pour
du salé ou pour du sucré, mais la fête c'est de
commander des pizzas par téléphone aux heures
cruelles et de faire des paris. Si le gars et sa Mobylette

Cœur d'artichaut

arrivent dix secondes passé le top fatal de la demi-heure, la pizza est en principe gratuite, mais nous n'avons pas la dureté de cœur de l'exiger. Le pari est entre nous deux : je tiens que les pizzas seront là dans, par exemple, vingt-deux minutes et demie au plus tard. Lison, cela va de soi, soutient que non. Celui qui perd donne, voyons voir... oh, un baiser ? D'accord. Celui qui gagne le reçoit. Il faut avoir été bébête au moins une fois dans sa vie.

Lison est le versant ensoleillé de mes amours. L'autre versant, l'ubac, comme on dit dans les mots croisés, est moins lumineux mais tout aussi exaltant. Si Lison est un agneau roux, Elodie est une chèvre noire. Elle en a la vivacité, la promptitude aux volte-face.

Mettant à profit ses petites vacances, elle nous avait arrangé — elle arrange toujours les choses ! — un gentil voyage de noces, rien que nous deux dans une charmante vieille maison normande les pieds dans la mer, quelque part du côté du Tréport.

Il faisait encore trop froid pour se baigner, la mer était grise, le ciel était gris, les deux gris se délayaient l'un dans l'autre, il n'y avait pas d'horizon. Un de ces paysages doux et poignants, vaguement angoissants, qui font déraper la rêverie vers les questions essentielles. Quelques silhouettes solitaires sur la plage, le vent ébouriffant les vagues, juste assez vif pour nous décoiffer et nous rougir les joues. Les mouettes tournaillaient et criaillaient. Nous n'avions pas envie de parler.

Nous avons marché, souvent, longtemps, sans aller nulle part, ne sentant pas la fatigue. Il m'est venu à

Cœur d'artichaut

l'idée que j'aurais aimé qu'un chien fût avec nous, à gambader après les mouettes, à quêter notre approbation en remuant la queue. « Je ne te suffis donc pas ? » n'a pas manqué de dire Elodie. Elle riait, bien sûr. N'empêche, je ne la crois guère partageuse.

Nous allions bras dessus-bras dessous faire notre marché, à la vérité il était vite expédié. Elodie mettait à gonfler des bétons vite faits et bourratifs : riz ou nouilles, relevés au gruyère râpé et à la sauce soja, accompagnés d'une tranche de jambon, de deux merguez ou de deux francforts pour les protéines, suivis d'une banane ou d'une pomme pour les vitamines, le tout arrosé d'une bolée de cidre, on est en Normandie, n'est-ce pas ?

Nous dormions dans un lit tout bête, en sapin genre « design » pauvre, comme le reste du mobilier. Tout était d'ailleurs fort laid, d'une laideur tarabiscotée, anachronique, la laideur digne et astiquée des intérieurs des petites gens dans les années trente. Cela jurait avec les lignes trapues, simples mais harmonieuses, de la maison. Elodie m'avait expliqué :

— C'est un pavillon de gardiens, les gardiens de la grande villa qu'on aperçoit là-bas, derrière les arbres. Les propriétaires n'y viennent que l'été. Les gardiens devraient être là, mais ils ont demandé la permission de faire un saut chez eux, au Portugal, pour une semaine. Une affaire de famille, un deuil, je ne sais trop. Et voilà, nous en profitons.

Quand nous n'arpentions pas le littoral ou la campagne, nous saccagions la literie. Jamais je ne me lassais de son corps, jamais elle ne se refusait. Et quand c'était elle qui me provoquait, même recru de fatigue et rassasié d'amour je sentais enfler en moi une convoitise toute neuve pour son sexe fabuleux. Notre connaissance

Cœur d'artichaut

l'un de l'autre était désormais achevée, nous n'avions plus rien à découvrir, j'en étais à jouer d'elle et elle de moi comme on joue d'un instrument, sachant comment éveiller les prémices et exalter les paroxysmes, comment prolonger le désir jusqu'à l'intolérable, comment brusquer soudain les apothéoses... Et puis, épandus, bras en croix, membres rompus, parmi les draps dévastés, nous nous laissions aller à parler. Chose pour moi nouvelle, nos rencontres jusque-là ayant été remplies à ras bord par le sexe et ses banlieues, je veux dire par l'amour.

De quoi parlions-nous ? Oh, de tout. De rien. De lectures. Son côté prof refaisait vite surface. Elle s'étonnait de ce qu'elle appelait mon érudition, de la variété de mes goûts, de la sûreté de mon jugement... Je ne me savais pas moi-même tellement calé. Je lis énormément, oui, je dévore, c'est une espèce de vice, comme pour d'autres le tabac, j'ai toujours eu ce besoin, aussi loin que je me souvienne, et comme je déteste m'emmerder je ne lis que ce qui me plaît. Il se trouve que beaucoup de choses me plaisent, dans à peu près tous les domaines. Je suis gourmand d'apprendre, et surtout de comprendre. Comme ça, pour le plaisir, sans penser à emmagasiner pour que ça serve un jour. Elle a dit « Autodidacte », l'air d'avoir tout compris. Je ne suis pas un autodidacte, je n'ai pas appris à lire tout seul, on m'a montré quand j'étais petit. Or, la lecture, c'est ça l'essentiel. Quand tu l'as, quand tu sais lire, tu as tout le reste. Je ne suis pas un autodidacte, je suis un amateur éclairé, si l'on veut absolument me coller une étiquette. Tout m'intéresse, tout me passionne, et bon, à force à force, il faut bien qu'il m'en reste quelque chose collé aux doigts. Je lui ai dit ça, mais elle tenait à son autodidacte, et après tout, qu'est-ce que j'en avais à

Cœur d'artichaut

foutre, hein ? Je n'avais jamais discuté avec quelqu'un d'aussi intelligent qu'elle, surtout une intelligence à qui on avait appris à fonctionner correctement, avec vocabulaire et tout.

Je ne connais rien de meilleur au monde que d'écouter une prof agrégée me parler de la Pléiade et de son influence sur la prosodie française tandis que je lèche inlassablement la muqueuse rose qui tapisse l'intérieur de ses grandes lèvres en risquant des pointes sur le bouton dardé qui me nargue, et ce jusqu'à ce que son argumentation vacille et qu'enfin elle s'abandonne et se mette à gémir.

Ainsi passèrent ces huit jours : comme l'éclair.

— Dis donc, ces yeux qu'elle avait, ce matin, Peau-de-Vache ! Ils lui mangeaient la figure... Les vacances n'ont pas l'air de lui avoir réussi... pauvre vieille !

Ainsi m'accueille Lison. Elle m'examine :

— Oh, mais dis donc... Sais-tu que tu n'as pas l'air de tenir la grande forme, toi non plus, mon pauvre chéri ? Mais c'est une mangeuse d'hommes, cette Elodie ! Une dévorante ! Une cannibale ! Elle ne m'a rien laissé !

Elle entreprend aussitôt de vérifier s'il ne reste vraiment rien pour elle... Que c'est bon de la retrouver ! C'est épouvantable à imaginer, mais elle m'a manqué jusque dans les bras d'Elodie, jusqu'entre les cuisses d'Elodie... Et, passé l'instant ineffable des retrouvailles, c'est maintenant Elodie qui, à son tour, me manque dans les bras de Lison. Je me les voudrais là, toutes les deux ensemble, et moi butinant l'une et l'autre, buvant

Cœur d'artichaut

leurs rosées, humant leurs arômes si diversement puissants, aspirant leurs langues, léchant leurs seins, farfouillant du groin dans leurs aisselles, me vautrant sur leurs ventres... Ou, mieux, confondues l'une dans l'autre, n'en faisant qu'une où se retrouveraient les deux... Complètement délirant... Et pourquoi pas trois, pourquoi pas quatre, tant que tu y es ? Pourquoi pas *Le Bain turc* du vieux paillard Ingres ? Pourquoi pas, en effet ? Etre le seul mâle, mâle adoré, mâle cajolé, au centre d'un univers de rondeurs douces, de ventres, de cuisses, de toisons, d'humidités perlant, d'orifices tendrement avides... Un univers maternel, voilà. Ce que l'homme — enfin, moi. Les autres, je ne sais pas —, ce que l'homme recherche, au bout du compte, dans la femme, c'est l'inextinguible nostalgie de la mère, du sein gonflé qui crache la vie à longues giclées. Muqueuses aux sucs odorants, animalité candide, abandon aux mollesses amies, sécurité... Sécurité. La femme est là, tout autour, partout, j'allonge le bras, j'ouvre la bouche, c'est de la femme que je trouve sous ma main, entre mes lèvres... Rêveries de petit homme frustré, fantasmagories de laissé-pour-compte de l'amour... ? Pourtant, je suis comblé, moi. Et même vanné ! Alors, quoi ? Tout dans la tête ? Jamais content ? Je suis vraiment un dingue obsédé.

VII

Je sors de chez Succivore. Réunion de travail. J'ai la tête
enflée. Ce type, s'il écrit peu ou même pas du tout, parle
beaucoup. Remue du vent. Comme il n'attend pas de
réponse, j'émets de loin en loin un « Hum, hum »
auquel j'essaie de coller une consonance admirative, ce
con n'en demande pas davantage, cependant je suis
mon idée et n'en fais qu'à ma tête. Quand ensuite il
prend connaissance de ce que j'ai pondu, il croit de
bonne foi que c'est sorti de lui et me félicite pour avoir si
finement saisi les nuances de sa pensée, pour avoir su
rendre avec cette fidélité son style inimitable et même
pour avoir pressenti des choses qu'il n'avait pas formu-
lées mais qui étaient là, en lui, quelque part, prêtes à
jaillir... Cause toujours, grosse outre, un jour mon nom
flamboiera sur une couverture, et le monde comprendra
soudain que Succivore, c'était Emmanuel.

J'ai besoin de marcher, de marcher à en avoir les
mollets douloureux et les cuisses en bois, de respirer à
pleins poumons les gaz d'échappement pour me laver
l'intérieur de la connerie triomphale de Succivore, de la
voix trop bien timbrée de Succivore, de la gueule
avantageuse de Succivore... Je quitte les vastes avenues,

Cœur d'artichaut

j'enfile la rue de l'Université, je débouche sur le boulevard. Là, j'ai une surprise.

Bras dessus-bras dessous, une foule serrée barre la chaussée et les trottoirs, d'un mur à l'autre. Une manif, une de plus. Beaucoup de femmes. A cheveux blancs ou très jeunes, jupe-manteau-chapeau ou jean-tee-shirt-petits nichons qui pointent. Relativement peu dans l'entre-deux-âges. Curieux, j'essaie de savoir. Il y a peu de calicots en l'air, plutôt des pancartes doubles devant-derrière, genre homme-sandwich. Qui proclament : « L'animal est un être qui souffre », ou : « A bas la chasse ! » ou, plus restrictif : « A bas la chasse à courre ! » Un autre : « Pour que cesse le scandale du transport des veaux vivants ! », un autre : « La corrida, hors la loi ! », un autre : « Chasseurs, pêcheurs, vivisec-teurs, toréadors, assassins ! », et encore : « Vivisec-tion = SS », « Abandonner un chien, c'est abandonner un enfant »... En somme, ce sont les amis des bêtes ? Eh bien, voilà, t'as tout compris !

Dans le groupe de tête marchent les personnalités. Les passants, refoulés le long des façades, se les nomment, heureux de reconnaître des visages « qu'on a vus à la télé ». Moi, je n'ai pas la télé. Je regarde ces gens qui portent haut la tête, je regarde les CRS ricanants espacés sur les trottoirs et je me dis qu'il faut beaucoup de pitié et beaucoup de courage pour descen-dre dans la rue et braver le ridicule en faveur d'une cause si peu populaire.

Se soucier du martyre des veaux destinés à l'abattoir alors que des hommes, des femmes, des gosses, sont allègrement massacrés par centaines de milliers en Afrique, en Bosnie, en Russie... Alors que l'on écrase méthodiquement des villes, jour après jour, sous des

Cœur d'artichaut

avalanches de bombes, qu'un peu partout on emprisonne, on torture, on déporte... Que, chez nous, la misère devient à toute vitesse le sort « normal » de la plupart... Que la drogue tue les enfants, engraisse une pègre arrogante et pourrit peu à peu tout le système... Que les fanatismes imbéciles s'enflent monstrueusement et se préparent à déchaîner des apocalypses... Que cette civilisation fuit de partout comme un tuyau crevé et glisse irrésistiblement à l'abîme d'un nouveau Moyen Age dont les féodaux seront les crapules des diverses mafias... Que, que, que... Devant le flot montant de la débâcle et de l'indifférence, pleurer sur la souffrance innocente et hurler sa solidarité avec tous les êtres vivants, ça a de la gueule, merde !

Les bêtes. Les plus innocents des êtres vivants, ceux qui ne peuvent que subir sans comprendre, ceux que les dieux des hommes ont toujours déclarés objets sans âme et donc sans droits, ceux qui sont même incapables de rancune... N'est-ce pas là le condensé de toutes les souffrances, de toutes les horreurs, de toutes les enfances assassinées, de toutes les innocences violées, de tous les justes livrés au bourreau ? L'animal martyr, symbole parfait de toutes les ignominies.

Je me dis ça, les mains dans les poches, en regardant leurs faces résolues qui ne pèseraient pas lourd sous les coups de matraque, et je me dis aussi qu'il est bien dommage que si peu d'hommes faits y figurent. Ce qui donnera une fois de plus l'occasion aux pisse-copie aux ordres de décrire ça comme une manif folklo de mémères à chienchien... Un paquet de lainages m'atterrit sur le poitrail. Une pelote de poils, de griffes et d'aboiements s'agrippe à ma jambe.

197

Cœur d'artichaut

— Tu es venu ? Oh, c'est bien ! Marche avec moi. Que je suis contente !

Geneviève ! Que je n'ai pas vue depuis... Hum. Longtemps. La pancarte, sur son ventre, proclame en lettres écarlates :

J'AIME LA VIE !

Elle se tourne, me présente son dos où se lit, en lettres d'un noir funèbre :

JE HAIS LA MORT !

— Tu aimes ?

— J'en ai les larmes aux yeux, Geneviève ! C'est plus beau que tout. Ça résume tout.

— C'est moi qui l'ai trouvé. Toute seule. Je ne sais pas s'ils comprennent bien, mais je m'en fous, moi je comprends.

Geneviève me présente des copines à elle, une longue jeune femme émaciée, aux yeux ardents, qui a voué sa vie à un refuge pour chats et chiens abandonnés et, me confie Geneviève à l'oreille, y laissera la peau, tu peux pas savoir la galère... Une autre, une jeunesse à casque intégral, flanquée de garçons et de filles à peine plus jeunes, casque sous le bras. Elle, m'explique Geneviève, c'est surtout les vivisecteurs qu'elle n'aime pas. Tu as vu les casques ? Il pourrait y avoir du sport, tu comprends ? Non, je ne comprends pas. J'ai passé un bras sous celui de Geneviève, l'autre sous celui de l'amazone casquée, et nous marchons. Je hurle avec les autres les slogans que lance le haut-parleur juché sur le toit d'une petite fourgonnette que je n'avais pas remarquée tout d'abord. C'est vrai que c'est bon de se serrer les coudes, de savoir qu'on n'est pas tout seuls, et en même temps qu'on n'est

Cœur d'artichaut

pas tout le monde. Je pousse joyeusement ma gueulante, en ce moment c'est « Les pêcheurs, à la flotte ! Les chasseurs, en gibelotte ! » J'apprécie la richesse de la rime quand une forme svelte me saute au cou. Décidément, c'est mon jour !

— Papa ! Oh, ça c'est bien ! Papa, papa ! Que je suis contente !

Bisous, présentations.

— Ma fille, Joséphine.

Elle se case d'autorité entre Geneviève et moi, nous prend par la main. Elle rayonne. Elle a un père. Je ne me sens pas père du tout, moi. Elle dit à Geneviève : ·

— Mon père, il aime vachement les animaux. Une fois, il a cassé la gueule à un sale bonhomme qui dérouillait son chien à coups de pied dans le ventre.

C'est pourtant vrai. J'avais oublié. Il faut dire que le type m'avait un peu traité d'enculé. Ça stimule l'élan chevaleresque.

Geneviève apprécie l'exploit. Elle constate :

— Toi aussi, tu les aimes, les animaux, puisque te voilà avec nous.

— Moi, je vais à toutes les manifs contre tous les trucs dégueulasses. L'autre jour, c'était pour un gars que les flics avaient buté, en légitime défense, soi-disant. Tu parles, un beur !

— Tu as quel âge ?

— Douze ans. Mais je fais plus. C'est chouette, je peux faire des trucs de grandes.

Là, il me semble qu'un père devrait s'inquiéter. Je m'inquiète :

— Quels trucs, par exemple ?

— Oh, ben, des trucs...

Je dois me contenter de ça. Après tout, de quoi je me

Cœur d'artichaut

mêle ? Cependant le cortège, à vrai dire assez réduit, progresse. Les bagnoles bloquées derrière aboient du klaxon, déchaînant en écho les réponses des nombreux chiens tenus en laisse. Joséphine, bien calée entre nous deux, scande les mots d'ordre à voix suraiguë, accompagnée par Sacha qu'elle a prise dans ses bras. Soudain, il semble se passer quelque chose en tête. Ça piétine. Je remarque que la fille au casque et ses petits potes ne sont plus dans nos parages immédiats. Geneviève me donne un coup de coude :

— C'est les labos de Sud-Gironde.

— Ah, oui ?

— Ils font des expériences sur les animaux. Ils ont une animalerie, là, en sous-sol. Sûr que les jeunes vont tenter une action de commando, mais ils ont prévu le coup, tu parles. Regarde un peu le cordon de CRS.

En effet, l'endroit grouille de bleu sombre et de buffleteries. Quelques cars gris aux fenêtres grillagées mettent la touche sinistre qui manquait jusque-là.

Je ne me rends pas très bien compte de ce qui se passe, nous sommes trop loin de la tête du cortège. Les choses vont très vite. Soudain une haute clameur, la masse des manifestants qui se porte vers l'avant pour faire écran entre le gros des CRS et les grilles verrouillées du portail du laboratoire, des silhouettes furtives casquées d'intégral ou masquées de cache-nez, armées de barres de fer, de cisailles, de pinces à décoffrer et de divers outils de chantier cueillis on ne sait où, se faufilant le long du mur comme des rats, et tout à coup l'énorme fracas d'une grille massive arrachée à ses gonds et s'abattant sur le pavé, salué par un puissant hourra collectif, et puis les CRS qui chargent, gourdin levé, mais, ne trouvant devant eux qu'un rang serré de

200

Cœur d'artichaut

respectables vieilles dames prêtes au martyre, hésitent, d'où s'ensuit un certain flou dans la répression, si bien que des gars et des filles casqués ou encagoulés sortent en courant et gagnent le large, profitant d'un maigre couloir habilement ménagé entre foule et mur, portant dans leurs bras des chiens, des chats, des singes, même, couverts de pansements ensanglantés, certains hérissés de tuyauteries arrachées à la diable.

Un grand Noir en blouse blanche lacérée leur court derrière, agitant les bras et hurlant :

— Ils ont cassé les cages ! Ils m'ont séquestré ! Je suis responsable, moi ! Ils ont tout saccagé !

Mais, perdue dans le tumulte, sa voix ne porte guère, et comme, dans son affolement, il vient s'offrir bien à découvert, comme d'autre part il est ostensiblement noir, deux CRS lui tombent dessus à tout hasard et à coups de gourdin, et puis l'embarquent.

Devant la tournure violente que prennent les événements, le gros de la manif a reflué, laissant le noyau dur s'expliquer avec les, comme on se plaît à dire dans le poste, « forces de l'ordre ». Malgré ma curiosité de bon badaud, je veux en faire autant, mais Joséphine n'est pas d'accord. Elle me tire en avant, elle veut tout voir, elle veut se battre pour la cause animale. Geneviève essaie de la raisonner :

— Il n'y a plus rien à voir ni à faire, mon poulet. Les gars ont réussi à délivrer quelques bêtes, ils vont les cacher dans un lieu secret, les soigner, faire des photos... Regarde : maintenant, les flics entrent en masse dans le labo. Si un ou deux gars n'ont pas pu se sauver à temps, ça va être leur fête !

C'est la sagesse même. Un dernier carré d'acharnés a beau conspuer les CRS, presque tout le monde s'est dispersé. Il ne nous reste qu'à en faire autant. Joséphine est déçue. Je lui dis :

— Enfin, qu'est-ce que tu aurais voulu ? Rentrer à la maison avec un œil au beurre noir et tes vêtements en lambeaux ?

— Tu comprends jamais rien ! Je voulais ramener une bête qui a été très malheureuse, pour bien la soigner, la consoler, la cajoler, pour lui faire oublier toutes ces horreurs et pour qu'elle sache que les gens ne sont pas tous méchants... Un pauvre petit chat... Un singe, peut-être. Un tout petit... Qu'est-ce que je l'aurais aimé !

— Tu sais, ce n'est pas si simple. Ça ne peut pas se faire comme ça. Les gars qui ont volé...

— Pas volé ! Délivré.

— Tu as raison. Excuse-moi. Les gars qui ont délivré les bêtes sont organisés, ils avaient des voitures qui les attendaient quelque part pour les embarquer, une maison pour les cacher. Ils vont alerter les journalistes, convoquer les télés... Allons, viens, ça devient malsain, par ici, ils vont se mettre à ratisser. Filons avant qu'il ne soit trop tard.

Il est déjà trop tard.

Où que nous nous tournions, impossible de quitter ce piège à cons. Tout est bouclé. Je me heurte à un poitrail granitique. Une main gantée de cuir fait « On ne passe pas ! ». Une visière bombée se relève, comme pour saluer les dames après la joute. Une voix rocailleuse s'émerveille :

— Oh, mais, une vieille connaissance ! Je ne me trompe pas ? Voyons un peu... Est-ce que vous n'étiez pas au schproum du squouatte, l'hiver dernier ? Les négros, tout ça... Mais oui, pardi ! Avec la mémère aux

Cœur d'artichaut

chats !... Et n'est-ce pas elle que j'aperçois justement là ? Mais bien sûr ! Mes hommages, chère madame. Alors, toujours dans les coups tordus, hein ? Agitateurs professionnels ? Semeurs de merde syndiqués ? On verra ça. En attendant, vous allez gentiment monter là-dedans, on va faire un joli petit voyage ensemble...

Je me souviens que j'ai charge d'âme :

— Hé là ! Ma fille n'a pas l'âge. Vous n'avez pas le droit !

— Ça, là, c'est votre fille ? Ça reste à prouver.

Joséphine juge venu le moment d'intervenir :

— Parfaitement, que c'est mon père ! Ça se voit pas, peut-être ? Regardez, de profil. On a le même nez, exactement le même. Maman dit toujours que c'est tout ce que j'ai de lui, heureusement.

Je demande :

— Elle dit « heureusement » ? Tu es sûre ?

— Je ne sais pas si elle a le même nez, mais elle le porte mieux que vous, dit le CRS.

Et de rire. Le rire désarme. Tout content de lui, l'esclave de la loi nous adresse ce signe négligent et excédé qui signifie « Foutez-moi le camp et que je ne vous y reprenne plus ». Sacha, au passage, lui aboie furieusement au nez.

— Qu'est-ce qu'il a, votre chien ? Il devrait être muselé. Il a l'air dangereux.

— C'est la visière, dit Geneviève.

— Ma visière ? Qu'est-ce qu'elle a, ma visière ? C'est une visière réglementaire. Votre chien, lui, il l'est pas, réglementaire. Il a pas de muselière.

— La visière, ça fait peur aux chiens, c'est bien connu. C'est pour ça qu'ils crient après les hommes à casquettes.

Cœur d'artichaut

— C'est une visière réglementaire de casque réglementaire, que j'ai là. Qu'est-ce que vous me causez de casquette ? Vous êtes pas très claire dans votre tête, vous, encore... Allons, circulez, avant que je me fâche. Je pourrais encore bien vous embarquer.

Geneviève affirme, à tout hasard :

— Vous n'avez pas le droit d'arrêter les gens avec des chiens.

— Peut-être, mais on peut arranger ça. J'envoie le chien à la fourrière et le maître au trou.

— Ce serait bête et méchant de faire ça, dit Joséphine.

Et elle rabat la visière du CRS, qui, du coup, a l'air d'un gros poisson rouge dans un aquarium trop petit. Elle éclate de rire :

— Et maintenant, qui c'est qui l'a, la muselière ?

Je suis résigné au pire. Heureusement, un coup de sifflet stridule, les cars gris s'ébranlent, notre emmerdeur n'a que le temps de courir rejoindre celui qui lui est réglementairement affecté.

Je dis à Joséphine :

— Toi et ta grande gueule... Remarque, ça aussi tu le tiens de moi. Il n'y a pas que le nez. A propos, ta mère sait que tu es là ? Tu ne devrais pas être rentrée ?

— Oh, y a pas le feu au lac. On a le temps d'aller se boire un petit quelque chose avec ta copine. Tu nous invites ? Elle me plaît bien, ta copine. Vous me plaisez bien, madame.

— C'est réciproque, ma chérie.

Cœur d'artichaut

— Me dites pas « ma chérie », ça fait belle-mère. Je m'appelle Joséphine, si vous aviez oublié.

— Et moi Geneviève, Joséphine.

On se trouve une terrasse dans une rue à l'écart. Joséphine tire sur la paille de son machin à bulles, Geneviève se remonte la santé avec un petit blanc sec, et moi je plonge jusqu'aux oreilles dans la mousse fraîche. On fait le point. Genevière raconte ses chats, leurs fugues, leurs rhumes, leurs eczémas, et, dans la foulée, les chats et les chiens de sa logeuse, laquelle, presque impotente, avait terriblement besoin qu'une Geneviève arrive à la rescousse. Je parviens à soutirer à Geneviève qu'elle fait en outre la garde-malade, la dame de compagnie et la bonne à tout faire. Je m'effare :

— Et tu arrives à travailler ? Je veux dire, à ton vrai travail, le lettrage ?

— J'y arrive.

— Et tu trouves le temps de dormir ?

Elle sourit :

— A vrai dire, pas beaucoup.

La question suivante est la question con :

— Heureuse ?

— J'ai mes chats, j'ai Sacha, j'ai tous les chats et les chiens de la vieille dame... Comment ne le serais-je pas ?

Joséphine intervient :

— J'aurai plein de bêtes, dès que je pourrai.

— Tu les logeras où ?

— J'achèterai une vieille bicoque, dans un coin pourri. Ça vaut des clopinettes. Les ploucs foutent tous le camp. C'est la désertification, t'as entendu parler ?

— Et bouffer ? Et nourrir tes bestioles ? S'ils désertent, les ploucs, c'est qu'il n'y a rien à racler, dans leurs verdures.

Cœur d'artichaut

— Oh, je sais pas encore. Faut que ça mûrisse. Peut-être je ferai refuge, ou alors gardiennage payant, pour que les cons qui partent en vacances n'abandonnent pas le chien au bord de la route. Ou peut-être que j'aurai un mec qui fera du fric. Je suis pas mal, comme nana, je sais pas si t'as remarqué. Et attends seulement que j'aie fini ma puberté. Ouah, la bombe !

Tu parles, si j'ai remarqué ! Qu'est-ce qu'elle est belle, ma fille à moi ! Ce visage aigu, ces yeux, ce nez — qu'elle tient de moi, c'est bien vrai, mais qu'elle utilise tellement mieux, il avait raison, le gros tas —, ce cou, ces affolantes promesses de nichons qui veulent percer le coton du tee-shirt... Je me surprends à me dire « Hé, hé... ». Un père se dit-il « Hé, hé » quand il remarque ce genre de chose ? Difficile de ne pas voir la femme dans sa propre fille... Ou alors je suis le roi des salauds, hypothèse déjà évoquée.

Nous accompagnons Geneviève qui doit récupérer sa mob dans la cour de l'immeuble d'une copine amie des bêtes — elles sont toute une franc-maçonnerie —, eh bien, salut, passe me voir, j'y manquerai pas, grosses bises, au revoir Sacha, ouah ouah, ouf.

Je raccompagne Joséphine jusqu'à la maison, je veux dire : jusqu'à sa maison. Nous traversons le Luxembourg. J'aimais tant le Luxembourg ! Je n'y passe plus guère. Trop de souvenirs. Trop de souvenirs partout dans Paris. Il n'y a guère de rue où ne s'effiloche un lambeau de mon cœur. Si seulement un amour chassait l'autre ! Mais non, il s'ajoute et prend place à la queue de la cohorte, apporte ses propres exaltations et ses propres tourments, sans diminuer la peine d'antan ni m'estomper le souvenir...

Tient-on par la main une fillette de douze ans ?

Cœur d'artichaut

Joséphine résout le problème : elle glisse sa main sous mon bras. Je la regarde, elle me regarde, on se marre. Elle dit :

— Pourquoi es-tu si con, papa ?

— Qu'est-ce qui te prend ?

— Tu sais bien. Fais pas semblant. On était bien, tous ensemble, quoi.

— Hum... Tu as la mémoire optimiste. C'était intenable, tu veux dire.

— Parce que tu peux pas t'empêcher de faire le con.

— Je ne peux pas m'empêcher, tu l'as dit.

— Et maman supporte pas.

— Et ta mère ne supporte pas.

— C'était insoluble, quoi ?

— C'était pas insoluble. La preuve : on a trouvé une solution.

— Tu parles d'une solution !

— C'était le moins pire. Ta mère a eu le courage. Parce que moi...

— Oui. Toi, tu peux vivre dans l'invivable.

— Oh, mais, c'est une figure de rhétorique, ça ! Et même deux pour le prix d'une. Je ne me rappelle pas leurs noms.

— Tourne pas le char.

— Si, justement. Je le tourne. Ça ne mène à rien, de ressasser. On tourne en rond, on se fait du mal.

— Dis, papa, tu serais pas un peu lâche, tout simplement ?

— Ce n'est pas exclu. Et alors ? Faut faire avec.

— Peuh... Des pirouettes. Maman...

— J'ai l'impression qu'elle ne s'en sort pas si mal, maman. Elle a meilleure mine que de mon temps, en tout cas.

Cœur d'artichaut

— Oh, elle ! Elle est amoureuse. Elle redevient ado.

— Et avec toi, Machinchouette, il est sympa ?

— Ah, oui. Super. Et il en fait pas des tonnes, si tu vois. Cherche pas à jouer au papa de rechange. Il a de la psychologie, cet homme.

— La classe, quoi. Alors, tout est pour le mieux.

— ... dans le meilleur des mondes possibles ! Ça, c'est dans *Candide*, ça.

— T'en es quand même pas déjà à étudier Voltaire ?

— Non, mais je suis une enfant précoce. Je lis, moi.

Nous voilà devant la porte. Joséphine a un mouvement du menton vers les étages :

— Tu montes ?

— Non. Je préfère ne pas risquer de tomber mal.

— Si on peut même plus se dire bonjour sous prétexte qu'on a fait l'amour ensemble autrefois...

— Joséphine ! C'est pas l'amour qu'on a fait autrefois qui gêne. C'est l'amour qu'elle fait aujourd'hui avec Machinchouette.

— T'es jaloux, quoi ?

— On peut appeler ça comme ça.

— Je peux dire que je t'ai vu, quand même ?

— Et pourquoi tu pourrais pas ? Tu es ma fille.

— Ouais... Maman trouve que, toi, t'es pas assez mon père.

Elle me saute au cou avec une fougue inattendue, laisse un moment sa joue peser sur ma poitrine, et puis s'arrache, appuie sur le bouton du truc de la porte, disparaît... Machinchouette a le tact de ne pas chercher à s'imposer en ersatz de père, ce qui est très louable de sa part, n'empêche que voilà une petite fille en manque de frottis matinal sur couenne pas rasée.

Et, tout en marchant, je me dis que dans pas

208

Cœur d'artichaut

longtemps — si même c'est pas déjà fait, les mômes de maintenant cavalent si vite, on a toujours une ou deux générations de retard —, que dans pas longtemps elle va perdre son berlingot dans les bras du coq de la classe — mignonne et futée comme je la vois, elle l'aura fauché aux copines, ce connard, pour ça je lui fais confiance ! —, puis que, dans cinq ou six ans d'ici, ayant fait le tour des amours boutonneuses, elle tombera dingue foudroyée du prof de gym, ou du moniteur de ski, ou d'un trotskiste à lunettes, enfin, bref, d'un tocard dans mon genre... Du coup, je pense à Lison, et je me sens sale puant dégueulasse, et total j'ai un besoin terrible de voir Lison, même pas de la baiser, juste la voir, la regarder bouger, la regarder être.

Depuis que j'ai récupéré la totale jouissance de mon chez-moi, je n'ai plus de raison d'aller travailler sur une table de café. Je n'ai plus non plus besoin de cette arrière-salle pour rencontrer Elodie. Elodie elle-même a cessé d'y venir corriger ses paquets de feuilles quadrillées. Elle m'a confié, soucieuse, avoir surpris parmi ses élèves certains rires mal étouffés, certains clins d'œil de connivence crapuleuse. Il était fatal que nos innocents tête-à-tête, aussi compassés eussent-ils pu être, ne pouvaient manquer d'éveiller la salacité malveillante de galopins prêts à voir du sexe partout, surtout là où il y en a.

Nous nous retrouvons tout bonnement chez elle, après un coup de fil m'assurant que la voie est libre, c'est-à-dire que son grand garçon de fils ne risque pas de surprendre sa mère dans des occupations où les fils

Cœur d'artichaut

n'aiment guère trouver leur mère. Cela donne à nos amours un petit air cinq-à-sept qui ne manque pas de piquant, un parfum d'adultère bourgeois dans le confort et la discrétion où je joue les coqs en pâte.

Notre appétit l'un de l'autre ne faiblit pas, non plus que notre plaisir à nous livrer ensemble à des occupations pas forcément sexuelles. Simplement, par la force des choses et l'enchaînement des habitudes, nous nous sommes installés dans une gentille vitesse de croisière. Nous sommes un vieux faux ménage, ainsi qu'elle me le fait remarquer avec un sourire heureux.

Si cependant il m'arrive de temps à autre de retourner m'asseoir à ma table attitrée, c'est pour y retrouver l'écho de mes premiers battements de cœur, pour sentir à nouveau mon imagination s'emballer au souvenir de cette silhouette féminine, devinée plus qu'aperçue, que je parais d'attraits d'autant plus fascinants que mon désir les complétait selon ce que lui inspiraient mes tendances les plus innées. Pour moi, l'ombre serait-elle donc plus excitante que la proie?... Non que la proie capturée m'eût déçu, mais l'ombre se pare des prestiges du rêve, l'ombre est façonnée par nos plus intimes pulsions... Enfin, bref la proie est une chose, l'ombre en est une autre, chacune a son domaine. C'est donc l'ombre, non d'Elodie, mais de mes premiers fantasmes d'Elodie, que j'y viens chercher.

Il arrive à Lison d'y paraître, flanquée de l'inséparable Stéphanie. Elles se sont vite rabibochées, on ne peut pas rester fâché avec Lison. Stéphanie s'étant étonnée de plus voir sa vieille ennemie Peau-de-Vache à sa place habituelle, Lison avait éclaté de rire et expliqué :

— Sache, ma fille, que les préliminaires n'ont qu'un temps, comme leur nom l'indique, et qu'après les

Cœur d'artichaut

semailles vient la moisson, et enfin que, bon, Madame est désormais servie à domicile, si tu vois ce que je veux dire, et tu devrais, ainsi que nous tous qui gémissons sous sa poigne de fer, t'estimer bien heureuse car, tu n'as pas été sans le remarquer, cela procure à Madame, en même temps que d'éloquents cernes autour des yeux, une notable quantité de mansuétude à l'âme dont nous aurions bien tort de ne pas profiter.

Ayant dit, elle se colle à moi et me baise à pleine bouche, comme pour m'assurer de son total manque de jalousie.

VIII

Ça y est. Je l'ai commencé. Mon roman. Mon roman à moi, que je signerai de mon nom. J'ai enfin trouvé mon sujet. J'ai cherché longtemps, longtemps, je désespérais, n'en dormais plus, et soudain je me suis avisé qu'il était là, sous ma main, il attendait impatiemment que mes yeux se posent sur lui. Que j'étais bête ! Je me torturais l'esprit à chercher midi à quatorze heures, alors que...

Ce sera l'histoire d'un homme hanté par les femmes, par la Femme, d'un homme pour qui rien au monde ne vaut la peine d'être conquis, sinon le regard d'une femme qui consent. Mon histoire, oui. Je changerai les noms, cela va de soi. J'arrangerai un peu les faits, j'introduirai du suspense et de la péripétie... Et puis, non ! Rien d'inventé. Cela se sentirait. Il y aurait rupture de ton. La vérité, toute nue. Mais alors, ce ne sera pas un roman ? Ce sera un roman parce que je l'appellerai « roman ». Et tout dans l'écriture. Très ambitieux. Je vise haut. Rien du polar, ni du roman d'aventures. Pas une chose de cul, non plus. Enfin pas le machin classé « érotique ». Quand le cul vient à son heure, le cul tient la vedette. Comme dans la vie, quoi. Du psychologique, alors ? Beuh... L'introspection, moi...

Cœur d'artichaut

En tout cas, du style. L'opposé radical de ce que je fais pour Succivore. Je veux écrire pour moi, je veux me plaire, je veux me séduire, je veux pleurer de joie en me lisant !

J'ai surmonté l'angoisse paralysante de la première phrase. Maintenant, ma main court sur le papier, je biffe, je reviens en arrière, je jubile, je vis à cent à l'heure ! Je bâcle les corvées Succivore, je dévore n'importe quoi sur le pouce, je prends sur mon sommeil...

Je ne l'ai dit à personne. Lison seule a compris que je travaille à quelque chose d'important pour moi, elle m'a souvent surpris en plein effort, mais elle a senti que je tenais à garder la chose secrète, elle n'a pas posé de question. C'est quelqu'un, Lison !

Trois heures et demie ! Voilà donc plus de sept heures que je n'ai pas levé le nez, le cul collé à cette chaise, la poitrine écrasée contre ce rebord de table, le dos arrondi en bosse de chameau... Pas étonnant que je défaille de faim ! C'est d'ailleurs la faim qui m'a arraché à l'univers parallèle. Et, jeté brutalement dans cet univers-ci, j'y suis aussitôt assailli par de hurlantes furies : les yeux me brûlent, la migraine me ravage la tête, des hordes de fourmis cannibales me dévorent cuisses et jambes... Mon corps se venge d'avoir été si longtemps mis au rencard.

Je me lève, un vertige me prend. Trop vanné pour trouver le courage de me préparer ne serait-ce qu'une tartine de rillettes. Je veux qu'on me dorlote, na. Qu'on me prenne en charge. Une idée : je vais me traîner

Cœur d'artichaut

jusque chez le père Saïd et me taper un couscous. Oh, que c'est bon de défaillir de faim et de savoir qu'il n'y a qu'à descendre, tourner le coin de la rue et s'affaler devant la toile cirée pour, en échange d'une somme fort modique, être servi comme Haroun-al-Rashid, calife des croyants, par une Shéhérazade aux yeux de braise, la propre nièce de Saïd, prodigue en sourires et en œillades assassines, qui promène entre les tables un cul des *Mille et Une Nuits* et des mollets parfaits s'élançant avec arrogance vers les épanouissements et les féeries de l'étage au-dessus pour la délectation platonique des habitués, sacré Saïd, il sait le mettre en valeur, son couscous ! Certains admirateurs, toutefois, reprochent à la houri d'avoir du poil aux pattes — ainsi s'exprime cette engeance grossière. Du poil noir. Très noir. Avec des reflets bleus, les reflets même de la crinière somptueuse qui croule sur ses rondes épaules... Comme si c'était une tare ! Les poupées Barbie de la télé leur ont dépravé le goût. Leur faut des Grace de Monaco, inodores, incolores, aseptisées. Insipides. Moi, ça me fait flamber l'imaginaire, cet échantillon de toison exposé à l'étalage qui te donne de quoi rêver à ce qu'il doit en être au confluent pathétique... Oui, mais, arrivé là de mes délectations apéritives, à chaque fois je me souviens que les musulmanes se rasent méticuleusement la chatte et ses banlieues, les criminelles ! Je veux bien me priver de pinard et de saucisson à l'ail pour l'amour d'Allah et de son prophète, mais des femmes sans touffe ? Des fentes glabres comme des lippes de vieux avares ? Je suis bien content d'être un athée non catholique, et pas un athée non musulman. La religion, c'est vraiment l'obsession universelle de faire chier les humains, quel que soit le nom qu'ils donnent à leur bon dieu local.

Je m'imagine très bien passant ma vie au côté de

Cœur d'artichaut

Fatima — si elle ne s'appelle pas Fatima, elle a tort —,
me délectant sans jamais me lasser de la vue de ses
mollets ombreux comme des agneaux noirs, les frôlant
du dos de la main quand ils passeraient à ma portée...
Comme maintenant, tiens. Fatima rit, telle la Madelon
de la chanson. Je suis sûr que cette allumeuse est pucelle
jusqu'aux oreilles, qu'elle est depuis sa naissance pro-
mise à un neveu de Saïd, ou peut-être que ce vieux
cochon de Saïd se l'est mise de côté pour quand sa vieille
fatma ira rejoindre à tire-d'aile le paradis d'Allah — au
fait, les femmes y entrent-elles? — et que, de toute
façon, à partir de cet heureux jour elle ne sortira plus de
la cuisine, peut-être pas voilée mais tout comme,
engraissera son fabuleux cul au suif de mouton et
parfumera sa chevelure océane à la vapeur de la
semoule et du bouillon de courgettes...

Je m'imagine tout aussi bien, ça dépend du point de
départ, passant ma vie auprès d'une blondasse filiforme,
lisse comme un mannequin dans une vitrine. Là, c'est le
contraste qui joue. Se dire que cette porcelaine d'étagère
recèle, bien caché en son centre géométrique, le sanc-
tuaire maudit crachant flammes, fumée et pestilence,
c'est stimulant aussi, d'autre façon... Où est-elle, celle
avec qui je ne pourrais m'imaginer passer ma vie?
Pourquoi sont-elles tant? Pourquoi n'ai-je qu'une vie?

Ça va mieux. Je me suis empiffré de bonne semoule
trempée de bouillon parfumé et avivée par une grosse
cuillerée de harissa qui m'a incendié le mufle, j'adore —
non, je raffole, rectifierait mon Elodie —, j'ai dévoré
deux brochettes et deux merguez — les mots en « z » ne

Cœur d'artichaut

prennent pas d' « s » au pluriel, même naturalisés fête de *L'Huma* — je finis tranquillement ma demi-bouteille de sidi-brahim, le dos appuyé à la chaise, en contemplant bien à mon aise les jolies couleurs de la vie. Je me retiens de roter, bien que j'aie lu maintes fois qu'en terre d'Islam c'est manifestation de courtoisie raffinée, mais comme, dans la pratique, je n'ai jamais vu de consommateur arabe ou kabyle s'adonner en public à ce raffinement, je préfère m'abstenir.

Saïd, nonchalamment, s'approche de ma table. Il me demande, sûr de la réponse :

— Bien mangé ?

Je me tape sur le ventre. Il rit.

— Une petite boukha ?

— Merci, Saïd, pas d'alcool. Ça va très bien comme ça.

— Café ?

— Je l'ai déjà commandé à la petite.

Saïd approche une chaise, s'assied, prend la figure d'un qui va dire de l'important :

— Vous avez vu cet homme-là ?

— Lequel, Saïd ?

— Celui-là qui vient de sortir. On causait ensemble, lui avec moi.

Non, je n'ai pas fait attention. J'étais retourné dans mon roman, je l'emporte partout avec moi dans ma tête. Mais je ne veux pas décevoir Saïd. Je dis :

— Ah, oui ? Cet homme-là ?

— Voilà. Eh bien, vous voyez, cet homme-là, c'est mon meilleur ami.

J'opine du chef pour bien montrer à quel point je suis sensible à l'honneur d'être admis à partager cette considérable confidence. Saïd poursuit :

217

Cœur d'artichaut

— C'est mon meilleur ami, mais lui, il ne le sait pas. Pour le coup, je regarde Saïd avec d'autres yeux.

— Ça veut dire quoi, ça, Saïd ?

— Eh bien, ça veut dire que moi j'ai décidé qu'il est mon ami, je ferais n'importe quoi pour lui, n'importe quoi, mais je ne lui ai jamais dit. Il est mon ami dans mon cœur.

— Mais, voyons, vous êtes aussi son ami, à lui ?

— Ça, je ne sais pas. Et ça m'est égal. Lui, il est mon ami, je pense à lui comme à mon ami, mon meilleur ami, ça suffit. Voilà votre café.

Saïd se lève et, discret, s'éloigne. Il fallait qu'il confie ça à quelqu'un. Je suis fier qu'il m'en ait jugé digne... Et je me laisse aller à rêver que peut-être il y a, de par le vaste monde, des foules de solitaires qui ont ainsi élu dans le secret de leur cœur un meilleur ami qui n'est même pas au courant. De même que le preux chevalier des romans courtois élisait une Dame d'entre les dames à qui il vouait sa vie et dédiait ses exploits, de même qu'on aime en secret parce que sans espoir un être dont on n'ose seulement penser qu'il puisse un jour faire attention à soi, il doit exister des amitiés ferventes, des dévouements sans calcul, enfouis au plus profond de certains hommes, de certaines femmes, ignorés de leurs bénéficiaires, et qui mourront avec l'âme généreuse. Le sonnet d'Arvers de l'amitié, en quelque sorte... Mais peut-être aussi Saïd n'est-il qu'un vieux pédé romanesque et trop bavard ?

Je regagne mon gourbi, la tête pleine de mon sujet, brûlant de m'y remettre. Oui, mais je dois d'abord

Cœur d'artichaut

terminer un chapitre pour Succivore et le lui livrer demain. Au diable Succivore ! Il me fait perdre le fil, me hache l'inspiration. Ils en ont, de la chance, les bienheureux que des rentes héritées de leurs parents mettent à l'abri du besoin de pondre à s'en défoncer le cul des conneries commerciales pour des Succivore et qui peuvent se consacrer à plein temps, à pleine vie, à leur œuvre ! Pas dur d'être génial, quand on n'a que ça à foutre !

J'avais oublié cette corvée. Voilà ma belle humeur envolée. Et ce couscous qui commence à me peser sur l'estomac... Je décide de monter à pied. Ça secouera la semoule et réveillera la tuyauterie. Surtout, ça retardera d'autant le face-à-face avec le sale boulot.

C'est à partir du cinquième étage que je mesure à quel point je manque d'exercice. Je me cramponne à la rampe, comme un vieux, il n'y a personne pour me voir... Et si, il y a quelqu'un ! Comme j'atteins mon palier, qu'il ne reste qu'une dizaine de marches à m'appuyer, je vois, serrés l'un contre l'autre sur l'avant-dernière marche, deux pieds. Deux pieds de femme. Coquettement chaussés. Qui précèdent deux jambes voilées de nylon arachnéen — c'est un de ces adjectifs que j'ai pas la trouille de balancer à la truelle dans les écrits signés Succivore —, arachnéen, donc. Que font là ces jambes, de belle venue, ma foi, et par conséquent la créature féminine qui, je le suppose, les prolonge ?

Ça ne peut pas être Lison, ce n'est pas un de ses jours. Et puis, Lison, m'entendant grimper, m'aurait hélé, serait dégringolée à ma rencontre, m'aurait happé à pleins bras, à pleines lèvres goulues... Elodie, alors ? Pas son genre de faire le poireau dans un escalier

Cœur d'artichaut

d'HLM... Un ultime effort m'amène à niveau et me donne la réponse :

— Stéphanie !

— Ben, oui, c'est moi. Salut !

— Euh... Oui. Bonjour. C'que tu fous là ?

— Ça se voit pas ? Je t'attendais, figure-toi.

— Ah, bon... Il est arrivé quelque chose ?

— Il est arrivé que j'ai une commission à te faire.

— Oh, oh... Tu m'inquiètes. Vas-y, dis-moi.

— Ici ? Comme ça ? Tu pourrais me faire entrer, tu crois pas ?

— Tu as raison. Excuse-moi. C'est que je suis surpris, tu comprends...

— Pas de quoi. Je te rassure tout de suite : rien de grave. Eh bien, tu m'ouvres ?

Je lui ouvre. Bon dieu, oui, je suis inquiet. Je n'ai pas revu Stéphanie ici depuis l'affaire des photos. Lison vient toujours seule. Si Stéphanie a pris la peine de traverser un bon bout de Paris, c'est qu'il se passe quelque chose. Quelque chose qu'elle ne pouvait même pas dire au téléphone...

— Alors ?

— Tu ne me dis pas de m'asseoir ?

— T'as vraiment besoin que je te le dise ?

Je lui désigne le canapé, le seul siège disponible. Elle se faufile jusque-là, s'assied. S'assied en croisant les jambes. Je veux dire, pas en tailleur, mais à la Marlene Dietrich. Oh, oh...

C'est à partir de ce moment que je vois des choses que j'aurais pu voir plus tôt. Stéphanie, que je n'ai jamais rencontrée autrement que fagotée en jean, pull, blouson et godillots en plaques d'égout, Stéphanie a des jambes ! Celles-là même qui m'ont accueilli en haut de l'escalier,

Cœur d'artichaut

c'est ça. Des jambes nimbées d'arachnéen, comme je disais, et joliment bien foutues, ma foi. Pourquoi les cachent-elles, leurs jambes, ces petites connes? Réponse : pour éviter de saliver et, éventuellement, de claquer d'un infarctus, à des vieux cochons dans mon genre, c'est l'évidence même... Et une robe! Stéphanie en robe! Mini-mini au-delà de l'audacieux, sûrement pas sa maman qui la lui a achetée pour son petit Noël.

Croiser les jambes enfoncée dans un canapé effondré avec ÇA sur la peau, c'est plus que tenter le diable, c'est carrément le violer. D'autant que, mais oui, ce n'est pas un collant, l'arachnéen, mais bel et bien des bas, des bas comme au Lido, des bas avec le harnais complet, pas le fixe-chaussettes, l'autre, là, son cousin, le porte-jarretelles, c'est ça.

Stéphanie, pour venir me faire sa commission, a mis une robe ras du cul, des bas de cocotte et un porte-jarretelles!

Je dois présenter une mine assez perplexe, car elle éclate de rire. D'un rire un peu forcé, à bien écouter. Ce rire émane d'une bouche aux lèvres plus roses que nature. Je regarde mieux. Je vois maintenant les yeux subtilement ombrés, les cils allongés, le coup de vent au négligé savant de la coiffure... Elle y tâte, la petite. Discret, mais efficace.

Son rire fait frétiller deux petits seins en liberté, tellement écartés que le décolleté, pourtant généreux, ne révèle aucun sillon plongeant. Je n'ose comprendre...

M'asseoir par terre devant elle, pas question! Autant lui arracher tout de suite son petit bazar et la sabrer sur-le-champ comme elle le mérite. Je m'assieds donc sagement sur le canapé, le plus loin d'elle qu'il m'est

Cœur d'artichaut

possible. Je fais celui qui n'a rien remarqué d'inhabituel et, m'adressant à son profil gauche, je dis :

— Eh bien, Stéphanie, cette commission ?

Enfin, j'essaie de dire ça, mais ce qui sort de moi est une espèce de croassement tout à fait inattendu. De l'influence de la pulsion sexuelle refoulée sur les cordes vocales, idée pour sujet de thèse de doctorat en médecine... Je me racle la gorge. Je vais pour répéter ma question. D'un bond, elle se rapproche, se colle à moi, m'enlace :

— Embrasse-moi.

C'était donc ça ! J'en crève d'envie, tiens donc. Pourtant, je n'en ferai rien. Enfin, j'espère. Il faut que je tienne. Bon dieu, que c'est dur ! Mais il ne faut pas, il ne faut pas !

Pourquoi ne faut-il pas ?

Au fait, pourquoi ?

Je ne sais pas. Il ne faut pas, voilà, je le sens. Une femme s'offre sur un lit de fleurs, et alors ? Alors, ce serait sale, voilà. A cause de Lison, je le vois bien, maintenant. Lison ne s'offusque pas d'Elodie, c'est même elle qui se sent là dans le rôle de la voleuse, Lison me suppose une ribambelle d'affaires de cœur — on ne prête qu'aux riches — et s'en amuse, mais quelque chose me souffle à l'oreille qu'avec Stéphanie il n'en irait pas de même. Je subodore un micmac qui ne me plaît pas.

C'est bien la première fois que je refuse des lèvres offertes. Ce doit être la première fois que Stéphanie se voit refuser ses lèvres. J'y ai bien du mérite, parce que, vraiment, elle est adorable, et moi je suis dans un état...

La furieuse petite bougresse ! Tout en me maintenant la tête de ses dures petites mains pressant ma nuque,

Cœur d'artichaut

elle caresse ses seins pointus aux miens, je ne vais pas pouvoir résister longtemps, moi. Ses lèvres cherchent les miennes, qui se dérobent, grimacent, courent d'une joue à l'autre et se sentent intensément ridicules. On joue *Phèdre* à l'envers, ou encore le chaste Joseph repoussant la femme de Putiphar, à force de reculer je vais me retrouver le cul par terre. Son genou cependant s'est faufilé entre mes cuisses, il cherche la grosse bêbête, il la trouve, aïe, aïe, mais Stéphanie, pucelle ou tout comme, doit avoir dans l'idée que les hommes se manipulent à la dure et, poussée par une rage du cul maintenant éveillée dans toute sa voracité, elle me broie les choses, je hurle, ça casse l'ambiance, l'irrésistible ascension vers le point de non-retour est stoppée net, l'arbitre siffle la fin du match.

Les deux mains en coquille protégeant ma braguette, ainsi s'achève, pour moi, cette éprouvante tentative de séduction. En ce qui concerne Stéphanie, elle semble n'avoir rien compris à ce qui m'arrive. On devrait quand même bien leur dire, aux petites filles, à l'occasion des cours d'éducation sexuelle, à quel point les testicules de l'homme sont choses fragiles, exposées sans défense, de par leur périlleuse situation anatomique, aux pires vicissitudes de l'existence et génératrices de douleurs atroces, absolument hors de proportion avec l'importance de l'impact du traumatisme responsable. C'est bien gentil, la maîtresse qui explique poétique-ment, en montrant avec sa baguette sur le joli tableau en couleurs, la tige de papa qui introduit la petite graine dans la fleur de maman, mais elle néglige, la maîtresse

Cœur d'artichaut

rougissante, de prévenir les chères têtes blondes que maman peut tuer papa d'un bon coup dans les couilles, ou tout au moins rendre sa tige incapable d'introduire la petite graine dans la fleur pendant un certain temps.

Stéphanie, dans sa candeur, doit penser que mes « Ouillouillouille ! » expriment ma protestation de mâle superviril ne tolérant pas que la femelle prenne l'initiative. Déconcertée, elle se pelotonne, les genoux ramenés au menton, ce qui m'ouvre une perspective effarante sur ses blanches cuisses jaillissant de bas comme... comme de blanches cuisses jaillissant de bas, rien ne peut être comparé à ça. Porte-jarretelles à froufrous, slip à falbalas, orifices ménagés avec une science diabolique en des endroits surprenants me font presque oublier ma douleur, qui d'ailleurs va s'atténuant. Comment et où cette gamine a-t-elle osé se procurer ces accessoires de pute de haute volée ? Quand même pas dans le catalogue des Trois Suisses ? A la réflexion, elle a dû les emprunter à sa maman, laquelle je soupçonne de devoir user de charmes renforcés pour obtenir d'un papa blasé ou atteint par la limite d'âge qu'il trouve le ressort d'aller déposer la petite graine au cœur de la fleur magique. Evocation qui ne manque pas de réveiller en mon tréfonds le cochon qui commençait à s'assoupir. J'ai décidément un faible pour les mamans. Je me retiens de dire « Reviens avec ta mère », ce serait gratuitement méchant, or je ne suis pas méchant.

Pas méchant, mais curieux. J'aimerais comprendre. Le dos tourné, encore fâché de mon propre émoi, je questionne, pas spécialement tendre :

— Ça rime à quoi, ça, Stéphanie ?

Pas de réponse. Juste un reniflement. Je risque un œil, m'efforçant de faire en sorte qu'il ne s'égare pas vers les

Cœur d'artichaut

zones dangereuses. La tête basse, figée dans sa posture grotesque d'allumeuse qui a fait long feu, elle pleure. Et du coup ses affolants apprêts ne sont plus qu'artifices de petite fille déguisée. Elle est une captive impubère jetée sur le pavé du marché aux esclaves, sa pauvre chair trop blême offerte à l'encan, et dédaignée... Il me vient une grosse vague de pitié. Je pose ma main sur sa tête. Ses larmes deviennent sanglots. Et, voyez-vous ça, la pitié, la sainte pitié, oui, éveille en moi, émergeant de je ne sais quel cloaque ténébreux, une soudaine et puissante bouffée de rut. Non, mais quel triste cochon! Tous les véhicules sont bons au sexe. Je comprends soudain les pères qui déflorent leurs filles après les avoir dérouillées. Ils ne les battent pas pour les violer, non. C'est de les voir pleurer une fois la raclée reçue qui éveille leur pitié sincère, et la pitié est érotique, voilà, j'en fais l'expérience. Oui, mais moi, j'ai dit non, ce sera non. Seulement, cette fois, personne ne me donnera dans les couilles le coup de genou de la rédemption. Je m'arrache non sans peine — et non sans me traiter de pauvre con — au spectacle tentateur, et je cours jusqu'à la salle de bains me faire couler de l'eau froide sur la tête, et aussi ailleurs.

Quand j'en reviens, je la trouve à la même place, mais cette fois assise bien droite, la jupe tirée autant qu'il se peut sur ses genoux serrés. Elle ne pleure plus. Ses yeux gonflés n'ont rien d'amical. Je ne dis rien. J'attends. C'est elle qui craque la première :

— Alors? T'es heureux? T'as fait l'amour avec le robinet? T'as bien pris ton pied, au moins?

Que répondre à ça? La moutarde me monte au nez, mais je me contiens. Je dis, aussi calmement que je peux :

Cœur d'artichaut

— Stéphanie, je ne comprends pas. Explique-moi.
Elle bondit :
— Ah, parce qu'il faut t'expliquer ? C'était pas assez clair ? Quand je dis « Embrasse-moi », ça veut dire « Embrasse-moi ». Et ne fais pas semblant, s'il te plaît. Je déteste les hypocrites. Je ne te plais pas, bon, d'accord, je ne te plais pas. Salut bonsoir.

« Salut bonsoir », mais elle ne bouge pas. Je suis plutôt emmerdé, moi. Je risque :
— Ça voulait dire « Embrasse-moi »... et la suite. Non ?
— Oh, merde, tu veux que je me roule dans mon caca ? Ça t'amuse, sadique ? Oui, « et la suite », oui, oui, oui ! Pourquoi pas ? Si je t'avais dit, comme Lison, « Je veux que vous me fassiez l'amour », tu y aurais trouvé comme un petit goût de réchauffé, non ? Pourquoi Lison, et pourquoi pas moi ?

La voilà qui se remet à pleurer.
— Mais, Stéphanie, parce qu'elle est Lison et que tu es toi, justement.

Je lutte contre l'envie de passer mon bras autour de ses épaules, de la bercer... Enfin, ce qui se fait, quoi. Mais je me méfie du danger du contact. La bête est très provisoirement matée, elle n'a pas renoncé, se tient prête à bondir, en position sur la ligne de départ... Alors, je parle :
— Stéphanie, tu sais très bien que ce serait faire du mal à Lison.
— Oh, Lison, toujours Lison...
— Mais je l'aime, Stéphanie !
— Et alors ? Qui t'en empêche ? Et puis d'abord, Lison, elle n'en aurait rien su, puisque tu y tiens. Ensuite, je sais qu'elle s'en fout. Du moment que tu lui

Cœur d'artichaut

restes, qu'elle en a le meilleur, elle est comblée, elle est heureuse.

— Non, Stéphanie. Avec toi, ce serait différent, et tu le sais. Avec toi, il y aurait trahison. Cela lui ferait mal. Je ne veux pas lui faire de mal. Et je ne suis pas sûr du tout que ce n'est pas pour lui faire du mal que tu es venue.

— Mais qu'est-ce que tu vas chercher ? Tu me prends pour une vraie salope ?

N'empêche qu'elle évite mon regard. Je crois bien que j'ai touché juste. Pour parler d'autre chose, je propose :

— Je vais faire du thé. Ça te dit ?

Elle commence par faire la grimace :

— Du thé ! On lui apporte la plus belle fille du monde sur un plateau doré, il vous répond : « Tu veux du thé ? » Tu sais où tu peux te...

— Oui, Stéphanie, je sais. Eh bien, dans ce cas, au revoir. J'ai du travail.

Soudain, elle se radoucit :

— Oh, après tout, oui, fais-moi du thé. Avec du lait. Le lait, c'est bon pour calmer le feu au cul, paraît-il.

Je me retiens de lui proposer une banane, c'est indiqué aussi, mais je doute qu'elle soit en état d'apprécier cet humour de camionneur. Pendant que, dans la cuisine, je mets de l'eau à chauffer, elle me crie :

— Ce travail dont tu parles, c'est ton fameux roman ?

Pour le coup, je tombe sur le cul. Je crie :

— Lison t'a dit ?

— Rassure-toi, ta Lison ne m'a positivement rien dit. Mais je lis en elle, elle est transparente, pauvre agneau, et moi je mets deux à côté de deux et je constate que ça fait quatre.

Cœur d'artichaut

Et moi je me dis que la petite vipère a changé d'avis et accepté ma tasse de thé au moment précis où j'ai fait allusion à mon travail, et aussi que, depuis, elle oriente la conversation sur ce « fameux » roman. Ça ne me plaît pas. Il faut que je sache jusqu'à quel point elle est au courant.

Nous buvons dans les deux bols fleuris, cadeau de Lison. Je souffle sur le thé brûlant, j'attends la question qui ne manquera pas d'arriver. En effet :

— C'est un roman d'amour ?

— ...

— Tu ne veux pas en parler ? Parole, je ne répéterai rien. A personne.

— ...

— Autobiographique ?

— ...

— Oh, allez, quoi, dis-le. C'est plein de cul, je parie. Tel que je te connais, tu ne peux écrire que de cul et de baise.

— ...

— Je m'en fous, je dirai à tout le monde que tu es en train d'écrire un bouquin dégueulasse, plein de porno, de bites, de foutre qui dégouline partout, vraiment l'horreur, et que tu mets dedans des tas de gens tout à fait reconnaissables, à commencer par ta très chère Elodie Brantôme, honorable professeur de notre honorable lycée...

Cette fois, le charme délétère est bien rompu. J'arbore sur une face placide ce sourire béat qui signifie « Cause toujours... ». Elle se lève, elle a à peine effleuré son thé. Elle dit « Salut, pauvre mec ! », elle claque la porte, elle est partie.

Si elle ne se fait pas dix fois défoncer le trésor, sapée

Cœur d'artichaut

comme elle est, avant d'arriver au métro... Je devrais peut-être l'accompagner ? Oh, et puis, merde !

J'ai le bourdon. A cause de l'épisode Stéphanie ?

Peut-être... Mais non, c'était de l'enfantillage, des bisbilles de petites femelles qui se chipent leurs flirts à la cafète, *Hélène et les garçons* en plein. N'empêche, il m'en reste une gêne, un vague malaise. Je lui ai fait de la peine, voilà, et ça, je supporte mal. Non en lui refusant ce qu'elle était venue chercher, mais simplement en étant sorti vainqueur de la joute. J'ai beau voir clair dans son jeu tordu de petite semeuse de merde et savoir que j'ai fait ce qu'il fallait faire, je ne puis m'empêcher d'être chagriné d'avoir eu le dessus. Quand on gagne, il faut que l'autre perde. Dommage. Le triomphe m'est amer, puisqu'il y a un perdant. Je préférerais presque perdre. Je suis comme ça. C'est pas précisément l'idéal pour survivre dans ce monde de requins. Je suis le lapin qui, ayant réussi à échapper au loup, a de la peine pour le loup.

Il y a de ça. Il n'y a pas que ça. Disons que c'était le déclencheur. Et maintenant, mon bel élan d'écriture est retombé à plat. Je marine en pleine tendance à faire le point. Mauvais signe, ça. Je mène ce que n'importe qui de sensé appellerait une vie de con, mais moi je ne l'appelle pas comme ça. Pourtant, il y a des moments...

Comme en ce moment, justement. C'est que c'est dur de vivre en marge. Même quand on sait qu'on ne pourrait pas vivre leur vie. Je l'ai essayée, la droite ligne. Effroyable. Comment peuvent-ils ?... Oui, mais ma vie n'a ni queue ni tête, la leur a eu une tête et aura une queue, et le jeu consiste à aller de la tête à la queue en

Cœur d'artichaut

accumulant les points, ça s'appelle « progresser », afin d'avoir, au bout de tout ça, « bien rempli sa vie ». Pour qui ? Pour quoi ? Pour des dieux qu'ils s'inventent afin d'avoir quelqu'un à craindre et à qui rendre des comptes ? Pour un dieu intérieur qu'ils nomment « conscience », « honneur », « fierté », « sens du devoir », « émulation », « esprit de sacrifice »... ? Pour que leurs gosses, ces gouttes de sperme éparpillées aux quatre vents, soient fiers d'eux quand ils n'y seront plus ? Pour épater la postérité ? Pour... pour... ? Leur vie est un jeu de l'oie, sauf que la dernière case, celle du triomphe, est aussi celle de la tête de mort... Pouvez-vous vous figurer ça, patates ? Que vous ne serez plus là pour jouir du spectacle ? Non, ils ne peuvent pas. Ils s'inventent une âme immortelle pour éviter de regarder en face la tête de mort... Oh, qu'ils sont donc faciles à duper ! Ils ne demandent que ça, ils ont tellement peur, ce sont des petits enfants perdus dans la noire forêt. Tant mieux pour eux s'ils peuvent se mentir et croire à leurs propres mensonges ou à ceux qu'on leur inculque. Tant pis pour moi, qui ne le puis pas.

Mais moi, j'ai ce qu'ils n'ont pas. Ce qu'ils ne peuvent pas avoir. Ce ravissement permanent, ce désir insensé, insatiable, toujours à l'affût, se nourrissant d'un rien, faisant un festin d'un sourire, s'exaltant jusqu'au ciel d'une connivence pressentie. Cet amour obsessionnel, proprement mystique, de la femellité. Cela, ils ne l'ont pas, ne peuvent pas l'avoir, n'osent pas l'avoir. S'enfoncer dans l'obsession leur fait peur. Pourtant, ils la frôlent. Le gouffre diabolique les attire, les fascine. Entre hommes, ils ne parlent que de cul, ne plaisantent que de cul. Pour exorciser. Il en faudrait peu pour qu'ils plongent.

Cœur d'artichaut

Ils se jettent sur les ersatz : l'ambition, le fric, la puissance, l'œuvre à accomplir, l'ennemi à haïr, les moutards à élever, l'art, le sport, la collection de timbres, une pute quand ça les démange trop... Qu'ils crèvent ! C'est d'ailleurs ce qu'ils font, avec ou sans ma permission. Ils accrochent des guirlandes tout le long de leur interminable agonie.

Je sais que mon obsession n'est qu'une obsession. Que je suis sans doute un anormal, que quelque chose ne s'est pas développé, quelque part dans les replis de mon cerveau, que quelque chose d'autre s'est hypertrophié jusqu'à, justement, l'obsession. Ou alors ça s'est passé dans ma petite enfance, dirait Bernadette, qui était psychanalyste, que j'ai aimée comme un fou — sais-je aimer autrement ? —, qui a épousé un lacanien dans le vent et ramasse un fric monstrueux, que j'aime toujours — je ne désaime jamais —, et qui... que..., enfin, bon.

Eh bien, puisque obsession il y a, je la vis pleinement, mon obsession. Elle me tient chaud au ventre et me met la tête en joie. Certes, je lui dois pas mal de coups durs et beaucoup de blessures toujours saignantes, mais tellement, tellement plus de moments célestes ! Ne serait-ce que cette sensation d'être à tout moment, sur cette planète, plongé jusqu'au cou dans un océan femelle ! Deux milliards et demi de femmes ! Quel bonheur !

Alors, qu'est-ce qui me tracasse ? Quelle bête sournoise me mine le tempérament et salit ma joie de vivre ? Voyons un peu...

J'aime Elodie. J'aime Lison. Oh, que je les aime ! Je me demande si je n'aimerais pas Geneviève... Bien sûr, je l'aime ! En fait, je suis prêt à aimer, à aimer d'amour,

Cœur d'artichaut

toutes celles qu'il m'est donné d'approcher... Mais où je vais, comme ça, moi? Toutes ne sont pas des Lison. Déjà, Elodie... Elle ignore qu'il y a une Lison dans ma vie. J'en suis réduit à ruser, à lui mentir, comme à une légitime. Comme au temps d'Agathe. C'était bien la peine!... Mais, bon dieu, comment font-ils, les normaux, pour se contenter de leur bobonne et ne plus voir les autres? L'amour pour une femme les rend-ils donc aveugles aux femmes? Ça leur polarise la vision en un faisceau étroit braqué sur une cible unique? Et moi, alors, j'aurais des yeux de mouche, des yeux à facettes qui captent l'espace entier?

Il leur arrive, brièvement, de faire dévier d'un poil le faisceau laser et de repérer un second objectif femelle errant dans le vide sidéral. Il leur arrive de sentir le grand rut cosmique les mordre aux reins, et alors ils ruent, cassent tout dans l'écurie et courent le grand galop jusqu'à la fabuleuse. Mais ils ne font que changer de jument et de mangeoire, ils rajustent leurs œillères, et c'est reparti, le monde disparaît.

Comment l'amour pour une femme peut-il rendre aveugle aux autres? Ailleurs que dans les romans romanesques, je veux dire. Hugo et les autres exaltaient l'amour-coup de foudre, le couple prédestiné de toute éternité, Cosette et Marius, toute la lyre, mais dans la pratique le père Hugo tringlait comme un cosaque, n'importe quel trou, et tombait amoureux comme tombent les pommes en novembre. Littérature, tu es une menteuse! Et, comme par hasard, ce mythe romantique de l'amour unique sévit dans la partie chrétienne de la planète, là où le dogme prescrit la stricte monogamie et flétrit l'adultère en crime

Cœur d'artichaut

abominable. Mais bon, c'est moi l'anormal, je vois tout déformé par mon anomalie, n'est-ce pas ?

Je voudrais quand même bien qu'on m'explique comment ils font, les normaux. Une seule à la fois. Bien. Et ils ne voient plus les autres. Très bien. Question de glandes ? Quand elles sont vides, les femmes disparaissent du monde ? Ils ne recommencent à les voir que lorsque le cheptel de spermatos s'est reconstitué et que le bon sirop à repeupler la Terre leur gonfle de nouveau les couilles ? Ce qu'ils appellent « leur cœur », c'est ça ? Suffit alors que leur légitime (ou leur régulière) s'arrange pour les leur maintenir en permanence en état de vacuité, même si elles ne sont pas toujours en train pour la bagatelle, on n'a rien sans rien, du coup pépère se tient peinard et fait des heures sup pour payer à la petite famille les vacances aux Bahamas.

Mais moi, moi, même les couilles à plat, même tapant quarante de fièvre, je les aime, je les adore, les vénère et les convoite, les divines ! Il n'y a pas que le besoin de la tringle, dans l'amour, bien que tout mène à la tringle et que, sans le soleil noir de la tringle au bout du tunnel, il n'y aurait pas l'amour. Même l'amour platonique n'est exaltant, pour ceux qui aiment ça, que par l'existence des délices dont on se prive.

Qu'ai-je besoin d'horizons, de montagnes, d'océans, de forêts vierges, de steppes infinies, de soleil, de nuits étoilées, de tempêtes, de naufrages, de pittoresque et d'aventures ? Tout cela, je l'ai, là, dans chaque femme. Toute femme est l'univers, avec ses déserts et ses cascades, ses galaxies et ses coraux, ses grands cañons du Colorado et ses oiseaux de paradis, ses soirées au bord du lac et ses chevaux sauvages crinière au vent, toute la création et bien plus encore est dans chaque

233

Cœur d'artichaut

femme, dans ses yeux, dans ses lèvres, dans sa fente fabuleuse, dans ses ruses et ses abandons, dans ses élans et ses mensonges, dans le moindre duvet de la peau de son ventre, dans le cristal de son rire... Qu'irais-je chercher au bout du monde, si une femme ne m'y attend pas ? Et si elle m'y attend, qu'ai-je besoin du bout du monde ?

Partout où ils s'entassent, les bons cons, ils trouvent peut-être des cathédrales répertoriées et des pyramides cataloguées, des jungles bien balisées et des merveilles dans des musées, mais ils trouvent surtout eux-mêmes, la pâte épaisse des autres cons bouche bée, duplicatas d'eux-mêmes, Coke au poing et Nikon sur le ventre, traînant des épouses aux yeux durs qui laissent errer leurs inassouvissements sur les dockers aux gros bras...

Je ne me paie pas d'illusions. Je sais fort bien que les femmes n'ont rien à envier aux hommes sous le rapport de la vacherie. Elles sont exactement aussi ambitieuses, aussi cupides, aussi fourbes, aussi capables de cruauté, de traîtrise, et même de crime... Mais ce sont des femmes ! Elles ont autour d'elles l'aura magique, elles recèlent entre leurs cuisses le trésor caché, l'enfer adorable, le Graal... Un salaud n'est qu'un salaud. La pire des salopes est d'abord une femme.

Alors, la famille, les enfants ? Pfuitt ? C'est ça : pfuitt ! Mais c'est la nature ! Fais pas chier avec la nature ! La nature, c'est comme tout, j'en prends, j'en laisse.

Quand je pense à l'immense cohorte des sales cons qui attachent de l'importance à un pucelage de fille !

Cœur d'artichaut

Qui placent leur honneur dans le trou de leurs filles, de leur femme ! Mais ce n'est pas leur faute : la pression sociale, la tradition, la religion... Ce n'est pas leur faute ? Eh bien, tant pis pour eux. Tant pis, surtout, pour elles.

IX

Elodie fait passer je ne sais où je ne sais quels examens à je ne sais quelle graine de futurs cadres pleins d'avenir. Lison, chez papa-maman, soigne une vilaine angine. Aucune présence féminine à espérer dans l'immédiat. Et moi qui en ai tant besoin ! J'en suis à regretter d'avoir repoussé Stéphanie...

Après tout, ayant percé à jour ses stratégies, la sachant traîtresse et vicieuse dans sa petite tête, j'étais prémuni. Stratégie ou pas, elle en mourait d'envie, était prête à tout. Je pouvais en prendre le bon et me garder du mauvais. Il me vient des bouffées de chaleur et des coups de boutoir dans le bas-ventre quand je revis ce moment où elle était tout offerte, dans sa perversité naïve. Calculatrice, certes, mais le cœur battant la chamade... Ce qu'il en serait résulté ? Bah, ces choses-là s'arrangent toujours. Cela m'aurait fait une cavale à dompter, alors que désormais j'ai une ennemie ! Et je la soupçonne d'être tenace dans ses haines, la petite peste !

Téléphone. C'est Geneviève ! Geneviève a des antennes. Elle flaire de loin les détresses à secourir. Sa

Cœur d'artichaut

voix tranquille coule sur mes idées noires, les dissout et emporte tout ça à l'égout.

— Je me demandais comment tu vas.

— Comme ça.

— Je vois. Pas la grande forme ?

— Bof... Pas vraiment.

— Rien de grave ? Une méchante t'a fait du bobo ?

— Même pas. Un nuage qui passe. Qui est déjà passé. Merci, Geneviève !

C'est comme si je l'entendais sourire. Elle demande :

— Tu as un moment ?

— Qu'est-ce que tu appelles un moment ?

— Oh, une petite heure. Deux, à tout casser. Disons l'après-midi.

— Maintenant ?

— Si tu es libre.

— Dis-moi tout.

Elle me le dit. Elle m'attend dans la maison de sa vieille amie, parmi les chiens, les chats et le canari. Il y a un canari. Elle tient à me présenter l'arche de Noé. Elle me prévient honnêtement que, si le cœur m'en dit, je pourrai l'aider à déplacer un meuble ou deux, mais ce n'est pas un guet-apens ! Elle sera très très heureuse de me revoir.

La joie dans sa voix n'est pas de pure courtoisie.

Sorti du métro, je tombe sur le côté « coulisses » de la Ville lumière. L'envers du décor. Ce qui fut naguère une banlieue à mâchefer, à usines au toit en dents de scie flanquées de clapiers à pauvres en plâtras, à jardinets tristounets faufilés dans les interstices entre les noirs

Cœur d'artichaut

réservoirs à gaz de ville, tout ça est en pleine mue. Les rubans de Möbius des accès d'autoroute tortillent en tous sens leurs géométries en délire tandis qu'au pied des tours titanesques et déjà effritées subsiste une moisissure de pavillons de meulière acharnés à ne pas crever.

Des pelleteuses font des trous, des grues font les grues, des marteaux-piqueurs font du bruit, des contremaîtres portugais engueulent des manœuvres kabyles. C'est presque la campagne.

Malgré les indications minutieuses de Geneviève, je me repère difficilement dans ce désert de glaise malmenée où ne poussent que des bottes de ferraille à armer le béton.

La persévérance paie. Je trouve enfin. C'est, au fond d'une impasse aux pavés moussus, adossée à la tranchée d'un chemin de fer local devenu RER par un coup de baguette magique de la bonne fée, coincée entre deux rangées arrogantes d'immeubles-aquariums dont tous les étages arborent des écriteaux « Bureaux à louer », une vieille petite maison grise, précédée d'une courette avec une allée de gravillons et deux rhododendrons, un à droite, un à gauche, le tout défendu par une antique grille à picots sur mur bahut, ornée de tortillons artistiques entre les picots pour la coquetterie.

Je m'étonne de ne voir ni chats ni chiens dans l'espace entre grille et perron. Au bout de sa chaîne une poignée rouillée s'offre à ma main, je tire dessus, une vraie sonnette à cloche et battant frétille à hauteur de ma tête, émettant un carillon aigrelet et fêlé, un peu perclus mais guilleret. Y répondent aussitôt les abois d'une meute déchaînée.

239

Cœur d'artichaut

La porte vitrée s'ouvre, il en jaillit trois chiens hurlants, dont Sacha, qui me reconnaît et saute frénétiquement, de son côté de la grille, jusqu'à hauteur de mon visage. Geneviève paraît à son tour sur le perron, franchit les trois marches d'un bond, déboucle le portillon de la grille, la voilà dans mes bras. Moi dans les siens, plutôt. On y est bien. Geneviève protège. Geneviève est là, on est un chien perdu, on se blottit dans la grosse tendresse chaude, on ne craint plus rien.

C'est à Sacha que je fais mes premières politesses, elle n'admettrait pas de passer en second. Puis à ses deux copains, qui me poussent de la truffe.

Geneviève s'esclaffe :

— Garde-toi des forces, il y en a d'autres !

Lorsque enfin on a fait claquer les bises de la bonne amitié, elle me prend par la main et m'entraîne dans la maison.

Nous enfilons un étroit corridor qui traverse la maison de part en part et que ferme, à l'autre bout, une porte semblable à la première, vitrée de ce verre cathédrale qui fit autrefois la fierté des classes laborieuses ayant accédé à force de travail et d'économies au statut envié de propriétaire.

Je m'attendais à être assailli par cette violente et tenace odeur de pisse de matou qui ne cède à rien. C'était mal connaître ma Geneviève. A peine s'il flotte quelques bouffées d'un très léger parfum de désinfectant au lilas. La porte du fond ouvre sur le fameux jardin. Je m'étais préparé à la poignante tristesse des jardins prisonniers, et je m'étais d'avance blindé contre l'acca-

Cœur d'artichaut

blement. Il y a bien un jardin, et prisonnier de murs gris l'enserrant de tous les côtés sauf un, mais il n'est pas triste, loin de là.

Et comment un endroit pourrait-il être triste quand y abondent les chats ? Je ne sais combien de paires d'yeux mordorés me fixent — Geneviève, plus tard, me le dira : trente-neuf —, convergeant sur moi de tous côtés, du haut des branches noueuses des trois cerisiers, depuis les appuis des fenêtres, les marches du petit perron, un gros pot de fleurs retourné... de tous les endroits, enfin, où un chat peut se percher.

Un jardin ne peut avoir à la fois des fleurs et des chats. Celui-là a des chats. Les chats en sont les fleurs. Des fleurs qui bougent, et qui sautent, et qui se frottent à moi en faisant le gros dos... Variés de poil et de couleur, du gouttière roux tigré au persan bleu à panache, du blanc de neige au noir de nuit sans lune, ils sont l'ornement et la vie de ce coin de paradis secret.

Les chiens sont moins nombreux — neuf, tout de même, m'avouera Geneviève ! — mais plus expansifs. Ils m'entourent, me pressent, me bousculent, veulent absolument savoir ce que je suis et ce que je viens faire, et finalement s'en foutent, pourvu que je les caresse. Toutes ces queues qui fouettent l'air ! Ces truffes impatientes, ces regards qui se donnent...

Je finis par remarquer, au centre géométrique des trois cerisiers en triangle, une de ces antiques tables de jardin en tôle qui dut être verte et l'est encore un peu par-ci par-là. Un napperon de dentelle éblouissant de blancheur met de l'allégresse sur cette vétusté. Il y a aussi, face au napperon, un fauteuil d'osier, ou de rotin, je ne suis pas très calé sur ces choses, un de ces sièges exotiques à haut dossier en éventail comme on en voit

Cœur d'artichaut

dans les films qui se passent au Mexique du temps de Villa et Zapata. Perdue au fond du fauteuil, une petite vieille dame toute menue s'efforce de se tenir bien droite malgré l'arthrose cruelle. L'exubérant dossier rayonne autour d'elle en une auréole excessive. Geneviève fait les présentations :

— Arlette, voici Emmanuel.

Arlette opine. Elle est tout sourire sur un de ces visages aux joues roses qui vieillissent sans se rider. Un visage de future centenaire. Arlette opine, mais elle en veut davantage. Elle est d'une époque où les usages ne se contentaient pas de vagues prénoms. Tandis que m'examinent ses yeux bleus à peine voilés par les brumes de l'âge, elle exige :

— Emmanuel comment ?

Au fait, Geneviève ne sait pas, ou bien elle a oublié. Entre nous, les noms de famille... Il me faut donc préciser, tout en m'attendant à la suite :

— Emmanuel Onéguine, madame.

Ça ne rate pas :

— Oh ! Comme...

— Comme le héros de Pouchkine, oui, madame. Mais c'est une coïncidence. Rien de commun...

Elle a une petite moue déçue. Je n'y peux rien, moi. Peut-être devrais-je m'inventer une généalogie qui me raccrocherait tant bien que mal à cet Onéguine (Eugène) et ferait tellement plaisir à tout le monde ? Il faudra que j'y songe.

Comme Geneviève a négligé la phase retour de la présentation, la dame s'en charge, avec une légère inclinaison de tête :

— Arlette Daubigné.

Elle précise, malicieusement :

Cœur d'artichaut

— En un seul mot.

Eh bien, voilà, voilà... Geneviève sert le thé. Arlette — ça me fait drôle de désigner quelqu'un d'aussi ancestral par son prénom —, Arlette, donc, tient à savoir si j'aime les bêtes. A quoi je réponds que oui, beaucoup, comment ne les aimerait-on pas ? Elle me harcèle :

— Vous en avez ?

Non, je n'en ai pas. Je le lui avoue, tête basse, mesurant à quel point c'est contradictoire. Je ne peux quand même pas lui expliquer que je mène une vie trop décousue, et surtout que je suis trop paresseux. Je peux déjeuner, quand la faim me prend, d'un croûton moisi et d'un fond de pot de confitures, mais un chat, mais un chien, ça exige de la régularité et du nourrissant. Et puis, il faut sortir le chien, changer le sable du chat... Elle me pousse dans mes retranchements :

— Vous les aimez et vous n'en avez pas ? Comment pouvez-vous résister ?

Je peux très bien. Ma chère paresse, mon voluptueux égoïsme s'accommodent à merveille de ma solitude, même si elle me prive de certaines joies, comme la présence d'un animal chéri. Je ne peux tout de même pas lui dire ça. Ce n'est d'ailleurs pas la peine, elle s'en charge fort bien elle-même :

— Trop de tracas, n'est-ce pas ? Trop de contraintes ? Vous craignez de ne pouvoir faire face ? Je comprends. Et vous avez raison. Il ne faut se charger d'un animal que si l'on a bien saisi à quoi l'on s'engage et si l'on est certain d'être capable de tenir le coup... C'est long, la vie d'un chat ou d'un chien. Entre quatorze et vingt ans. Et c'est trop court. Nous nous attachons, et ils meurent. Et les dernières années

Cœur d'artichaut

peuvent être bien pénibles. Il faut savoir cela, et y penser. On épouse une femme, ou un homme, on peut s'illusionner de l'espoir qu'on mourra ensemble, bien que... Enfin, on peut du moins espérer qu'on vieillira l'un avec l'autre, car nos vies ont des durées sensiblement égales, n'est-ce pas. Dans le cas d'une bête, on sait qu'elle nous quittera à une date qu'on peut presque fixer. C'est atroce. Car, même sachant cela, on ne peut pas mesurer son amour. On se donne à fond, comme si cela devait durer toujours...

La chère vieille dame s'est tout attristée à son propre discours. La voilà au bord des larmes. Geneviève se lève, l'entoure de ses bras, baise les beaux cheveux blancs, sans un mot. Et puis elle me lance, rieuse :

— Tu vois que j'ai bien fait de ne pas te laisser mon Ernest ! Tu n'étais pas mûr. Tu ne le seras jamais. Tu es toi-même un chat de gouttière. C'est toi qui aurais bien besoin d'être pris en charge.

— Par toi, Geneviève ?

Elle rougit. Me regarde bien en face.

— Non. Sûrement pas. Tu as entendu Arlette. Tu es trop jeune. Tu vivrais plus longtemps que moi, et alors qui s'occuperait de changer ta litière ? Tu te retrouverais encore plus abandonné qu'auparavant.

Il est bien vrai que, si je suis invinciblement porté à la solitude, je ne suis guère doué pour assumer les charges de l'indépendance. Le regard de Geneviève s'attarde sur mon col de chemise. Il me semblait bien, ce matin, un peu fatigué à l'endroit du pli, mais je ne pensais pas que ça se verrait. Elimé ? C'est le mot exact, je crois. Je le lis dans les yeux de Geneviève : « Elimé. »

Arlette prie Geneviève de me faire faire le tour du propriétaire tandis qu'elle-même se reposera un peu.

Cœur d'artichaut

Nous voilà donc partis, bras dessus-bras dessous. Le jardin est minuscule mais, je ne sais comment cela se fait, les hideuses maquettes géantes sont d'ici hors de vue. Un grand pan de ciel bleu prolonge le regard vers l'infini. Geneviève est songeuse. Je m'aperçois que je parle dans le vide. Je demande :

— Où es-tu, Geneviève ?

Elle secoue la tête, se plante sur place, me regarde, l'air d'avoir tout compris :

— Ce qu'il te faudrait, c'est une île déserte pavée de cuisses de femmes.

— Pas que de cuisses, Geneviève ! De seins, aussi ! De ventres, de bras, de lèvres, de sourires !

— C'est ce que je dis. De la femme. De la femme en vrac, déversée à la benne.

— Oh, le beau rêve !

— Seulement, ce n'est qu'un rêve. Dans les faits, comment t'accommodes-tu de la réalité ?

— Mais pas trop mal, ma foi. Oh, bien sûr, je dois faire quelques concessions. Les cuisses ne sont pas déversées toutes ensemble par la benne.

— Il te faut échelonner les livraisons, si j'ai bien compris ?

— On peut dire ça comme ça.

— Donc tu ruses, tu mens, tu papillonnes, tu te caches dans le placard, tu te sauves par une porte, tu rentres par l'autre... Du Feydeau ! Ce doit être très fatigant.

— D'autant plus que je travaille. Et qu'aussi j'ai commencé...

Aïe ! Ça y est, j'en ai trop dit. Geneviève a senti mon embarras.

— Si c'est un secret, ne me dis rien.

Cœur d'artichaut

— De toute façon, ce n'est plus vraiment un secret. Voilà. J'écris. Pour moi. Un roman. Une idée du tonnerre. Je jouis en écrivant, tu te rends compte, Geneviève ?

Elle me saute au cou.

— Oh, c'est bien ! Que je suis heureuse ! C'est si bon de te voir cet enthousiasme... Ne flanche pas, surtout ! Ne t'éparpille pas, ne gaspille pas ton temps et tes forces...

— Avec mes chéries, tu veux dire ? Mais, Geneviève, ce sont elles qui m'inspirent ! Qui me maintiennent en état de grâce, très haut au-dessus de mes pompes ! De la femme à la tonne, tu disais ? Eh bien, c'est justement de ça que je veux emplir mon livre. Comment parler de cul si je ne suis pas plongé dans le cul ?

Elle soupire :

— C'est toi qui vois.

Elle a un geste timide vers mon col de chemise :

— Tu sais, quand je vais livrer mes planches, je passe pas très loin de ton quartier. Je pourrais faire un saut. A Mobylette, c'est rien. Tu me donnerais tes chemises à laver. Ton col, là, ça peut se retourner.

— Mais, Geneviève, où prendrais-tu le temps ? Tu es déjà accablée de boulot.

Elle hausse les épaules.

— Le temps, ça se trouve toujours. Ça me ferait plaisir.

Elle a un air presque suppliant. Du coup, j'ai un début de bandaison. C'est quand même quelque chose, ça ! Je dis :

— Eh bien, d'accord, Geneviève. Tu es... Tu es merveilleuse ! Comme ça, on aura l'occasion de se revoir.

Cœur d'artichaut

Ma parole, ma voix rend un drôle de son ! Rauque, je dirais... Nous venons de faire l'amour autour d'un col de chemise. Elimé.

Un jour, je demande à Geneviève :

— Est-ce que je suis un sale con de macho, Geneviève ?

Je ne m'étais jamais posé la question, et voilà qu'à la suite de je ne sais quel propos, entendu je ne sais où, ça me tourmente. Elle réfléchit.

— Je n'ai jamais rencontré d'homme qui ne le soit pas plus ou moins. Et plus souvent plus que moins. Même parmi ceux qui croient ne pas l'être. A mon avis, l'homme absolument pas macho, ça n'existe pas. Ça ne peut pas exister. Besoin de dominer, agressivité du mâle, tout ça... La nature, quoi. Le mâle est celui qui conquiert, qui traîne la fille par les cheveux, qui pénètre, qui défonce... Il faut se donner du mal pour ne pas se laisser aller à la pente naturelle, qui est de posséder, d'écraser, le fort bouffe le faible, et être sans cesse vigilant. C'est comme la démocratie : un combat à livrer en permanence contre les bons vieux instincts. Contre la nature, en somme.

— Mais moi, Geneviève ? Où tu me places ?

— Toi, mon pauvre poussin, tu tombes dans l'excès contraire. Tu aimes tellement les femmes, dans leur chair, dans leurs façons, dans leurs défauts... dans leur féminité, pardi, tu les aimes tellement que tu ignores les hommes. Ils n'existent pas. Tu les as biffés. Tu vis dans un monde de femmes où tu es le seul homme. Tu es sans ambition parce qu'on ne lutte pas contre des êtres qui

247

Cœur d'artichaut

n'existent pas, des zombies que ton inconscient renvoie au néant. Ce monde où tu vis est fantasmatique, bien que tu agisses de façon apparemment normale. Dans ce monde n'existent que des femmes. Tu ne luttes pas contre des femmes. On n'entre pas en compétition avec ce qui est sa raison de vivre. Tu acceptes volontiers d'obéir, d'être concurrencé, d'être surpassé, mais par des femmes. Nous toutes ensemble ne sommes pour toi qu'une seule vulve avide, qu'une seule paire de tétons nourriciers. Nous sommes l'amante et la mère, nous sommes la déesse-mère aux flancs vastes comme le monde, aux pis inépuisables, à la fente dégoulinante, nous sommes la salacité et le refuge, la volupté et l'apaisement. Voilà comment fonctionne ta cosmologie secrète. Voilà à quoi, pour toi, se réduit le monde, avec ses atomes et ses galaxies. Macho, toi ? Non, tu n'es pas macho. Par contre, tu serais un peu maso, là, je ne dis pas...

Je reste bouche bée. Elle n'en a jamais tant dit.

Elle n'a même jamais parlé aussi longtemps. Tout ce que je trouve à répondre, c'est :

— Eh ben...

Elle rougit, violemment, voudrait bien rattraper tout ça. Une colère la prend :

— Tu m'emmerdes, tu sais ? On cause, on est bien, et toi, crac, faut que tu casses tout avec tes inquiétudes à la con. Tu te figures que lorsqu'on dit à un macho qu'il l'est, ça y change quelque chose ? Ça le renforce, ouais. Il se dit merde, puisque je le suis et que c'est une espèce de fatalité, autant l'être à fond. Et il en remet, le con. Il se joue le rôle. Bon, je suis à la bourre, moi. Tchao !

J'inscrit deux vers qui viennent de me venir. Il faudra que je les place dans mon bouquin.

Cœur d'artichaut

*Je tends des pièges dont je suis l'appât
A des fauves dont je suis la proie.*

Chers, chers fauves...

Lison va mieux. Pour elle aussi, cette semaine a été terriblement longue. Nous sommes convenus de nous retrouver dans l'arrière-salle du petit bistrot, ce cher vieux petit bistrot. J'attends, devant un demi dont la mousse, lentement, s'effondre, le moment incroyable où elle va pousser la porte battante, un paquet de livres serré sur son cœur. Le mien alors cognera, comme chaque fois, je ne m'y ferai jamais, et c'est très bien comme ça.

J'entends le bref « Dring ! » du timbre de la porte sur la rue. Je respire un grand coup. Je me prépare à un choc de bonheur trop intense. Mais non, ce n'est pas elle, ils sont toute une bande, des voix adolescentes mâles et femelles s'entrechoquent avec des rires et des « Ouah, lui ! » Ce n'est pourtant pas un endroit telle-ment fréquenté par les jeunes en vadrouille... Et si ! C'est elle ! C'est ma Lison ! Elle a tranquillement repoussé la double porte battante, ses livres serrés à deux bras sur son cœur, son regard braqué avant même qu'elle n'entre vers l'endroit où il savait me trouver. Je me lève. Mais pourquoi n'accourt-elle pas ? Pourquoi se tient-elle sur ce seuil, empêchant je ne sais qui de le franchir ?

Par-dessus l'épaule de Lison, un visage se pousse en avant.

— Coucou !

Cœur d'artichaut

Stéphanie... Elle n'était pas prévue, celle-là. Lison lève les yeux au ciel. Avec une moue résignée, elle m'explique :

— C'est des copains. Pas pu me décoller.

Les copains irruptent, bousculent Stéphanie, très chiots fous. Deux échantillons de notre belle jeunesse sportive et sans problème.

— C'est ton rencard ? demande le blond. Bonjour, m'sieur.

Un « m'sieur » qui me renvoie sans appel dans ma tranche d'âge.

— Bon, ben, on se tire, dit le châtain foncé.

— Mal élevé ! dit Stéphanie. T'as bien une minute, quoi, y a pas le feu.

Lison ne dit rien. Elle vient droit à moi, sereine, tellement belle, laisse tomber ses bouquins sur le guéridon, me jette autour du cou ses bras nus parfumés de jeunesse et me colle à pleine bouche un de ces baisers-ventouses qui, en gros plan sur des mètres et des mètres de pellicule, font monter la tension et favorisent les rapprochements dans les salles obscures.

Le châtain foncé marque le coup. Il se sent obligé de faire de l'esprit :

— Il me semble qu'on serait p't'êt' ben comme qui dirait ed' trop, dis vouér.

Stéphanie n'est pas d'accord.

— Pourquoi ? On est venus fêter la résurrection de Lison, on va la fêter. Tu paies le champ', Emmanuel ?

Le blond ne dit rien. Ses yeux parlent pour lui.

Lison, sans se presser, décolle ses lèvres, me pique au passage un bisou-papillon sur le nez, passe un bras

Cœur d'artichaut

autour de ma taille et, sa tête sur mon épaule, s'adresse tranquillement à la joyeuse bande :

— Bon. On a bien rigolé. Maintenant, on se dit au revoir. A moins que vous n'ayez décidé de m'emmerder. Si c'est ça la suite des réjouissances, je vous préviens que nous ne serons plus copains. Plus du tout.

— Peuh..., fait Stéphanie.

— Oui ?... fait Lison.

— Si on peut plus rigoler...

— Tu ne rigoles pas.

Lison va vers le châtain foncé, le prend aux épaules, lui tamponne deux grosses bises bien claquantes. Bon bougre, il les lui rend. Au tour du blond. Je pressens que ce sera moins facile. Lorsqu'elle pose ses mains sur ses épaules, il lui saisit les poignets, tout en reculant la tête pour échapper aux baisers copains. Il la regarde, tragique, et murmure :

— Tu es sûre, Lison ?

Elle hausse les épaules.

— Tu le sais bien.

— Mais enfin, qu'est-ce qu'il a ?

— De plus que toi ? Rien. Je ne sais pas. Il est lui. Je n'y peux rien. Laisse-moi, Jean-Luc.

Elle veut se dégager. Il ne la lâche pas. Il ne sait plus que dire, il a compris qu'il n'y a plus rien à dire, alors il la regarde, il met tout dans son regard. Elle aussi le regarde, droit dans les yeux, navrée, bouleversée. Iné-branlable.

Il ne se résigne pas. Comme je le comprends !

— Vraiment rien à faire ?

Elle secoue la tête. Stéphanie ricane :

— T'as aucune chance, Jean-Luc. Elle est en mains. Un expert de la tringle. Laisse béton.

Cœur d'artichaut

La baffe lui arrive bien à plat. Stéphanie n'en revient pas. L'agneau a bouffé du lion.

Situation embarrassante. Que faire quand on reçoit une baffe qu'on a bien cherchée ? La rendre ? Entre filles, ça conduit tout droit au crêpage de chignon. Très vulgaire, très très. Pleurer ? Pas une Stéphanie. Ignorer superbement la chose, faire comme si de rien ? Même remarque que ci-dessus. Rire bien fort en psalmodiant : « Elle m'a même pas fait mal-eu ! Tralalère ! » C'est la solution que choisit Stéphanie. Elle reconnaît :

— Je l'avais bien cherchée, celle-là. T'étais quand même pas obligée de cogner comme une cinglée. Je crois bien que tu m'as fait sauter un plombage. Bon, d'accord, les gars, on se casse.

Elle tire Jean-Luc par la manche de son blouson. Il se laisse emmener en traînant les pieds, me jetant au passage un coup d'œil plus incompréhensif que haineux. J'essaie de prendre l'air de celui qui sait qu'il n'est pas digne de son bonheur mais qui ne va pas pour autant lâcher son os... Et merde, je ne vais pas me mettre à avoir honte d'être celui qu'elle aime, non ? Honte de mes trente-cinq balais ? A mon tour de sortir le grand jeu. J'enlace ma Lison, un bras sous les reins, une main à la nuque, je te vous la renverse comme au tango, la promenade argentine à fond la caisse, tsan tsan, elle se laisse aller, souple et docile à la main, un vrai bonheur, et nous voilà repartis pour le baiser glouton du siècle, deuxième édition.

Du coin de l'œil je vois Stéphanie remballer ses étalons fringants, direction l'écurie, ce qu'elle va en foutre je veux pas le savoir. Elle ne peut pas s'empê-

Cœur d'artichaut

cher, avant de disparaître en coulisses, de balancer le coup de pied de l'âne :

— Bonne bourre, les amoureux ! Et ménage-le, avec des précautions il peut faire encore de l'usage !

Je ne réponds rien, j'ai la bouche pleine, mais je pense très fort « Salope ! » et « Vipère ! », si fort que Lison l'entend dans sa tête à elle. Quand, très longtemps après, nos bouches se désunissent, elle dit :

— Qu'est-ce que ça peut faire, les autres ?

Mais moi, j'ai fait du chemin. Je demande :

— Il t'aime ?

— Oui, Emmanuel. Il m'aime. Il en est malade.

— Depuis longtemps ?

— Très longtemps.

— Et toi ?

— Peux-tu demander ?

— Il n'y aurait rien d'extraordinaire à ça. J'aime bien Elodie, moi...

— Sans parler des autres !

— Donc, je peux comprendre qu'on aime en deux endroits, et même en plusieurs.

— Toi, tu es toi. Moi, je suis différemment faite. Ça, tu peux le comprendre ?

— Mais tu l'as aimé ? Tu as été à lui ?

Elle rit.

— « Tu as été à lui » ! C'est du Lamartine ! Pourquoi pas, aussi, « Tu fus sienne » ?... Eh bien, oui, là. Tu ne pensais tout de même pas m'avoir eue vierge ? Je l'ai aimé. Mieux dit : j'ai été amoureuse. Il n'était pas le premier, non plus. Et alors ? Rappelle-toi seulement ce que je t'ai dit, quand je suis venue à toi.

— « Je veux que vous me fassiez l'amour. »

253

Cœur d'artichaut

— Ça ne te suffit pas ? Puisque maintenant je suis là. Et dans tes bras, pas dans les siens.

Nous avons bien travaillé. Succivore décide que nous avons mérité une petite pause-café. En soufflant sur sa tasse, le maître lève les yeux et, tout sourire, me déclare :

— Je suis fort content de vous.

Perdu dans la contemplation du « noir breuvage cher aux penseurs », je demande :

— Vous comptez m'augmenter ?

— Comme vous y allez ! Mais... Attendons l'accueil que fera le public à cet ouvrage... Hé, hé... A propos...

Je dresse l'oreille.

— A propos, voyez-vous toujours notre amie commune, madame Brantôme ?

Quelque chose me dit qu'il faut y aller à pas prudents. Je réponds donc, évasif :

— Ça m'arrive.

Je ne juge pas utile de lui apprendre que nous nous retrouvons deux fois par semaine chez elle, réglé comme papier à musique... Au fait, ça me fait prendre conscience que nous ne nous évadons plus aussi souvent en ces escapades agrestes sur la mousse et les fougères. Elle travaille énormément, ces derniers temps. Je la sens fatiguée, nerveuse, soucieuse... Tourmentée, je dirais. Il m'est arrivé de la questionner, de m'inquiéter pour sa santé... Elle répond à côté, s'en tire par des pirouettes. Une fois, j'ai vu deux grosses larmes hésiter au bord de ses cils, et puis couler sur ses joues. Je les ai bues. Elle m'a serré dans ses bras comme si elle avait peur de me perdre. Je l'aime de plus en plus. Je remarque sur elle

Cœur d'artichaut

sans cesse de nouveaux détails qui me font défaillir de bonheur rien qu'à les évoquer. Il m'arrive de jouer à me demander qui j'aime davantage. C'est toujours celle entre les bras de qui je suis. Ce qui ne m'empêche pas de penser en même temps à l'autre. Oh, les avoir toutes deux, ensemble, dans mes bras... Rêve de beauf, quand c'est un beauf qui le fait. Je ne suis pas un beauf. Mon rêve à moi est d'amour et de dévotion. Rien du représentant de commerce qui s'est payé deux putes à la fois et qui trône au beau milieu, un cigare au bec. J'imagine parfois avec terreur que l'une ou l'autre puisse me manquer. Je pense vite à autre chose...

Succivore me ramène sur terre :

— Madame Brantôme a pour vous les plus grands éloges. Justifiés, je m'empresse de le dire. Je n'ai jamais eu un collaborateur de votre valeur.

Il soupire :

— Un jour, vous quitterez le père Succivore pour voler de vos propres ailes, c'est bien normal.

Je pose la question à mille balles :

— Pourquoi ne pas signer à deux ? Ainsi, je ne vous quitterai pas.

Il se caresse le menton.

— C'est hors de question. Pas par vaine gloriole, n'allez pas croire.

Devant mon sourire qui dit « Quand même un peu ! », il rectifie :

— Pas seulement par vaine gloriole. Bien sûr, je suis autant que quiconque sensible à l'admiration dans les yeux des femmes, aux dithyrambes des critiques...

— ... au chiffre des droits d'auteur.

— Aussi. Et pourquoi pas ? Le fric, ce sont les jetons qui matérialisent la réussite. Mais, je vous en prie, ne

Cœur d'artichaut

m'interrompez pas. Vous me demandiez pourquoi je persiste à ne pas associer votre nom au mien sur les couvertures de mes... de nos livres, si vous y tenez.

Il marque un temps, joint les doigts comme un évêque qui médite la façon édifiante dont il va expliquer pourquoi on l'a retrouvé à poil dans un bordel. Il trouve enfin :

— Voyez-vous, le public est ce qu'il est. Il a besoin d'admirer, que dis-je : de vénérer. Il a besoin d'idoles. Oh, je vous concède qu'un écrivain, aussi célèbre soit-il, reste cantonné dans la catégorie des idoles à rayonnement restreint. Ce n'est ni un chanteur, ni un boxeur, ni un coureur automobile. Cependant, le mécanisme reste le même : une idole ne saurait avoir deux têtes. Sous nos climats, du moins. Même une idole collective, comme un club de football ou un groupe de rock, a un nom spécifique, et un seul, qui concentre sur lui toute la gloire. On dit « le Paris-Saint-Germain », on n'énumère pas les noms des onze joueurs. Un nom, ça sonne. Ça claque. Ça se rythme. Ça marque l'oreille et l'œil comme les couleurs d'un blason. Un nom double, c'est trop long. Et même si on le retient, on ne le scande pas.

Je profite de ce qu'il reprend souffle pour glisser :

— Pourtant, Boileau-Narcejac, Erckmann-Chatrian...

— Justement ! Vos exemples viennent renforcer ma démonstration ! Pour former Boileau-Narcejac, on a supprimé les prénoms. Et on a bien fait. Seulement, beaucoup de lecteurs naïfs croient que Boileau est le prénom et Narcejac le nom. Même chose pour Erckmann-Chatrian. Combien savent que ce nom recouvre deux écrivains associés ?

Cœur d'artichaut

— Succivore-Onéguine, Onéguine-Succivore... Ça sonne pas mal du tout, vous savez ? Et pour le rythme, hein : tagada-tagada... Ça court le grand galop.

Succivore sourit, paternel, à ces enfantillages. Et puis il prend son air modeste-mais-je-n'y-peux-rien-si-je-suis-une-vedette :

— Ecoutez. J'ai imposé mon nom. Le public y est habitué, conditionné. Mon nom en gros caractères sur une couverture, c'est mon nom. Associé à un autre nom, ce n'est plus mon nom. Il y a... Comment dirais-je...

Je propose un choix :

— Eparpillement ? Affaiblissement ? Affadissement ?

— En tout cas, étonnement, méfiance. Le public, non seulement est déconcerté, mais suppose des choses : Succivore baisse-t-il donc ? Au fait, quel âge ça lui fait ? Ou peut-être nous cachait-il jusqu'ici qu'il ne travaillait pas seul ?

Je ne peux m'empêcher de rire :

— Ah, là, il brûle, le public, il brûle !

— Et le chiffre des ventes dégringole... Non, mon petit. Un nom en association, ça s'impose dès le début. On n'affadit pas un nom connu pour le dissoudre dans un nom à deux têtes. Voyez-vous, « Succivore » est une marque de fabrique, si j'ose dire. Non, non, ne protestez pas. Le lecteur achète un livre comme il achèterait n'importe quel produit : en se fiant à la marque. C'est une garantie de qualité, de permanence. Un auteur lui a plu par le premier livre de lui qu'il a lu. C'est ce premier livre qu'il veut retrouver dans tous les autres.

Là, je m'insurge :

— Ce qui cantonne l'écrivain une fois pour toutes dans le genre qui l'a fait connaître ! Etre condamné à pondre encore et toujours la même histoire, n'est-ce pas épouvantable ? Pas le droit de s'évader, de s'essayer

257

dans un autre genre, de sauter du polar au roman historique, du pamphlet au roman d'amour fou, de l'autobiographie à l'humour noir...

— Nous vivons à une époque de spécialisation. Que voulez-vous, le public commande...

— Et les éditeurs, donc! Qui décident souverainement de ce que veut le public. Qui font écran entre l'auteur et le lecteur possible, qui éditent ou n'éditent pas en fonction de ce qu'ils croient être les goûts du public parce qu'une étude de marché plus ou moins bidon leur dicte, non pas ce qui est le meilleur, mais ce qui, statistiquement, a le plus de chances de faire la plus grosse vente.

Je m'énerve, là. Succivore me considère de cet air ironique-indulgent du vétéran blanchi sous le harnois qui écoute un jeunot découvrir que le monde est cruel et le refaire en trois coups de cuillère à pot. Quand, sur un haussement d'épaules résigné, je me tais, il dit, bonasse :

— Lorsque vous vous sentirez mûr, allez-y, volez seul. Vous pourrez toujours compter sur mes conseils, vous le savez.

Aurait-il subodoré quelque chose? Pour tâter le terrain, hypocritement je proteste :

— Vous savez très bien que sans les émoluments, à la vérité bien chiches, que vous me versez, je ne pourrais pas subsister. Or, quel éditeur m'avancera un à-valoir non ridicule sur mon seul nom, complètement inconnu?

Je suis un faux-jeton assez réussi, ma foi. Je dis cela tout en me flattant de la certitude que le premier éditeur que j'irai trouver fera des bonds d'enthousiasme à la lecture de mon manuscrit, déroulera le tapis rouge et lancera par-dessus les flots la première arche du fabuleux pont d'or.

X

En attendant ce jour béni, je m'enfouis avec délices dans l'écriture. Mon livre à moi avance à pas de géant, je rage quand la crampe me mord le coude et m'oblige à quelques minutes de repos. Car, je crois l'avoir dit, j'écris à la main, ainsi qu'on me l'enseigna en mes dociles enfances, faisant fi de ces prestigieux écrans phosphorescents dont, paraît-il, aucun professionnel sérieux de la chose écrite ne saurait plus se passer. Je n'ai d'abord pas les moyens de ces gadgets et, les aurais-je, je me trouverais bien embarrassé devant ces claviers béants comme des dentures ogresques, ces signes trop parfaits obéissant au doigt et à l'œil, s'alignant ainsi que troupiers à l'exercice, apparaissant, disparaissant, s'arrangeant ou se désarrangeant à la vitesse de l'éclair au gré de l'utilisateur, qui les entrepose « en mémoire » ou les renvoie au néant selon que l'exige son inspiration ou son indécision... Hugo, Voltaire, Zola, Balzac, ces monstrueux entasseurs de pages griffonnées, en eussent-ils entassé davantage encore s'ils avaient connu la fée informatique ? Ces entassements renforcés eussent-ils contenu davantage de génie ? Ça... Toujours est-il que, trop paresseux pour évoluer, je persiste à écrire à la

Cœur d'artichaut

main, comme le firent ces glorieux ancêtres de l'immédiat après-âge de pierre, ma seule concession à la modernité étant la pointe dite « Bic » (marque déposée).

Quelque chose de brutal m'arrache sans douceur à mes délectations créatrices et me jette, pantelant, sur le dur carreau du réel. Je prends conscience que cette violence me fut faite par les stupides trois notes du timbre « musical » de la porte du palier. J'éructe un « Entrez ! » pas trop aimable et je me souviens alors que j'ai poussé le verrou. Je me résigne à traîner les pieds jusque-là, les trois notes à la con derechef tintinnabulent, ça m'énerve, je rugis « Voilà ! On arrive ! » et, la gueule de travers, je débride la lourde.

J'ai devant moi la plus belle femme du monde. Une femme tellement souverainement belle qu'il est impossible qu'elle existe. Et cette femme est Lison. Lison accomplie. Lison telle qu'en elle-même, mais que la main d'un dieu a portée à l'indicible perfection. Je jugeais Lison parfaite. Je vois maintenant que c'étaient des promesses de perfection. Les voilà réalisées.

Je devrais tomber à genoux et adorer. Si un dieu, celui-là ou un autre, a créé quelque chose à son image, c'est la femme. Cette femme.

Tout cela doit se lire sur mon visage. Je reste planté là, muet tenant la porte ouverte, ou plutôt cramponné à elle, figé en contemplation.

Je sais qui elle est. Je sais pourquoi elle est là. J'ai peur. Non de ce qu'elle est venue faire, mais de ce trop de beauté reçu à bout portant. Je suffoque. Ma gorge se serre. Je dois offrir l'image de l'imbécile intégral.

Puisque je ne dis rien, c'est elle qui se décide à parler :

— Faites-moi entrer, je vous prie.

Cœur d'artichaut

Ni bonjour, ni bonsoir. Le ton est donné.

Je m'efface, elle entre. Une reine. Une reine en exil, à la réflexion. Les reines en exercice n'ont pas cet obsédant souci d'affirmer leur royauté. Son regard se pose brièvement de-ci de-là sur mon triste bordel, sans la nuance de réprobation qu'on attendrait. Elle constate, elle ne juge pas. Je n'ai toujours rien dit. Et que dire ? C'est donc une fois de plus elle qui parle :

— Offrez-moi un siège.

Je m'empresse de débarrasser le canapé des feuilles volantes qui l'encombrent. Elle s'assied. C'est alors que je remarque que sa jupe est d'une coupe telle qu'il n'est nul besoin qu'elle découvre ses jambes plus haut que le strictement convenable pour que l'effet soit obtenu, bouleversant. La suprême beauté méprise les secours de la salacité. Montrer beaucoup de peau détourne l'attention de la pureté de la ligne... Je redescends enfin sur terre. J'arrive à prononcer :

— Puis-je vous offrir quelque chose ?

Elle a un petit sourire qui récuse ces mondanités.

— Ne vous donnez pas cette peine. Asseyez-vous plutôt là. Nous avons à causer, vous vous en doutez.

Je m'assieds donc là, à l'autre bout du canapé. Ça me rappelle quelque chose... Elle tourne vers moi son merveilleux visage.

— Vous ne me facilitez pas les choses. Vous devez bien vous douter de la raison de ma présence chez vous ?

C'est tellement évident que je ne juge pas utile de répondre.

— Ça se passe ici, sur ce canapé ?

Raide comme balle. J'accuse le coup. Là encore, que répondre ? Je me tais. Je la regarde. Elle n'est ni

261

Cœur d'artichaut

scandalisée, ni dégoûtée, ni ironique. Pas même réprobatrice. Elle se renseigne, voilà tout.

Je serais incapable de dire comment elle est vêtue. Je suis subjugué par l'ensemble, je ne vois pas les détails, je n'analyse pas. Je me livre tout entier à l'attrait qui émane de cette femme, à l'irrésistible harmonie de cette gracilité que la plénitude épanouie des formes habille sans l'étouffer. Son immobilité même suggère la grâce du geste. Elle tire de son sac un paquet de cigarettes, me demande « Auriez-vous du feu ? », aussitôt « Excusez-moi, j'oubliais ! », et frotte une allumette qu'elle arrache à l'un de ces étuis de carton qu'offrent certains restaurants. Elle doit s'y reprendre à plusieurs fois, casse l'allumette, cherche un cendrier pour l'y jeter, n'en trouve pas — et moi qui, paralysé, ne fais pas un geste ! —, la remet dans l'étui, en frotte une seconde, qui s'allume. C'est ainsi que je m'aperçois qu'elle tremble. Je suppose que ce qu'elle est venue faire lui coûte terriblement, que son calme et son détachement ne sont que façade. Cela rapproche la déesse de l'humaine nature. J'ai pitié, je veux lui faciliter les choses.

Tandis que je m'efforce d'imaginer quelle perche lui tendre, elle tire de sa cigarette deux ou trois bouffées rapides. Elle n'a visiblement pas l'habitude de fumer et ne le fait qu'afin de se donner le temps de rassembler ses forces pour monter à l'assaut... Peut-être aussi le temps que son charme, dont elle a parfaitement saisi l'effet sur moi, me réduise à merci. Excellent calcul !

Je sais déjà que je vais faire ce qu'elle veut me faire faire. Par amour pour elle. Que je vais commettre la pire des conneries, saccager des vies, à commencer par la mienne, par amour pour elle. Que je suis en train de perdre la raison, de me jeter dans un puits tête la

Cœur d'artichaut

première, de déchaîner les hurlements de tous les démons de l'enfer, sans espoir, sans illusion, sans rien, par amour imbécile et irrépressible pour elle, pour elle, pour elle... Elle est Lison et elle est plus que Lison. Elle est la mère de Lison.

Et moi je suis un pauvre type et un sale con.

Je commence donc, avec une grimace qui se veut sourire :

— Donc, nous allons interpréter, pour notre cher public, *La Dame aux camélias*, mais à l'envers. Vous êtes le père Duval, je suis la vilaine courtisane croqueuse de petits enfants.

Ça ne la fait pas rire. A sa place, je ne rirais pas non plus. Elle me regarde, étonnée. C'est cela : étonnée.

— Cher monsieur... Non : cher Emmanuel... Vous me permettez de vous appeler Emmanuel ?

Je ne sais plus trop où je suis, moi. Je n'ai pas le loisir de répondre que déjà elle enchaîne :

— Cher Emmanuel, vous avez certainement compris que je n'ignore rien de vos... relations avec ma fille, puisque c'est le seul sujet d'intérêt que nous ayons en commun et qui justifie mon intrusion chez vous.

Je lève la main.

— Puis-je vous demander, madame, comment et par qui vous avez appris nos... relations ?

— Vous pouvez le demander, d'ailleurs vous venez de le faire, mais je ne vous répondrai pas. Ne m'interrompez plus, s'il vous plaît, ce que j'ai à vous dire est assez embarrassant comme ça. Vous avez, je crois, trente-cinq ans. Lison n'en a pas encore dix-neuf. La différence d'âge n'a rien d'exagéré. Je ne crois pas que vous soyez ce qu'il est convenu d'appeler un parti avantageux, ni même tout juste convenable. Vous

Cœur d'artichaut

gagnez votre vie très petitement et de façon très aléatoire. Vous êtes, sans vouloir vous offenser, misérablement logé. Vous n'avez, pardonnez-moi, aucun avenir. Ceci dit, avez-vous l'intention d'épouser ma fille ?

Ai-je bien entendu ? Il semblerait que la marche des événements s'évade de l'itinéraire prévu. Ça part en zigzag, je n'arrive pas à suivre. Je tombe d'ahurissement en stupéfaction. Cela doit se lire sur mon visage.

Elle pose sa main sur la mienne. Sa longue main, couchée sur la mienne... Elle prononce ces mots incroyables :

— Emmanuel, vous avez sauvé ma Lison.

Elle soupire. Ne sait trop par où commencer. Replié sur moi, toute sensation réfugiée dans cette main sous la sienne, j'attends.

— Lison a toujours été, comment dire, un « cas ». Toute petite, elle laissait déjà voir une personnalité exceptionnellement forte. Elle « savait ce qu'elle voulait », comme on dit, et ne lâchait pas prise qu'elle ne l'ait obtenu. Je n'ai pas besoin de vous vanter son intelligence. Elle l'a manifestée très tôt. Elle est belle, cela aussi vous le savez. Gaie, attachante, bonne, spontanée... Toute d'un élan. Et entière, secrète, fantasque... Romanesque, eût-on dit au siècle dernier. Instable, dirais-je. Elle passe en un éclair d'un extrême à l'opposé, de l'exaltation joyeuse aux sanglots du désespoir. Les absurdités et les injustices de la société la révoltent à l'en rendre malade. Le cynisme tranquille des possédants lui fait voir le monde comme un sanglant charnier et la maintient dans une angoisse quasi pathologique. Elle fuit la compagnie des jeunes gens, qu'elle trouve futiles, arrivistes et cyniques. Il est de fait que les adolescents n'ont plus aujourd'hui de ces indignations...

Cœur d'artichaut

Lison ne tolère que la compagnie de Stéphanie, une amie d'enfance.

Elle marque une pause. J'en profite pour lui proposer :

— Ne voulez-vous vraiment pas une tasse de thé ? C'est vite fait, vous savez.

Elle secoue la tête.

— Non, non. Merci. Laissez-moi aller jusqu'au bout.

Elle tire une cigarette, va pour l'allumer, y renonce. Je regarde bouger ses mains.

— Je n'ai pas vraiment compris Mai 68, j'étais une fillette alors. Cependant j'ai fait mes études — mes maigres études ! — dans les années qui ont immédiatement succédé au grand chambard. Comme tous les jeunes de l'époque, je me suis exaltée aux idées généreuses... Souvenez-vous, nous allions changer le monde ! Les vieux crocodiles, leur système et leurs valets ne pesaient pas lourd dans nos visions d'avenir.

Elle hoche la tête, rêveuse. Je dis :

— J'ai marché à fond, moi aussi. Et je n'ai pas changé. Nous avions raison. Nous dénoncions, rappelez-vous, la « société de consommation ». C'est elle qui a gagné, la salope. Les vieux monstres ont gagné. Et leur victoire même proclame à quel point nous avions raison. Ils ont récupéré cette jeunesse enthousiaste, l'ont prostituée, l'ont intégrée à leur monde pourri, l'ont pourrie elle-même jusqu'à là rendre fanfaronne de son propre reniement, ont détourné habilement l'énergie explosive de cette génération pour le plus grand profit de ce système qu'elle honnissait. La course au fric, l'ambition, le carriérisme sont exhibés avec fierté, considérés comme les vertus suprêmes, tandis que les principes généreux sont ridiculisés avec un cynisme qui se prend

Cœur d'artichaut

pour de l'humour. Le populo est maintenu le nez dans sa merde par la peur savamment orchestrée du chômage et par la passion entretenue à pleins médias pour des objectifs imbéciles et bassement chauvins : football, tennis... Mais me voilà parti à vous infliger une harangue d'ancien combattant aigri ! Pardonnez-moi.

Ses yeux brillent. Trop. Les larmes ne sont pas loin. Elle prend le relais, d'une voix morne :

— Les renégats triomphent, les révoltés se sont faits valets, et valets arrogants. Ils ricanent, fustigent les pauvres cons qui ne se sont pas « adaptés » : « Passéiste ! » « Ringard ! » Leurs pires injures... La gauche n'a été au pouvoir que le temps de bien montrer à quel point elle est, peut-être sans le savoir, gangrenée par les mœurs de la société du profit.

Je l'interromps, véhément :

— Non ! Pas « sans le savoir ». Sûrement pas. Cette gauche-là est parfaitement lucide. Elle joue son rôle dans le grand jeu de dupes. Elle accepte de n'être qu'un leurre destiné à faire croire qu'il n'y a pas que des hommes d'argent dans l'arène. Elle subsiste aujourd'hui en monnayant les dernières effilochures d'un grand espoir qui n'était que mensonge. Car il reste toujours des gens qui ne veulent pas croire que la réalité est aussi sordide et se raccrochent désespérément à la moindre guenille.

— Et nous survivons là-dedans. Dans ce cloaque. Nous y glanons de quoi ne pas crever. De quoi sauver l'image. La décence, n'est-ce pas...

Comment en sommes-nous venus à parler politique ? Et Lison, là-dedans ? Il me vient une hardiesse. Je la prends aux épaules, je cherche son regard et je lui demande, tout à trac :

Cœur d'artichaut

— Est-ce seulement le portrait de Lison que vous tracez ? Ce ne serait pas aussi un peu le vôtre ?

Son regard fuit le mien. Sa lèvre inférieure frémit. Elle n'est plus que détresse et culpabilité.

— J'ai été folle. L'époque était folle. La liberté nous montait à la tête. Ce que nous croyions être la liberté, et qui n'était que les mots de la liberté. Nous nous grisions de mots sans voir qu'ils n'étaient que ça : des mots. Du vent. J'ai aimé. Je me suis donnée, sans calcul. Pour la première fois, une génération découvrait l'amour sans contraintes, sans hypocrisie. Faire l'amour aussi, c'était faire la révolution. Il était aussi novice que moi. Je me suis retrouvée enceinte. J'avais à peine dix-huit ans. Enceinte de Lison, oui. Je trouvais la chose exaltante. Je voulais élever seule mon bébé, en femme pleinement responsable. C'était très à la mode, alors. Je voyais cela comme un défi à l'ordre établi, bien sûr, mais j'envisageais l'avenir en toute sérénité. Peut-être aussi quelque chose en moi pressentait-il obscurément que je n'étais pas aussi amoureuse que je me persuadais de l'être, que je me racontais des histoires... Peut-être cet instinct, ou appelez ça comme vous voulez, me poussait-il à rester seule maîtresse de ma vie et de celle de mon enfant. Seulement, lui, le père, ne l'entendait pas de cette oreille. C'était un garçon de bonne famille. Enceinte ? Un bébé ? Fille mère ?... Mon devoir ! Ses principes bourgeois se sont réveillés. Un cocktail de panique et d'allégresse, de honte et d'orgueil... C'est sorti de moi, ça ?... Vous voyez, le cinéma que se fait tout homme... Mais vous êtes père, peut-être ?

J'opine, pas très fier.

— Alors, vous comprenez. Il a tenu à « régulariser », c'est le mot consacré. Pas seulement pour la morale. Il m'aimait. Ou croyait m'aimer, mais l'amour n'est-il pas qu'acte de foi ? Moi, au fond, je n'avais pas de détermination bien arrêtée.

Elle a un sourire navré-malicieux :

— Voyez-vous, sur ce point comme sur bien d'autres, je diffère de ma fille. Je n'ai pas la force de caractère de Lison. Elle, elle aurait su ne pas vouloir. Son « non » aurait été irrévocable, quoi qu'il dût s'ensuivre.

Je hoche la tête. C'est vrai qu'elle est comme ça, Lison.

— Nous avons pris un petit deux pièces. Nous ne gagnions rien. Ses parents nous aidaient. L'accouchement fut difficile, je ne m'en suis remise que lentement. Et Lison était de santé fragile, les premiers temps. Bref, j'ai dû arrêter la fac, puis me trouver un travail. Le chômage n'était pas ce qu'il est aujourd'hui, mais ce n'était quand même pas facile. Je me débrouillais en anglais, j'ai appris à taper à la machine et j'ai décroché un emploi de secrétaire dans une boîte d'import-export. Je courais beaucoup, la crèche, les commissions, comme toutes les femmes qui travaillent, quoi. Lui cependant poursuivait ses études, il avait trois ans de plus que moi, était bûcheur, sérieux, voulait « arriver ». Et il est arrivé. Ses notes lui ont valu d'emblée une place d'ingénieur débutant, dans une grosse boîte, peu payée mais riche d'avenir.

Nous formions ce que nos familles attendries nommaient « un gentil petit couple ». Et puis il s'est passé quelque chose. Ou peut-être était-ce latent dès le départ... Je me suis aperçue qu'il me méprisait. Oh, pas délibérément, peut-être même pas consciemment, mais son attitude envers moi montrait un agacement qui, peu à peu, grandissait et ne pouvait plus rester ignoré.

Cœur d'artichaut

Je m'exclame :

— Vous mépriser, vous ! Comment pourrait-on ?

Elle a un sourire sans joie :

— « On » a très bien pu. Je ne crois pas être sotte, mais bien sûr je ne suis pas ce qu'on appelle une intellectuelle. Et pas davantage une mondaine. Je devais être assez terne d'aspect.

J'esquisse un geste de protestation. Elle lève la main :

— Terne, oui, je pense. Je n'avais guère souci de ma tenue. J'étais restée très baba cool, vous savez. Je m'habillais en adolescente prolongée, avec ces nippes cueillies au décrochez-moi-ça qui nous amusaient tant et faisaient la nique aux costumes trois-pièces et aux tailleurs griffés haute couture des gens « bien ». Je suppose que son travail l'amenait à fréquenter des femmes prestigieuses, bardées de diplômes et de certitudes, et que par contraste j'étais la bobonne soupe aux poireaux et soixante-huitarde attardée qu'on a un peu honte de sortir dans le monde.

Le regard appuyé dont je la parcours de bas en haut crie mon incrédulité. Elle proteste par un sourire déjà moins amer. Je me risque à dire :

— C'était un tout petit bonhomme, ce gars.

Elle continue :

— Il restait de plus en plus souvent très tard au bureau pour des tâches urgentes. Il est vrai qu'il avait su se faire apprécier. On lui confiait des responsabilités importantes. Il s'était découvert une passion : l'ambition. Il s'y adonnait à fond. Toujours est-il que je me suis bientôt sentie abandonnée avec ma gosse, tandis que son mépris pour mon manque de brillant et aussi pour ce travail sans prestige où, d'ailleurs, je m'em-

Cœur d'artichaut

merdais à mourir, allait croissant. « Que fait votre femme ? — Heu... Du secrétariat. » Ça la fout mal, n'est-ce pas ?

— Et alors ?

— Et alors, je me suis révoltée.

— C'est-à-dire ?

— Oh, comme si vous ne deviniez pas ! Quel moyen a une femme de se révolter ?

— Evidemment. Et... ?

— Il l'a su, bien sûr. Je ne me cachais d'ailleurs guère. Je croyais encore, naïvement, à nos principes tant et tant proclamés de liberté sexuelle et sentimentale. Peut-être y mettais-je aussi un peu de malice : je n'étais pas fâchée de lui prouver que sa bobonne pouvait être appréciée par quelqu'un de prestigieux.

— Parce que c'était quelqu'un de prestigieux ?

— Infiniment plus que lui, en tout cas.

— Connu ?

— On peut dire célèbre.

— Tempes grises, allure jeune, sachant offrir des fleurs et choisir les vins, tout à la fois expert et passionné dans l'étreinte ?

J'ai dû y aller un peu fort. Elle rougit, fronce les sourcils, et puis prend le parti d'en rire :

— C'est un modèle tellement commun ?

— Le prototype même du tombeur de jeunes et jolies femmes dont les maris ont, pardonnez-moi, de la merde dans les yeux. La suite.

— Epouvantable. Il a été humilié au-delà du supportable. Humilié, comprenez-vous ? Pas jaloux. Humilié.

— C'est peut-être pis. Quoique l'un n'empêche pas l'autre.

— Ce fut l'enfer, à la maison. Scènes, cris, violences,

270

Cœur d'artichaut

enfant terrorisée, tout le bon vieux cinéma. Du coup, il s'apercevait qu'il tenait à moi. M'enjoignait de rompre. Ou me suppliait, ça dépendait. Mais il était survenu une donnée nouvelle, qu'il ne pouvait admettre, qu'il ne pouvait comprendre, et qui changeait tout : j'aimais. A corps perdu. A en mourir.

— Et lui ? Je veux dire : l'autre ?

— Oh, lui, il m'a aimée comme on ne m'avait jamais aimée, comme on ne m'aimera jamais plus. Comme, je crois, peu de femmes ont été aimées.

Cette fois, elle ne retient pas ses larmes, qui roulent sur ses joues et tombent. Dois-je lui offrir mon mouchoir ? Est-il propre ? Ai-je des Kleenex ? Si oui, où, nom de dieu, ai-je bien pu les fourrer ?... Elle tourne vers moi ce qui chez une autre serait un désastre de fards en bouillie. Elle, elle trouve moyen d'être autrement belle, encore plus belle. Pathétique ? Je pense que c'est le mot. Elle grimace un pauvre sourire d'excuse.

— Je dois avoir bonne mine ! Qu'est-ce que vous me faites raconter, aussi ! Nous devions parler de Lison...

— Parler de vous, c'est parler de Lison. Chronologiquement. Il fallait bien commencer par le commencement. Nous en étions à votre découverte de l'amour. Je suppose que vous avez fini par quitter votre mari ?

— J'étais prête à le faire. Si Jacques m'avait dit « Viens ! », j'accourais. Avec ma fille, bien sûr.

— Mais voilà : il était marié.

— Il était marié. Archiclassique, n'est-ce pas ? J'étais vraiment la petite gourde bonne à cueillir... Non. Je le salis. Il n'était pas de ceux-là. Il m'aimait — il m'aime toujours — passionnément. Nous nous voyons, de loin en loin. Nous ne sommes pas « restés amis », que signifierait cette ânerie ? Nous sommes des amants

Cœur d'artichaut

désunis, comme dans la chanson. Il n'a jamais pu infliger à sa femme le chagrin de la quitter. Entre nous, je crois qu'elle l'aurait beaucoup mieux supporté qu'il ne le craint, pension alimentaire aidant... J'abrège. Divorce. Je me retrouve dans une chambre sous les toits avec ma fille. L'amour illumine ma vie. Nous vivons des heures intenses. J'attends que Jacques trouve le courage de divorcer. Le temps passe. Sa femme tombe gravement malade. Il est bouleversé, ne quitte pas son chevet. Je comprends enfin que l'amour ne peut pas tout. Il est des âmes trop faibles qui, ne pouvant supporter l'idée de causer de la peine, prolongent indéfiniment l'insupportable, se détruisent elles-mêmes et, naturellement, font plus de dégâts encore autour d'elles de par leur indécision même. On peut appeler cela lâcheté, ce qui nous fait une belle jambe... C'est moi qui ai décidé de rompre. Et voilà. J'ai élevé ma fille toute seule. Ma situation s'est peu à peu améliorée, je gagne aujourd'hui assez confortablement ma vie. Satisfait ?

Elle a retrouvé sa maîtrise de soi. Quelques secondes passent en silence. Et puis, comme il faut bien que quelqu'un se décide, je demande :

— Si maintenant vous me disiez ce que vous êtes venue me dire ?

Elle se tourne vers moi. Soupçonne-t-elle l'effet que me font ses yeux plongés dans les miens ?

— Emmanuel, aimez-vous Lison ? L'aimez-vous très fort ?

Le genre de question auquel aucun homme ne sait répondre avec simplicité. C'est donc en biaisant que je réponds :

— Oui, bien sûr.

— Non ! Pas « bien sûr » ! L'aimez-vous de toute

Cœur d'artichaut

votre âme ? L'aimez-vous comme elle vous aime ? Savez-vous seulement à quel point elle vous aime ?

Elle pose la main sur mon avant-bras. Ses doigts me serrent à me faire mal.

— Lison est toute ma vie. Mon merveilleux cadeau. Une mère qui dit qu'elle aime son enfant, c'est du mauvais mélo pour téléfilm de série B. Eh bien, je le dis. J'aime ma Lison plus que ma vie, d'un amour qui va bien au-delà d'un amour de mère. Lison est la lumière, Lison est la propreté. Aussi innocente qu'un chaton, aussi droite qu'un rayon de soleil. Elle ne doit pas souffrir. Elle n'est pas armée pour cela. Elle est aussi fragile qu'elle est entière. La trahison, le simple soupçon de la trahison, lui serait fatal. Elle casserait.

J'écoute sans rien dire. Je sais tout cela.

— Elle a décidé que c'est vous. L'élu. Etes-vous capable d'assumer cela ? Un tel amour ?

— Est-ce que j'ai le choix ?

— Non. Vous vous êtes trouvé là. Elle aurait pu ne pas vous rencontrer, ne jamais rencontrer l'élu. Vous vous êtes trouvé là... Vous n'y pouvez plus rien.

— Fatalité ! Nous voilà en plein roman-feuilleton.

— Ne persiflez pas. Il est des êtres que leur tempérament voue au roman-feuilleton.

— Je n'ai nul besoin qu'il me soit enjoint d'aimer Lison. Je l'aime follement, éperdument. L'idée seule de la perdre me plonge dans des terreurs paniques. J'ai d'ailleurs bien cru que c'était ce que vous veniez faire : me demander de renoncer à elle.

— Ce serait absurde. Vous rendez ma fille heureuse, plus qu'heureuse. Pourquoi voudrais-je briser cela ?

— Eh bien, son âge... Le mien... Et puis, vous

273

Cœur d'artichaut

auriez pu apprendre sur mon compte, je ne sais pas, moi... Des choses.

— Je sais tout de vous. Vous entendez ? Tout. Et je le sais de source peu encline à l'indulgence.

— Je crois entrevoir quelle est la source...

— Peu importe. On ne vous a pas ménagé. Mais il est une chose qu'on a oublié de me dire, une chose capitale, que j'ai apprise de Lison elle-même : vous ne lui avez pas menti. Et c'est en connaissance de cause qu'elle vous a choisi, vous a abordé, vous a gardé, vous a confié sa vie. C'est elle qui a décidé, elle qui vous a pris.

Et quand Lison décide...

— Vous m'avez, d'entrée de jeu, demandé si je comptais épouser Lison.

— C'est exact. Alors ? Qu'en est-il ?

— Eh bien... Le mariage n'entre pas dans mes projets.

— Heureuse de vous l'entendre dire.

— Pardon ?

— Si vous m'aviez répondu que oui, d'abord j'aurais su que vous mentiez : vous avez une femme légitime dont vous êtes séparé mais pas divorcé. Ensuite, même si vous aviez été... disponible, je vous aurais dissuadé d'épouser Lison. Vous l'a-t-elle demandé ?

— Non.

Ce n'est décidément pas une version sens dessus dessous de *La Dame aux camélias* que nous sommes en train de jouer. Et je ne vois pas du tout à quelle autre situation du répertoire nous référer. Le dialogue prend une direction de plus en plus surprenante. C'est très calmement qu'elle me dit :

— Continuez comme ça. Ne changez pas d'avis. N'épousez pas Lison. Ne lui faites pas d'enfant. Rien

274

Cœur d'artichaut

d'irrémédiable. Aimez-vous, tirez tout le bonheur que vous pouvez l'un de l'autre, mais soyez libres, l'un et l'autre. N'habitez pas ensemble : c'est bien vite le joug, les habitudes, la satiété, la lente glissade vers la mesquinerie.

Elle doit voir quelque chose dans mon regard, quelque chose que je n'y ai pas mis mais qui s'y trouve peut-être, car elle se croit obligée de se justifier :

— Ne me jugez pas trop vite égoïste et mère abusive, ou calculatrice faisant la part du feu et attendant qu'au bout de l'aventure l'enfant prodigue vienne se jeter dans mes bras et que nous mêlions les douces larmes des retrouvailles. Je vous en prie, croyez tout simplement que je suis sincère, que je ne suis ni une fofolle ni une faiseuse d'embrouilles, et que je veux de toutes mes forces que Lison s'épanouisse, qu'elle ne connaisse pas un sort aussi lamentablement stupide que le mien. Laissez-moi Lison, oui, je n'ai pas scrupule à vous le dire, je ne pèserai pas plus sur elle que je ne l'ai jamais fait. Son port d'attache sera chez moi, voilà tout. Nous parlerons de vous.

Une émotion me prend à la gorge. Cette femme ose se conduire comme aucune mère ne le ferait. Dans le meilleur des cas, les mères « compréhensives » ferment les yeux en attendant que jeunesse se passe, puisque ce sont les mœurs du temps, n'est-ce pas ? Celle-ci ne se contente pas d'être permissive, elle est partie prenante, elle veille sur sa fille avec une vigilance de louve, suivant les règles d'une morale qui est leur morale, à elles seules. Comment donc devine-t-elle que je ne pourrais pas faire du mal à Lison ? Elle sait tout de moi. Elle sait que Lison n'est pas la seule, et l'accepte... Je me sens innocenté ! Il existe donc une femme, une mère, que ma

Cœur d'artichaut

« libido pathologique exubérante », comme dit Agathe, ne scandalise pas, pour qui je ne suis pas une espèce de monstre, qui même me confie le bonheur, la vie, de sa fille bien-aimée... Peut-être est-ce tout simplement Lison qui l'a mise au pas ? De la mère et de la fille, c'est Lison la plus forte. Lison « sait ce qu'elle veut, et rien ne l'empêchera de l'obtenir ». Face à cette volonté en marche, sa mère, nature enthousiaste mais influençable, éternelle victime, éternelle coupable, ne pèse pas lourd.

Je me sens innocenté, et en même temps vaguement accablé par cette espèce de bénédiction maternelle. Il me semble que s'évapore ce furtif parfum d'école buissonnière qu'avaient nos rencontres. Je nous croyais bien cachés, et voilà qu'on me révèle que nous étions en pleine lumière, observés par des yeux amicaux, certes, mais, n'empêche, indiscrets. Un mot me vient à l'esprit : « belle-maman »... Il y a de ça ! Quelque chose a changé. « Elle » sera toujours avec nous. Je me dis que je ne pourrai plus ne pas penser à elle, même et surtout dans nos moments les plus ardents. Nous sommes trois, désormais...

Arrivé à ce point de mes pensées, je dois bien m'avouer que si cette idée me perturbe « quelque part », elle éveille d'étranges et troublantes images « ailleurs ». Faire l'amour à Lison et à la mère de Lison en une seule étreinte... Je lui demande :

— Vous connaissez mon prénom, je ne connais pas le vôtre.

Elle sourit :

— Ce n'est pas un secret ! Isabelle.

Quel démon me pousse alors à lui prendre les mains, à les réunir dans les miennes et à soupirer :

— Isabelle...

Cœur d'artichaut

— Oui ?

— Isabelle, il y a un élément nouveau. Quelque chose qui ne va pas nous faciliter la vie, à aucun de nous trois.

Elle attend, muette, lèvres serrées. A croire qu'elle sait ce que je vais dire. Cette énormité. Tant pis, je la dis :

— Il y a que, depuis que vous avez passé cette porte, eh bien, je vous aime, Isabelle, je vous aime ! A en crever. Là, ça y est.

Elle ne sursaute pas, ne reprend pas ses mains. Ses yeux plus que jamais sont tristes et doux, son sourire exprime tous les regrets du monde.

— Il eût mieux valu ne rien dire, Emmanuel.

Je sens ses mains se crisper entre les miennes. Pour la première fois, ses yeux si clairs fuient les miens. Mais... Elle est émue autant que je le suis, ma parole ! Aurait-elle donc, de son côté, pensé ce que j'ai pensé ? Imaginé ce que j'ai imaginé ? Et cela la troublerait comme cela me trouble ? Mais alors... Ce n'est plus dans ma seule tête que fleurit le fantasme ! Elle partage mon délire, y est entrée comme si je l'y avais guidée par la main... Et ne serait-ce pas lui qui l'a conduite jusqu'à ma porte ? La mère et la fille dans la même couche... La fuligineuse attirance de l'inceste. Même si ce n'est que rêve, un rêve partagé est bien près de la réalité. Je me dirai qu'elle pense à moi, « à ces moments-là », autant que je pense à elle. Que mon plaisir éveillera, là où elle sera, un plaisir jumeau, peut-être même simultané. Tant est grande mon exaltation que je suis bien près de croire à la transmission de pensée.

Je porte ses mains à mes lèvres, m'y caresse autant que je les baise. Elle respire à petits coups, comme

277

Cœur d'artichaut

oppressée. Ses seins suivent le mouvement... Oh, quel effort ne me faut-il pas déployer pour résister à y poser ma tête, à y enfouir mes joues !

Le désir maintenant me prend tout entier, je ne suis plus qu'un mâle déchaîné que fouaille le rut... Et pourquoi se retenir, l'appel du sexe hurle en elle comme en moi, nous avons trop marivaudé, trop joué avec les mots et les évocations périlleuses, nous voilà devant l'instant de vérité. Je la prends à pleins bras, je cherche sa bouche...

C'est elle qui a le sursaut. Elle s'arrache à mes bras, me repousse des deux mains, pâle, résolue.

— Non, Emmanuel.

Elle se lève, se rajuste. J'ai l'air qu'ont tous les hommes dans les mêmes circonstances : penaud. Je bafouille n'importe quoi. Par exemple :

— Pardonnez-moi.

— Ne parlez pas pour ne rien dire. Il n'y a rien à pardonner. J'en ai envie autant que vous. Mais cela ne sera pas. Il ne faut pas que cela soit. Ce serait... Ce serait...

— Monstrueux ?

— Je ne cherchais pas un mot aussi excessif. Je ne juge pas. Ce pourrait être terrible, voilà.

— Je crois Lison beaucoup plus compréhensive encore que vous ne le pensez.

— Peut-être. Certainement, même. Mais... moi ? Serais-je longtemps « compréhensive », moi ? N'en viendrais-je pas à être jalouse de ma Lison ? A la haïr, qui sait ? Là, oui, nous pataugerions dans le monstrueux ! En plein !

— Il n'y a pas de danger ! Le grand flux d'amour, c'est entre Lison et vous qu'il rayonne. Je ne suis qu'un

Cœur d'artichaut

élément accessoire. Un... disons, un catalyseur. Oh, un catalyseur qui ne se plaint pas de son sort...

Elle m'ébouriffe les cheveux.

— Cher cœur d'artichaut !

— Cœur d'artichaut, c'est vrai. Avec cette différence que les feuilles de mon cœur ne se détachent ni ne se jettent. Amoureux un jour, amoureux toujours. Cela vaut pour vous, Isabelle. Je vous aime, je vous aimerai toute ma vie, quoi qu'il arrive.

— Alors, aimez Lison pour l'amour de moi. Mais qu'il ne soit plus jamais parlé de cela entre nous.

Elle rougit, ajoute, tout bas :

— Aimez-moi en Lison.

— Je vous aimais déjà en elle, sans le savoir. Maintenant, je sais.

— Jurez-moi qu'il n'en sera plus parlé.

— Je ne jure pas. Je me contente de ne pas mentir.

Mais d'accord. Je me tairai. Ce sera notre secret.

La porte claque. Tiens, je n'avais pas mis le verrou. Et qui donc surgit, crinière au vent, et envoie promener son paquet de livres sans même se soucier d'où il tombe ? Lison, bien sûr. Lison, rayonnante, comme toujours quand elle arrive, surtout à l'improviste.

Elle a un bref recul de surprise à la vue de sa mère, et aussitôt l'explosion de joie :

— Maman ! Que je suis contente ! Je savais bien que tu finirais par venir !

Confrontation. Isabelle rouge d'embarras, coupable

Cœur d'artichaut

à rentrer sous terre, coupable d'on ne sait quoi, coupable parce qu'elle est née coupable... Moi qui fais le chandelier.

Lison saute au cou de sa mère, l'étouffe de baisers. Elle a vu son désarroi. Rien n'échappe à Lison.

— Assieds-toi, maman. Je boirais bien une bière, moi. Tu as de la bière au frais, Manuel?

— Je m'en allais, dit Isabelle.

— Oui, mais tu ne t'en vas plus : je suis là. Oh! c'est chic d'être ensemble!

Elle se laisse tomber de son haut sur le canapé, qui pousse la morne plainte des ressorts fourbus. Elle ouvre grands les bras.

— Tu ne m'embrasses pas, Emmanuel?

Comme si elle n'avait pas remarqué que la présence d'Isabelle me gêne horriblement. Je sais qu'elle sait, et dans tous les détails, et que nous sommes entre personnes civilisées, libérées des préjugés vulgaires, la conversation que nous venons d'avoir aurait dû me mettre tout à fait à l'aise, eh bien, rien à faire, je n'arrive pas à me mettre au diapason, moi. J'aimerais bien, par exemple, qu'Isabelle se tourne, la moindre des choses, quoi. Il semble qu'elle m'ait entendu — décidément, la télépathie! — car elle va vers une pile de bouquins et se met à en feuilleter un.

Fougueuses, passionnées, prolongées, telles sont nos retrouvailles. Si belle-maman — bon dieu, il ne faut pas que je me mette à lui donner ce nom-là, même pour rire, même pour moi seul! — si, donc, Isabelle n'était pas là, elles iraient bien au-delà de la mutuelle pénétration linguo-buccale, nos retrouvailles. Oui, mais elle est là. Tout a une fin. Lison, à regret,

Cœur d'artichaut

récupère sa langue, me repousse à bout de bras pour m'examiner à loisir et s'écrie :

— Oh, que je l'aime, maman ! Que je l'aime ! Emmanuel, tu sais quoi ? Je t'aime.

D'un bond elle s'arrache aux effondrements du canapé, entoure de son bras les épaules d'Isabelle et, la menaçant du doigt, s'enquiert :

— Dis-moi, tu avais un drôle d'air, tout à l'heure. L'air d'une petite fille qui a failli se faire choper, le doigt plongé dans le pot à confitures. Emmanuel n'avait pas non plus l'aspect tellement blanc-bleu, d'ailleurs. Aurais-je donc, bien malgré moi, interrompu une charmante ébauche d'idylle ? En étiez-vous aux balbutiements des premiers aveux ? Aviez-vous passé le cap des frôlements furtifs ? Ou peut-être goûtiez-vous les émois des premières explorations manuelles un peu osées ? Hum ? Dites-moi.

Mon ricanement stupide est parfaitement au point. Quant à Isabelle, elle rougit — elle rougit souvent, décidément — et, avec un petit rire qui sonne faux comme une cloche fêlée :

— Lison, vraiment...

Lison la conduit jusqu'au canapé, la force à s'y asseoir et m'intime par signes d'avoir à m'installer à côté de sa mère. Cela obtenu, elle se met à marcher de long en large devant nous, mains au dos, tête basse, comme un professeur qui rassemble ses idées avant d'attaquer sa harangue. Enfin la promenade cesse. Lison se campe devant nous, sévère mais juste. Ainsi commence-t-elle :

— Mes enfants, mes chers petits, vous faites beaucoup de peine à tante Lison. Vous vous conduisez fort mal. Vous mourez d'envie, c'est hurlant d'évidence, de

Cœur d'artichaut

vous précipiter l'un sur l'autre, puis l'un dans l'autre, et de vous faire l'un à l'autre tout ce que des êtres humains de sexes opposés et complémentaires ayant passé avec succès le cap de la puberté et éprouvant l'un pour l'autre une vive attirance d'ordre sentimental meurent d'envie de se faire... Non, ne m'interrompez pas, élève Isabelle. Or, cela étant, lorsque votre tante Lison qui vous aime tant arrive, que faites-vous ? Une chose très vilaine : vous faites semblant de rien. Vous vous cachez de tante Lison. Savez-vous comment cela s'appelle ? Cela s'appelle hypocrisie. Or, mes petits chéris, sachez que l'hypocrisie est un vilain défaut. Très, très vilain. Mais on ne trompe pas tante Lison. Tante Lison voit tout. Tante Lison a du chagrin quand elle voit des petits hypocrites se cacher pour s'aimer ou, pire encore, ne pas oser s'aimer. C'est très vilain, très mauvais pour la santé, et ça fait de la peine à tante Lison. Des observations ?

Isabelle tente sans conviction un timide « Lison, je t'en prie... » qui tombe à plat. Histoire de crâner, je demande :

— Bon. Lison, où on va, comme ça ?

Elle lève une main apaisante :

— Patience. On y arrive.

Elle s'éclaircit la gorge, joint le bout des doigts de ses deux mains et, gravement, reprend :

— Mes tout-petits, s'il y a une chose au monde que tante Lison ne peut supporter, c'est que ceux qu'elle aime soient malheureux. Or, quand on se prive de ce qu'on désire très fort, on est malheureux. Donc, vous êtes malheureux. Tss, tss... Elève Isabelle, vous parlerez à votre tour. Et quels sont les êtres que tante Lison aime le plus au monde ? Vous deux, mais oui, mes petits

Cœur d'artichaut

agneaux! Conclusion?... Elève Isabelle, vous pouvez parler, maintenant. Je vous laisse le soin de conclure.

Il semble qu'entre-temps Isabelle se soit quelque peu ressaisie. Elle s'arrache au canapé, et c'est debout, d'une voix affermie où elle a réussi à injecter une pointe de dignité blessée, qu'elle réplique :

— Lison, ma chérie, je n'en suis pas réduite au point que ma fille doive me prêter son amant.

Lison n'en revient pas.

— Ça, c'est une pensée vulgaire, ma petite maman. Indigne de nous. C'est vraiment toi qui parles ainsi? Tu te renies. Tu rejoins le troupeau.

Isabelle lève les yeux au ciel.

— Tu ne m'as pas comprise. Il n'y a nul sursaut de souci des convenances ou de « morale » dans ce que j'ai dit. Simplement, laissons agir le temps, les circonstances... Si les choses doivent se faire, elles se feront. Nul besoin de t'entremettre.

— Me voilà entremetteuse, à c't'heure! Autant dire maquerelle.

— Je t'en prie, ma Lison. Je n'ai pas le cœur à plaisanter. Et sache que, lorsque tu es entrée, nous venions justement de régler définitivement ce point, Emmanuel et moi.

— Dé-fi-ni-ti-ve-ment? Comme s'il existait quoi que ce soit de définitif, en ce domaine! Et, je suppose, définitivement dans le sens négatif?

Isabelle se tortille sur les braises du barbecue. Je juge que c'est à moi d'intervenir :

— Oui, Lison. Enfin, si l'on veut. Disons que nous nous sommes engagés à ne pas... euh... comment dire... passer à l'acte.

La sale gosse éclate de rire.

Cœur d'artichaut

— Oh, je vois ! L'amour platonique. Le raffinement le plus maso qui soit pour quiconque n'est pas eunuque ! Vous allez vous dessécher et en crever, mes pauvres petits ! Enfin, toi surtout, maman. Emmanuel a largement de quoi calmer les ardeurs de la bête.

— Je ne suis pas tellement desséchée, dit Isabelle, pincée. Qu'en pensez-vous, Emmanuel ?

— Vous êtes adorable, dis-je, avec une conviction qui déclenche le rire de Lison.

— Tu parles, qu'elle est adorable ! Eh bien, adore-la, grand bêta !

— Mais je l'adore !

— Parfait. Où est le problème ?

— Eh bien, il n'y en a pas. Je t'aime, et j'aime Isabelle à travers toi. Isabelle qui est tellement toi. Tu es notre point commun, notre lieu de convergence. En t'aimant, chacun de notre côté, nous nous aimons. Voilà.

Je ne sais pas si j'ai été bien convaincant. Lison pèse tout cela.

— Attends, attends ! Si j'ai bien compris, quand tu me fais l'amour, tu le fais en même temps à maman ?

Résumé comme ça, c'est un peu sec. Je fais :

— Heu...

— C'est-y pas un peu tordu, c't'histouére ?

Elle secoue la tête.

— Ecoutez. Vos salades, là, c'est tout ce qu'il y a de malsain. Plein de replis tout noirs où je sens grouiller des tas de sales bêtes avec du poil aux pattes. Beaucoup trop lourd à porter pour mes épaules encore bien frêles... Non, mais, qu'est-ce que vous allez chercher ! Ah, vous vous y entendez, à vous compliquer l'existence ! Vous ne pouvez vraiment pas vous arranger directement entre

284

Cœur d'artichaut

vous par la bonne vieille méthode classique qui a fait ses preuves ? Vous savez : la fleur de la maman, la petite graine du papa, tout ça ? En vous disant que ça fait tant plaisir à Lison ?

Elle marque un temps, nous regarde l'un et l'autre, quêtant une réponse. Mais que répondre ? Rien. Alors, je ne réponds rien. Isabelle baisse le nez. Lison s'énerve :

— Enfin, quoi, Emmanuel, elle est pas belle, maman ? C'est pas le beau fruit dans toute sa splendeur, peut-être ? Elle n'est pas plus belle que moi mille fois ? Avoue, Emmanuel, que tu la trouves plus belle. Moi, je ne suis qu'elle en promesse. Elle, c'est moi accomplie. Epanouie. Les courbes pleines. Onctueuse. Et on peut toucher, c'est pas de la gélatine ! Rien que du muscle dans de la peau d'ange ! Approchez, Messieurs-Dames, on peut palper, on peut tâter, c'est de la bête de race, ça !

Quand Lison fait l'andouille, on ne résiste pas. Isabelle rit. Je ris. Mais nos regards disent assez que c'est ailleurs que ça se passe. Dans le bas-ventre. C'est ce public-là qui participe avec le plus d'enthousiasme et, bien sûr, à sa façon. L'ambiance se charge d'un sacré paquet d'érotisme sous pression. Je vois poindre à l'horizon le moment où on va se retrouver à trois dans le même plumard, moi entre la mère et la fille, situation sans doute stimulante pour certains, mais moi il me faut l'intimité du, si j'ose dire, tête-à-tête. Je cherche une sortie honorable :

— Laisse tomber, Lison. Tu nous as tout à la fois excités à mort et inhibés à mort.

— Ecartelés, quoi !

— Je ne saurais mieux dire. Nous ne savons plus où nous en sommes.

— Il faut que je me sauve, dit Isabelle.

XI

Je traîne au plumard. Je pense à Lison, à Isabelle, à Lison, à Elodie, à Lison... A la première fêlure dans notre ciel bleu. A peine Isabelle partie, Lison m'a reproché de n'avoir pas été plus tendre avec sa mère.

— Vous en crevez d'envie ! Vous séchez sur pied comme des imbéciles complexés ! Je veux que maman connaisse cela. Je veux qu'elle soit heureuse. C'est trop demander ?

— Je ne crois pas qu'elle serait « heureuse ». Pas durablement. Elle a un coup de cœur, un caprice de femme esseulée. Je n'aurais jamais dû...

— Et quand ce ne serait que cela ? Pourquoi n'y aurait-elle pas droit, au coup de cœur ? Vous êtes si beaux, tous les deux ! Ce doit être fabuleux...

— Lison !

— Tais-toi ! Tu vas me sortir « Ce ne serait pas convenable », ou une connerie bien troussée qui revient au même.

— Je t'ai, Lison. Tu me suffis.

— Je te suffis ? Et toutes les autres ? Tu ne crois pas que le lyrisme te fait perdre le sens des réalités ? Je ne te reproche rien, remarque.

Cœur d'artichaut

— Celles-là ne sont pas des copies conformes de toi.

— Gningni.ignin... Tu la dévorais des yeux. Si c'est pas malheureux de se ravager la vie comme ça ! Finalement, ça se croit libéré mais faut pas gratter profond pour trouver les réflexes du bon vieux conformisme.

C'est alors que j'ai dit la grosse connerie :

— Lison, j'ai l'impression que tu me pousses dans les bras de ta mère pour te ménager une sortie...

— Qu'est-ce que tu dis ?

— ... et que quand ce serait bien accroché, elle et moi, tu prendrais tout doucement tes distances avec moi... Les vieux avec les vieux, n'est-ce pas ?

— Oh, le con. Le sale con...

Elle était blême. Elle a ramassé ses bouquins, sans un mot, et elle est partie. Elle n'a même pas fait claquer la porte. Elle est partie.

Pour une connerie que j'ai dite et à laquelle je ne croyais même pas.

La porte d'entrée claque. J'ai encore oublié de pousser le verrou. Mon cœur se met à cogner : Lison venue pardonner ? Isabelle venue en ambassadrice avec arrière-pensées ? Je ne sais pour laquelle il cogne le plus fort, mon cœur d'artichaut. Moment intense. Que l'une ou l'autre passe le seuil, ce sera une victoire, ce sera la fête ! Avec en plus, si c'est Isabelle, le formidable piment de la première fois, de l'indicible moment où une femme ardemment désirée t'ouvre enfin son intimité... Sous la couette, je bande soudain comme un âne saisi par le rut.

Cœur d'artichaut

Ni l'une, ni l'autre. C'est Stéphanie. Déception. En pantalon de velours à grosses côtes et pull à col roulé, donc n'arborant pas les peintures de guerre. Je n'aurai pas à me défendre de ses assauts, c'est toujours ça... Et qu'est-ce que je vais faire de ce tricotin mahousse qui donne des coups de tête dans la tiédeur de la couette, moi ?

Quand Stéphanie paraît, la cloche d'alarme sonne. Je me tiens sur la défensive, attendant le coup en vache. Cette punaise mal baisée (je n'en sais rien, mais je parierais tout ce qu'on veut là-dessus) est venue faire du vilain, ça, au moins, c'est sûr. Elle est foncièrement méchante — perverse, dirait Agathe —, semeuse d'embrouilles. Pas gracieux du tout, je l'interpelle :

— Qu'est-ce que tu viens foutre ?

Elle sourit, très chatte. Cela va bien à sa petite gueule chiffonnée, ça l'éclaire. Dommage que les yeux ne participent pas. Elle dit :

— T'es pas poli, au réveil. Tu pourrais me dire bonjour.

— Bonjour. Après ?

— Tu ne me fais pas la bise ?

— Ben non, tu vois.

— Moi, je te la fais.

Elle me la fait. Mais à pleine bouche, la petite goulue. Elle me dévore, me triture les lèvres, m'aspire la langue, me lèche les gencives, me noie les muqueuses sous des flots de salive... Elle va trop au cinéma, ce n'est pas le plus indiqué pour une éducation amoureuse. Je ne sais si elle prend plaisir à la chose, mais moi j'étouffe, j'essaie de la repousser... Et voilà que, oh, la sale, elle plonge la main sous la couette et m'empoigne résolument. Trop

Cœur d'artichaut

résolument, hé, tu me fais mal ! Bon, à partir de là, je ne suis plus maître de la situation. La rage du cul culbute la raison, et moi je culbute Stéphanie, j'arrache pull, pantalon et... et rien, i! n'y a rien de plus à arracher, rien en dessous, la maligne enfant avait préparé le terrain, à tout hasard. Elle est tombée au bon moment, et elle a su le mettre à profit...

Je la pénètre comme on enfonce une porte, comme on fout son poing dans une gueule, comme on punit une gosse vicieuse. Je me venge, quoi. J'y vais à furieux coups de boutoir, sans me soucier de la montée de son plaisir. Tiens, salope ! L'étonnant, c'est qu'elle s'envole avant moi, un orgasme de toute première grandeur qu'elle reçoit comme stupéfaite, yeux fous, dents serrées : surtout ne pas manifester, ne pas crier, ne pas gémir, même. Ce serait se soumettre au mâle, faire acte de vaincue...

Moi qui n'ai rien à prouver, je bascule dans le gouffre en bramant à fendre les murs. Je gémis, je pleure, je me vide en elle à terribles giclées, encore et encore, tiens, et tiens, tout mon corps liquéfié se rue en trombe dans ce sexe menu mais insatiable, tout mon corps, chair, os, cervelle...

Quand enfin je retombe sur terre, je ne suis pas fier de moi. Affalé sur le dos, encore haletant, je me traite intérieurement de tous les noms. Une petite main se risque sur ma poitrine, avançant à pattes d'araignée. Je tourne la tête vers Stéphanie. Elle ébauche un sourire timide. Sacrée comédienne ! Elle va me jouer l'air de la pucelle qui découvre l'amour. Je mets les choses au point :

— Tu m'as bien eu, hein ?

— Tu regrettes ?

Cœur d'artichaut

— Je ne regrette jamais. C'était bon à prendre. En passant.

— Salaud !

La voilà qui pleure. De vraies larmes, ma foi. Une femme qui pleure, je ne résiste pas. Une pisseuse, encore moins. L'impression que c'est ma petite fille qui a du chagrin. Je passe un bras autour de ses épaules adolescentes.

— Pardon. Je me suis conduit en brute. On a mal commencé, tous les deux.

Elle renifle, et, pleine d'espoir :

— Ça veut dire qu'on va continuer ?

— Non, Stéphanie. Ça s'arrête là.

Elle s'assied sur moi, me mitraille la poitrine de coups rageurs de ses durs petits poings. Ses seins menus sautent en cadence.

— Pourquoi ? Pourquoi ? C'était pas bien, peut-être ? Pour moi, c'était... C'était fantastique, là. Et pour toi aussi, je l'ai bien vu. Alors, pourquoi ? Pourquoi Lison, et toutes les autres, et pas moi ?

— A cause de Lison, justement. Mais tu sais tout ça.

— T'es con.

— Sûr. Mais qu'y faire ? Je suis comme ça.

Je m'étire. Je me lève. Elle me demande :

— Tu t'en vas ?

— Oui. Un travail à rendre.

— A Succivore ?

— Tu sais ça, toi ?

— Lison.

— Lison, bien sûr. Elle te dit tout, Lison.

— Pas tout. Ce qu'elle ne dit pas, je le devine.

— Bon, eh bien, je vais prendre mon petit déjeuner, me laver, me raser, et en route. Tu as faim ?

291

Cœur d'artichaut

— Non. Je me suis levée aux aurores, moi. Juste un café, s'il te plaît. Mais tu me le serviras au lit.

— D'accord.

Je vais dans la petite cuisine mettre l'eau à chauffer. Mon café est du Nescafé ou n'importe quel instantané du même genre. Je ne vois pas l'utilité de se compliquer la vie avec ces machins perfectionnés à la con, pleins de chromes et d'automatismes, qui finalement te laissent devant une saloperie de filtre plein de marc dégueulasse et de bidules à nettoyer. Pourvu que ça ait un vague arôme de café et que ça donne le coup de fouet du départ, je suis content.

J'apporte les bols pleins, ainsi que deux tartines beurrées pour moi. Stéphanie boit à petites lampées gourmandes. Elle est toujours nue. Ses coquins petits nichons de Chinoise me tirent l'œil. Il vaut mieux que je me tienne à distance de la tentation. Très petite fille gâtée, elle me dit, par-dessus le bol :

— Emmanuel ?

— Oui ?

— J'ai envie de rester au lit. Il y a ton odeur, dans ton lit. Je peux dormir un peu dans ton odeur ? Ce n'est pas mal ?

— Heu...

— Et puis de prendre un bon bain, après. Ça t'ennuierait beaucoup de me permettre de rester après ton départ ? Je m'en irai en début d'aprèm', j'ai un cours.

Je n'aime pas trop ça. Chez moi, c'est ma tanière. Mais j'en ai tellement marre de lui dire non à tout que je me laisse attendrir.

— D'accord. Reste autant que tu voudras. Tu sais où mettre la clef ?

Cœur d'artichaut

— Oui. Lison m'a dit.
J'aurais dû y penser !

La séance de travail chez Succivore s'éternise. Le
maître étincelle d'idées que je lui ai injectées lors de
notre dernière entrevue et qu'il me ressort comme
émanant de lui avec un culot monstre ou une ingé-
nuité monumentale, je ne suis pas encore parvenu à
établir les proportions respectives de chacune de ces
composantes de sa puissante personnalité. Je salue
avec enthousiasme ces éclairs de génie, me méprisant
in petto pour ma servilité, sans trop d'acharnement
toutefois dans l'autofustigation, sachant bien que
mes meilleures trouvailles, les enfants chéris de
mon imagination et de mon sens narratif, je les ai
réservées à mon livre, celui qui étonnera le monde à
la prochaine rentrée littéraire, il est pratiquement
achevé.

J'accueille donc avec philosophie les observations
pertinentes et les suggestions hardies du maître, observations et suggestions dont je tiendrai compte dans la
mesure où ce sont les miennes revenues à moi par la
bande, comme au billard.

Je rentre chez moi à pied. Comme après chaque
séance chez Succivore, j'ai besoin de me changer les
idées et de m'abattre les nerfs. Le bonhomme est
volontiers phraseur, il s'écoute pérorer en tenant par le
bouton de col l'interlocuteur sans défense, de peur qu'il
ne lui échappe. Et moi, son caquet suffisant me donne la
nausée, le timbre même de sa voix profonde me
déclenche le mal de tête.

Cœur d'artichaut

J'arrive chez moi à la nuit tombée, jubilant à cause de quelques idées de détail pour mon roman qui me sont venues tout en marchant. Je me demande si Stéphanie aura pensé à fermer la porte à clef. Naturellement, elle n'en a rien fait. Encore heureux qu'elle ait eu le réflexe de la tirer derrière elle. Je n'ai pas besoin de chercher pour que me sautent aux yeux, superposés à mon désordre familier, les stigmates du passage de Stéphanie. Elle a renversé du café sur la couette — la belle couette en pur duvet, achetée avec enthousiasme par Agathe et désormais épave d'un naufrage, mais épave qui me tient bien chaud quand je dors nu, encoconné dedans. Un cercle de crasse figée marque, sur la paroi de la baignoire sabot, la cote supérieure atteinte par les ablutions de la petite salope. Des serviettes-méduses dérivent mollement entre deux eaux... Mais je n'ai encore rien vu.

Quand je lève les yeux, je m'aperçois qu'elle a gribouillé sur tous les murs, au très gros machin de feutre indélébile, des tags qui m'amuseraient bien si je les lisais chez quelqu'un d'autre :

« Emmanuel a fait l'amour à Stéphanie. C'était pas mal. Peut mieux faire. »

« La queue d'Emmanuel a le goût de la framboise. »

« Message perso : Emmanuel, je ne prends pas la pilule et tu n'as pas mis de capote. Où dois-je déposer l'enfant ? Stéphanie. »

Un gros sexe muni de ses accessoires et parlant par le moyen d'une bulle de bande dessinée : « Reviens, Stéphanie ! Mon maître est un pédé, mais moi je t'aime ! »

Et quelques autres trouvailles de la même veine,

Cœur d'artichaut

flatteuses, certes, en un sens, mais dont je préférerais que Lison ne les voie pas. Car elle va revenir...

Justement, la voilà.

Eh oui, la voilà ! Contemplant le désastre. Pliée en quatre de rire.

Je suis tellement heureux qu'elle soit revenue, j'ai eu tellement peur, que j'en oublie Stéphanie et ses ravages. Elle me prend dans ses bras, me serre tellement fort que je vois bien qu'elle aussi a eu très peur. Et puis on se regarde, et puis on rit de bonheur, et puis on s'embrasse à corps perdu, et ça, oui, c'est bon.

J'ai un geste d'impuissance accablée vers le champ de ruines. Je dis :

— Tu sais...

Elle me coupe, me clôt les lèvres de l'index :

— Attention, Emmanuel ! Tu vas me dire que c'est rien que des mensonges, et du coup c'est toi qui vas en dire un gros !

Histoire de tâter le terrain, de tâcher de deviner jusqu'à quel point elle sait, je prends mon air ahuri-prudent :

— Ah oui... ?

Elle rit de bon cœur, m'imite :

— Ah oui... ? Alors, beau gosse, Stéphanie t'a violé ?

— Oui, oh...

— Te fatigue pas, elle m'a tout raconté. Avec preuves à l'appui. Il paraît qu'il y en a plein la couette, et du tout frais.

Elle étale la couette, l'examine, y porte le doigt, goûte.

Cœur d'artichaut

— En effet. C'est bien le tien. Tout frais pondu. Et quelle flaque, mes aïeux! Un taureau! Un éléphant!... Dis donc, elle t'inspire, la petite Stéphanie, on dirait!

Elle n'a pas du tout l'air de se rendre compte qu'il s'agit là de pure méchanceté, du sale plaisir de nuire de cette petite garce. Lison a décidé d'ignorer le mal. Lison est un chaton qui a décidé d'être chaton. Elle voit mon embarras, qui n'est certes pas mince. Car, moi, je le connais, le mal... Je n'arrive pas à me débarrasser de cette putain de culpabilité... Elle se blottit dans mes bras, se fait toute petite.

— Je t'en prie, mon Emmanuel, n'en fais pas un plat. Je savais bien qu'elle finirait par y arriver, tôt ou tard. Elle m'amuse. Elle voulait absolument que je lui prête mon beau joujou. Elle t'a eu? La belle affaire! C'était bon, au moins?

Elodie tarde à m'appeler. Nous avons en principe rendez-vous chez elle, mais il faut qu'elle me confirme que la voie est libre. Sa réputation, n'est-ce pas?

Je suis de ces types qui ne savent pas attendre. Je pourrais travailler, mon manuscrit est là qui me tend les bras, mais je répugne à m'y mettre si je sais que je dois partir très bientôt, car quand j'y suis je ne peux plus le lâcher, il m'arrive d'y passer la nuit sans m'en rendre compte.

Le livre est terminé quant à l'essentiel. Je fignole, je cisèle, j'ajoute un trait piquant ici ou là... Je ne puis me décider à m'en séparer, je ne le trouve jamais assez achevé, assez beau... Ce sacré besoin de perfection! Je me rends bien compte que j'écris en artisan plus qu'en

Cœur d'artichaut

créateur inspiré et que ce n'est peut-être pas le mieux, mais ne faut-il pas suivre sa pente ? Flaubert aussi écrivait en fignoleur. Dix ans pour un roman ! Ça ne l'a pas empêché d'être Flaubert. Et bon, je soigne le détail, je me complais dans le rajoutis... Il se peut aussi qu'inconsciemment je retarde l'instant terrible du verdict... Mais non, Emmanuel, tu n'as rien à craindre, ton livre sera un coup de tonnerre ! Oui... J'oscille entre la terreur du refus et l'espoir fou. Très pénible. Je dors mal. Et puis, ce secret m'étouffe. Je voudrais crier à tout le monde ma joie et ma peur. Seule Lison est au courant, encore sait-elle seulement que j'ai un livre en chantier... Mais j'y pense : Lison n'a pas de secret pour Stéphanie ! Pourvu que... Il faudra que je m'en assure. Ah, enfin, le téléphone ! Je décroche.

— Elodie ! Eh bien...

A l'autre bout, on pouffe.

— C'est pas Elodie, tralalère ! Devine qui c'est ?

— Joséphine ! Bonjour, Cocotte.

— Papa, papa ! Tu sais pas ?

— Non, Joséphine. Je pense que je saurai quand tu m'auras dit.

— Maman a dit oui ! Qu'est-ce que je suis contente !

— Moi aussi, tu penses ! Elle a dit oui à quoi ?

— Ben, tu sais bien... Au fait, non, tu sais pas, je t'en avais pas causé. Alors, voilà, maman est d'accord pour le petit chien ! C'est chouette !

— Attends, attends... Quel petit chien ?

— Eh ben, le petit chien que je veux pour moi.

— Tu veux un petit chien ?

— Oh, mais faut tout te dire, à toi ! Tu sais bien, un petit bébé chiot abandonné très malheureux qui a beaucoup souffert, alors je veux le sauver et bien le

Cœur d'artichaut

soigner et l'aimer tellement qu'il sera très heureux et oubliera tous ses malheurs.

— Tu as recueilli un chiot perdu ?

— Meuh non. Pas encore. Il faut aller le chercher.

— Ah, ça y est, j'ai compris. Tu as demandé à ta mère la permission d'avoir un chien à la maison, et tu tiens à ce que ce soit un chien ramassé dans la rue. C'est bien ça ?

— Eh ben, voilà ! Quand tu veux, tu comprends. Mais j'ai beau regarder partout, j'en vois pas, des chiens malheureux. Une fois, j'ai bien cru que c'en était un, il avait l'air très triste, il était au bord du trottoir, il osait pas traverser, c'était un de ces petits chiens, tu sais, presque sans pattes, comme une saucisse.

— Un basset ?

— Ça se pourrait bien. Il était vraiment bas. Je l'ai pris dans mes bras, je lui ai fait des bisous, je lui ai dit plein de choses gentilles, je l'ai fait traverser, et bon, je l'emportais à la maison, moi, super-contente, tu penses ! Et alors un vieux bonhomme que j'avais même pas vu m'est tombé dessus, il m'a arraché le chien, il m'a traitée de voleuse de chiens et il a dit qu'il devrait appeler un flic, tout le monde regardait et disait « Si c'est pas malheureux ! ». Tu te rends compte ? Bonjour la honte. Mais c'est surtout du chagrin, que j'avais, et j'ai bien vu que le petit chien en avait aussi, on s'aimait déjà, nous deux. Je suis sûre qu'il est malheureux avec ce vieux con.

— Joséphine ! Ta mère te permet ce genre de langage ? Je suppose qu'elle n'est pas près du téléphone.

— Y a pas de mots plus beaux que « vieux con » pour dire un vieux con.

— Ensuite, quelqu'un qui tient à son chien n'est pas

Cœur d'artichaut

forcément un vieux con. Quand tu auras le tien, tu verras comme tu seras contente si tu crois qu'on veut te le voler.

— Oh, celui-là, je lui arrache les yeux !

— Et lui, il pensera que tu es une sale conne.

— Ouah, tu l'as dit ! Tu l'as dit ! Et après tu m'engueules si je le dis ! C'est pas juste, merde, et en plus c'est le mauvais exemple.

— Mais c'était pour te montrer.

— Oui, ben, quand on est en colère, on a besoin de mots de colère. Par exemple des mots comme — eh, tu m'engueuleras pas, hein, c'est juste pour te montrer — « bordel de merde », « nique ta mère, enfant de pute », « figure de cul pas torché », « je te pisse à la raie », « t'as mis une capote ou bien c'est ta tête ? »... J'en connais encore des autres, plein, mais ceux-là je te les dis pas, ils sont trop pires.

— Là-dessus, je te fais confiance... Si on revenait à ce que tu avais commencé à me dire ?

— Ah, ouais. J'ai le droit d'avoir un chien, alors j'en veux un très très malheureux, pour le sauver, voilà. Maman est d'accord à condition que je m'en occupe, que je le promène, tout ça. Tu parles ! Au contraire, je laisserai personne d'autre s'en occuper, de mon chien ! Et alors je me suis rappelé ta copine, tu sais, l'autre jour à la manif, celle qui sauve plein de chiens et de chats ?

— Geneviève ?

— Voilà, c'est ce nom-là, je me rappelle, maintenant. Elle doit en connaître, Geneviève, des chiens malheureux à sauver ?

— Sûrement, tu penses. Ce n'est hélas pas ce qui manque.

— Tu veux bien lui demander ?

299

Cœur d'artichaut

— Je lui téléphone tout de suite.
— Oh, papa, t'es génial !

Geneviève en a versé des larmes d'attendrissement.

Et c'est comme ça qu'on se retrouve, Geneviève, Sacha, Joséphine, la cousine beurette de l'épicier kabyle, le cousin de la cousine de l'épicier kabyle et moi-même, entassés dans la camionnette de l'épicier kabyle, celle-là, oui, Geneviève a conservé d'excellentes relations avec toute la famille. Or il nous faut aller chercher le chiot dans un refuge paumé dans les gadoues d'au-delà de la banlieue, là où l'herbe, de loin en loin, pointe timidement entre les empreintes des roues des tracteurs.

Les deux gamines, tassées dans un coin, à l'arrière, mènent à voix basse un conciliabule coupé de fous rires qu'elles essaient en vain d'étouffer. Je parierais que Joséphine est en train d'enrichir son vocabulaire spécial pour jours de colère.

Une heure d'autoroute, une heure et demie de routes de campagne tortillantes, exclamations des filles devant une vache, une « vraie », avec des trucs pleins de lait qui pendent, « ça ressemble à des zizis de bonshommes, dit Joséphine, sauf qu'au lieu d'un, y en a plein ». J'ai cru bon d'arrêter là le jeu des comparaisons, voyant poindre à l'horizon proche les questions sur la traite, le plaisir que les vaches y prennent ou n'y prennent pas, enfin, bref, j'ai préféré ne pas savoir autour de quels fantasmes papillonne l'érotisme aiguisé des petites filles à l'âge où les seins leur poussent... Et nous y voilà.

Une île de boue dans un océan de boue. Navrant à se flinguer devant. Geneviève m'avait prévenu : « Elle est

Cœur d'artichaut

débordée. Elle n'a pas le sou, elle se fait vieille, elle n'a pas une grosse santé, elle n'est pas aidée. Elle n'a que son amour des bêtes pour la soutenir. »

Elle, c'est grand'mère Mimi, la providence des chiens et des chats non désirés. Une paysanne comme on n'en fait plus qu'au cinéma, sans âge, au-delà de la soixantaine, en tout cas. Tout en fibres et en tendons, l'œil bleu acier, l'air un peu braque, perdue dans des entassements de lainages, un passe-montagne marron laissant échapper des mèches grises — elle chauffe le moins possible, m'explique Geneviève —, trimbalant sa carcasse d'un box à l'autre, des seaux débordants au bout des bras, accueillie par des liesses d'aboiements et de fouettements de queues.

Deux rangées de boxes étroits s'étirent le long d'une allée dont le ciment part en fissures. Dans chaque box, un chien, parfois deux ou trois, piétinant la boue ou réfugiés dans la petite cabane couverte au fond du box. Dès qu'ils nous voient approcher, ils accourent, poussent du nez la clôture de grillage, s'y cramponnent des pattes et donnent de la voix, chacun cherchant à attirer sur soi l'attention de l'adopteur possible.

Geneviève a pensé à apporter un sac d'os reconstitués. Elle les distribue au passage. C'est la joie. Grand' mère Mimi se récrie :

— Oh, ça leur fait plaisir, dame ! C'est que, moi, je peux pas leur acheter des friandises pareilles ! Bien heureux quand j'arrive à leur donner la pâtée à tous.

Plus tard, dans le pauvre local d'habitation où une vingtaine de chiens de toute taille et de tout poil vont et viennent en liberté — les très calmes, les trop vieux, les trop malades, ceux qui ne font pas de « bêtises » —, elle nous confiera :

Cœur d'artichaut

— J'y arrive plus, moi. Vous comprenez, je sais pas ce qui se passe, plus ça va, plus il en vient. J'en place un avec bien du mal, il m'en arrive cinq. Ou dix. J'ai jamais vu ça. Ils achètent des bêtes de race, très cher, des fois, et aussitôt ils s'en dégoûtent, ils avaient pas prévu les soins que c'est, ou bien ils déménagent, ou bien la chienne s'est laissé couvrir par je ne sais quel vagabond et leur a pondu une portée de corniauds, allez savoir, enfin, bon, ils me les apportent : « Si vous les prenez pas, je vais les noyer, ou bien les perdre dans les bois, attachés à un arbre avec une ficelle. »

— Les sales fumiers de sales cons ! dit Joséphine.

— Y en a qui vous disent comme ça que c'est juste pour les vacances, qu'ils repasseront les chercher au retour. Eh bien, je vais vous dire, y en a bien deux sur trois que je revois jamais... Et vous croyez qu'ils auraient l'idée de me laisser un petit quelque chose pour leur acheter à manger ? Tintin, oui.

— Vous êtes trop bonne, aussi, dit Geneviève. Il ne faut pas vous laisser faire.

— Mais tu comprends pas que, si ça doit leur coûter un seul sou, ils préfèrent les zigouiller ou les perdre dans la nature ? C'est pas pour eux que je le fais, dame, c'est bien pour les pauvres bêtes. Je peux pas comprendre tant de méchanceté. Je peux pas supporter.

J'insiste :

— Mais vous ne leur demandez pas ? Une participation aux frais, c'est tout à fait normal.

— Je leur demande rien ! S'ils ne comprennent pas tout seuls, ou bien s'ils font semblant, j'ai honte pour eux. J'ai tellement honte que je les méprise, voilà.

— Et pour ceux que vous placez ?

— Ah, là, ils sont moins gênés. Vous comprenez, ils

Cœur d'artichaut

sont tout contents, ils mettent plus facilement la main à la poche. Mais je donne pas mes bêtes à n'importe qui, attention ! Je fais ma petite enquête. Je vais pas confier un chiot à un couple de vieux qui vivra moins longtemps que lui, et alors les héritiers me le ramènent, et lui, le pauvre, il comprend rien à ce qui lui arrive, il avait un foyer, des gens à aimer, et brusquement il se retrouve enfermé dans un box. Y en a qui se laissent mourir, vous savez ? Je vais pas non plus donner un chien agité, un de ces chiens tout fous comme les setters, à des gens en appartement. Des choses comme ça, vous voyez. Et j'exige qu'ils le fassent stériliser, sans ça je le donne pas. Moi, je peux pas toujours le faire. Le vétérinaire, ça coûte, même s'il me fait des prix. J'ai une ardoise chez lui d'ici à la Saint-Glinglin.

Un très vieux caniche se traîne sur trois pattes jusqu'à nous. Grand'mère Mimi lui caresse la tête. Il lève sur elle des yeux éperdus d'amour. Elle lui roucoule la psalmodie de la tendresse :

— Oh, mais oui ! Oh, mais c'est un très beau Sultan, ça ! Le plus beau de tous les Sultan !

Elle se tourne vers nous :

— Celui-là, j'ai passé trois mois à l'arracher à la mort. J'ai bien failli désespérer. Je l'avais fait retirer à son maître par les gendarmes. Un squelette. Une plaie sur un squelette. Quand ce type avait bu, c'est-à-dire tous les soirs, il tombait sur la pauvre bête à coups de barre de fer. Il ne le nourrissait pas, vous pensez bien, alors le chien traînait, fouillait les poubelles, les tas d'ordures... Quand je l'ai pris en charge, il avait la patte cassée en trois endroits, le crâne à moitié fendu, une oreille arrachée... La patte s'est recollée, mais elle est restée plus courte, ça fait qu'il boite. Maintenant, il est heureux.

303

Cœur d'artichaut

Celui-là, il restera avec moi. Pas vrai, mon Sultan ?

Les deux gamines, toutes pâles, ouvrent des yeux incrédules et horrifiés. Joséphine me tire par la manche :

— Papa !

— Oui ?

— Je suis en colère.

— Il y a de quoi.

— Tu crois que j'ai le droit d'employer des mots de colère ? De très grosse colère ?

Je n'ai pas le temps de répondre qu'elle emplit ses poumons d'une provision d'air considérable et lance vers le ciel, à toute volée et d'une seule traite, cette escadrille d'imprécations de bombardement :

— Saloperie d'enculé de putain de ta mère, que la vérole rouge te ravage la tripe, que les morpions du désert te dévorent le cul, que les trente-six mille chameaux du Prophète chient sur ta gueule pourrie, qu'Allah très haut miséricordieux te coupe les couilles et te les fasse bouffer toutes crues... Euh, attends, j'en sais encore plein, mais je me rappelle pas bien, faut que je me concentre...

Je regarde ma fille, assez surpris, je dois dire. Le cousin kabyle regarde sa cousine de l'air de celui qui entrevoit des choses. La petite beurette garde chastement les yeux baissés, avec un mal fou pour se retenir de pouffer. Geneviève arbore un sourire très mondain et attend avec intérêt que je déploie mon savoir-faire en ce qui concerne l'éducation des filles. Et bon, quand faut y aller...

— Eh bien, Joséphine, il me semble que ça devrait suffire comme ça. Pas à dire, c'était vraiment une grosse colère, une extraordinairement grosse colère...

— Mais attends, attends ! J'ai pas fini ! J'en ai encore, de la colère. Je la sens dans ma tête. Si je ne lâche pas

Cœur d'artichaut

quelques petits mots de colère en plus, je vais éclater.

Là, un zeste de sévérité s'impose.

— Joséphine, n'exagère pas, s'il te plaît.

Elle bat des cils, se fait humble :

— Juste un. Un tout petit.

Elle me fait voir, entre pouce et index, comme il est petit.

— D'accord. Un seul. Et tu le dis tout bas.

— Okay, dad !

Elle se penche vers Fatiha — finalement, elle s'appelle Fatiha —, tout contre son oreille, arrondit sa main en conque et débite à toute vitesse je ne sais quelle épouvantable obscénité de chamelier arabe. L'autre devient écarlate, éclate de rire et s'écrie :

— C'est pas comme ça ! Tu t'es encore trompée !

Elle s'aperçoit qu'elle en a trop dit, clôt sa bouche de la main, mais ce qui est dit ne se rattrape pas. Là, le cousin estime que c'est à lui de prendre le relais :

— Alors, comme ça, tu apprends des mots de pute et de maquereau aux petites demoiselles bien élevées ? On t'envoie sur le lycée pour devenir une savante et apprendre les bonnes manières civilisées de la France pour faire honneur à la famille, et toi pendant ce temps-là tu apprends aux Françaises les mots dégueulasses que même une pute de chez nous elle oserait pas les dire devant son père ? Je devrais te donner la correction, au nom de ton père qui est mon oncle, là, devant tout le monde, pour la chose de la honte.

Hé là, il se monte, il se monte... J'interviens :

— Bof, laissez donc. C'est des trucs de gosses. Moi aussi, quand j'étais enfant...

— Vous, vous étiez un garçon. Une fille qui parle

Cœur d'artichaut

avec des mots de pute, après elle devient une pute et elle déshonore la famille.

Héroïque, Joséphine s'interpose, essaie de détourner l'orage sur elle-même :

— D'abord, c'est même pas vrai que c'est des mots de pute. C'est des mots de colère. Quand les putes sont en colère, elles disent les mêmes mots que les pas putes, forcé. C'est pas de la malpolitesse, ça, c'est la nature. Et la nature, ben, elle est la même pour tout le monde, parfaitement. L'autre sale con, là, il torture ce pauvre chien très gentil, alors, nous, ça nous met en colère de voir ça. Normal, non ? Et finalement, qui c'est qui se fait engueuler ? C'est pas cet enfoiré de fils de pute, c'est nous. C'est pas juste, merde alors !

Grand'mère Mimi hoche la tête et, admirative, apprécie :

— Elle cause rudement bien, cette petite mignonne. C'est que ça se tient, ce qu'elle vient de dire là, vous savez. Et je vais vous dire : moi, je suis comme ça, j'aime mieux quelqu'un qui parle tout droit comme il le pense et qui a le cœur à la bonne place plutôt que ces becs sucrés qui vous font leurs coups en dessous. Qu'est-ce qu'elle sait bien expliquer les choses, cette gamine ! Faut en faire une avocate.

— Moi je veux pas faire avocate ! Je veux faire refuge pour les bêtes malheureuses, comme vous. Mais pas dégueulasse comme vous. Moi j'aurai un mari qui me gagnera du fric, et avec le fric j'achèterai plein de petites maisons très belles pour les chiens et les chats, avec dedans plein de coussins très jolis pour qu'ils aient bien chaud et leur nom brodé dessus pour pas qu'ils se trompent, et puis il y aura le chauffage central dans les petites maisons, et puis des fleurs et de la verdure tout

Cœur d'artichaut

autour, et puis un grand champ pour qu'ils puissent courir et faire du sport, et même une piscine, y aura, pour qu'ils puissent nager quand il fait trop chaud. Ah, et y aura aussi un petit hôpital rien que pour eux, avec dedans un médecin spécialiste pour les bêtes... Comme ça s'appelle, déjà, papa ?

— Un vétérinaire.

— Voilà. Un vétérinaire, un très calé, qui sera tout le temps là pour leur écouter dans le ventre si tout va bien et leur prendre la température.

Tout le monde sourit, attendri. Geneviève caresse la tignasse de Joséphine :

— Il faudra que tu épouses au moins un multimilliardaire, mon petit. Ou alors que tu deviennes toi-même vétérinaire.

Joséphine réfléchit.

— C'est pas bête, ce que tu dis là. C'est long, comme études, pour faire vétérinaire ?

— Assez long, je crois.

— Alors, je peux toujours commencer. Et peut-être qu'en étudiant je rencontrerai le multimilliardaire ?

C'est pas tout ça, on est venus pour adopter un chiot, il est temps de s'y mettre.

Si on la laissait faire, Joséphine les adopterait tous. Moi-même, j'ai bien du mal à passer outre à ces espoirs éperdus, à ces yeux qui se donnent totalement à qui les voudra, à ces jeunes corps pleins de vie et de pétulance, faits pour courir et bondir, parqués sur un mètre carré... Heureusement, grand'mère Mimi veille au grain. Elle colle d'autorité dans les bras de ma fille un adorable bébé cocker de quatre mois qui, aussitôt, se fait les dents sur une pendeloque qu'elle porte au cou. Ses oreilles vastes comme des raquettes battent ses joues au rythme

Cœur d'artichaut

de ses coups de tête et de ses grognements. La petite rit de bonheur. Elle demande :

— Il s'appelle comment ?

— Loulou... Ah, non, Loulou, c'était son frère, que j'ai placé hier. Lui, c'est Totoche.

Joséphine fronce le nez :

— Ça lui va pas. Je l'appellerai Fripon.

J'aime m'instruire. Je demande :

— Pourquoi Fripon, Joséphine ?

— Parce qu'il est rouquin.

Ah ? Bon... Je ne discerne pas clairement la relation de cause à effet qui conduit d'un pelage roux à ce nom. Mais l'essentiel est qu'il ait un nom, n'est-ce pas ?

Le cousin de la cousine se promène entre les boxes, mains au dos, tout à fait l'allure du curieux absolument pas concerné. Je m'aperçois cependant que, mine de rien, il observe attentivement les chiens, surtout les grands modèles. Il finit par venir nonchalamment trouver la maîtresse des lieux.

— Peut-être bien que ça serait pas bête si j'en ramenais un, de chien. Ça serait pour l'oncle, pour garder la boutique, vous voyez ? Parce que, faut vous dire, le soir, il reste ouvert tard, l'oncle, avec l'épicerie. C'est une bonne idée de rester ouvert tard, parce que comme ça, vous comprenez, les gens qui rentrent tard du travail ils savent qu'ils peuvent quand même s'acheter la bouffe, même si toutes les autres boutiques elles sont fermées. Mais c'est pas prudent d'être sans chien dans un quartier comme ça, avec tous les sous de la recette dans le tiroir et ces jeunesses qu'il y a maintenant. Alors, voilà, je me disais que peut-être bien que vous en avez un, de chien, pour l'oncle. Un gros qui fait peur, vous voyez, avec l'air très méchant, mais en vrai il

Cœur d'artichaut

est pas méchant du tout, sans ça il mord les clients, c'est pas bon pour le commerce, vous comprenez ? Juste il fait peur, il est là, couché par terre dans la boutique, alors les sales types ils le voient et ils se disent que c'est pas le bon plan.

Fatiha bat des mains :

— Ça, oui, c'est la bonne idée ! Vous l'avez, le chien comme il dit, madame Mimi ?

Grand'mère Mimi réfléchit. Pas longtemps.

— Peut-être bien que j'aurais juste ce qu'il vous faut. Mais d'abord, dites-moi un peu. La boutique, c'est tout le temps ouvert. Le chien va sortir se balader. Et s'il se fait écraser ?

— Vous avez raison. Il faut un genre de chien qui va pas se promener tout seul dans la rue. Ou alors il se couche sur le trottoir, juste devant, pour profiter du soleil. Il est bien tranquille et il s'en va seulement quand on l'emmène promener avec la laisse.

Fatiha s'empresse :

— C'est moi qui l'emmènerai promener ! Je le ferai marcher beaucoup. Et même courir, je le ferai. Je connais des endroits.

— Tu me promets que tu le feras ?

— Oui, madame. Je promets.

— Tous les jours ?

— Oui, madame. Tous les jours. Mais pour le pipi il peut le faire tout seul dans le caniveau devant la boutique.

— Oui. Ça, il peut. Puisque vous êtes des amis de Geneviève, je vous fais confiance. Je vais vous donner un chien très sage.

Elle sort, puis elle revient, traînant un monstre. Grand et gros comme un terre-neuve, poilu pareil, avec

Cœur d'artichaut

dans la physionomie quelque chose du labrador. Il marche avec une grâce de gros nounours, nous renifle posément l'un après l'autre. Fatiha ouvre des yeux immenses, n'osant croire à tant de bonheur. Elle avance timidement la main, gratte la tête massive. La puissante bête s'affale à ses pieds, comme ayant accepté le pacte. Le cousin hoche la tête, gravement.

— Celui-là, oui, il fait peur, sur le coup. Mais on voit vite qu'il est gentil, au fond.

— Ne vous y fiez pas. C'est un gardien. Au moindre geste suspect, hagne !

— Comment c'est, son nom ? demande Fatiha.

— Brutus. Mais vous n'êtes pas obligés de garder ce nom-là.

— Pour la chose du nom, c'est l'oncle qui décide, dit le cousin. Le nom, c'est important, le nom.

Fatiha demande :

— Quel âge qu'il a, madame ?

— Quatre ans. Sa maîtresse est morte, le fils a trouvé qu'il coûtait trop cher à nourrir. Voilà huit mois qu'il est dans son box... Hein, mon vieux Brutus, tu vas avoir une famille ! Tu es content, j'espère ?

Elle se penche, pose un baiser sur la grosse truffe noire. Le chien remue la queue et lui balaie le visage d'un généreux coup de langue. Lorsqu'elle se relève, une larme coule sur sa joue fripée.

J'entends Fatiha confier à mi-voix à Joséphine :

— Tu sais, il fait semblant que c'est juste pour la chose de l'utilité de faire peur aux voleurs, mais moi je sais bien qu'il en avait vachement envie, d'un clebs. C'est un sentimental, tu comprends, mais c'est un mec, et un mec faut que ça soit dur si ça veut se faire respecter.

Cœur d'artichaut

— Je comprends, dit Joséphine. Papa, c'est pareil. Alors, on fait semblant qu'on est impressionnées, ça leur fait tellement plaisir !

Je suis heureux de constater que ma fille progresse à pas de géant dans la connaissance de la psychologie masculine... Cependant, l'heure du départ a sonné. Je laisse à grand'mère Mimi un chèque aussi confortable que me le permet mon compte en banque qu'alimentent chichement les émoluments versés par Succivore. Le cousin de la cousine y va lui aussi de son obole. Geneviève décharge les sacs et les caisses de boîtes de nourriture qu'elle a achetées pour la circonstance. Et voilà ma Joséphine qui tend gravement à grand'mère Mimi un beau billet de cinq cents balles tout neuf en m'expliquant :

— Maman pensait que tu serais fauché. Et puis d'abord, c'est mon chien à moi, je le paie moi-même toute seule, sans ça il serait pas vraiment à moi, tu comprends ? Les premiers sous que je gagnerai en travaillant, ça sera pour rembourser le chien à maman.

— Mais, dit grand'mère Mimi, ton papa a déjà payé, pour le chien. Il m'a même donné beaucoup trop.

Joséphine a un geste royal :

— Ça fait rien. Vous pouvez garder tout. Le chèque de papa, ça sera pour acheter du bon manger pour les bêtes, et aussi pour le véréninaire.

— Vétérinaire, Joséphine.

— Ben, c'est ce que j'ai dit, non ?

Le retour a des allures de triomphe. Joséphine, radieuse, contient à grand'peine Fripon qui, très excité,

Cœur d'artichaut

cherche obstinément à se jeter en jappant de son aigre voix de chiot sur l'impassible Brutus, lequel se contente de lui passer sur le museau sa langue vaste comme une serpillière. Fatiha serre à pleins bras son gros nounours vivant, farfouille du nez dans l'épaisse toison et roucoule des mots d'amour en arabe. Le cousin, au volant, fronce le sourcil. Je suppose qu'il trouve indécent cet étalage public de tendresse pour une créature non humaine.

Dans un panier d'osier, entre mes jambes, gisent deux vieux chats bien malades dont Geneviève a tenu à se charger.

— C'est trop humide, là-bas. Elle ne peut pas chauffer. Elle est débordée. Si je les avais laissés, ils seraient morts dans deux jours.

— Qu'est-ce qu'ils ont ?

— Gastro-entérite, ou quelque chose comme ça. Si on ne rentre pas trop tard, je les montre au véto dès ce soir. J'espère qu'Arlette ne va pas plus mal.

— Arlette ?

— Mon amie. Celle qui m'héberge. Tu as déjà oublié ?

— Moi, tu sais, les noms... Tu aurais dit « la vieille dame », bon... Alors ? Elle est malade ?

— Elle a pris froid. Et un petit coup de déprime par là-dessus... Elle a peur de mourir. Pas tellement pour elle, mais à cause des bêtes. Elle sait que j'en prendrais soin, mais elle craint que je ne doive quitter la maison si... Je l'ai confiée à une voisine pour l'après-midi. J'ai hâte de rentrer.

XII

J'ai presque fini. J'ai même fini. En fait, je devrais être en train de courir les maisons d'édition, mon manuscrit sous le bras, d'en déposer des copies partout. Je devrais... Je sais bien. Mais je ne me lasse pas de le reprendre. Je me réveille en sursaut, une idée m'est venue, une idée merveilleuse, il faut absolument que je trouve moyen de la glisser quelque part. Les dialogues, surtout... Je ne les trouve jamais assez vivants, assez vrais. Il me vient soudain des répliques percutantes... Aurais-je la maladie du scrupule, comme ce type, dans *La Peste,* si je me rappelle bien, qui n'a jamais pu aller plus loin que la première ligne de son roman ? Mais non, moi je l'ai dépassée, la première ligne, j'ai même passé haut la main la ligne d'arrivée ! Il faut maintenant que je le donne à taper et à photocopier. Je m'y mets dès demain. Mais alors, je ne pourrai plus y toucher. Je suppose que tout écrivain connaît de ces moments-là. Bon, demain, d'accord. Aujourd'hui, j'ai rendez-vous avec Elodie.

Je fais le chemin à pied. Que c'est bon de marcher par les rues après ces heures de confinement studieux !

Cœur d'artichaut

J'escalade ses étages. Je tape, gamin, « Tag-tagada-tsoin-tsoin ! » sur le bouton de la sonnette. J'entends son pas, elle arrive, elle m'ouvre, je l'engloutis dans mes bras où elle se fait toute menue, toute douillette... Ah, non, tiens ! Pas cette fois. Mes bras se sont refermés sur du raide. Du raide qui est son dos, son adorable dos, mais changé en un faisceau de muscles en bois. Et ses mains qui me repoussent, maintenant ! Ses mains serrées en deux petits poings tout secs... Et ses joues qui se dérobent, qui fuient mes baisers, au prix de véhémentes torsions du cou alternativement à droite et à gauche, si bien que mes lèvres ne bécotent que les courants d'air... Très décevant. Et déconcertant. Je suis bien obligé de prendre conscience que je ne suis pas le bienvenu.

Je ne comprends pas pour autant ce qui me vaut cet accueil réfrigérant. Je n'ai souvenir d'avoir en rien démérité. Ma conscience est immaculée et sans faux pli. D'autre part, Elodie n'est pas du genre à faire ce qu'il est convenu d'appeler des « scènes ». Il faut donc qu'il se soit passé quelque chose, et quelque chose de sérieux... Un malentendu, sûrement. Ça va s'éclaircir en parlant. Parlons.

Mais nous sommes toujours dans l'entrée. Elle ne fait pas mine de m'inviter à pénétrer plus avant. Je l'ai lâchée, et maintenant j'ai l'air de quoi, les bras ballants, essoufflé d'avoir grimpé quatre à quatre et ne sachant trop comment attaquer ? Elle me regarde sans rien dire, comme elle regarderait quelque chose d'assez répugnant. Elle aussi a les bras ballants, maintenant, mais ses poings restent crispés au bout. De l'un d'eux pend le coin d'un mouchoir. Je regarde alors ses yeux. Ils sont rouges et noyés de larmes. Je regarde sa bouche. Elle

Cœur d'artichaut

tremble. Une petite fille qui a beaucoup pleuré et qui se retient de pleurer encore.

Il faut quand même que je dise quelque chose. Je suis en plein cirage, moi. Il y a drame, visiblement, et un drame dans lequel je joue le rôle du traître, c'est non moins évident. Il me semble que la moindre des choses serait qu'on me mette au courant, fût-ce en me couvrant d'injures et en me bombardant d'objets divers. J'ouvre donc la bouche :

— Elodie, mon amour, qu'est-ce...

Elle n'attendait que cela pour exploser :

— Ah, non, non ! Pas de ces mots-là ! Tu es tellement hypocrite que tu en es grotesque. Et moi, je suis, je suis...

Je ne saurai pas ce qu'elle est, pas cette fois, en tout cas. Un sanglot l'interrompt, la voilà hoquetante et toute secouée de spasmes. Elle court vers sa chambre, se jette sur le lit — notre lit ! — et pleure, pleure, à longs hurlements de bête, le visage enfoui dans ses mains. Je l'ai suivie, pataud, ahuri, coupable de je ne sais quoi mais d'autant plus coupable. Et je me tiens là, debout, n'osant trop approcher, n'osant surtout pas m'asseoir auprès d'elle ni faire mine de la toucher, je ne sais quels paroxysmes cela déclencherait. Alors, bon, j'attends, bien malheureux.

Les sanglots s'espacent, leur violence diminue. Elodie, posée du bout des fesses à l'extrême bord du lit comme pour bien dépouiller ce meuble de toute connotation voluptueuse et le réduire à un strict siège de fortune, reste un long moment les yeux baissés sur la pointe de ses mignonnes chaussures hermétiquement serrées l'une contre l'autre, sans doute pour signifier, là encore, que la voie des intimités et des délires sensuels

Cœur d'artichaut

est close et que l'heure n'est pas aux attendrissements. Mais à quoi est-elle, l'heure? Je voudrais bien le savoir.

Sans lever les yeux, elle parle enfin. Et voici ce qu'elle dit :

— Tu t'envoies mes élèves, maintenant?

Je reçois le coup en pleine poitrine. Foudroyé. C'est exactement ça : foudroyé. L'univers bascule. Les lois de la nature sont renversées cul par-dessus tête...

Je suis tellement fait à ma double — voire triple, quadruple... — vie, je suis si naturellement, si complètement plongé dans celle des vies où je me trouve à un moment donné, qu'il ne me serait jamais venu à l'idée qu'elles puissent n'être pas parfaitement étanches, qu'elles puissent communiquer. Je passe sans effort de l'une à l'autre, transportant la totalité de mon moi avec moi. Ce sont des univers parallèles, complètement indépendants les uns des autres, s'ignorant totalement. Un acte commis dans l'un d'eux ne peut pas avoir de répercussions dans un autre, c'est strictement impossible.

C'est donc en toute bonne foi que j'étais persuadé de mon innocence en ce qui concerne la cause du chagrin d'Elodie. Je n'avais même pas à mentir ou à me taire quant à mon amour pour Lison : cet amour n'existait pas, pas plus que Lison elle-même. Pas dans cet univers-ci, celui où il y a une Elodie. Pas plus qu'Elodie n'existe dans cet autre univers inaccessible où il y a une Lison... Je n'avais jusqu'ici jamais pensé à ces choses. Cela s'était fait tout seul, comme allant de soi.

Lison, elle, sait. Lison me connaît mieux que je ne me connaîtrai jamais moi-même. Mais Lison accepte le jeu. Elle a compris mon système des univers clos, et elle s'en

Cœur d'artichaut

est attribué un. Elle veut ignorer ce qui peut se passer dans les autres, et si même il y en a d'autres. Elle règne sur un de mes univers, cela la comble. Elodie n'est pas Lison. Hélas.

J'ai dû rester muet un bon moment. La voix d'Elodie me ramène à la dure réalité.

— Je t'ai posé une question. C'était plutôt une constatation qu'une question, d'ailleurs.

Oui, bien sûr. A cette similiquestion en forme de coup de massue sur le crâne, que répondre ? Mentir, impossible. Dire la vérité sans tomber dans l'arrogance cynique, difficile. Alors, l'aveu résigné mais réticent du maraudeur pris sur le pommier :

— Puisque tu sais...

Je m'éternise sur les points de suspension. Ça ne va pas loin, comme trouvaille. Maintenant, c'est à elle d'envoyer sa réplique.

— C'est donc vrai ?

Accablée. Ce qui montre qu'elle attendait autre chose. Que je nie, par exemple. Elle ne m'aurait pas cru, mais aurait quand même savouré pendant une seconde la tentation de me croire. Et peut-être m'aurait-elle cru, après tout ? Peut-être ne demandait-elle que ça ? Un bout de mensonge à quoi accrocher un semblant d'espoir ?

Imbécile que je suis. Pourquoi ai-je avoué, aussi ? Va rattraper ça, toi, maintenant ! Je tente un piteux essai de détournement de char :

— Je sais d'où vient le coup. Et tu gobes tout ce que raconte cette petite semeuse de merde ?

— Que ça vienne d'où ça voudra, les faits sont là. C'est tellement... Tellement dégueulasse ! Et ça dure depuis presque aussi longtemps que toi et moi ! Je ne me

Cœur d'artichaut

doutais de rien... Ah, tu sais y faire ! Tu sortais d'entre les cuisses de cette petite ordure et tu osais venir sur moi, en moi... Monsieur ne veut pas enfiler de préservatif, « ça n'est pas la même chose », « je veux ton contact le plus intime, mon amour »... Salaud ! Triple salaud ! Une gamine ! Dans ma classe ! Une sainte-nitouche que j'ai presque chaque jour en face de moi ! Ce qu'elles devaient rire, elle et ses copines ! Chiper l'amant secret de la vieille Peau-de-Vache, quelle rigolade !

— Arrête, tu veux ? C'est Stéphanie qui t'a alertée, n'est-ce pas ?

— Et alors ? Qu'est-ce que Stéphanie ou pas Stéphanie vient foutre là-dedans ? Qu'est-ce que ça change ? Tu le fais, oui ou non ? Tu le fais et le refais, jour après jour, jour après jour ! Tu vas de l'une à l'autre, bavotant tes serments d'amour, tu te vautres sur moi encore tout dégoulinant des sales jus de l'autre... Tu me dégoûtes !

La voilà repartie à sangloter. Je voudrais bien sangloter aussi, me mettre à l'unisson, c'est épouvantable ce qui nous arrive, à moi tout autant qu'à elle...

Ainsi, je l'ai perdue, j'ai perdu Elodie. Je ne puis le croire. La panique, en moi, hurle que non, ce n'est pas possible, ce ne sera pas ! Et la sale petite voix de la lucidité m'affirme sèchement que si, que je vais tout à l'heure repasser cette porte à tout jamais...

C'est trop injuste, merde ! J'ai rien fait de mal, moi. Pas coupable, moi. Je n'ai voulu que son bonheur, à elle — le mien, mon bonheur, était fait du sien. Les autres ? Quelles autres ? Ah, les autres... Eh bien, pour Lison, pour toutes, c'est pareil. Leur donner du bonheur, de l'amour, le voilà, mon bonheur, à moi. Voir leurs yeux s'illuminer quand j'arrive, je ne demande rien de plus à la vie. Je ne me suis pas fichu d'Elodie, je ne l'ai pas

Cœur d'artichaut

« trompée » au sens con du terme. Je me suis donné à elle tout entier, à fond, sans calculer. A elle comme à Agathe, comme à Lison, comme à Isabelle si cela s'était fait. Mon cœur, mon corps, ma sollicitude, ma pensée constante... Mon amour, quoi, à chaque fois dans sa totalité. L'amour ne se découpe pas en parts comme une tarte aux fraises. L'amour est comme le corps du Christ pour les croyants : tout entier dans chaque hostie. Chacune avait tout.

« ... encore tout dégoulinant des sales jus de l'autre... » Maladroite Elodie ! Elle ne devrait pas faire surgir de telles images. Si elle se figure que ça va m'écraser sous la honte et le dégoût ! Tout au contraire, voilà que s'éveille en moi un émoi sexuel de plus en plus en porte à faux avec la situation... Et qu'elle est belle quand elle pleure ! Ses pauvres paupières rouges et gonflées, ses joues ruisselantes, ses tendres seins blancs dont j'aperçois en vue plongeante la naissance ombreuse, ses admirables jambes que, dans la véhémence de sa colère et de son chagrin, elle ne songe plus à clore chastement... Oh, que c'est dur de résister à l'envie de la prendre dans mes bras, de la bercer, de pleurer avec elle, de mêler en un seul suc nos larmes et les « sales jus dégoulinants » dont elle parlait tout à l'heure, et puis d'unir les râles de nos retrouvailles dans l'extase partagée ! De son corsage échancré monte jusqu'à moi l'affolant effluve que je connais si bien et qui me bouleverse toujours...

Ainsi écartelé entre d'amères pensées et des pulsions tout à fait hors de mise en un tel moment, je pose, sans trop y prendre garde, la main sur son épaule... Du deux cent vingt volts ! D'un bond, elle se met hors de portée, me foudroie du regard.

Cœur d'artichaut

— Tu en es là ? Tu crois tout arranger avec ta queue ? Tu n'as rien compris, en somme ? Tu es inconscient ? Ou alors, complètement amoral ? Mais que cherches-tu donc ? A me faire admettre le partage ? On pleure ensemble, on s'attendrit, on tire un coup et l'on passe l'éponge ? C'est bien ça, n'est-ce pas ?

Elle semble vraiment attendre une réponse. Je hausse les épaules, l'air bien emmerdé. Je n'ai pas de mal à le prendre, cet air-là. Le silence se prolonge. Ses yeux, toujours braqués sur moi, ne s'adoucissent pas. J'attends. Ou elle me fout dehors, ou elle me dit de m'asseoir. Elle dit :

— Assieds-toi.

Du menton, elle désigne la place à côté d'elle, au bord du lit.

Sera-ce un interrogatoire ou un sermon ? De toute façon, de la parlote. Or, qu'est-il encore besoin de se dire ? Donc, parlote-prétexte. Donc, les ponts ne sont pas définitivement rompus. J'oserai même me risquer à diagnostiquer qu'on n'a pas tellement envie de les rompre...

Elle commence. A voix accablée, sans me regarder, s'adressant à la descente de lit :

— Laissons tomber le mal que tu m'as fait. Pour moi, c'est l'écroulement, la fin du monde. Je m'étais laissée aller à faire de nouveau confiance à un homme, la chute est cruelle. Mais, encore une fois, laissons cela, tant pis pour moi, je n'avais qu'à ne pas être aussi conne qu'une écolière. Par contre, parlons de l'écolière.

Elle marque un temps. Je me prépare à la suite. J'ai bien l'impression que, cette fois, je vais y avoir droit, à la grande scène du père Duval dans *La Dame aux camélias*. En effet :

Cœur d'artichaut

— Tu ne te rends pas compte de ce que tu fais, du mal que tu sèmes.

Je lève la main. Là, quand même, je voudrais dire quelque chose. Elle ne permet pas.

— Non, laisse-moi parler. Tu n'as pas à te défendre, je ne te juge pas, la cause est entendue : entre toi et moi, c'est fini. N'en parlons plus. Je veux maintenant que tu arrêtes les dégâts en ce qui concerne cette petite fille...

— Hé ! Pas si petite que ça ! Elle est amplement majeure !

— Cesse de faire l'imbécile, tu veux ? Tu sais très bien ce que je veux dire. C'est une petite fille, même si, avant toi, elle avait déjà connu sexuellement des garçons, même si elle croit tout savoir des hommes et de l'amour. Elle est d'ailleurs fort intelligente, je suis bien placée pour en juger. Mais elle a trop conscience de sa supériorité. C'est un caractère impérieux, tout d'une pièce, qui ne supporte pas la médiocrité ambiante. L'anticonformiste type. Elle est née vingt ans trop tard. En Mai 68, elle aurait trouvé son climat. Le seul fait que tu sois un homme « qui a vécu » te plaçait hors du cercle des copains de son âge, trop immatures, trop fades, trop futiles, déjà trop préoccupés de leur carrière future, bref, trop conformes. Tu es le mâle buriné, tu es beau gosse, tu n'es pas bête, tu as une tournure d'esprit séduisante, j'en sais quelque chose. Tu n'as eu qu'à t'amener, elle t'es tombée toute rôtie dans le bec.

— Hé là ! Mille pardons ! C'est elle qui est venue me chercher. A domicile.

— Tu ne vas quand même pas me dire qu'elle t'a pris de force ?

— Ma foi, si. Il y a de ça.

— Tu n'exagères pas un peu, dis ?

Cœur d'artichaut

— Absolument pas. Ça a commencé comme ça. Ensuite, l'amour est venu. Car je l'aime.

— Tu crois l'aimer. Comme tu crois aimer toute femme qui passe à ta portée.

Un temps, un soupir :

— Comme tu crois m'aimer.

Je ne peux pas laisser passer ça. D'autant plus qu'il me semble bien discerner dans la brume quelque chose comme le bout d'une perche tendue.

— Mais je t'aime, bon dieu ! Je t'aime à en crever.

Elle hausse les épaules.

— Cœur d'artichaut !

Tiens, elle a trouvé ça, elle aussi... Elle poursuit son plaidoyer. Ou son acte d'accusation, ça dépend du point de vue.

— Tu tiens cette gamine par les sens, voilà la vérité. Je reconnais que tu es très fort. Tout à la fois fougueux et plein de prévenances, exalté et attentif au plaisir de l'autre, habile et tendre, patient, passionné... Et tu ne te tournes pas vers le mur quand tu as eu ton content, tu n'allumes pas une cigarette en disant « Ah, c'était bon ! Et pour toi, c'était bien ?... ».

— Je ne pète pas au lit, je ne m'essuie pas la queue dans les draps, ni dans les rideaux, et je mets les patins pour ne pas salir. Le parfait baiseur mondain. Tu me recommanderas à tes amies et connaissances, j'espère.

Elle rit ! Incroyable : elle rit ! Pas moi. C'est moi qu'on est en train de foutre à la porte, n'oublions pas. Elle se reprend vite. Vexée de s'être fait avoir, elle redouble de hargne, y met une sombre exaltation :

— Tu t'es conduit en salopard irresponsable. Tu as révélé le plaisir à cette gosse, et maintenant elle est persuadée que toi seul peux le lui procurer. Elle fait une

Cœur d'artichaut

fixation sur toi... Mais où allez-vous, comme ça ? Nous nageons en plein délire ! C'est... C'est criminel, de ta part. Elle vit sur un nuage. Son avenir, elle s'en fout. Complètement. Elle ne fait aucun effort, travaille en dilettante, ne s'intéresse qu'aux matières où elle excelle sans peine — il est vrai qu'elles sont nombreuses, cette petite est étonnamment douée... Pour tout dire, elle a découvert son cul, toute sa vie est dans son cul, pardon si je suis triviale mais c'est le mot qui s'impose.

Elle reprend souffle. J'en profite pour vite glisser :

— Oui, tu es triviale. Mais pas là où tu crois l'être. Tu es triviale parce que restrictive. Tu réduis tout au cul. Au cul en tant que paire de fesses joufflues avec un trou, une fente et du poil autour. Au cul chieur de merde et pisseur de pisse. Au cul sale. Au cul ridicule. Au cul méprisé. Au cul comique-troupier... Bien sûr, il est là, le cul. Puissant comme une voûte romane, rayonnant comme un soleil. Et, comme un soleil, il rayonne bien au-delà du noir triangle de l'entrecuisse. Il illumine tout, magnifie tout, donne du goût et de l'esprit à tout. Pour paraphraser Rostand, je dirais volontiers : « Ô cul, toi sans qui les choses ne seraient que ce qu'elles sont ! »

Elle veut m'interrompre, mais moi, je suis lancé :

— Tu sais très bien que nous ne faisons pas que baiser, toi et moi, même si nous finissons ou commençons toujours par là ! Tout nous y ramène, certes, puisque si nous sommes attirés l'un vers l'autre, c'est par l'effet de nos sexes qui se cherchent. Mais ne nous sommes-nous pas découvert mille et mille sujets d'intérêt en commun ? Tu oublies nos conversations, nos discussions, nos recherches, nos promenades, tu oublies tout ce que tu m'as appris, tout ce que je t'ai enseigné. Tu oublies cette exaltation joyeuse qui est la nôtre

Cœur d'artichaut

quand nous sommes ensemble et qui nous fait trouver passionnante l'entreprise du moment, ne serait-ce qu'une grille de mots croisés ou le choix d'une couleur pour les murs de ta chambre... Et cette permanente jubilation qui nous habite, eh bien, elle est due à ce que nous avons chacun un cul, et qu'à tout moment nous savons que, tout à l'heure, ou bien plus tard, à notre convenance, à leur convenance, nous allons les assembler. D'avance nous en tremblons de plaisir, nos yeux brillent et crient au monde que nous avons deux culs et que par eux la vie est belle ! Sans le cul, le divin cul, nous ne serions pas ensemble, enfin, merde ! Maintenant, si le mot t'offusque, on peut appeler ça « amour ». Mais ça dit moins bien ce que ça veut dire, parce que ça a peur, ou honte, de mentionner où ça se passe.

A mon tour de souffler. Ouf, quelle tirade ! Elodie réagit :

— Mais ça, c'est nous ! Enfin, c'était nous. Toi et moi. Tu ne vas pas me dire qu'avec cette gamine tu avais des rapports aussi... enrichissants !

— Que crois-tu donc, Elodie ? Tout être apporte sa richesse.

— Alors, même en cela, je n'étais rien de plus qu'elle ? Ni que chacune des autres, car, pourquoi se priver, il y en a d'autres, n'est-ce pas ? Une foule d'autres, un harem ! Salaud !

Ça ne s'arrange pas. Elle s'est levée. Elle arpente la chambre à furieuses enjambées, pour enfin se camper devant moi. Elle se voudrait toute haine et mépris, elle n'est que chagrin. Une grosse pitié monte en moi. Elle dit :

— D'ailleurs...

Elle hésite, laisse la phrase en suspens. Elle n'a donc

Cœur d'artichaut

pas encore tout déballé ? Qu'est-ce qu'elle va bien sortir ? Quelque chose d'énorme, à coup sûr. Rentrant la tête dans les épaules, je vais au-devant de l'avalanche :

— D'ailleurs ?

Elle lâche d'une traite :

— Il paraît que tu ne te contentes pas de la petite. Tu couches avec la mère et la fille.

Là, je reconnais le tour de main de Stéphanie. La tenace punaise ! Elle a compris ça, tout au moins elle l'a reniflé, et, carrément, elle anticipe ! J'ai dû accuser le coup. Elodie m'asticote :

— Tu ne protestes pas ? C'est donc vrai ?

Elle se fait la tête de la dame patronnesse qui se refuse à croire que tant de vice puisse exister à la face des cieux. Elle se donne beaucoup de mal. Elle va jusqu'à bafouiller :

— C'est... C'est monstrueux ! Monstrueux !

Ensuite, elle passe au persiflage :

— Vous faites ça tous ensemble ? Il vous faut au moins un lit de cent cinquante de large. Peut-être la maman et sa fifille se mettent-elles gentiment et mutuellement en train tandis que le pacha se demande laquelle il enfilera en premier ?

Oh, mais, elle abuse de la situation ! Elle est malheureuse, d'accord. Par ma faute, soit. Ça ne lui donne quand même pas tous les droits. C'est déjà bien assez épouvantable qu'elle me chasse de sa vie, si maintenant elle veut danser sur mon cadavre, je ne marche plus.

Je me lève et, sans un mot, je gagne la porte. J'estime que nous avons dépassé le stade des politesses, alors je ne dis pas au revoir. C'est lorsque j'ai la poignée de similibronze en main qu'elle me rattrape. Elle m'agrippe par le bras :

Cœur d'artichaut

— Ah, non ! Tu ne t'en tireras pas comme ça ! Nous n'en avons pas terminé.

J'en ai immensément marre. Je ne veux que me sauver d'ici, me réfugier dans ma bauge et me replier en chien de fusil sur ma peine. Peut-être aussi me soûlerai-je la gueule, c'est des choses qui se font chez les meilleurs auteurs. Je tourne à demi la tête et, sans lâcher la poignée, par-dessus mon épaule, posément, je lui dis :

— Elodie. Mon amour. Tu me chasses, je m'en vais. Tu ne peux rien m'infliger de pire. J'ai fait le plein. Il n'y a plus rien entre toi et moi. Alors, ne te mêle pas de mes affaires, s'il te plaît.

Elle me secoue le bras, me l'empoigne à deux mains, me force à lâcher la poignée de la porte et à me tourner vers elle. C'est une jeune femme musclée, sous de frêles apparences. Elle halète, dents serrées. Ses yeux défient les miens.

— Emmanuel. Il ne s'agit plus de moi, de chagrin, de jalousie, de rancœur, que sais-je ? Tout cela est réglé, d'accord, on n'en parle plus. Il s'agit d'une mauvaise action que tu es en train de commettre, et sur une des gosses qui me sont confiées. Je n'ai pas le droit de te laisser saccager la vie de cette enfant, bousiller son avenir, simplement parce que toi, l'oiseau sur la branche, tu l'as entraînée dans un univers facile et insouciant, complètement détaché du réel. Tu agis en irresponsable, Emmanuel, en irresponsable dangereux. Seul, ton plaisir te guide. Ou plutôt tes pulsions incontrôlables, irrésistibles. Morbides. Oui, morbides. Cette obsession du sexe, qui s'étend à tout ce qui touche à la femme, a des résonances pathologiques. Tout jupon qui passe te met en transe. Toute femme est tienne, qu'elle le sache ou non. Elle l'est parce que tu en as

Cœur d'artichaut

décidé ainsi, dans le secret de ta tête ou dans ces régions obscures où se concoctent ces choses...

Elle a retrouvé son débit professoral, et ça ronronne, et ça ronronne... Je sais où elle veut en venir, et elle sait que je sais. Alors, pourquoi m'infliger ce cours de psychopathologie à la mords-moi-le-nœud ? Et d'où connaît-elle mon amour universel et obsessionnel pour les femmes ? Je ne lui en ai jamais parlé, je m'en suis bien gardé ! Seule Lison est au courant, parce qu'elle a su trouver toute seule. Et peut-être Geneviève, dont les yeux savent voir... Pardi, c'est encore un coup de Stéphanie ! Ce démon femelle est assez fine mouche pour avoir tiré gentiment les vers du nez de Lison, la trop confiante Lison, puis pour avoir mis dans sa tête les choses les unes à côté des autres. De toute façon, ce qu'elle ne sait pas, elle le devine, ce qu'elle ne devine pas, elle l'invente. La preuve...

Elle m'énerve, Elodie, avec sa pédagogie. Je ne puis me retenir de la faire marcher :

— D'accord, Elodie. Si je laisse Lison retourner à ses chères études, tu me tiendras quitte ?

Elle rosit. Ses yeux brillent. Elle dit, gravement :

— Si tu fais ça, Emmanuel, je te rendrai mon estime et mon amitié.

— J'en serai heureux et fier, crois-le bien. Mais dis voir, sa mère, je peux continuer à me l'envoyer, sa mère ? Elle n'est plus d'âge scolaire.

Celle-là, je ne l'ai certes pas volée ! Elle m'arrive sur le côté du museau, sèche et claquant fort. Soudain j'ai devant moi Peau-de-Vache, la prof détestée. Dents serrées, elle crache :

— Tu es vraiment une ordure. Mais, moque-toi

Cœur d'artichaut

tant que tu veux, je ne lâcherai pas. C'est pour Lison, que je le fais. Pour la sauver, s'il en est encore temps...

— Tu parles comme un curé, Elodie. Et laisse-moi te dire une chose. Je n'ai pas infecté que Lison. Je suis une véritable épidémie. Ton informatrice elle-même, la vertueuse Stéphanie, oui, est montée chez moi, m'a surpris au lit et m'a carrément violé, elle. Ça retire beaucoup au généreux altruisme de sa démarche, tu ne trouves pas ?

Elle reçoit le coup sans broncher. Elle sait que je ne mens pas, elle connaît suffisamment Stéphanie pour savoir ce dont elle est capable. Quand je me tais, elle dit :

— C'est bien tout, cette fois ? Nous dirons donc que je me bats pour Lison et pour Stéphanie, puisque ces petites gourdes en sont à cafarder et à se flanquer des coups en vache pour les beaux yeux d'un détraqué presque quadragénaire. Comme tu le constates, il n'était que temps que j'y mette bon ordre.

Oui, mais moi, j'ai mon compte. Bien résolu à foutre le camp, j'empoigne fermement la poignée de la porte. Mais, prompte comme un furet, une petite main brune s'est faufilée sous la mienne, a tourné deux fois la clef dans la serrure et l'a confisquée. Me voilà prisonnier.

Elodie a le triomphe modeste.

— Tu m'as bien tout dit ? A mon tour, alors. Mais viens donc t'asseoir, je n'ai pas envie de parler debout dans ce corridor.

Elle a raison. Puisque je suis piégé, autant m'asseoir. Je la suis, résigné.

Cette fois, j'ai droit au salon. Je m'affale dans un vénérable fauteuil de cuir craquelé, très masculin d'allure — épave de quel divorce ? —, Elodie en fait autant en face de moi, légèrement de biais, si bien que j'ai sous les yeux, insolemment offertes, ces jambes de perdition que, jamais plus... C'est vache, si c'est voulu. Mais son visage ne reflète que rectitude et sévérité, aucun calcul ne ternit son front limpide, ses jambes s'offrent ni plus ni moins que le permet la décence, ce n'est pas leur faute si la décence permet beaucoup.

Elle me propose quelque chose à boire. Pourquoi pas ? Et c'est whisky au poing que j'attends la suite des événements. Elle ne tarde pas :

— Emmanuel, sais-tu qu'un garçon de sa classe est, depuis longtemps, très épris de Lison ?

C'est ça, sa bombe ? Je hausse les épaules :

— Bien sûr, je le sais. J'ai rencontré ce garçon. Il a l'air amoureux, en effet.

— Sais-tu qu'elle le rencontre régulièrement ?

— Difficile de ne pas se rencontrer, quand on est dans la même classe.

— Qu'elle le rencontre, je veux dire, hors de la classe, hors du lycée ?

— Non, mais pourquoi pas ?

— Elle t'en a parlé ?

— Pourquoi l'aurait-elle fait ? Elle ne me dit pas tout. Et je ne lui demande rien. Mais toi, d'où sors-tu tout ça ? Tu as un service d'espionnage drôlement au point, on dirait.

— Ce garçon occupe une chambre de bonne indépendante au sixième étage de l'immeuble où habitent ses parents. Depuis quelque temps, Lison grimpe là-haut plusieurs fois par semaine et y reste des heures.

Un sale truc, sans prévenir, me pince méchamment dans la poitrine, quelque part à gauche. Je croyais jusqu'ici que c'étaient des inventions de roman-feuille-

Cœur d'artichaut

ton, ces pincements au cœur. Ça m'a surpris. J'ai tout juste pu me retenir de gémir. Mais la grimace, je n'ai pas pu la retenir. Je dis, d'un air que j'espère détaché :

— Et alors ? Ils révisent des cours.

Elodie fait « Pfff... ». Je m'énerve :

— Bon. Ils font l'amour. Lison fait ce qu'elle veut. Elle est libre, comme moi je suis libre. On est libres tous les deux.

— Dans ce cas, tout est pour le mieux. Lison est libre, elle use de sa liberté et retourne aux amours de son âge. Ce garçon n'est peut-être pas un Casanova, un supertechnicien de la bagatelle, mais il a beaucoup mieux : il est jeune, intelligent, travailleur, il a le cœur pur, la tête bien faite...

— ... le poil brillant et la truffe fraîche. Ça va, arrête, j'ai compris.

Mais elle poursuit, sans pitié :

— Et quant à ce qui en est de la conduite au lit, je suis sûre que Lison, si bien formée par tes soins éclairés, saura lui transmettre ton savoir et ton doigté. Elle aura le velouté de l'enfance et l'efficacité de l'âge mûr dans la même pochette-surprise. La veinarde !

Elle marque une pause, pour me laisser le temps de bien me pénétrer de tout ça, je suppose. Je ne cherche même plus à cacher mon désarroi.

A quoi bon ? Pour épater qui ? Pour changer quoi ? L'irrémédiable me tombe dessus par paquets de dix tonnes. A peine ai-je perdu Elodie à cause de Lison que j'apprends qu'en fait j'ai aussi perdu Lison ! Tout fout le camp... Je sèche mon verre d'une lampée. Je fais « Bon... » et me lève pour m'en aller. Elle fait « Non » de la tête. Je me rappelle qu'elle a fermé la porte à clef. Je me rassieds. Elle dit :

Cœur d'artichaut

— Nous n'en avons pas terminé.

— Ah, non ?

Son regard se fait moins dur. Ou elle a décidé de le faire moins dur. Sa voix s'humanise :

— Emmanuel, tu n'es pas un sale type. Le chagrin m'a fait dire des choses que je ne pensais pas vraiment. C'est qu'aussi la révélation a été brutale. Tu as un cœur d'artichaut...

Je la coupe :

— Tu ne pourrais pas trouver autre chose ?

— Hein ? De quoi parles-tu ?

— Rien. T'occupe. Laisse tomber.

— ... mais tu es droit, propre, sensible, incapable de commettre une vilenie. Tu ne te rendais pas compte du mal que tu faisais. Maintenant, tu es au courant. Lison ne t'a pas parlé de ses rendez-vous avec Jean-Luc. C'est donc bien la preuve qu'elle te fuit, qu'elle cherche à t'échapper, mais comme c'est un bon petit cœur, elle te ménage. Ne pas faire de peine ! Que de peine on a pu faire au nom de ce principe !

— Tu devrais faire graver ça dans le marbre.

— Ricane, ricane... Tu souffres, mon grand. Je te comprends, va.

« Mon grand... » Elle a dit « mon grand » ! Et elle « me comprend » ! Mais qu'elle est con ! Elodie, con ? Elle l'était déjà avant, ou bien c'est depuis qu'elle m'a viré ? Décidément, tout bascule.

Elle se penche vers moi, pose sa main sur mon épaule. Son corsage bâille, je ne peux pas ne pas voir ce qui palpite doucement dans la pénombre, ce que je connais si bien et que je découvre sans cesse avec le même émoi. Un sanglot me serre la gorge.

— Emmanuel...

Cœur d'artichaut

— Oui ?

— Emmanuel, il faut te ressaisir. Regarde les choses en face. Laisse cette petite fille suivre sa voie, sa véritable voie. Tu resteras comme un souvenir lumineux dans sa vie. Vous n'aurez pas connu la satiété, la lassitude, les aigreurs des amours qui se fanent. Ton image sera à tout jamais enfouie dans le secret de son cœur. C'est très beau. Ne la poursuis pas, ne t'acharne pas, ne gâche pas tout. Sors de sa vie, sans faire d'éclat, discrètement, sur la pointe des pieds. Sois grand.

De plus en plus con ! Elle atteint au grandiose. Jamais je n'aurais osé imaginer Elodie tenant des discours aussi lamentables. Et elle est sincère, c'est bien le pis ! J'ai tellement honte pour elle, honte aussi de m'être à ce point trompé sur son compte, que, pour en finir avec ses prêchi-prêcha de curé de campagne, je soupire :

— D'accord. On fait comme ça.

Elle rayonne, tout à coup.

— Tu le promets ?

— Je promets, Elodie. Là, tu es contente ? Maintenant, il faut que je file.

— Tu ne la verras plus ? Tu ne chercheras pas à la voir ?

— Eh bien... Je pense qu'il faut qu'on s'explique, c'est bien le moins.

— Non. Tu vas la perturber. Elle est en train de se reprendre, elle tient encore à toi, par les sens, par les habitudes...

— Par la pitié pour le pauvre vieux.

— Ne sois pas amer. Me trouves-tu vieille ? Tu es plus jeune que moi... Pas de beaucoup, s'empresse-t-elle d'ajouter. Enfin, bon, ni toi ni moi ne sommes des vieillards !

332

Cœur d'artichaut

Ce sont ses deux mains qui, maintenant, me tiennent aux épaules. Elle met dans sa voix tant de conviction, tant de persuasion...

— Emmanuel, c'est dur, je sais, mais il faut trancher dans le vif. N'explique rien, ne reproche rien. Fuis.

— Tu en as de bonnes ! Elle a la clef de chez moi.

— Enferme-toi au verrou. Fais changer ta serrure, ton téléphone.

— Tout ça. D'accord.

Je la saisis aux poignets, j'ôte fermement ses mains de sur mes épaules.

— Maintenant, je pars. Ouvre-moi cette porte. Et, au fait, adieu.

Elle tire la clef de la poche de sa robe de chambre, se dirige vers la porte. Je la suis. Arrivée là, elle se retourne, me fait face. Les larmes font briller ses yeux dans la pénombre du corridor. De mon côté, je ne me sens pas très flambard. Stoïque comme le héros antique, je répète :

— Adieu, Elodie.

Je ne juge pas opportun de lui donner le pathétique baiser d'adieu dont je crève d'envie, ça ferait un peu trop cinéma, et puis, elle vient de le dire, il faut trancher dans le vif. Tranchons.

Qu'est-ce qu'elle attend pour ouvrir cette porte ? Elle prolonge le supplice, c'est ça ? Alors, c'est réussi. Les larmes sont un des plus puissants philtres d'amour, et des plus sournois. Qui n'a bandé à se la mordre en donnant le baiser à la jeune veuve dans ses voiles noirs, devant la tombe béante ?

C'est dur, mais je tiendrai. Pas elle. Elle jette soudain ses bras autour de mon cou, sanglotant, ruisselant, balbutiant des « Mon amour, mon amour ! Comment

Cœur d'artichaut

ai-je pu ? », couvrant de baisers fous mes yeux, mes joues et, enfin, ma bouche, où elle plonge voracement.

Mon stoïcisme ne résiste pas longtemps. Je me rappelle d'ailleurs que c'est elle qui avait décidé que c'était fini. Si maintenant elle décide le contraire... A Dieu vat !

Je laisse parler la bête. J'arrache ses vêtements, elle arrache les miens, les boutons sautent et rebondissent en cascade, elle était sous pression au moins autant que moi pendant tout ce temps, ah, la salope ! Et ça me faisait la morale ! On fait ça là où ça nous a pris, dans le corridor, derrière la porte, oui, debout, oui, je la plaque dos à la porte, elle s'agrippe à moi comme le bébé singe à sa maman, des bras et des jambes, dans ses yeux il y a de la folie, elle s'est fait peur, elle m'a fait peur, afin de nous rendre dingues enragés de désir frustré, ah, la salope, la divine salope, et lorsqu'elle s'empale sur moi, s'enfonçant mon pieu jusqu'au tréfonds de la tripe, elle pousse le plus strident, le plus déchirant des hurlements qu'elle ait jamais poussés au plus fort de nos étreintes.

Pas question de patientes caresses ni d'attentions charmantes. Je l'arc-boute contre la porte et la ramone de bas en haut à grandes secousses désespérées, elle monte, retombe et monte encore au rythme de mes coups de reins, les moulures du bois lui rabotent le dos, les furieuses secousses ébranlent la porte, qui résonne comme un tambour, la cage d'escalier faisant amplificateur. Je suppose que, sur le palier, se presse une foule de colocataires épouvantés ou, s'ils ont l'oreille sélective, admiratifs.

Nous terminons sur le tapis, après nous être laissés glisser d'un bloc le long de la porte... Tout a une fin, même la frénésie charnelle la plus dévorante, et cette fin

Cœur d'artichaut

est toujours sensiblement conforme au modèle standard : nous émergeons peu à peu du septième ciel et du troisième dessous, échevelés et gluants, barbouillés de toutes les sueurs, de tous les jus, de tous les sucs, de toutes les baves, de toutes les morves, bref, de toutes ces viscosités puissamment odorantes qui sont les sécrétions de l'amour. Dans ma tête, des carillons sonnent à la volée. Ma main errant à terre trouve une petite main inerte qui traîne là, abandonnée. Elle la prend, la serre doucement. La petite main répond. Je suis pardonné.

Oh, j'ai compris la manœuvre ! Cette réconciliation est la rançon de mon abandon de Lison. L'attendrissement d'Elodie n'aurait sans doute pas évolué vers un rapprochement aussi prompt et aussi total si je n'avais pas sacrifié l'agneau. Je me sens lâche et sale.

J'essaie de me dire qu'au moins j'ai retrouvé Elodie. Mais ça ne me rassérène pas. Une seule me manque et tout est dépeuplé.

Pourquoi faut-il que, un peu plus tard, alors que nous scellons l'armistice devant une tasse de thé, Elodie me pose cette question sur un ton qu'elle veut malicieux :

— Pour la mère, je t'ai taquiné. Ce n'était pas vrai, bien sûr ?

Je réponds par un « Enfin, Elodie ! » scandalisé et cent pour cent faux-jeton. Et je prends conscience que l'horizon, soudain, s'est rétréci en un point minuscule. Que deux milliards et demi de femmes se sont fondues en un exemplaire unique... Une angoisse insidieuse m'envahit en tapinois et barbouille l'avenir de gris sale.

XIII

La pathétique autant que tumultueuse réconciliation avec Elodie ne m'a pas rendu la sérénité. Cette angoisse sournoise et diffuse qui s'est glissée en moi après nos exubérantes amours m'a peu à peu envahi en totalité et m'oppresse désormais jour et nuit.

Je sais — quelque chose tout au fond de moi sait — qu'avec Elodie ce ne pourra plus être l'insouciante félicité de naguère. J'ai pris la mesure de la fragilité du lien qui l'attache à moi.

Elle a pu dire « C'est fini ! ». Même si c'était une ruse de femme jalouse, elle l'a pu. Une déchirure est amorcée, qui ne peut aller que s'élargissant. Un jour, ce « C'est fini » sera définitif. Elle a pu le dire, elle le redira, et j'ai peur.

Je tends les épaules. J'ai déjà vécu cela. Je n'en suis pas mort, on n'en meurt plus, Tristan, de nos jours, partirait faire le tour du monde en solitaire sur un voilier « sponsorisé » par la moutarde Amora, Iseult vendrait son journal intime à *Paris-Match*. Je n'en suis pas mort, mais la blessure saigne. Enfin, suinte, n'exagérons rien. N'empêche que ça fait mal. Et, de blessure en blessure, de suintement en suintement, je ne serai bientôt plus

Cœur d'artichaut

qu'une plaie d'un seul tenant, ce qui ne serait pas le pire, mais surtout un grouillement de remords comme ceux qui, déjà, me réveillent en pleine nuit, hagard et hurlant. C'est pourquoi j'évite les nuits à deux : il est arrivé que ma compagne se sauve, épouvantée.

Plus serein, j'écouterais cet instinct qui me souffle à l'oreille qu'Elodie n'est pas dans mes prix. Sacrifier Lison, sacrifier toutes les femmes pour une femme, leur possession fût-elle virtuelle, c'est fermer toutes les portes au rêve, c'est mourir. Oui, mais, d'autre part, ne plus rejoindre Elodie... Ne plus m'affoler tête et sens à la pensée de la retrouver, bientôt, tout à l'heure... Je tremble alors comme un tout petit enfant perdu dans la foule, persuadé que sa maman l'a abandonné à tout jamais.

Et puis, même inspiré par la jalousie, ce qu'elle m'a dit des conséquences de ma conduite envers Lison est fondé. Je découvre l'évidence. Les sages banalités bien intentionnées des parents « convenables », gens timorés parce que durement façonnés par l'expérience à l'impitoyable réalité, me viennent à l'esprit. Lison se donne de toute son âme, lucidement, sans marchander, sans vouloir même entendre le mot « demain », mais justement, Lison se perd. Lison jette joyeusement sa vie aux orties. Je n'ai pas le droit d'accepter. Je ne la mène nulle part, je l'incorpore en égoïste à mon rêve éveillé, je me régale en cannibale de sa jeunesse, de son adoration de petite fille qui découvre l'amour et le décrète exemplaire unique. Je me conduis en escroc, en voleur, en saccageur d'avenir. En sale con.

Remords, culpabilité, auto-accusation, autocomplaisance dans la contemplation du désastre... Tempête sous un crâne de piaf !

Cœur d'artichaut

Que ne suis-je un bon gros beauf bien cynique ! Que ne suis-je Don Juan ! Lui s'en foutait pas mal des cadavres dont il jonchait sa route. Même, il s'en délectait. Ce séducteur était un ogre. Il n'aimait pas les femmes. Elles n'étaient pour lui que défi à relever, gibier à traquer, proies à dévorer, dupes à mépriser, enfin déchets à recracher. Bandait-il, seulement ? En tout cas, ce salopard devait jouir férocement, très vite, afin que la femme n'y ait point part, car la frustration devait être totale, l'imposture sans pitié. La perfection dans la délectation sadique, dirait sans doute Agathe.

Mais voilà, je ne suis pas Don Juan. Je n'ai rien d'un ange noir, moi, insignifiant petit bonhomme. J'ai un bon petit cœur. Je ne supporte pas qu'on soit malheureux, surtout par ma faute. J'aime les femmes, je les veux heureuses, voilà. J'y arrive rarement, je veux dire, de façon durable, mais c'est parce que ce n'est pas simple.

Ecartelé par l'alternative, incapable de décider, je suis le rat qui ne trouve partout, au bout de chaque couloir du labyrinthe, que barreaux et barreaux, et finit par se dévorer lui-même. Une frénésie de désespoir me prend, une envie de tout détruire autour de moi, que le naufrage soit parfait.

Je ne mets plus le nez dehors, je ne me lave ni ne me rase, j'ai poussé le verrou et débranché le téléphone. Je mange des nouilles et du thon en boîte, sans pain. Je me fous bien de Succivore et de ses littératures. Je m'interdis d'appeler Elodie, je me bourre de somnifères autrefois fauchés à Agathe, je reste affalé devant un bouquin comme une vache devant un train qui passe, je m'assoupis, un cauchemar me réveille, ou le froid, et me revoilà plongé dans mes tourments à la con... Saleté de Stéphanie ! Tout allait si bien ! Tout aurait continué à

Cœur d'artichaut

bien aller, si... Si quoi ? Si elle ne s'en était pas mêlée ?
Mais pourquoi s'en est-elle mêlée ? Le plaisir de mal
faire, c'est vrai, elle est foncièrement semeuse
d'embrouilles, mais si seulement j'avais été « gentil »
avec elle... Que je prenne ça par n'importe quel bout,
tout est de ma faute, toujours !

J'entends une clef tournailler dans la serrure.
J'entends qu'on secoue la porte. C'est Lison, ce ne peut
être que Lison, elle seule a la clef. Ses petits poings
impatients frappent le panneau de bois. Elle ne comprend pas. Elle appelle :

— Emmanuel ! Réponds, voyons ! Je sais que tu es là,
puisque le verrou est mis.

Je me réfugie dans la petite pièce, la plus éloignée de
l'entrée. Des deux mains je me bouche les oreilles.
Comme si elle l'avait deviné, elle frappe à coups
redoublés. Elle crie, sans se soucier de ne pas ameuter
l'immeuble :

— Emmanuel ! J'ai peur ! Tu es malade ? Ne joue pas
au con ! Je te dis que j'ai peur, Emmanuel ! Dis-moi que
tu n'es pas mort !

Maintenant, c'est à coups de pied qu'elle y va.
J'entends des gosses glousser. La gardienne va finir par
monter voir ce qui se passe.

— Je ne comprends pas. Qu'est-ce qui te prend ? Tu
ne veux plus me voir ? Emmanuel ! Réponds, merde !

Sa voix chavire. Elle a vraiment peur. Les mômes se
mettent à chanter en chœur : « Emmanuel-eu ! Emmanuel-eu ! Il est pas là-eu ! » Elle sanglote :

— Je m'en fous, je m'assois par terre. Et je vais

Cœur d'artichaut

tellement pleurer que je vais te faire honte. Et tiens, je te préviens, si t'as pas ouvert dans un quart d'heure, moi je vais chercher les flics, ou les pompiers, je sais pas, enfin, bon, des gens qui ont le droit d'enfoncer les portes.

Ce que c'est dur, d'être dur ! Surtout quand on n'est pas doué. D'autant que je ne discerne plus très nettement pourquoi je fais cela... Ah, oui : pour sauver Lison. Pour la sauver de moi. De cette peste qui est moi. Pour la laisser noblement à son Jean-Luc, garçon sain et normal, à son Jean-Luc qui est l'avenir, à son Jean-Luc et à tous les autres Jean-Luc de par le vaste monde. Allons, courage, Emmanuel ! Conduis-toi en bon petit scout. Mains propres, tête haute, comme dit l'autre guignol.

Je n'entends plus rien. Serait-elle vraiment allée quérir les enfonceurs de portes ? Non. Elle pleure, à petits sanglots d'enfant. Elle renifle. Les gosses tout autour reniflent aussi, ils voient bien que c'est du vrai gros chagrin. Moi aussi, je renifle. Et merde, je n'y tiens plus, moi ! Au diable l'héroïsme... Je débride le verrou, j'ouvre grand le battant.

Au premier claquement du verrou elle était sur pied. Le battant m'échappe des mains, elle l'a envoyé valdinguer contre le mur, me voilà dans ses bras, elle me serre à m'étouffer, enfouit son visage dans le creux de mon cou et pleure sans pudeur, à sanglots énormes. Trois gamins et deux petites filles, massés sur le palier, battent des mains et crient bravo.

Lison, d'un coup de pied, repousse la porte. Les petits modulent un « Oh... » de dépit longuement appuyé. Une fillette psalmodie « Ouah, les amoureu-eux ! », puis c'est la dégringolade hilare des petits pieds dans l'escalier.

Cœur d'artichaut

J'ouvre la bouche, il faut bien dire quelque chose, mais vite elle y plaque sa paume :

— Non. J'ai eu tellement peur ! C'est si bon, l'après-peur. Laisse-nous savourer. Goûte comme c'est bon.

Elle pleure à gros hoquets les merveilleux pleurs du malheur évité. Et moi, moi qui sais qu'il n'est pas évité, le malheur, je me sens de plus en plus traître et salaud... Elle tire ma chemise hors du pantalon, se torche les larmes avec le pan comme on passerait la serpillière sur le carrelage de la cuisine, tant qu'elle y est, se mouche un bon coup, refourre le tout en vrac dans le pantalon, me met les mains aux épaules afin de me tenir à bonne distance de vue, m'examine comme une mère examine son gamin qui revient de la colonie de vacances, profère enfin ce jugement :

— Mais c'est qu'il n'est pas brillant du tout, ce grand garçon ! Huit jours de barbe, pas peigné, des valises sous les yeux ! Et les dents pas lavées, je parierais ? Et qu'est-ce que c'est que cet air traqué, hum ? On ne peut vraiment pas te laisser seul une seconde ! C'est ma faute, aussi. J'aurais dû m'inquiéter plus tôt. Ce téléphone obstinément muet...

— Tu étais sans doute trop occupée, Lison.

Ça m'est sorti tout seul. Ce n'est pas du tout ce que j'aurais voulu dire. Elle continue à m'examiner. Son œil limpide n'a pas cillé.

— Ça veut dire quoi, ces allusions à la graisse de chevaux de bois ?

C'est moi, maintenant, qui sens les larmes me venir. Je ne sais que bafouiller :

— Oh, Lison...

Elle insiste :

— Dis-moi.

Cœur d'artichaut

Si je parle, j'y vais des grandes eaux. Je me tais. Elle me secoue par les épaules, gentiment :

— C'est à cause de Jean-Luc, n'est-ce pas ?

Je ne puis que soupirer, hocher la tête.

Elle ne me demande pas comment j'ai été mis au courant. Etant donné la situation, elle l'accepte et y fait face.

— Emmanuel, il est si malheureux. Je ne pouvais plus supporter ça.

Comme je reste muet, avec mes yeux prêts à déborder, elle me secoue de nouveau, se fait persuasive :

— Tu me comprends ? Emmanuel, tu me comprends, n'est-ce pas ?

Je dis, piteux :

— Tu fais l'amour avec lui.

— C'est un bébé, Emmanuel, un tout petit bébé.

— Alors, tu lui donnes le biberon.

Elle fronce le sourcil.

— Il doit y avoir une allusion cochonne, là-dessous, mais je n'ai pas envie de comprendre. Oui, je lui donne le biberon. C'est si peu de chose, ça lui fait tellement plaisir.

— Je suppose qu'à toi non plus, ça ne déplaît pas.

— Je l'ai aimé, Emmanuel. Enfin, j'ai cru l'aimer. Il n'est pas devenu repoussant parce que je ne l'aime plus.

Elle est désarmante. Tant de candeur tranquille. Je dis, buté :

— Moi, si je n'aime pas, je ne peux pas.

A peine ai-je dit cela que je voudrais bien le rattraper. Lison ne me rate pas :

— Il me semble pourtant bien que Stéphanie ne t'a pas trouvé tellement insensible !

Je rougis, sans doute, car elle ajoute bien vite :

Cœur d'artichaut

— Mais je ne suis pas jalouse, moi. Pas de cette façon-là.

— Toi, tu rends service, disons.

— Je ne supporte pas qu'on soit malheureux, disons.

— Surtout ceux que tu aimes !

— Surtout ceux que j'aime, parfaitement. Je n'aime plus Jean-Luc d'amour, mais nous ne sommes pas devenus pour autant des étrangers. Ce que je fais pour lui, tu aurais bien dû le faire pour Isabelle, soit dit en passant. Tu n'aurais pas eu à te forcer, je pense.

Je me laisse égarer, là. Nous parlons de tout, sauf de l'essentiel. Je suis jaloux, c'est vrai, si c'est comme ça que ça s'appelle. Je supporte mal l'idée que n'importe quelle femme au monde se laisse pénétrer par un autre homme que moi, ça me révulse comme quelque chose d'immonde, de sacrilège. Alors, quand il s'agit de la femme que j'aime à en mourir... Jean-Luc sur Lison. L'odeur de Jean-Luc mêlée à celle de Lison. Le sexe de Jean-Luc s'enfonçant dans Lison. Jean-Luc crachant son foutre au plus profond de Lison. Lison dans l'orgasme balbutiant les mêmes mots, ses mots, nos mots... Une explosion de rage assassine me broie les entrailles. J'ai mal. Je veux mourir. Je veux tuer.

Eh bien, voilà. Je vais utiliser cette sainte fureur. Elle va me servir à tout casser. Elle sera le tank qui va tout défoncer et propulsera la libération de Lison. *Viva la muerte !*

Pour la première fois, la perspicacité de Lison est en défaut. Elle en est restée à une bénigne et assez

Cœur d'artichaut

vulgaire affaire de jalousie masculine. Elle n'a pas su voir qu'il y allait de tout autre chose.

Lorsque je lui ai dit :

— Lison, il nous faut parler sérieusement...

Elle m'a coupé :

— Te voilà bien solennel ! Tu tiens vraiment à donner à tout ça une telle importance ? Alors écoute, c'est tout simple. Jean-Luc, je m'en fous, de Jean-Luc. Je ne savais pas que je te faisais du mal. Maintenant, je le sais. Pour être tout à fait franche, je me doutais bien un peu, au fond, que tu ne serais pas d'accord, c'est d'ailleurs pourquoi je ne t'ai rien dit. Mais je ne pensais pas que c'était si grave. Tu ne veux pas que je le voie ? Je ne le verrai plus. Ça y est, c'est fait. Je t'aime. Embrasse-moi. Fais-moi l'amour, mon amour.

Ce que j'ai fait, bien sûr. Ça ne rendait pas la chose plus facile. Après, quel courage ne m'a-t-il pas fallu pour oser dire, mon bras droit faisant oreiller sous sa tête, mon autre main reposant, arrondie en conque, entre ses cuisses ruisselantes :

— Lison, je te fais du mal.

Elle a grogné, du fond de son assoupissement bienheureux :

— Hum ?

J'ai alors ressorti l'un après l'autre les arguments alignés par Elodie, puisqu'ils m'ont convaincu c'est qu'ils sont bons : sa jeunesse, mon âge, son insouciance, mon égoïsme chimérique, son avenir, mon obsession à la limite du pathologique, cette pulsion qui la ramènerait tôt ou tard vers les garçons de son âge, témoin l'épisode Jean-Luc, ma répugnance à me marier et même à lier ma vie, enfin, toutes ces évidences, quoi. Je n'ai pas mentionné ma frénésie de destruction, cet acharnement

Cœur d'artichaut

de gosse gâté à casser tous mes joujoux en une apothéose de l'échec et du dérisoire.

Je n'osais la regarder. Je parlais au plafond. Elle ne disait rien. J'ai cru qu'elle s'était endormie. J'ai risqué un œil. Elle aussi fixait le plafond. Elle m'a laissé parler jusqu'au bout. Quand j'ai eu fini, elle a tourné les yeux vers moi. Elle a dit, posément :

— Tu veux me quitter ?

Mon sursaut va plus vite que moi :

— Te quitter ? Oh, non, je ne le veux pas !

— Alors, où est le problème ?

Surtout, ne pas perdre le fil :

— Il ne s'agit pas de ce que je veux, mais du mal que je te fais, de la connerie où je t'entraîne.

— Dis voir, tu ne me ferais pas une petite crise de masochisme culturel, toi ? Tu as parlé d'avenir, tu vas bientôt me parler de devoir, de conscience et, pourquoi pas, du petit Jésus et de notre salut ? Toi aussi, tu l'as rencontré au coin de la rue ?

Elle prend ma main, l'ôte d'entre ses cuisses, la tient tendrement entre les siennes. Et, les yeux dans les yeux :

— Ecoute bien ce que je vais te dire, Emmanuel. Pour s'aimer, il faut être deux. Pour se quitter aussi. Moi, je ne te quitte pas. Tu m'as à tout jamais. C'est comme ça.

Mes yeux ne peuvent soutenir son regard. C'est tête basse que je dis :

— Je suis fini, Lison.

Elle me prend la tête à deux mains, tourne de force mon visage vers le sien.

— Hou là ! Mais c'est la grosse grosse crise ! Voilà que tu causes comme dans un roman-photo, à présent ! Alors, c'était ça, le retrait du monde, le téléphone

Cœur d'artichaut

débranché, la barbe pas coupée ? On se payait sa petite apocalypse personnelle ?

Elle s'assied en tailleur, pose ma tête sur ses cuisses de gloire et me berce. Ça devient de plus en plus dur...

Je ne sais plus où j'en suis, moi. Je continue sur la vitesse acquise, comme un obus qui, une fois lancé, ne peut que foncer droit devant lui, le con. J'essaie quand même de faire le point. Voyons. Ce n'est même pas tellement pour complaire à Elodie que je sacrifie Lison. C'est vraiment parce que je suis convaincu qu'il faut le faire. Pour Lison. Que la jalousie d'Elodie soit à l'origine de cette prise de conscience ne change rien à l'affaire. Il me faut être responsable pour deux, fort pour deux. Mais, bon dieu, que c'est dur ! J'ai mal de mon propre mal et du mal que je vais lui faire. Que je suis en train de lui faire... Car elle commence à flairer qu'il y a bien autre chose qu'un coup de déprime, dans ma bouderie. À je ne sais quelle imperceptible crispation de ses muscles je devine que la prescience du malheur imminent s'est insinuée en elle, et que peu à peu elle l'envahit toute, et qu'avec elle est entrée la peur.

Un long, long moment passe. Le silence se charge d'irrémédiable. Les mains de Lison sont sur moi, mais immobiles, inertes. Quand enfin elle parle, c'est d'une voix inconnue, de cette voix que, je suppose, les bons auteurs qualifient de « blanche ».

— Tu es sérieux, n'est-ce pas ?

Ce n'est pas une question. Elle constate. Je ne réponds rien. Je crois que je vais mourir.

— Tu n'es déjà plus là.

Il faut que je tienne. Il ne faut pas que je la prenne dans mes bras, que je la mange de baisers, que je lui dise « Mon amour, mon amour, ce n'était rien, une connerie,

Cœur d'artichaut

c'est passé, je suis un con, je t'aime, je t'aime ! ». Il ne faut pas. Il ne faut pas qu'elle entende mon cœur cogner. Immobile comme une pierre. Mort.

— Tu n'as rien à me dire ?

Tenir...

— Alors, tes conneries, c'est vrai ?

Tenir...

— Tu me laisses m'en aller ?

Tenir...

Elle prend ma tête à deux mains, la soulève de sur ses cuisses, la pose avec précaution sur le dessus-de-lit crasseux, quitte le canapé, secoue sa jupette comme pour en faire tomber d'invisibles miettes, gagne posément la porte, pour la dernière fois je vois ses hanches se balancer au rythme de son pas, elle ouvre la porte, la referme. Elle est partie.

J'ai toute une vie devant moi pour me traiter de con.

XIV

Qu'est-ce que j'ai fait? Mais qu'est-ce que j'ai fait? Il fallait le faire, bon. Je n'ai pas flanché. Lison est désenvoûtée. Elle va en baver, sûr. Un temps. Et puis elle courra rejoindre son Jean-Luc. Elle y court peut-être déjà... Oh, bon dieu! Elle y court, bien sûr! Elle court rejoindre Jean-Luc! Oh, ça, oui, ça fait mal! Mais c'était prévu, Machin. Tu savais que ça ferait mal. Tu t'y es préparé. Eh bien, déguste. Et dis-toi que tu as fait ce qu'il fallait faire. Dis-toi que, pour une fois, tu as été assez fort pour vaincre ton caprice, juguler la bête, lui écraser le groin à coups de tatane. Qu'au moins cette satisfaction t'adoucisse le désespoir.

Adoucir? Rien du tout, oui! Je ne me paie pas de beauté morale, moi. Je suis malheureux à hurler, moi... Lison! Reviens, Lison! Ne me laisse pas! J'ai dit des conneries, j'étais fou, je t'aime, tu m'aimes, il n'y a que ça qui compte, le reste on s'en fout. L'avenir? Quel avenir? Il n'y a pas d'avenir. Il n'y a que toi, Lison, et moi qui crève de toi.

Je piétine et tournaille dans la piaule, je me cogne la tête aux murs, littéralement, comme un taureau en fureur, à grands coups avec élan, jusqu'à ce que la

349

Cœur d'artichaut

douleur soit plus forte que la douleur d'en dedans, mais ça ne dure pas, l'horreur est plus forte que les bosses, pour finir une impulsion me précipite dans l'escalier, que je dévale pour me retrouver sur le trottoir, sous un gai soleil qui s'en fout pas mal, le con, et me voilà arpentant l'asphalte, hagard et pas rasé, l'air d'un fou criminel cherchant quelqu'un à éventrer.

Et je marche. Où je vais, comme ça ? Je ne sais pas. Je n'y pense même pas. Quelque lambeau de conscience tapi dans je ne sais quel obscur repli de je ne sais quelle circonvolution doit le savoir, lui, puisque je refais surface devant chez Elodie. J'en suis le premier surpris. Pourquoi Elodie ? Oh, parce qu'elle est à l'origine de tout ça, parce que c'est sa faute, parce que je veux lui dire que c'est fait, le sacrifice est consommé, parce que je veux lui cracher ma rage, parce que je veux me blottir dans ses bras, parce que je veux lui foutre des baffes, parce que je veux pleurer entre ses nichons, parce que je veux qu'elle m'admire et me console, parce que je veux me persuader que je n'ai pas fait la connerie du siècle, parce que je veux faire l'amour dans son ventre, parce que je veux me prouver que ça valait la peine, parce que j'ai plus que tout besoin qu'une femme me berce, me dise « Là... là... », et me donne ses seins à téter, et m'ouvre ses cuisses et sa toison, et me prenne par la main et me guide en elle, et m'écoute mêler sanglots d'amour et râles d'amour en me murmurant ces mots bébêtes qu'on murmure à un enfant qui a un gros chagrin.

Voilà. C'est cet instinct-là qui m'a poussé, qui m'a fait accourir ici. Vers la femme, le seul refuge, la vulve immense où s'enfoncer tout entier et se blottir en fœtus, tout au fond, loin du monde et du malheur.

Cœur d'artichaut

Pourvu qu'elle soit chez elle ! Elle aussi doit s'inquiéter de mon long silence. J'emprunte l'escalier, je m'oblige à monter marche à marche pour me donner le temps de me calmer quelque peu. Je dois faire peur, avec cette barbe de huit jours. Faute de peigne, je me passe les doigts dans les cheveux.

Me voilà devant sa porte. Je n'en ai pas la clef, mais elle n'a pas coutume de s'enfermer. A cette heure, elle est seule. Je vais la trouver dans sa chambre, assise à sa table de travail, sous la douce lumière de l'abat-jour rose, courbée sur l'inévitable pile de copies à corriger... Sur mon champ de bataille intime, la lueur d'une aurore colore les ruines.

La chambre se cache tout au bout du corridor, au fond de l'appartement. Mes pieds retrouvent le contact familier du tapis étroit et vénérable qui le jonche tout du long, élimé jusqu'à la trame et même, ici et là, carrément troué. « C'est justement ce qui en fait la valeur, répondait Elodie à mes étonnements. Un Chìrâz pur dix-huitième siècle, une pièce de toute beauté, je le tiens de ma grand'mère, qui elle-même... » Ainsi appris-je que plus un tapis a de trous, plus il vaut cher. Sous la porte close, un rai de lumière rose... Elle est là.

Elle est même un peu là ! Soudain éclate, dans la paix douillette de l'appartement, un cri d'une stridence inouïe, un cri que je ne connais que trop bien : celui qui jaillit d'Elodie à la seconde précise où l'orgasme déclenche en elle ses cataractes, ce cri d'égorgée qui n'est que le premier d'une interminable série croissant de stridence en stridence vers les aigus extrêmes du spectre audible.

Je me fige sur place, un pied en l'air. Dirai-je qu'une poigne de fer me broie les entrailles ? Je le dis, car c'est

Cœur d'artichaut

exactement ça. Dirai-je qu'un horrible pressentiment se fait jour dans mon cerveau soudain paralysé par la peur de comprendre ? Je ne saurais mieux décrire la chose.

A partir de là, pour ne pas laisser la situation sombrer dans le ridicule, je devrais, mordant mon cœur à pleines dents, me retirer sur la pointe des pieds, redescendre posément l'escalier, gagner d'un pas d'automate la plus proche station de métro et me jeter sous la première rame qui viendrait à passer.

Bien sûr, je n'en fais rien. Je veux savoir. Qui ? Après, j'irai me jeter sous le métro. Tandis que les bruyantes extases de mon cher amour s'envolent sans mon aide vers les vertigineux paroxysmes, je m'approche à pas de loup et colle mon œil à la serrure. Je ne vois que du noir. C'est une de ces saloperies de serrures de bourgeois maladivement méfiants, munies vers l'intérieur d'un putain de rabattant qui cache le trou de la clef, sans doute dans le dessein de déjouer l'éventuelle curiosité malsaine de domestiques sans vergogne s'astiquant la libido quand Madame se fait mettre.

Cependant, mon oreille discerne maintenant, mêlés aux stridences rythmées d'Elodie et les soutenant à l'octave en basse continue, certains grognements couinants émanant à n'en pas douter du gosier surexcité d'un salopard du sexe opposé. Je ne puis davantage me leurrer de l'espoir que ma bien-aimée, frustrée jusqu'à l'intolérable par ma longue absence, s'offrirait une petite gâterie solitaire de consolation... Il me faut savoir, bon dieu ! Je dois à tout prix voir la gueule de ce bellâtre de merde. Un gigolo qu'elle aura ramassé va savoir où ? Peut-être dans notre bistrot à nous ? Pourquoi pas ? C'est peut-être son lieu de pêche attitré ? Et moi qui... Ah, la salope !

Cœur d'artichaut

Bon. Tourner la poignée. Doucement, Ducon! Là...
Pousser le battant. Là... Et merde, il s'ouvre du mauvais
côté, me masque le lit. Et puis, il couine, lui aussi. Je
n'ai plus le choix. Il ne me reste qu'à rabattre entièrement la porte d'un geste ample et royal et à m'encadrer
sur le seuil dans toute ma gloire en une majestueuse
entrée de cocu de dessin humoristique.

Et là, je reçois le choc de ma vie. A vrai dire, deux
chocs, et même trois ou quatre.

Premier choc. Mes pires appréhensions sont confir-
mées. Ma très pure Elodie est en train de se faire
envoyer en l'air par quelqu'un qui n'est pas moi. (Je me
refuse à user de l'expression « faire l'amour ». On ne fait
l'amour qu'avec moi. Avec quiconque d'autre, on
s'envoie en l'air, on baise, on tringle, on se fait mettre,
sauter, grimper, niquer, ramoner, foutre, défoncer,
caramboler, secouer le panier, astiquer la motte, mettre
en perce... tous vocables plus répugnants les uns que les
autres.)

Deuxième choc. Les deux dégoûtants ne m'ont pas
encore vu. Ils ne m'ont pas vu parce qu'ils me tournent
le dos. Ils me tournent le dos parce qu'ils forniquent
debout, Elodie penchée en avant, appuyée des coudes
sur le bord du lit, aux trois quarts masquée par le vaste
dos bronzé et à bourrelets de l'autre ordure, me laissant
toutefois apercevoir un de ses adorables seins qui pend
au-dessus du vide et se balance à contre-rythme des
saccades qu'impriment à l'ensemble les fesses mollas-
sonnes de l'infâme.

Troisième choc. Mes yeux s'accoutumant à la pénombre teintée de vieux rose, je constate que ce n'est pas
l'orifice qui m'est si cher que profane ce dégueulasse,
mais bien celui situé un peu plus haut et en arrière. Etre

353

Cœur d'artichaut

cocu par là, c'est l'être encore plus. Les pâmoisons d'Elodie, qui maintenant dépassent en puissance et en acuité les plus hauts sommets jamais atteints entre mes bras, me le confirment. L'adipeux individu, cramponné des deux mains aux hanches d'Elodie — aux divines hanches d'Elodie, salaud ! —, semble de son côté éprouver quelque difficulté à parvenir à son propre épanouissement. Je décide de le priver de cette satisfaction, petite vengeance mesquine et dérisoire, soit, mais je n'en suis plus à ces scrupules de gentleman.

Je m'approche donc sans vaine précaution du couple en pleine action et j'effleure de deux sèches petites tapes le dos ruisselant. Mes doigts s'enfoncent dans du gélatineux. Mais que peut-elle donc bien trouver d'attirant dans ce tas de graisse molle, Elodie ? Ah, femme, femme... Le sale type, surpris, tourne la tête, sans toutefois aller jusqu'à interrompre sa laborieuse progression vers un problématique orgasme. Et je reçois mon quatrième choc.

Quatrième choc. Cette gueule de traître que j'ai devant moi, c'est celle de Succivore. Parfaitement. Rouge, suant et ahanant, mais n'ayant rien perdu de sa naturelle assurance. Indigné de me voir là, certes, comme le serait n'importe qui de civilisé surpris en plein coït, mais pas coupable pour deux sous. Le plus surpris des deux, le plus décontenancé, surtout, c'est encore moi. Je reste coi.

Cependant, Elodie, qui abordait en douceur sa trajectoire de descente depuis le septième ciel, étonnée du brusque arrêt de la machinerie, tourne la tête, me voit, s'arrache à la pénétration sacrilège avec une involontaire grimace — ça doit faire mal, comme ça,

Cœur d'artichaut

sans précaution —, et, là, je me surprends à me demander avec curiosité quelles vont être ses premières paroles.

Pour ce qui est de moi, je me sens étrangement détaché. J'ai touché le fond, il ne peut plus rien m'arriver, je suis spectateur. Assommé. Anesthésié par la violence même du coup. La souffrance viendra plus tard.

Ses premières paroles ? Que je suis naïf ! C'est très simple : elle ne dit rien. J'aurais dû le prévoir. A quels « Ciel, mon amant ! » m'attendais-je donc ? Elle ne m'a même pas jeté un autre regard après le premier, lequel, il est vrai, suffisait à se faire une idée juste de la situation. Elle a, comme Diane surprise au bain, d'un bond de biche gracieusement franchi le lit, a ouvert la porte de la salle de bains attenante à la chambre — bien pratique, ma foi ! — et s'est enfermée à grand cliquetis de verrou. Un ruissellement de cascade m'apprend qu'elle a entrepris des purifications aquatiques.

Nous voilà donc face à face. Succivore, nu, gras, laid, réprobateur. Moi, habillé et sentant monter l'envie de casser une gueule. Je remarque sans le faire exprès que ce qui pendouille au bas-ventre du Maître et que déjà déserte l'érection est une assez pauvre petite chose. D'où, peut-être, sa prédilection pour la porte étroite, seul tunnel qui lui offre quelque chance de frôler les murs.

Succivore est, sinon parfaitement à l'aise, du moins autant qu'on peut l'être quand on vient d'être discourtoisement interrompu dans l'aride quête de la volupté. Sa nudité ne semble pas le gêner, non plus que sa laideur. Car il est laid. De cette laideur qu'on se plaît à prêter aux empereurs romains de la décadence. Mou de

Cœur d'artichaut

la fesse, mou du bide, mou de partout. Pas obèse, mais pis : de la graisse flottant sur du vent. Des bras de vieille femme, flasques, pendant sur l'os, un torse en tonneau, des seins de chèvre, des hanches en bouée de sauvetage, tout ça porté par des jambes grêles et arquées. Je le verrais bien en toge dans un « péplum » italien, couronné de laurier et écrasant du raisin noir sur la tronche d'une belle esclave tandis qu'en arrière-plan des lions mités bouffent du chrétien...

Où est-il, le quinqua-sexa avantageux qui sortait de la douche tel un Neptune un peu enveloppé mais fier de sa musculature laborieusement entretenue ? Aurait-il donc laissé tomber sa « construction corporelle », comme il disait, ce vrai francophone de choc ? C'est que la gonflette, dès qu'on arrête, tout fout le camp, c'est bien connu... Ou, peut-être, vidé par les excès amoureux ? Cette Elodie, hein, faut pas lui en promettre !

Bon, eh bien, puisque la fête est finie, il va tranquillement cueillir sa chemise de soie sur la chaise où elle gît, soigneusement pliée, avec ses autres vêtements — signe de plus, me dis-je au passage, qu'il est un vieil habitué : le rituel d'une première fois exige la projection fougueuse des loques dans tous les azimuts — et, tout en passant les manches, m'interroge, plus intrigué encore que contrarié :

— Ainsi, vous aussi, avec madame... euh, je crois que nous pouvons dire « Elodie », entre nous.

— Non. Moi, pas « aussi ». « Aussi », c'est vous.

— Ah...

Il réfléchit.

— Si je vous suis bien, vous estimez être le légitime propriétaire. Disons plutôt, le locataire principal.

— J'estimais, comme vous dites. Mais désormais à

Cœur d'artichaut

l'imparfait de l'indicatif. Et pas le « principal », mais le seul. Voyez quelle était ma présomption ! Enfin, c'est du passé, tout ça. Je vous laisse la place entière. A vous et... aux autres, s'il y a lieu.

Il passe son pantalon.

— Vous faites une bêtise. Elle vous aime.

— Vous savez cela, vous ?

— Je sais beaucoup de choses.

Il baisse la voix :

— Entre autres, certaines choses qu'elle n'a pas besoin de savoir.

Du pouce, il désigne la porte de la salle de bains.

Il me vient un rire amer :

— Vous retardez, mon vieux. Elle sait tout. Il n'y a plus rien à lui apprendre, ni à lui cacher.

Je mesure soudain toute l'ampleur de la chose.

— Et elle y a mis bon ordre !

Succivore enfile ses mocassins de pécari. Il a un sourire, un sourire sagace de vieux viveur revenu de tout, satisfait de peu :

— Je pourrais faire valoir le privilège de l'antériorité.

— Ah, parce que, avant moi...

— J'aime Elodie depuis bien, bien longtemps. Moi aussi, je la voulais pour moi seul. C'est normal. Le partage n'est pas naturel, il nécessite un effort, un renoncement, une adaptation, bref, une violence permanente qu'on se fait à soi-même. Je l'ai quittée. Je suis revenu. Je l'aimais tant que, plutôt que la perdre...

— Vous... Nous sommes beaucoup à nous ébattre sur ce lit ?

— Ne soyez pas sarcastique. Oh, et puis, après tout, soyez-le, si ça vous soulage.

— Vous ne m'avez pas répondu.

Cœur d'artichaut

— Parce que cela, mon petit, c'est à Elodie de vous le dire, si elle le juge bon.

— Je ne le lui demanderai pas. Je ne la reverrai pas. Et vous non plus. Je ne pourrais vous revoir ni l'un ni l'autre. Chaque fois que je penserai à ce que je viens de voir, je vomirai.

L'envie de casser une gueule me durcit les poings. Je dois avoir une tête épouvantable. Succivore recule derrière le vaste lit. La vague de violence passe, me laissant tremblant. Je hausse les épaules, fais demi-tour, vais jusqu'à la porte de la chambre, parcours en sens inverse le précieux tapis en ruine qui fut pour moi le chemin du paradis.

— Non!

Le cri d'une mère à qui l'on vole son bébé. En trois bonds elle est devant moi, dos à la porte. Nue sous un peignoir de bain, qui s'ouvre lorsqu'elle écarte les bras pour me barrer le chemin. Elle secoue la tête, ne sait dire que « Non! Non! » Je ne veux pas parler. Je veux juste m'en aller. J'essaie de l'écarter, sans trop de douceur. Elle ne bouge pas, se fait dure comme elle sait l'être. Je suis bien obligé d'ordonner :

— Laisse-moi passer.

Elle, seulement :

— Non!

La situation devient folle. Je me demande si je ne vais pas être forcé de lui flanquer une rouste. Je n'ai jamais fait ça. Où faut-il cogner pour qu'elle tombe vite et perde connaissance sans qu'elle ait trop de bobo? Ses yeux étincellent, je suis la proie dans l'antre de la louve. Je me résigne à parler :

— Elodie, où ça nous mène? Je ne veux plus de toi. Je ne veux plus être un de tes pantins. C'est fini, n'en

Cœur d'artichaut

parlons plus. Ne rends pas les choses encore plus dures. Te rends-tu compte que tu m'as fait quitter Lison pour... ça ?

D'un geste du bras, j'englobe Succivore et tous les autres, les réels et les possibles.

Elle n'a même pas écouté. Elle parle enfin :

— Tu es à moi.

Elle a vraiment l'air d'y croire. Echevelée, tragique comme une Hermione, du regard elle me défie et me supplie. Nous avons changé de répertoire. Le fait divers commencé comme du Feydeau bascule dans le racinien, et peut-être bientôt dans le Hitchcock. Je ne suis plus le cocu comique qui tombe mal à propos, mais le bon jeune homme pris dans les filets de la femme-araignée. Ses yeux, tels qu'ils brillent en ce moment, iraient bien sur l'affiche d'un film du genre *Massacre à la tronçonneuse*... Mais qu'elle est belle, dans sa fureur d'être démasquée, dans sa terreur de me perdre ! Qu'il est beau, ce corps vers qui, il y a quelques minutes à peine, je volais comme vers le but suprême ! Une impulsion me prend de tomber à ses genoux et d'enfouir mon visage dans son ventre en versant les douces larmes de la soumission, de l'esclavage accepté. Mais aussitôt l'épouvantable image de ce corps chéri, hurlant de plaisir et se tordant sous un Succivore visqueux rampant sur lui et cherchant laborieusement son ignoble assouvissement, me surgit à l'esprit et me glace. Un dégoût meurtrier me submerge. Je ne pourrai jamais oublier. Je ne pourrai jamais accepter... Elle a lu sur mon visage la brève tentation du pardon, elle y voit maintenant le sursaut qui dit « Jamais ! » Elle parle, d'une voix maîtrisée, comme constatant une évidence inéluctable :

Cœur d'artichaut

— Tu es à moi, Emmanuel. Et je suis à toi. Tout entière. Tu le sais. Sans restriction aucune.

Je ne devrais pas répondre. Surtout pas. La laisser se fatiguer, retomber de son excitation morbide... C'est plus fort que moi, je ne puis me tenir de ricaner :

— Sans restriction aucune, sauf que tu appartiens en même temps tout entière à ce sagouin. Et à je ne sais combien d'autres, putain !

Elle ne relève pas l'insulte.

— Cela n'a rien à voir. Je suis toute à toi, je suis toute à lui, je donne mon amour tout entier à toi, et à lui. L'amour ne se divise pas.

Qu'est-ce qu'elle vient de dire là ? « L'amour ne se divise pas... » Exactement les mots qui me sont venus en tête quand elle m'a fait cette scène à propos de Lison, exactement. Mot pour mot ! Les rôles étaient inversés, alors. C'était moi la pute, ce jour-là, elle la victime se découvrant soudain trompée, simple numéro dans un harem. Et je les pensais, ces mots ! Je les pense toujours. Elle m'a fait abandonner Lison avec ses boniments moralisateurs, mais c'est parce qu'elle voulait simplement m'avoir à elle seule ! Et moi, n'y croyant au fond que d'une oreille, dupe consentante de la culpabilité qu'elle avait su attiser en moi, et aussi, sois franc, Ducon, de mon insatiable envie de son cul, j'ai marché. Je me suis fait avoir. Je n'étais qu'un des mâles de cette dévorante, un des numéros de son harem ou appelle ça comme tu voudras quand ça fonctionne en sens inverse. Quel con ! Non, mais, quel sinistre con ! On a beau être prévenu et se méfier de soi, on est toujours plus con qu'on ne se le figure...

Comme si elle avait suivi mes pensées à la piste, elle dit :

Cœur d'artichaut

— C'est ainsi, Emmanuel. Ce que les femmes sont pour toi, les hommes le sont pour moi. Je les aime tous. Je vous aime tous. En chacun je cherche ce qu'il peut avoir d'attirant. Je ne cherche même pas : je sais. D'emblée. Je suis la femme de tous les hommes comme tu es l'homme de toutes les femmes. Tu aimes Lison, tu aimes Isabelle, tu m'aimes, et combien d'autres ? Il suffit qu'elles s'offrent. Cela, tu le vis tout naturellement. L'univers, pour toi, est peuplé de tentations, et tu n'imagines pas pour quelle raison tu y résisterais. Eh bien, mon chéri, mon bel amour, il te faut admettre que je suis ton symétrique femelle. Je t'aime, j'aime Jean-Pierre... Tu ne supportes pas l'idée qu'un autre homme que toi pose ses pattes sur une femme, à plus forte raison sur une de tes amantes. Sache qu'il en va de même pour moi. Je t'aime d'amour ardent, d'amour exclusif et exigeant. Je ne veux pas te perdre, je ne veux pas te partager.

Et moi, je me dis que ses symétries en miroir se soldent par une incompatibilité flagrante, puisque, si l'un aime toutes les femmes et ne supporte qu'aucune ne le trompe et que l'autre se comporte de même envers les hommes, un pareil couple ne peut exister que par la loi du plus fort des deux, qui opprimera le plus faible. Et pour l'instant, le plus faible, c'est moi.

Elle se tourne vers Succivore, qui se tient, muet, à l'écart, l'attire à elle, l'enlace, m'enlace de son autre bras, elle le bise, elle me bise, elle dit passionnément « Mes chéris ! Mes adorés ! »... Nous voilà prêts pour la photo de famille, vraiment bonne mine nous avons, j'ai tellement honte, d'elle, de moi, de nous trois, que soudain je ne l'aime plus.

Purgé. Lavé. Evacuée, Elodie. Elle n'existe plus. J'ai

Cœur d'artichaut

désormais la tête libre, et je la concentre sur une idée :
me tirer d'ici.

Succivore dit :

— Bon. Je vous laisse.

Elle l'autorise :

— Va, amour.

Merde, elle ne m'a jamais dit « Va, amour », à moi !
Si seulement elle l'avait fait, ça m'aurait ouvert les yeux
sur-le-champ. Pas à dire, elle a le sens inné de ce qu'il
convient de dire à chacun. Aux Succivore, « Va,
amour ». A moi, un simple regard, mais intense, mais
chargé de choses qui me donnaient à supposer des
trésors enfouis... Ah, elles savent y faire ! C'est fou ce
qu'on se met à comprendre dès qu'on n'est plus
amoureux. « Va, amour »... C'est pas vrai !

Et donc Succivore lui enfourne le baiser d'adieu, un
vorace ramonage d'amygdales qui me lève le cœur, puis,
se tournant vers moi, a un moment de flottement. Je
comprends qu'il est en train de se demander s'il me
serrera virilement la paluche ou, va savoir, me roulera la
pelle de la confraternité amoureuse — après tout, nous
sommes désormais censés être unis en une commune
adoration et, de ce fait, censés, pourquoi pas, avoir
maintes occasions, partis chacun d'une des faces de la
dame, de nous rencontrer à mi-chemin, je veux dire au
milieu du tunnel, « *Doctor Livingstone, I presume ?* »... —,
opte en fin de compte pour une vague grimace passe-
partout faux jeton à ne pas croire — j'aurais dû prêter
davantage attention à cette grimace-là —, puis s'insinue
entre Elodie et la porte, qu'il entrebâille pour se glisser
au-dehors.

J'étais fin prêt. M'arrachant à l'enlacement élodique,
j'envoie dinguer le Succivore d'un coup d'épaule et me

Cœur d'artichaut

voilà dans l'escalier, bondissant de quatre marches en quatre marches comme si j'avais le feu au train.

Je m'attendais à des cris, à une poursuite. Mais non. Elle a crié, une seule fois :

— Emmanuel !

Puis, calmement :

— Tu reviendras. Je t'attends.

Compte là-dessus ! Moi, je cours.

XV

C'est la première fois que je cesse d'aimer. Jusqu'ici, ma passion pour une femme ne pouvait aller que dans un sens : croître. Même si le contact se perdait. L'amour continuait à grandir et à embellir. Le feu sous la cendre. Toujours prêt à repartir et à flamber. J'ai comme ça un harem intime qui me tient chaud à l'âme, même si les souvenirs cruels y tiennent plus de place, beaucoup plus, que les souvenirs heureux, car ceux-là, les heureux, sont tellement intenses, que le bonheur m'inonde quand ils me reviennent en tête. Et puis, les souvenirs cruels aussi sont des souvenirs. La vraie misère, c'est pas de souvenirs du tout.

J'aime la femme dans toutes les femmes, mais ma capacité d'amour s'arrête à la femme, la femme la remplit à ras bord. L'enfant n'est pas prévu. Faire l'amour, c'est faire l'amour, un point c'est tout. L'idée de le faire pour mettre un gosse au monde ne me viendrait même pas. La vue d'une femme enceinte déclenche ma pitié en même temps qu'une violente envie de vomir. Quand Agathe portait Joséphine, je ne voyais plus que ce ventre monstrueux, tendu à craquer, où s'engraissait un parasite comme un ver dans une

Cœur d'artichaut

pomme. Et Agathe, reins creusés, ventre en avant, teint plombé, qui se dandinait en canard, arrogante, ayant tous les droits : elle portait une graine d'humain. Sacré ! Je n'arrivais pas à faire l'amour à ça.

Curieusement, une femme qui a été mère m'attire, après. Les vergetures m'attendrissent et, mais oui, me font bander. Je les caresse, je les lèche, ces stigmates, ces témoins de tortures dont elles ont réchappé. Je n'analyse pas, c'est comme ça, là encore je prends le bon, je laisse le reste...

Encore plus curieux, j'aime ma fille. Quand elle est née, qu'elle m'eut été imposée, je n'avais que répugnance et dégoût pour ce bout de barbaque violacée d'où suintaient cris, larmes, merde et pisse. Aucun élan protecteur ne me poussait vers ce paquet d'emmerdes. Je n'en ai pas moins tenu mon rôle, héroïquement. Ce n'est pas cela qui, plus tard, devait nous séparer, Agathe et moi. L'amour paternel, ou, disons, plus modestement, l'intérêt, m'est venu longtemps après, lorsque Joséphine s'est mise à prendre une allure humaine, je veux dire féminine. Oh, rien de trouble là-dedans. En tout cas, pas plus que chez les pères « normaux » qui voient les nichons pousser à leurs filles.

Donc, je n'aime plus Elodie ! Plus du tout. Et, je ne m'y serais jamais attendu, c'est du soulagement que je ressens. Une délivrance. Le ciel est à moi, et la terre entière ! Je suis un oiseau. Un oiseau qui vole à tire-d'aile vers Lison. Un oiseau qui voit clair et net dans l'intérieur de sa tête. Scrupules fumeux et cas de conscience paralysants, tout s'est dissipé pendant que je dévalais l'escalier. Lison, mon amour, attends-moi ! J'accours. Tu le sais, que j'accours, n'est-ce pas ? Tu sais tout, toujours...

Cœur d'artichaut

Je m'arrête net, en plein trottoir. Au fait, où habite-t-elle ? C'est là que je prends conscience que je n'ai pas son adresse. Pas même son téléphone. C'est toujours elle qui m'appelle, toujours chez moi que nous nous retrouvons... J'entre dans le premier bistrot venu, je dégringole au sous-sol où, marinant dans la traditionnelle odeur de vieille pisse, cohabitent chiottes et téléphone, je fais le douze, heureusement je connais le nom de famille — pourvu qu'Isabelle ne se soit pas fait mettre sur la liste rouge ! —, j'ai mon renseignement en moins de deux, depuis qu'ils ont tous des Minitel, les bons croquants, les renseignements ne sont plus encombrés, j'hésite à téléphoner, je finis par me dire que non, j'y vais directement, je veux lui faire la surprise.

C'est, dans une de ces charmantes vieilles rues du Marais, une de ces charmantes vieilles demeures, ci-devant hôtels particuliers aristos retapés genre délabrement chic par décorateurs pédés — pardon : architectes d'intérieur pédés —, avec escalier monumental tout pierre et fer forgé à volutes où l'on s'emmêle les pieds parce que trop bas de marches — nos ancêtres les princes du sang devaient être assez bas du cul — et où les gens qu'on vient voir crèchent immanquablement au plus haut du plus haut.

Je me hisse au sommet et, cœur battant, pas seulement à cause des étages casse-pattes, j'appuie sur le bouton de sonnette tarabiscoté style Louis XIV qui fait sonnailler dans les lointains un carillon musical style Bazar de l'Hôtel de Ville. De gentils talons de femme martèlent le parquet de l'autre côté de la porte. Lison ? La porte s'ouvre en grand. Non : Isabelle.

Qui, me voyant, se trouble. Bafouille :
— C'est vous ?

Cœur d'artichaut

S'empêtre, aggrave son cas :

— Pardon... Je croyais que c'était Lison.

Je suis tout aussi bafouillant qu'elle. Heureusement qu'elle me fournit une occasion de réponse :

— Désolé... Lison n'a donc pas sa clef?

— Oh, il lui arrive de l'oublier. Vous la connaissez...

Tu parles si je la connais! Et si sa maman sait de quelle façon je la connais! Isabelle a, apparemment, parcouru le même chemin que moi, et à la même vitesse, car elle rougit et bafouille de plus belle :

— Euh... Vous... Vous vouliez lui parler?

Cet imparfait mis pour un présent sonne en tout mon être le branle-bas de combat.

— Elle n'est pas là?

— Non... Non, elle n'y est pas.

— Savez-vous si elle doit revenir bientôt?

— Elle ne m'a rien dit.

Madame mère semble avoir surmonté son trouble. Elle retrouve une urbanité de bon aloi :

— Mais je vous en prie, entrez donc.

— Je ne vous dérange pas?

Très Régence, moi.

Elle passe à la rondeur bonne franquette :

— Allons, Emmanuel, entrez donc. Nous l'attendrons ensemble.

J'entre, donc. Intérieur bohème de bon ton. On a des copains peintres. On chine aux Puces. On court les brocantes. On fait comme si on ne se prenait pas au sérieux. L'alibi du kitsch, ce second degré de la laideur, habille le goût de chiottes de nos grand-pères de condescendance amusée, tandis qu'à l'autre bout du spectre de la connerie le vide de l'inspiration se cache sous le masque de l'outrance « moderne ». La nymphe

Cœur d'artichaut

de bronze Expo universelle de 1880 arrondit ses fesses exubérantes devant un gribouillis géant et à dégueuler qui se veut à l'avant-garde de l'avant-garde... La poutre plein cœur de chêne crevassée d'époque sur fond blanc cru vous cueille à tous les angles, il faut se baisser, se relever, se cogner quand même, se retenir de jurer tous les bordels de merde... Bref, c'est le classique grenier cucul la praline à prétentions intello-artistes, c'est horripilant, c'est touchant, c'est intime, c'est chaleureux et ça sent la femme bien lavée.

Ça sent la femme à m'en faire tourner la tête. Je ne sais trop comment, je me retrouve affalé sur un machin très mou à ras du sol, l'œil à ras, lui, des genoux d'Isabelle, laquelle s'est accommodée d'une ottomane — je pense que c'est une ottomane —, jambes chastement repliées sous elle. Seuls se montrent ses beaux genoux ronds, et rien n'oblige le visiteur bien élevé à penser qu'ils se trouvent, ces genoux, à la charnière de jambes admirables et de cuisses somptueuses. Il faudrait avoir l'esprit fort mal tourné.

Elle va me proposer du thé, je sens ça venir.

— Voulez-vous une tasse de thé? dit-elle.

Etouffons les mondanités dans l'œuf.

— Isabelle, il s'est passé quelque chose de terrible entre Lison et moi. De terriblement con. Le con, c'est moi. Il faut absolument que je voie Lison très vite, tout de suite. Si vous savez où elle est, si vous avez la moindre idée de l'endroit où elle peut être, je vous en prie, dites-le-moi.

Je vois une inquiétude gagner Isabelle.

— C'est donc cela. Elle m'a embrassée assez distraitement, ce qui n'est guère son habitude, puis elle est allée droit à sa chambre, n'y est restée que quelques

Cœur d'artichaut

instants, en est ressortie et a quitté la maison sans dire un mot.

Je dois avoir l'air soucieux, car elle s'empresse de me rassurer :

— Vous savez, Emmanuel, Lison agit souvent ainsi... Mais, puisque vous m'y faites penser, elle avait un visage, comment dire, fermé. Résolu. Voilà : résolu.

— Elle est sans doute allée retrouver Jean-Luc ?

— Ah, vous saviez ?... Non. Certainement pas. Elle l'a... Comment dit-elle ? Liquidé. C'est cela. Elle l'a liquidé. Ce sont ses propres termes.

— Alors, elle est peut-être allée chez moi. Mais oui, c'est sûr ! C'est là qu'elle est allée ! Elle est là-bas, en ce moment même. Elle a été déçue de ne pas m'y trouver. Je la connais, elle aura voulu me faire la surprise. Elle m'attend. Bon dieu, il faut que j'y coure !

Isabelle pose la main sur mon genou.

— Encore mieux, Emmanuel : téléphonez chez vous. Si elle y est, elle répondra.

— Mais c'est vrai ! Je suis bête. Où est le téléphone ?

— Voici.

Elle me tend un de ces machins portatifs, déploie l'antenne, allume le bidule. Je pianote le numéro de chez moi. Je laisse sonner longtemps. Rien.

Je rends le machin à Isabelle. Je dis, piteux :

— J'y suis allé vraiment fort, vous savez.

Elle me rassure d'un sourire :

— Querelle d'amoureux.

— Non. Rien à voir. J'ai rompu. Je l'ai... Comment dit-elle ? Liquidée. Froidement. Du définitif.

— On les connaît, ces définitifs-là ! La preuve : vous êtes ici, bouleversé de ce que vous avez fait, plus amoureux que jamais, brûlant de renouer.

Cœur d'artichaut

— Oui, mais elle, elle ne le sait pas. Elle a pris cela tout à fait au sérieux.

— Mais vous allez tout arranger. Je pense qu'elle est allée voir une amie. Stéphanie, peut-être. Elle finira bien par revenir. Le mieux serait que vous l'attendiez ici en donnant de temps à autre un coup de fil chez vous, à tout hasard. Elle a votre clef ?

Je fais oui de la tête.

— Détendez-vous. Vous êtes défait. Une mine à faire peur. On dirait que vous sortez de l'enfer. Que vous est-il donc arrivé ? C'est ce malheureux malentendu avec Lison ?

C'est vrai que je me sens secoué, après coup. Et vidé. La tête me fait mal. Le fameux contrecoup de la secousse ? Je dis, dans une grimace :

— Oui, l'enfer. Non, pas Lison.

Elle s'inquiète :

— Emmanuel, vous êtes sur le point de vous trouver mal... Venez, allongez-vous, je vais aller vous chercher un alcool.

Je me mets debout, à gestes pâteux. Ça tourne. Elle me prend le bras, me guide jusqu'à l'ottomane ou quoi que ce puisse être, me force à m'y allonger, me soulève la tête d'une main tandis que, de l'autre, elle glisse deux coussins sous ma nuque... Et, bien sûr, son odeur m'enveloppe. Ses odeurs. Son corps est un jardin de parfums. Elle n'a nul besoin des chimies en flacons de cristal. Oh, que surtout jamais elle n'en use ! Ce serait saccage et sacrilège. Les odeurs d'Isabelle... Celle qui, chaude et lourde, monte de son corsage large ouvert. Celle, indéfinissable et prenante, que le sillon de sa nuque, sous l'épais chignon, sa coiffure du jour, distille. Et la puissante fragrance femelle de ses aisselles... Mais

Cœur d'artichaut

où je vais, là ? Mais c'est pas possible, mais je ne vais pas... Oh, non, non !

Oh, si ! Je me laisse aller sur sa poitrine, vrai dégueulasse qui profite de son propre malheur. Sous ma joue son corsage est impalpablement léger, de la soie, je suppose, elle est plus proche cent fois que si elle était nue. Ses fermes petits nichons en liberté palpitent au rythme de son cœur que je sens cogner contre ses côtes, ses petits nichons drus comme ceux d'une adolescente, mais combien plus émouvants... Mes narines s'épanouissent, se paient une orgie d'émotion douce. Elle ne s'est pas dérobée. Elle s'est figée, les mains immobilisées en plein geste. Je n'ose lever les yeux vers son visage... Et puis sa main se pose sur mes cheveux. C'est gagné ! Et soudain je pleure, sans bruit, à grosses larmes qui coulent dans la vallée d'ombre entre ses seins, je pleure sans savoir pourquoi, si c'est d'angoisse d'avoir peut-être perdu l'une, d'émotion d'avoir enfin trouvé l'autre ? Des deux, sans doute... Nous restons comme ça, longtemps.

Elle prend ma tête entre ses mains, se penche et effleure mes lèvres de ses lèvres encore plus douces que je ne les imaginais. Elle se dégage, va pousser le verrou, et moi je la regarde marcher, et je pleure, de pur bonheur, cette fois. Je dis :

— Et si Lison... ?

Elle a un lumineux sourire :

— Comme si tu ne savais pas que c'est le plus beau cadeau que nous puissions offrir à Lison !

Elle s'agenouille à mon chevet, son visage à hauteur du mien, et elle me regarde. Elle me regarde, c'est tout. Elle s'emplit de moi par les yeux, gravement, intensément, comme un gosse qui contemple son jouet de Noël

Cœur d'artichaut

tout neuf et n'ose y croire. Je ne savais pas que des yeux aussi lumineusement verts pouvaient exister. Je m'y perds, dans cet océan vert, je m'y noie, je m'y dissous. Je suis à elle, qu'elle fasse de moi ce qu'elle veut. Rien du tout, si c'est ce qu'elle veut.

Elle pose sur ma bouche un baiser furtif, puis explore mon visage de ses lèvres entrouvertes, et c'est une promenade exquisement sensuelle, d'une sensualité naïve et ardente... Sans que ses yeux quittent les miens, un sourire timide tremblant aux commissures, elle entreprend de défaire les boutons de ma chemise. Ses doigts sont maladroits. Sa bouche se promène maintenant sur mon poitrail, des frissons me courent partout, la voilà qui effleure la pointe de mes seins, qui les mordille, c'est à l'extrême limite du supportable... Surtout ne pas bouger!... Elle s'interrompt, me prend la main, la baise passionnément. Ses larmes coulent sur mes doigts, larmes du bonheur enfin atteint. Nous vivons décidément des amours larmoyantes. Ce ne sont pas les moins exquises.

Surtout ne pas bouger, oui, mais ma main ne m'obéit plus. La voici qui, d'elle-même, se meut, va se glisser sous l'ample corolle de la jupe gitane, ose se poser sur la rondeur musculeuse de la cuisse. C'est tellement bon que je pense défaillir. Puis elle remonte, la main, bien lentement, savourant chaque centimètre gagné, et c'est la surprise. Sous ma paume, soudain, de la peau! A l'ombre de la jupe de grande fille sage, Isabelle porte des bas, de « vrais » bas; et, cela va de soi, un porte-jarretelles! C'est de la peau que je caresse, cette peau invraisemblablement fine qu'elles ont là, et qui chez Isabelle l'est à se pâmer. Je la regarde, n'osant en croire mes doigts.

Cœur d'artichaut

Elle a rougi, gentiment confuse, mais son clair regard défie le mien.

Mon geste a balayé les ultimes pudeurs et mis fin aux prémices. Sans me quitter des yeux, elle a posément troussé sa jupe, fait tomber puis enjambé un mignon slip de dentelle blanche... Et la voilà sur moi, à califourchon, qui, de ses doigts tremblants d'impatience, déboucle la ceinture de mon pantalon !

Comment a-t-elle deviné que c'est ainsi que je la voulais, jupe troussée aux hanches, ayant gardé ses bas, en porte-jarretelles et talons hauts ? Comment a-t-elle compris que c'est munie de ces accessoires de pute que je me la rêvais, elle, la raisonnable Isabelle, la mère attentive, la bourgeoise impeccable dont le calme maintien et la chaste réserve m'en imposent ?

Foin des préliminaires. Nous sommes à ce point affamés l'un de l'autre, à ce point bouleversés par l'intensité de l'instant, que seule la pénétration immédiate, l'acte suprême qui scelle la prise de possession, s'impose à nous dans sa simplicité animale.

Agenouillée de part et d'autre de moi, de la main elle me guide en elle, et cela seul me ferait râler d'extase. Elle le fait sans me quitter des yeux, savourant la moindre nuance de mes émois, tandis que, de mon côté, je guette les siens sur son visage que transfigure le désir.

Lorsque je la pénètre, elle n'a garde de se laisser aller, se maintient à demi engagée à l'extrême bord de mon membre, savourant sans en rien laisser perdre le bouleversant premier contact de l'ogive gonflée sur ses muqueuses délicates, puis elle s'enfonce lentement, retenant la glissade, jusqu'à ce que, n'en pouvant plus, elle se laisse choir et m'engloutisse jusqu'au ventre. Ses yeux s'agrandissent et brûlent d'un feu intense, un cerne

Cœur d'artichaut

mauve creuse ses orbites, sa bouche s'ouvre pour un cri qu'elle retient d'extrême justesse, en se mordant violemment les lèvres.

L'orgasme l'a submergée comme une vague de fond. Je reste sur ma faim, mais qu'importe, elle est dans mes bras, la douce chérie, abandonnée, inerte, épave très précieuse. Je me rends bientôt compte qu'elle a perdu connaissance. Je suis toujours en elle, n'osant bouger, torturé par une érection géante.

Je soulève doucement sa tête, je baise ses yeux clos, je baise ses lèvres, bien tendrement. Elle écarte enfin les paupières, a un bref regard égaré, puis, tout à fait revenue à la réalité, m'adresse un grand sourire, me serre à m'étouffer et, sentant remuer au plus profond d'elle ma turbulente insatisfaction, se met en devoir de m'amener à bon port.

L'ottomane — si toutefois ottomane il y a — n'est pas un meuble propice aux amours tumultueuses. Ça tombe bien : Isabelle n'est pas une expansive. Tout en elle se passe en dedans, à l'économie de gestes et de manifestations bruyantes. Elle fait l'amour gravement, religieusement. Elle bouge à peine à peine. Une reptation immobile. Elle me regarde, attentive à la montée de mon plaisir. Comme si elle me tenait par la main et me guidait le long d'un sentier fleuri qui s'élèverait lentement mais sûrement vers un merveilleux sommet. Et le sentier est tellement fleuri et tellement fécond lui-même en merveilles que j'en viens à souhaiter que le sommet ne soit jamais atteint.

Ardente et tranquille Isabelle... Si soucieuse de mon plaisir, si gourmande du sien ! Elle fait si bien que nous atteignons ensemble le sommet éblouissant.

Cœur d'artichaut

Et, pour être à l'unisson, je me retiens de bramer mon assouvissement

Nous reprenons souffle, elle sur moi, m'écrasant de son poids léger. Contrairement, paraît-il, à la norme masculine, je n'ai nulle envie de me dépêtrer de la femme devenue encombrante après la joute amoureuse. Je prolongerais volontiers l'instant, dans l'abandon de nos membres mêlés, le débraillé de nos semi-nudités, l'odeur puissante de nos sueurs et de nos sécrétions. L'arôme du foutre répandu accompagne merveilleusement l'accablement, reptilien, d'après.

Les stridences du téléphone nous arrachent à un délicieux assoupissement... Lison ?

Isabelle sait où se trouve le bidule. Elle l'atteint la première. Elle décroche, fait « Allô ! », écoute la réponse, se tourne vers moi en secouant la tête. Ce n'est pas Lison. L'inquiétude, un instant oubliée, revient à pas de loup. Tandis qu'Isabelle papote, je me rajuste. Elle voit que je suis pour partir, coupe court à sa conversation et vient se blottir dans mes bras. Elle veut me rassurer. Se rassurer aussi, qui sait ?

— Appelle chez toi. Elle y est peut-être, maintenant.

Je compose mon numéro. Je laisse sonner. Rien. Je demande :

— Tu as le numéro de Stéphanie ?

— Non, je ne l'ai pas.

Il faut pourtant que je fasse quelque chose.

— Je vais jusqu'au petit bistrot près du lycée. C'est un de leurs endroits.

— Ensuite, tu vas chez toi ? Si tu ne l'as pas trouvée, je veux dire.

— Oui.

— Dès qu'elle sera là, je lui dis de t'appeler.

Cœur d'artichaut

— C'est ça.

Elle pose ses mains sur ma poitrine, lève vers les miens ses yeux d'eau verte, dit seulement :

— Emmanuel...

Je serre ses mains dans les miennes, c'est ma réponse. Et puis je pose un baiser rapide sur ses lèvres, me voilà parti.

Lison n'était pas au petit bistrot, ni personne de la bande, d'ailleurs ce n'était pas leur heure. Je rentre donc chez moi, peut-être y sera-t-elle arrivée entre-temps. Mais elle n'y est pas. A quoi pourrais-je bien m'occuper pour ne pas rester planté devant ce téléphone ? Mon manuscrit.

Je le sors de son tiroir. Demain, sans faute, je le porte. Les feuilles, me semble-t-il, n'en sont pas très bien rangées. Elles dépassent en pagaille de la grosse chemise à sangle. Ce n'est pas mon genre. Flemmard pour le ménage, méticuleux pour le boulot... Ah, téléphone !

— Lison !

— Mais non, papa ! C'est Joséphine, ta petite fille adorée. Tu me reconnais plus ?

— Maintenant, si. Je ne pouvais pas te reconnaître avant que tu aies parlé.

— Ah, ouais, tiens... Dis donc, ta Lison, là, t'as vachement l'air d'y tenir ! T'as gueulé comme un qui a la trouille. Elle te fait marcher, hein ? Mais faut pas t'en faire, papa. Toutes des salopes !

— Sauf ta mère, j'espère ?

— Oh, tu sais...

— Joséphine ! Tu es sur le point d'aller trop loin.

Cœur d'artichaut

— Pas de danger, tu vois bien, puisque tu es là pour m'arrêter ! Attends, Fripon veut te dire bonjour.

— Fripon ?

— Mon chien. T'as oublié son nom ?

— Ah, oui ! Fripon.

— Dis bonjour, Fripon, c'est mon papa. Tiens, cause là-dedans.

J'entends quelques grognements agacés, puis une rafale d'abois apparemment furieux m'éclate dans l'oreille. Je dis :

— Bonjour, Fripon.

— T'as vu ? Il est bien élevé, hein ? Si tu savais comme il est mignon ! Il est heureux, avec moi, tu sais. Et moi aussi, je suis heureuse. Qu'est-ce qu'on s'aime, nous deux ! Je le mène tous les matins de bonne heure au Champ-de-Mars, je le laisse courir tout seul, mais c'est défendu, alors je fais attention quand y a pas le garde, je le lâche dans l'herbe, il est content ! Il court comme un fou, il se roule dans l'herbe les quatre pattes en l'air, et alors, moi, de le voir content comme ça, je suis contente aussi, tu penses !

— Et si tu es contente, ma petite fille, je le suis aussi.

— Papa ?

— Oui ?

— On y retournera, chez la dame aux chiens ?

— Tu en veux un autre ?

— Meuh non ! Je veux juste aller les voir, comme ça. Leur porter des cadeaux. Et pis, je veux apprendre le métier, parce que je veux faire refuge, quand je serai grande, c'est ça que je veux faire.

— Eh bien, d'accord. On va arranger ça.

— Super !

— En attendant, je vais te demander de me dire au

Cœur d'artichaut

revoir et de raccrocher. J'attends un coup de fil important.

— Ouah, lui! Qu'est-ce que tu peux être menteur! Ton coup de fil important, il s'appelle Lison.

— Bon. Mettons. Et alors?

— Alors, tu changeras jamais, papa. Toujours aussi con!

— Joséphine!

Mais elle a déjà raccroché.

On frappe à la porte. Lison? Mais non, Lison ne frapperait pas, elle a sa clef. A moins qu'elle ne veuille me signifier qu'elle n'est plus qu'une visiteuse, une étrangère... M'en fous, elle est venue, c'est l'essentiel. Engueule-moi, Lison, crache-moi dessus, je mérite le pire, mais sois là, Lison, sois là! J'ouvre à la volée. C'est Stéphanie. Bien le dernier être vivant que je souhaiterais voir en ce moment. Elle porte un paquet sous le bras.

Je ne lui propose pas d'entrer. Je n'ai qu'une hâte, c'est qu'elle foute le camp. Elle s'efforce à une mine « on efface le passé et on n'en parle plus » qui n'arrive cependant pas à maîtriser un sourire vicelard ni un œil brillant de méchanceté jubilante. Toutes choses qui, connaissant la sauterelle, devraient m'avertir d'avoir à me préparer à du désagréable, mais, préoccupé que je suis de lui barrer la porte, je n'y prête guère attention. Stéphanie, pour moi, c'est une fois pour toutes la peste et le choléra dans la même jupette, je ne m'arrête pas aux nuances locales et temporaires de sa météo intime. Elle parle, vite, avant que je ne lui claque la porte au nez:

379

Cœur d'artichaut

— Si je te dis gentiment bonjour, tu me répondras d'aller me faire mettre, alors je te le dis pas.

— Bon, t'as fait ton petit effet. Casse-toi.

Elle glisse son pied entre la porte et le chambranle, comme dans les séries télé américaines. Je me dis que, sans grand effort, je pourrais en faire de la bouillie panachée de pied-basket-socquette avec semis de petits os pour faire joli, suffirait de prendre de l'élan et de balancer le battant à toute volée, un bon coup de talon pour finir, je ne comprends pas qu'aucun détective privé américain ne se soit encore fait baiser de cette façon. Quels cons, ces Yankees ! Mais peut-être ont-ils tout simplement un aussi bon petit cœur que moi et hésitent-ils à faire du bobo au privé acharné comme j'hésite moi-même à en faire à cette punaise malfaisante ? Tant pis pour leur gueule, tant pis pour la mienne. La punaise se faufile prestement sous mon bras, la voilà dans la place.

Elle se fait gentille, bonne petite fille comme tout :

— N'aie donc pas peur comme ça ! Je ne veux pas te violer. Pas cette fois. Quoique, si tu y tiens... Bon, bon, ne fronce pas ton noir sourcil ! Aujourd'hui, je suis ici en qualité de simple commissionnaire. Je t'apporte un cadeau. Le voici.

Elle brandit le paquet qu'elle portait sous le bras, une de ces grosses enveloppes matelassées qu'emploient les éditeurs pour envoyer en service de presse leurs dernières parutions à messieurs les critiques. Elle feint de lire l'étiquette :

— « Editions du Cerf-Volant ». C'est le nom de l'expéditeur. Tiens, mais, n'est-ce pas la maison qui a l'honneur et le profit de publier en exclusivité les œuvres romanesques autant que sublimes de ton illustre ami Succivore ? La suscription, écrite à la main et à l'encre

380

bleue, mentionne que c'est adressé à monsieur Emmanuel Onéguine, rue Ceci-Cela, numéro tant *bis*. Renseignements dûment pris, il s'agit bien de toi. Je remets donc le paquet, en mains propres, à son légitime destinataire. Mission accomplie.

Elle me tend l'épaisse enveloppe. Je la prends. Je flaire le traquenard, mais la curiosité, n'est-ce pas... J'arrache le rabat autocollant, je secoue l'enveloppe. Il en tombe un livre, à quoi d'autre m'attendais-je donc ? Un gros livre. Au moins trois cents pages grand format. La couverture porte, en caractères obscènes à force de gigantisme, écarlates sur fond noir absolu, le nom magique, le nom déclencheur de ventes record :

JEAN-PIERRE SUCCIVORE

Dessous, plus modeste, le titre de l'œuvre :

CŒUR D'ARTICHAUT

Encore plus bas, la mention « Roman ».

L'illustration, un discret cercle coloré perdu dans le noir, très classe, représente un détail du *Bain turc* d'Ingres, ce régal de croupes, de seins et d'esclaves consentantes, ce concentré d'érotisme, ce rêve de mâle frustré.

Curieux. « Cœur d'artichaut »... Un des titres que j'ai retenus pour mon roman. Drôle de coïncidence. Je n'en ai parlé à personne, et surtout pas à Succivore. Une angoisse sourde me tenaille la tripe. Je crois que je commence à entrevoir des choses... Mais non, ce n'est pas possible ! Je me laisse gagner par la parano. Il m'est tombé tellement de tuiles sur la tête, aussi...

Je n'ose ouvrir le livre. Comme si quelque chose

Cœur d'artichaut

d'épouvantable allait en jaillir et me dévorer. Je lève les yeux vers Stéphanie. Elle n'a pas bougé. Elle attend. Sous mon regard, elle s'efforce à un air détaché. Mais je sais qu'elle m'observe. Elle guette ma réaction. Donc, un monstre est bien tapi entre ces pages... Et merde, j'ouvre !

Page de garde, faux-titre, titre. Pas de dédicace. Chapitre I. Je lis.

« *La façade, il faut bien le dire, dépare la rue. C'est justement ce que fait remarquer le brigadier-chef Ronsard, CRS et fier de l'être, à son collègue et subordonné Marot :*

— Ça dépare l'ensemble, il faut reconnaître.

Il ajoute :

— Comme une dent pourrie dans un sourire de jeune fille, si tu vois.

Le brigadier est poète. L'autre ne l'est pas.

Il crache :

— Ça fait dégueulasse, voilà ce que ça fait.

Il réfléchit :

— Et c'est dégueulasse. »

...

Inutile d'aller plus loin. C'est MON premier chapitre. Mot pour mot. Ligne pour ligne. Fébrilement, j'ouvre le livre au hasard. Et encore. Et encore... Aucun doute. Tout est de moi. De moi ! Les phrases que j'ai tant peiné à mettre debout, celles qui couraient sur le papier plus vite que je ne les concevais, toutes sont là, toutes, toutes, parées du prestige de l'imprimé. Toutes mes trouvailles, mes hésitations, mes jubilations, mes corrections réflexion faite, toutes mes souffrances, tous mes espoirs, mes nuits blanches, mes réveils en sursaut parce qu'un terme

Cœur d'artichaut

meilleur m'était venu dans mon sommeil, tout est là... Volé.

Mais comment a-t-il pu...? Je cours droit au tiroir sacré. Le manuscrit est là. Il n'a pas bougé. Je défais la sangle du gros registre. Mon écriture me saute aux yeux, épaisse, lourde, appliquée. Mon écriture, quoi. « Chapitre I — La façade, il faut bien le dire,... » Tout est là, à sa place, attendant que je me décide à l'emporter chez un éditeur. Alors ?

Quelque chose, quand même, n'est pas comme ce devrait être, mais je n'arrive pas à définir quoi. Ça y est : le désordre ! Les feuillets se succèdent à leur place assignée, mais les uns dépassent, d'autres sont de travers. J'avais remarqué cela, ce matin, sans y prêter autrement attention... Et, tiens, au verso du feuillet numéroté 120, une trace de chocolat. Une empreinte digitale bien nette. Le salaud qui a fait le coup bouffait un Mars ou un Bounty. Et voilà que des circonstances me reviennent en mémoire, que des détails s'assemblent et racontent une histoire... Sans lever les yeux, j'observe Stéphanie. Comme par hasard, elle ne s'est pas éloignée de la porte, qu'elle a laissée ouverte. D'un bond, elle peut être dans l'escalier. Elle a raison de se tenir à carreau. Je pourrais tuer.

Je ne sais comment je parviens à garder un ton à peu près calme :

— Stéphanie, il m'arrive un sale coup.

— Ah, ouais ? T'as vraiment pas le pot, toi. C'est quoi, comme sale coup, cette fois ?

— Ben voilà, justement. Je comprends pas bien.

— Si je peux t'aider...

— Ça se pourrait bien, figure-toi. Je vais t'expliquer. Assieds-toi.

Cœur d'artichaut

— J'aime mieux rester debout. Je me suis tapé le cul pendant trois heures sur un siège à la con dans un amphi, j'ai les miches en bois. Alors, c'est quoi, ton truc que tu comprends pas ?

— Je vais te faire voir. Attrape !

Je lance en même temps le gros manuscrit avec sa chemise, au moins trois kilos de papier et de carton. Elle tend automatiquement les bras pour le recevoir, ce qui la déséquilibre légèrement et l'oblige à faire un pas en avant pour se rattraper. Exactement ce que je voulais. J'en profite pour bondir derrière elle, claquer la porte et pousser le verrou. Elle dit :

— Ce qui te prend ? T'es givré, ou quoi ?

Mais ses yeux disent qu'elle a compris. Elle laisse tomber le manuscrit, qui s'éparpille sur la moquette pelée. Les mains au dos, appuyée au mur, elle me défie, la petite vipère. Elle me regarde droit dans les yeux, souriant d'un seul côté, et, posément, applique son pied sur les feuilles éparses, le fait tourner en appuyant. Le papier se froisse et se déchire.

Ne pas m'énerver, surtout. Ne pas perdre les pédales. Je dis :

— Juste pour le plaisir de comprendre. C'est pas une question. Je ne te demande pas de répondre.

— Je t'emmerde.

Son sourire s'élargit, s'étend aux deux côtés, bien symétrique. Je dois convenir qu'elle est ravissante. Pas ange noir pour deux sous. Je continue :

— C'est le jour où tu as voulu prendre un bain, n'est-ce pas ? Tu es restée seule ici, tu t'es amusée à foutre la merde partout, c'était un tel bordel que je n'ai pas pensé au manuscrit. Et puis, je te savais sale môme, mais pas crapule. Je n'aurais jamais imaginé que tu me haïssais à

Cœur d'artichaut

ce point. Je croyais même, figure-toi — tu vois à quel point je suis con —, qu'au fond tu m'aimais bien, que tes agaceries de gamine jalouse n'étaient que pour ne pas te laisser oublier...

Comme je marque une pause, elle croit que j'attends quelque chose. Qu'elle se jette dans mes bras en pleurant, par exemple, en balbutiant des « Pardon, oh, pardon ! » et des « Je t'aime ! ». Elle se contente de sourire et de répéter :

— Je t'emmerde.

Elle ajoute toutefois une fioriture :

— Je voudrais que tu crèves.

Je reprends, pas tellement pour la confondre que pour m'aider à bien comprendre la succession des faits :

— Tu as emporté le manuscrit au lycée. Vous avez sûrement une photocopieuse à grand débit, là-bas. Tu l'as donc copié, puis tu l'as rapporté avant mon retour. Et tu es allée vendre ça à Succivore. Où peut-être que tu le lui as donné pour rien ? Pour le plaisir de mal faire ? Succivore savait d'où cela provenait. Il connaît mon écriture. Il m'a donc sciemment dévalisé. Il est ton complice, peut-être même ton instigateur. En tout cas, au bout de tout ça, c'est la taule pour vous deux.

Là, elle rit franchement.

— Pauvre con ! Tu ne peux rien faire ! Rien du tout. C'est une chose bien connue dans le monde de l'édition que tu es un des nègres de Succivore. Tu touches un salaire pour cela. Toute ta production est publiée sous son nom. Alors, va prouver que ce texte-là ne faisait pas partie de ton boulot habituel ! Tu l'as déposé ? Il y a des témoins ? Tu vois bien... Dans le baba ! Monsieur jouait le secret, voulait débouler en coup de tonnerre à

Cœur d'artichaut

la devanture des librairies. Le génie du siècle... Mon cul ! Tu peux rien faire ! Rien, rien, rien, pauvre con !

Le pire, c'est qu'elle a raison. Je m'en rends compte au fur et à mesure qu'elle parle. Devant le tas de décombres, je n'arrive à produire qu'une réplique de théâtre :

— Tu me hais donc bien fort ?

— Toi ? Peuh... J'aime bien haïr. Ça me fait jouir. Là, tu vois, je suis trempée. C'est le moment d'en profiter, pour l'amateur éclairé. Si ça te dit ? Non ? Je n'insiste pas... Mais c'est pas tout ça, j'ai des nouilles sur le feu, moi. Alors, m'sieurs-dames, scusez si je prends congé.

Elle esquisse un pas prudent en direction de la sortie. Je ne réponds plus de moi. Elle voit à ma tête qu'elle n'évitera pas la raclée. Elle dit :

— Si tu me touches, je gueule « Au viol ! ». Et qui c'est qui se retrouvera en taule ?

Elle cramponne son corsage à deux mains, prête à tout déchirer à mon moindre geste. Elle a une moue canaille :

— A moins que ce ne soit réellement pour me violer. Dans ce cas, je crierai seulement après.

M'en fous. Cette calamité ambulante a bousillé ma vie. Il faut que je cogne. Il faut que j'écrase ce sourire de merde, que je lui fasse bouffer ses dents, que... Téléphone !

Téléphone... Je m'affale dessus, je décroche.

— Lison ?

A l'autre bout, un sanglot. Une avalanche de sanglots, de hoquets, qui se bousculent et s'étouffent. Une peur atroce explose en moi, me fait oublier tout le reste.

Stéphanie en a profité pour bondir jusqu'à la porte et

Cœur d'artichaut

l'ouvrir, mais, sur le point de la franchir, elle s'est figée sur place, pressentant que ce coup de fil est messager de malheur et ne voulant surtout pas rater ça.

— Emmanuel... Lison est... Lison est...

C'est Isabelle. Elle n'y arrive pas. Les sanglots l'étranglent. Le mot ne peut pas sortir. A quoi bon ? J'ai compris. Les trente-six mille diables me hurlent dans la tête. Je ne suis qu'horreur et stupeur. Pourquoi ? Pourquoi ?

— Sous le métro, Emmanuel.

La pire façon. L'abominable vision m'explose au visage. Le sourire de Lison éparpillé en une bouillie de sang, d'os, de viscères... A tout jamais, à tout jamais.

Stéphanie, voyant ma gueule, blêmit et recule.

— Mauvaises nouvelles ? Bon, je m'en vais. Ah, au fait, Lison m'a donné ça pour toi, j'allais oublier.

Elle me jette une mince enveloppe, et puis se sauve. Dans l'enveloppe, rien qu'une feuille de papier quadrillé arrachée à un cahier, avec ces mots :

Ce que tu peux être con, mon amour !
Ta Lison pour toujours.
(Ça ne fera plus très longtemps, maintenant.)

XVI

Donc, les petites filles, ça meurt. Ça se tue. Ça part, comme ça, sans rien dire, et ça va se jeter sous le métro. Ça a pris le temps, avant, de vous balancer votre petitesse à la gueule. Ça devient en un éclair une flaque à éponger. Et ça n'existe plus. Fin. Ça n'a jamais existé. Un souvenir. Qu'est-ce qu'un souvenir? Une image floue, de plus en plus floue, qu'on essaie en vain de mettre au point, qui se dérobe et s'efface. Un hurlement muet qu'on traînera partout avec soi. Un refus véhément d'accepter l'inacceptable, et qui se cogne à l'évidence féroce...

Pour un mot de trop. Pour une connerie qu'on aurait voulu rattraper aussitôt lâchée... Trop tard! Les morts ont toujours raison. Les morts vous clouent le bec.

Tu n'as donc pas compris que je n'aurais pas tenu? Toi qui me connaissais mieux que personne, mieux que je ne me connais moi-même, tu me connaissais donc si peu? Ou alors, tu me connaissais soudain trop bien, peut-être? Tu me découvrais indigne de toi? Indigne de cet amour plus grand que tout que tu vouais à un type qui n'existait pas, qui n'avait jamais

Cœur d'artichaut

existé que dans ton besoin qu'il existât, un pauvre type qui n'était finalement que moi ? Confiture aux cochons ? C'est ça ?

Tu avais raison. Je ne suis que moi. Pas grand' chose... Mais pourquoi ai-je si mal ? Tu m'as tué en te tuant, mais tu m'as raté. La blessure n'est mortelle qu'à longue échéance. Je vais déguster ma mort jusqu'à la lie. Oh, Lison, Lison...

XVII

Mais qu'est-ce que je fous là, moi? C'est une chambre d'hôpital, de clinique, va savoir. Qu'est-ce qui m'est arrivé? J'ai été malade? Un accident? Je suis tout cotonneux... Et là, la conscience revient d'un seul coup, on a ouvert la vanne, c'est l'irruption brutale, la ruée sauvage, tout m'arrive à la fois, toute l'horreur : Lison. Il n'y a plus de Lison. Il n'y a que la mort. Je hurle à la mort.

La porte s'ouvre à la volée, une infirmière se précipite, et aussi un mec en blanc, stéthoscope pendouillant en trompe d'éléphant.

— Il a repris conscience, monsieur.

— Je le vois bien. Mais il gueule toujours autant.

— Je lui fais un Valium?

— J'aimerais autant que vous ne me l'abrutissiez pas trop, maintenant qu'il est réveillé.

— On ne peut pas le laisser hurler comme ça, on l'entend dans tout le service.

— Voulez-vous me permettre?

Ça, c'est une autre voix, ça. Une voix que je connais. Geneviève! Et je la reconnais, elle, quand elle s'approche du lit. Elle me prend doucement la tête dans ses

Cœur d'artichaut

bras, elle appuie ma joue sur ses tétons de nourrice, elle fait « Là... là... », elle me berce. On est bien, sur ses gros nichons. C'est doux, c'est chaud, on s'enfonce. Le paradis. Quand les deux autres ne seront plus là, je lui demanderai de les sortir du corsage, je m'emplirai de leur bonne odeur, je téterai les deux gros bouts granuleux, j'enfoncerai mes doigts dans la blanche chair élastique.

L'infirmière — sa blouse descend à peine à mi-cuisse, elle est à poil dessous, j'en suis sûr, ses jambes ne sont pas terribles mais elle a de bonnes grosses cuisses bien fermes, je voudrais bien qu'elle se penche —, l'infirmière dit :

— C'est un miracle !

L'interne dit :

— Dommage que vous ne soyez pas là en permanence !

Geneviève dit :

— Je peux le prendre chez moi. Quand pourra-t-il sortir ?

— Ma foi... Ça ne dépend pas de moi, mais, puisqu'il est conscient, je ne pense pas qu'il y ait nécessité à le garder plus longtemps. On pourrait envisager des soins à domicile. J'en parle au patron.

Il sort, et l'infirmière aux belles cuisses aussi. Mais il me reste Geneviève.

Geneviève m'a expliqué. Madame Daubigné, la gracieuse vieille dame aux chats et aux chiens qui l'hébergeait, lui avait offert son pavillon en échange d'une rente viagère plus ou moins symbolique, histoire de lui éviter

Cœur d'artichaut

les possibles contestations d'héritiers surgis brusquement on ne sait d'où et tout à fait rapaces, mais surtout pour être tranquillisée sur le sort de ses bêtes après sa mort. Sage précaution, car il n'était que temps : elle s'est éteinte peu après. Voilà donc Geneviève propriétaire de la maison, du jardin, de quarante-cinq chats et de douze chiens (entre-temps, de nouveaux sauvetages ont accru la population).

Alors, voilà. Geneviève a décidé d'aménager la pièce qui donne sur le jardin en lieu de travail. Avec des tréteaux et des planches nous avons bricolé une table, une grande table, sur laquelle nous avons installé deux plans inclinés, un pour elle, un pour moi, qui se font face.

Ah, oui, j'oubliais. Je suis resté un bon bout de temps dans le cirage, complètement à la charge de Geneviève. Je ne tenais pas en l'air, il me venait des crises de sanglots irrépressibles, Geneviève me bourrait de Valium ou de je ne sais quelle cochonnerie du même genre pour que je ne me remette pas à hurler à la mort, comme la fois, tout au début, où ça m'a pris sans prévenir et où les douze chiens, assis en rond sur leurs queues, se sont mis à m'accompagner, museaux pointés vers la lune qui, justement, se trouvait de sortie. C'était la nuit. Evidemment, à cause du voisinage, il vaut mieux éviter. Déjà, les chiens et les chats...

Personne n'est venu me voir. D'ailleurs, qui serait venu ? Sauf Joséphine, c'est vrai. Elle est venue deux fois, mais je pense que c'était surtout pour les chiens et les chats. Elle aime les bêtes, cette petite. La première fois, elle avait amené Fripon. Il a bien failli se faire dévorer, toute la meute liguée contre lui. J'ai donc appris qu'Agathe s'est remariée, la conne. Tous les

Cœur d'artichaut

mecs sont comme moi : des planches pourries. Si ça ne se voit pas, c'est qu'ils se retiennent. Agathe a beau comprendre ça et les repérer de loin, les planches pourries, elle repique au truc et y repiquera car, toute lucide qu'elle soit, les planches pourries l'attirent. Bon, ça la regarde. Tant qu'ils ne foutent pas leurs pattes sales sur ma fille, soit pour la tabasser, soit pour la tripoter...

Mais maintenant, ça va mieux. Je suis toujours un zombie, mais un zombie qui peut aller pisser tout seul et refermer sa braguette. Et Geneviève a eu l'idée. Elle est tellement bonne dans son boulot de calligraphiste de paroles dans les bulles des bandes dessinées qu'elle en arrivait à être écrasée sous les commandes. Elle envisageait de s'adjoindre une collaboratrice. Et justement, j'arrive. Sans me vanter, j'ai une belle écriture. J'ai pas mis longtemps à piquer le truc. Geneviève, drôlement contente ! Et nous voilà installés face à face à calligraphier nos bulles, chacun sous notre lampe, en nous appliquant bien. Car, il ne faudrait pas croire, c'est pas si facile. Il y faut le don, d'abord. Si tu ne l'as pas, c'est pas la peine. Déjà. Ensuite, il faut se retenir de respirer, sans ça ta main bouge. Et l'orthographe, attention ! Tu te trompes d'une seule lettre, toute la ligne à refaire. Et même toute la bulle, parce que sur le produit blanc à effacer les fautes on ne peut pas écrire, pas vraiment, pas du beau boulot.

Mais, n'empêche, on se parle. Des fois, on se raconte des bulles vraiment cons. Ou alors des biens tapées, des répliques à la Audiard. On se les dit avec le ton. Je regarde Geneviève, de temps en temps. Souvent. J'aime beaucoup la regarder. Tellement qu'elle s'applique, elle tire la langue. Et moi, ce petit bout de langue rose qui

Cœur d'artichaut

dépasse, tout humide, ça me donne des idées. Je me demande ce que je vais lui faire, ce soir. Elle me laisse faire tout ce que je veux. Quoi que je puisse inventer, elle est contente.

Oh, ça ne va pas loin. Je ne suis pas vicieux, ni compliqué. J'aime fourrer ma figure entre ses gros nibards, ou bien entre ses grosses cuisses, ou entre ses grosses fesses, entre tout ce qu'elle a de gros. Je farfouille partout avec ma langue, je pousse mon nez dans son vagin aussi loin que je peux, j'ai sa vulve étalée sur ma figure comme une escalope, mais une escalope vivante, chaude et humide, et odorante, et aimante, oh, oui, aimante, tellement aimante ! Je la pénètre par où ça me dit, ici ou là, c'est toujours bon, toujours extraordinaire. C'est de la femme partout. De la femme ! A pleins bras, à pleine bouche, à s'en faire mourir. Elle peut prendre son plaisir vingt fois quand moi une seule, à petits cris, à grands soupirs, les yeux débordants de gratitude et d'amour. Et après elle me prend entre ses bras, elle me bise à petits bécots en disant « Mon chéri, mon petit chéri... », longtemps, et on s'endort comme ça, et on se réveille comme ça, et des fois, dans la nuit, une idée de la farfouiller quelque part me prend, alors j'ouvre ses grosses cuisses, par exemple, et je regarde bien à mon aise sa grasse motte bien close, j'écarte doucement doucement ses poils emmêlés — elle a la chatte velue avec exubérance, une coulée de végétation dense et sauvage tout le long de la fente, d'un seul jet bien dru du pubis jusqu'au trou du cul —, je les peigne du dos de la main, ses bouclettes folles, afin qu'apparaissent, majestueuses, les grandes lèvres, aussi basanées, aussi délicates que la peau de mes couilles. S'offrent enfin les petites lèvres, roses et nacrées, je les écarte aussi, et je

Cœur d'artichaut

me régale à contempler tout ce qu'il y a là-dedans, même nos liquides à nous deux de la dernière fois, tout mélangés, qui figent et font des fils de toile d'araignée, et l'odeur, maman, l'odeur de stupre et de tanière, l'odeur d'amour...

C'est ça, notre vie. Les bêtes, Geneviève s'en occupe. D'abord, elle tolérerait pas que je m'en mêle. Et toute la journée, face à face. Elle met des lunettes pour travailler. C'est l'âge. Je voudrais avoir son âge pour mettre des lunettes aussi, qu'on soit pareils. Parfois, les chiens se battent, ou bien les chats font la sarabande. Elle se lève pour aller les séparer. Je vois son beau cul qui la suit. Je sais qu'elle va revenir. C'est bon.

Ça me fait penser à *Bouvard et Pécuchet*. La fin du bouquin. Quand ces deux bonnes pommes, ayant fait le tour de tout, se retrouvent face à face, comme voilà nous, à recopier je ne sais quelles paperasses. Je l'ai dit à Geneviève. Elle m'a répondu :

— Tu crois que Bouvard faisait à Pécuchet ce que tu me fais ?

Et puis elle a rougi. Elle est la pudeur même.

Du même auteur

Aux Éditions Albin Michel

LA GRANDE ENCYCLOPÉDIE BÊTE ET MÉCHANTE
LA NOUVELLE ENCYCLOPÉDIE BÊTE ET MÉCHANTE
NOS ANCÊTRES LES GAULOIS
LE TEMPS DES ÉGORGEURS
LETTRE OUVERTE AUX CULS-BÉNITS
LES RITALS
LES RUSSKOFFS
BÊTE ET MÉCHANT
LES YEUX PLUS GRANDS QUE LE VENTRE
MARIA
L'ŒIL DU LAPIN
LES ÉCRITURES
LOUISE LA PÉTROLEUSE *(théâtre)*
. ET LE SINGE DEVINT CON *(L'Aurore de l'humanité I)*
LE CON SE SURPASSE *(L'Aurore de l'humanité II)*
LES FOSSES CAROLINES
LA COURONNE D'IRÈNE
LE SAVIEZ-VOUS ?
LES AVENTURES DE NAPOLÉON
MIGNONNE, ALLONS VOIR SI LA ROSE...
COUPS DE SANG

Chez d'autres éditeurs

Éditions Hara-Kiri
4, RUE CHORON

Jean-Jacques Pauvert
STOP-CRÈVE
DROITE-GAUCHE, PIÈGE À CONS

Julliard
(Collection « Humour secret »)
CAVANNA

L'École des loisirs
(Adapté en vers français par Cavanna)
MAX ET MORITZ, *de Wilhelm Busch*
CRASSE-TIGNASSE *(Der Struwwelpeter)*

Hors Collection
MAMAN, AU SECOURS !
LES GRANDS IMPOSTEURS
DIEU, MOZART, LE PEN...
TONTON, MESSALINE, JUDAS...

L'Archipel
LA BELLE FILLE SUR LE TAS D'ORDURES
DE COLUCHE À MITTERRAND

Hoebeke
(Avec Robert Doisneau)
LES DOIGTS PLEINS D'ENCRE
LES ENFANTS DE GERMINAL

*La composition de cet ouvrage
a été réalisée par l'Imprimerie BUSSIÈRE,
l'impression et le brochage ont été effectués
par la Société Nouvelle Firmin-Didot,
pour le compte des Éditions Albin Michel.*

*Achevé d'imprimer en septembre 1995.
N° d'édition : 14607 - N° d'impression : 31874.
Dépôt légal : octobre 1995.*